Une famille en détresse

*

Enquête sur le lac

TYLER ANNE SNELL

Une famille en détresse

Traduction française de
ISABEL ROVAREY

BLACK ROSE

HARLEQUIN

Collection : BLACK ROSE

Titre original :
RETRACING THE INVESTIGATION

HARPERCOLLINS FRANCE
83-85, boulevard Vincent-Auriol, 75646 PARIS CEDEX 13
Service Clients — www.harlequin.fr
ISBN 978-2-2805-0634-2 — ISSN 1950-2753

Édité par HarperCollins France.
Composition et mise en pages Nord Compo.
Imprimé en août 2024 par CPI Black Print (Barcelone)
en utilisant 100% d'électricité renouvelable.
Dépôt légal : septembre 2024.

FSC
www.fsc.org
MIXTE
Papier issu de sources responsables
FSC® C159065

Pour limiter l'empreinte environnementale de ses livres, HarperCollins France s'engage à n'utiliser que du papier fabriqué à partir de bois provenant de forêts gérées durablement et de manière responsable.

Prologue

La disparition d'Annie McHale avait été le début de la fin pour Kelby Creek. Ils ne s'étaient doutés de rien à l'époque, quand la ville tout entière participait aux recherches pour retrouver l'adolescente, puis quand la demande de rançon était venue étayer la thèse de l'enlèvement. Ils n'en avaient pas davantage eu conscience quand le parrain d'Annie – l'ancien shérif Barkley, aux commandes cinq ans plus tôt – avait pris personnellement l'affaire en main. Ni quand s'était produite l'embuscade dans le parc.

Ni même lorsque Helen Murphy était morte sur sa couverture de pique-nique au cours de cette embuscade alors qu'elle attendait son mari, tuée par une balle perdue pendant l'échange de tirs.

Il avait fallu que l'agente du FBI Jacqueline – Jackie – Ortega disparaisse à son tour tandis qu'elle cherchait Annie pour que les gens commencent à se dire qu'il se passait quelque chose de vraiment grave.

Puis, quand le shérif et le maire avaient été arrêtés pour avoir eux-mêmes orchestré le kidnapping d'Annie, ça avait été le coup d'assommoir… Et la majeure partie de la population avait compris que c'en était fini de la normalité, à Kelby Creek.

Les quelques récalcitrants qui ne voulaient pas le croire

avaient perdu espoir quand il était apparu qu'une corruption de grande ampleur gangrenait la ville depuis des années et des années, sous leur nez, sans que personne n'en ait rien su.

Cinq ans plus tard, Jones Murphy, veuf depuis le décès d'Helen, savait, lui, sans l'ombre d'un doute.

Il prit l'itinéraire normal pour se rendre chez son père au lieu d'emprunter le raccourci. La benne du pick-up de son père était remplie de cartons que Jones avait entreposés dans le garde-meubles familial lorsqu'il était revenu en ville avec sa fille de cinq ans, Bonnie. Le retour n'avait pas été facile. Vivre avec son père se révélait plus compliqué qu'il ne l'avait pensé. Ted Murphy avait de nombreux hobbies. Des hobbies qui prenaient tant de place que faire des allers-retours jusqu'au garde-meubles pour y déposer des objets encombrants et y récupérer ses affaires et celles de Bonnie était presque devenu une habitude.

Ce qui n'était pas exactement la façon dont Jones avait envisagé son retour au pays. Mais, d'un autre côté, il n'avait pas prévu de rentrer un jour à Kelby Creek.

Jones profita des cinq minutes supplémentaires de route pour dresser mentalement la liste de tout ce qu'il devait faire dans la semaine à venir. Bonnie était en grande section de maternelle, et il devait rencontrer la directrice de l'école et l'équipe enseignante. Son père, quant à lui, devait commencer les séances de kinésithérapie après son opération du genou. Et puis il y avait la chambre de Bonnie à aménager. Il comptait la repeindre de la couleur qu'avait eue sa chambre partout où ils avaient vécu ces cinq dernières années – en rose poudré. La teinte qu'Helen et lui avaient initialement choisie quand ils attendaient sa naissance.

« C'est léger et joyeux, avec juste la touche de rose qu'il faut pour une petite fille qui sera elle aussi légère et joyeuse, lui avait dit Helen tandis que son ventre s'arrondissait. On a tous besoin d'un peu de légèreté et de joie, non ? »

À ce souvenir, les mains de Jones se crispèrent autour du volant.

Cela lui arrivait systématiquement lorsqu'il était forcé de se remémorer que sa femme n'était plus que cela aujourd'hui.

Un souvenir.

Il serra les dents, sans pouvoir refouler la colère qu'il sentait monter en lui comme il se garait dans l'allée de sa maison d'enfance. La vue de Bonnie apaiserait la colère mais pas la douleur. Il le savait d'expérience.

Jones coupa le contact et s'avisa que deux véhicules étaient garés dans l'allée de la maison voisine, en vente – vides, tous les deux.

Il déploya son mètre quatre-vingt-quinze et se dirigea rapidement vers la porte. La première chose qu'il vit en entrant, ce fut la paire de béquilles de son père. Ensuite, ce fut son père lui-même, dans le salon. Un homme et une femme étaient assis face à lui sur le canapé.

— Ah, je savais bien qu'il ne tarderait pas, déclara Ted à ses invités en tournant le regard vers lui. Comme tu vois, fiston, tu as de la compagnie.

Jones n'avait gardé contact avec absolument personne d'autre que son père quand lui et Bonnie avaient quitté Kelby Creek. Mais il reconnut instantanément l'homme, qui se leva le premier.

Il avait un certain âge, et ses cheveux avaient grisonné depuis qu'il avait survécu à une crise cardiaque pendant une enquête particulièrement dangereuse, d'après ce qu'il avait entendu dire. Il avait aussi été le chef de Jones pendant un court laps de temps.

— Brutus Chamblin.

La femme qui l'accompagnait était plus jeune ; elle avait une longue tresse et la mine sévère. Jones ne l'avait jamais vue mais, par déduction, il comprit de qui il s'agissait.

— Blake Bennet, ajouta-t-il.

Elle le salua d'un profond signe de tête.

Jones ne savait pas ce qu'ils faisaient là, mais Brutus n'était pas du genre à tourner autour du pot.

— Bonjour, Jones. Est-ce que je pourrais te dire un mot dehors deux minutes ? Ce ne sera pas long.

Jones s'apprêtait à refuser mais son père lui coupa l'herbe sous le pied.

— Allez plutôt sur la terrasse, à l'arrière, comme Bonnie est encore en train de faire la sieste. Vous pouvez passer par la cuisine.

Sans attendre son assentiment, Brutus et Blake se dirigèrent vers la cuisine, ainsi que venait de le suggérer son père, ce qui le rendit quelque peu nerveux.

Une fois dehors, ils lui firent face mais ce fut lui qui prit la parole le premier.

— Quand l'ancien shérif et le shérif actuellement en poste te rendent visite ensemble, ça n'augure rien de bon, en général.

Brutus, l'ancien shérif le plus apprécié de l'histoire de Kelby Creek, sourit. La réaction de Blake, la shérif actuelle, fut plus mitigée.

— Nous ne sommes pas là en raison d'un problème particulier ou de quelque chose de grave, dit Brutus. En fait, nous sommes là à des titres différents, opposés, presque.

L'ancien shérif échangea un regard avec Blake. Elle se tenait très droite mais elle parut se redresser encore à ces mots.

— Personne, à part nous, n'est encore au courant, mais je quitte mon poste de shérif, dit-elle. Ma sœur est décédée et je vais prendre en charge ma nièce et mon neveu. Alors, pour faciliter les choses, je repars en Géorgie.

Surpris, Jones commença par lui présenter ses condoléances.

— Je suis navré, dit-il.

Blake inclina la tête mais, comme elle ne répondait pas, il s'adressa à Brutus.

— Et... vous voudriez que je vous suggère un nom ? J'ai été absent pendant des années. Je me suis tenu au courant, bien sûr, mais il y a une bonne moitié du bureau du shérif avec qui je n'ai jamais travaillé.

Brutus et Blake échangèrent un nouveau regard entendu. Cela aurait dû lui mettre la puce à l'oreille.

— Nous n'attendons pas de suggestion de votre part, expliqua Blake.

Brutus s'éclaircit la gorge. Son sourire s'évanouit et il afficha un visage sérieux avant d'enchaîner :

— Si nous sommes là, c'est parce que nous voulons que tu te portes candidat.

Jones cligna des yeux, sûr d'avoir mal entendu.

— Vous me faites marcher, répondit-il.

Mais, en fait, non. Ils pensaient ce qu'ils disaient.

— Le poste de shérif va être vacant, Jones, déclara Brutus. Le bureau a changé depuis ton départ – beaucoup changé. Il a besoin d'un chef fiable.

Avant qu'il n'ait eu le loisir de répondre, il y eut un nouvel échange de regards entre Brutus et Blake.

Ce fut elle qui parla, cette fois.

— Et nous ne souhaitons pas seulement que vous deveniez shérif. Nous voudrions aussi que vous repreniez l'enquête sur l'enlèvement d'Annie McHale.

— Que voulez-vous dire par « repreniez » ? demanda Jones.

Brutus se tourna et s'assit sur l'un des deux fauteuils à

bascule de la terrasse. Blake, en silence, se posta debout à son côté, légèrement en retrait.

Brutus désigna de la main l'autre rocking-chair.

— Tu devrais t'asseoir. Nous avons une histoire à te raconter.

Jones aurait pu refuser. Leur demander de partir. Il aurait même pu les maudire d'avoir ne serait-ce que suggéré qu'il revienne au bureau du shérif. Qu'il rouvre l'enquête sur l'affaire qui avait ébranlé la ville, brisé tant de vies et pris celle de Helen.

Mais il s'assit lentement.

— Je vous accorde une minute.

Cassandra West fréquentait rarement les bars lorsqu'elle était chez elle et, par voie de conséquence, encore moins lorsqu'elle était en déplacement. Et pourtant elle était assise là, au bar de l'hôtel, à quelques heures de chez elle, à essayer de ne pas pleurer devant son verre.

June Smith, son amie et collègue institutrice, lui avait dit qu'elle avait bien le droit de s'accorder un répit d'une journée supplémentaire. Après tout, elle aurait dû célébrer en cette journée son anniversaire de mariage. Ce n'était pas la faute de Cassandra si le hasard du calendrier faisait que leur conférence s'achevait ce même jour.

Et elle se retrouvait donc ici, seule, au bar de l'hôtel alors qu'elle aurait dû être chez elle, à pleurer au fond de son lit.

Le dépaysement suscité par ce lieu inconnu ne lui remontait pas plus le moral que le verre de vin qu'elle sirotait.

Ce ne fut que lorsqu'un homme vint s'asseoir et commander une bière à côté d'elle, au comptoir, avant de pousser le plus profond soupir qu'elle ait jamais entendu que Cassandra se demanda ce que devaient penser d'elle les quelques rares autres clients. Et ce ne fut que lorsque son voisin de bar se tourna vers elle qu'elle se rendit compte que son expression, qu'elle s'était imaginée parfaitement neutre et impassible, ne devait pas l'être tant que ça.

— Dure journée, hein ? dit-il.

Cassandra se félicita que l'homme ait laissé un tabouret entre eux, ce qui lui évita d'avoir à renverser la tête en arrière pour le regarder.

Il était grand.

Extrêmement grand.

Et beau.

Même dans la lumière tamisée du bar, cela sautait aux yeux.

— Oui, en effet, répondit-elle aimablement.

L'homme ne renchérit pas et Cassandra laissa courir son index sur le pourtour du verre. Heureusement, les larmes qui emplissaient ses yeux eurent le bon goût de rester là où elles étaient. Mais le silence la mit mal à l'aise... Comme si le géant avait ouvert une brèche dans l'obscurité et que c'était maintenant à elle de la combler.

Ou que sa personnalité essayait de remonter à la surface.

Ou peut-être était-ce simplement qu'en temps normal, les jours de semaine, elle était plongée en pleine conversation, ou plutôt menait de front une *douzaine* de conversations avec autant de jeunes enfants.

— Je ne crois pas que les gens aillent dans des bars d'hôtel si ce n'est pas le cas ; je veux dire s'ils n'ont pas eu une rude journée, dit-elle au bout d'un moment.

Elle promena son regard autour d'eux avec un sourire chargé d'autodérision et ajouta :

— À moins qu'ils ne soient fatigués après la conférence à laquelle ils sont venus assister et que puiser dans le minibar de la chambre coûte vraiment trop cher.

À ces mots, l'homme fit la grimace et hocha la tête.

— Sans parler du prix du service en chambre, remarqua-t-il. J'ai jeté un coup d'œil à ce qu'ils proposaient et, quand j'ai vu le prix d'un sandwich, j'ai aussitôt refermé le menu.

Cassandra acquiesça d'un signe de tête.

— J'ai la chance d'avoir une indemnité de repas de mon employeur, mais les prix n'en sont pas moins ridiculement élevés. Mes collègues et moi avons passé une soirée au McDonald's par souci d'économie.

C'était une conversation plaisante, sans enjeu. Mais c'était agréable.

— Vous êtes là pour le travail, vous aussi ? demanda-t-elle, surprise de son audace. J'ai entendu dire qu'un symposium de comptables commençait demain.

L'homme n'avait pas l'allure d'un comptable, mais on lui disait parfois qu'elle ne ressemblait pas à une institutrice – sans doute parce que, lorsqu'elle n'était pas à l'école, elle s'habillait de façon assez sophistiquée. C'était agréable, parfois, de troquer ses robes décontractées surmontées d'un gilet à motif arc-en-ciel contre une élégante jupe crayon.

— Oui et non, répondit l'homme tandis que le barman lui servait sa boisson. J'essaie de décider si je dois ou non accepter un poste. J'ai voulu m'octroyer un temps de réflexion sans être dérangé, loin de toute autre sollicitation. D'où la réservation de cette chambre d'hôtel ici alors que je pourrais parfaitement être à la maison.

— D'après mon amie, on a parfois besoin de se retrouver face à soi-même et, selon elle, c'est plus facile dans un endroit comme celui-ci.

L'homme s'esclaffa.

— Sans doute. Je tâcherai de m'en souvenir quand on me présentera la note.

Il tendit la main.

— Je m'appelle Jones.

Cassandra aurait bien voulu avoir un peu plus de temps pour s'émerveiller de la façon dont sa main disparaissait presque dans la sienne. Mais elle répondit rapidement :

— Cassandra, la femme qui a une amie dont les conseils s'assimilent aux aphorismes qu'on trouve dans les biscuits chinois !

Il rit de nouveau. Mais, cette fois, son regard s'attarda sur elle.

Ce qui l'affecta plus qu'elle ne l'aurait cru.

Ses joues rosirent légèrement.

— Et donc, ce travail... Quelle a été votre réaction instinctive quand on vous l'a proposé ? À moins que vous ne soyez du genre à établir une liste à deux colonnes, « pour » et « contre », au lieu de laisser parler votre instinct ?

Jones se frotta la mâchoire et soupira de nouveau.

— Eh bien, le problème, c'est que je suis un instinctif qui dresse malgré tout des listes. Ma réaction spontanée a été de décliner l'offre mais aussi... de l'accepter. Dans ma liste, il y a autant de pour que de contre.

— Ce qui veut dire que vous en êtes là : vous devriez accepter mais vous devriez refuser.

Il inclina la tête.

Cassandra pivota sur son siège pour lui faire face. Elle songea au dilemme qui se présentait à lui, s'efforçant de respecter son intimité... jusqu'à un certain point.

— Vous avez déjà regardé la série *Friends* ?

La question parut le prendre au dépourvu mais il répondit quand même.

— J'ai vu quelques épisodes rediffusés mais, si vous me demandiez les noms des protagonistes, je serais incapable de vous les donner.

Cassandra sourit.

— Eh bien, il y a quelque chose que fait l'un des personnages pour déterminer ses véritables sentiments. C'est un jeu. Je vais vous poser rapidement une série de questions et vous devez y répondre tout aussi rapidement, sans réfléchir. Ça vous aidera peut-être à dépasser votre indécision ?

Jones fit la moue mais il se tourna sur son tabouret pour être face à elle.

— Au point où j'en suis, ça ne coûte rien d'essayer.

Cassandra posa son verre et ouvrit les mains. De par sa profession, elle avait pris l'habitude de s'exprimer en utilisant beaucoup ses mains.

— Attention, ça va aller vite... Prêt ?

Jones sourit.

— Prêt.

Cassandra commença sans perdre une seconde.

— Rouge ou bleu ?

— Bleu, dit-il immédiatement.

— Plutôt chats ou plutôt chiens ?

— Chiens.

— L'homme marchant sur la Lune, info ou intox ?

— Info.

— Le Crimson Tide de l'Alabama ou les Tigers d'Auburn ?

— Alabama.

— Bière ou whisky ?

— Bière.

— Pluie ou soleil ?

— Pluie.

— Ce job, vous le voulez, oui ou non ?

— Oui.

Il avait fourni cette dernière réponse aussi promptement que les précédentes, si ce n'est plus promptement encore.

Cassandra regarda ses yeux s'écarquiller puis elle vit un petit sourire s'épanouir sur son visage.

Elle le lui retourna.

— Je ne sais pas ce qu'il en est de votre liste de pour et de contre, mais je crois que votre instinct a parlé. Mais je m'empresse de souligner que c'est juste mon avis. Je ne sais même pas quel emploi on vous a proposé, donc je ne veux pas être tenue pour responsable si vous l'acceptez et que ça ne marche pas.

Jones avait repris son expression sarcastique.

— Loin de moi l'idée de blâmer quelqu'un qui vient de mettre un point final aux affres de l'indécision dans laquelle je me suis débattu toute la journée.

Il prit sa chope et but une gorgée. Cassandra trempa, elle aussi, les lèvres dans son verre de vin. Elle s'attendait presque à ce que le silence retombe entre eux, mais Jones reprit :

— En fait, je pourrais peut-être vous remercier en vous invitant à dîner ? Quelque part où les prix sont plus raisonnables que ceux du minibar, bien sûr.

Ce n'était déjà pas dans les habitudes de Cassandra d'aller boire un verre dans un bar qu'elle ne connaissait pas. Alors, accepter une invitation à dîner de la part d'un inconnu...

Et pourtant... Il y avait quelque chose, chez cet homme, qui l'intriguait, l'émouvait.

À moins que ce soit parce que tu as le cœur serré et qu'il a réussi à te le faire oublier pendant quelques minutes.

Sans trop comprendre les raisons qui la poussaient à agir ainsi, Cassandra fut tentée de dire oui.

Si elle avait su que leur dîner se transformerait en nuit torride dans sa chambre d'hôtel, elle aurait peut-être hésité. Mais, sur le moment, elle ne put que répondre :

— Eh bien... je ne dis pas non. C'est d'accord.

1

Ray Cooke était à deux pas du bord d'un pont. Qu'il tombe de là, et sa mauvaise journée prendrait un tour plus pénible encore, à n'en pas douter.

Jones le vit tout de suite en descendant du pick-up de son père mais il laissa son tout nouvel adjoint en chef se diriger vers lui avant de s'avancer à son tour.

— Qu'est-ce qui se passe ? demanda-t-il à son bras droit.

Carlos Park travaillait déjà au bureau du shérif de Dawn County avant la Tempête, la cascade d'événements qui avait commencé par l'enlèvement d'Annie McHale puis avait fait boule de neige jusqu'à devenir l'énorme scandale de corruption impliquant entre autres le parrain d'Annie – le shérif Barkley – et le maire, les deux hommes ayant joué les rôles majeurs dans le kidnapping. C'était lui qui avait instauré le climat de suspicion qui, depuis lors, peinait à se dissiper en ville… mais, heureusement, des gens comme Carlos et son équipe faisaient de leur mieux pour redresser la barre et regagner la confiance de la population. Si Carlos restait en poste à Kelby Creek, il serait sans doute le prochain shérif de la ville… Présentement, le bras droit de Jones semblait se retenir de lever les yeux au ciel en contemplant ce bon vieux Ray Cooke, l'un des hôtes réguliers de leur prison locale.

— Il est complètement soûl et il se lamente encore à propos de son amie, déclara Carlos d'un ton désabusé. Il craint cette fois qu'elle ne soit partie avec Trevor et n'a rien trouvé de mieux à faire pour évacuer sa frustration que de venir vociférer ici contre tous les véhicules qui passent. Heureusement qu'il est très tôt et que la seule voiture à laquelle il s'en soit pris a été celle de Millie – elle sait se débrouiller dans ce genre de situations.

Sept mois s'étaient écoulés depuis que Jones s'était porté candidat au poste de shérif et avait été élu. Sept mois qu'il avait mis à profit pour retrouver ses marques et se familiariser avec les nouvelles têtes.

Il savait donc désormais que Millie était la femme de leur détective en chef, Foster Lovett, et que, compte tenu de leur histoire, elle devait en effet savoir se défendre. Comme il savait que faire entendre raison à Ray Cooke quand il était dans cet état était impossible. Il ne réagissait que face à plus fort et plus impressionnant que lui.

— C'est comme effrayer un ours pour le faire déguerpir du chemin, lui avait expliqué Kathryn Juliet, l'une de leurs détectives, un jour que Jones était en route pour sa première rencontre avec Ray Cooke. Il faut se montrer plus imposant et plus bruyant que lui. La dernière fois que Howie s'est déplacée pour répondre à un appel concernant Ray, elle s'est mise à gesticuler pour se faire passer pour plus grande qu'elle n'est, et ça a marché.

Il n'aurait pas besoin d'user du même subterfuge que la détective Lily Howard – surnommée Howie par Juliet. Ray mesurait un bon mètre quatre-vingts mais Jones le dominait largement.

— OK, tu peux aller au bureau. Je vais me charger de lui, déclara Jones à Carlos devant sa voiture de patrouille.

— Puisque je suis là, tu ne veux pas plutôt que je l'embarque ?

répondit celui-ci. Ray est peut-être inoffensif, mais on n'est jamais trop prudent.

Avant la Tempête, Jones aurait sans arrière-pensée décliné l'offre, mais il n'osait plus se fier à son instinct pour juger de l'inoffensivité d'Untel ou Untel. Comment l'aurait-il pu alors qu'il avait commis l'erreur d'accorder sa confiance au shérif Barkley et à tous ceux qui avaient trempé dans la corruption ?

— On fera ça s'il ne se laisse pas amadouer, répondit-il, pressé de laisser Ray à ses histoires de cœur et de se concentrer sur l'affaire McHale.

Ray Cooke se tenait tout près du parapet du pont, lequel avait surtout pour mission d'empêcher l'eau d'atteindre les voitures lorsque des pluies intenses provoquaient une crue soudaine de la rivière. Mais, étant donné le peu d'eau qu'il y avait actuellement en contrebas, même si l'idée lui prenait de passer par-dessus bord, il ne courrait pas grand risque. Il en serait quitte pour se retrouver un mètre cinquante plus bas, mouillé, avec, au pire, une luxation de la cheville.

Peut-être même était-ce pourquoi il avait choisi ce pont-là en particulier. Ray aimait donner l'impression qu'il dominait la situation, qu'il avait le choix.

Ce qui n'était pas le cas.

Jones s'approcha de lui, les pouces négligemment passés dans les passants de la ceinture de son pantalon.

— Oh ! voyez-vous ça ! Le shérif en personne qui s'est déplacé... Je dois être sacrément important pour mériter un tel honneur !

Jones retint un soupir.

— Salut, Ray, dit-il. J'étais à deux minutes d'ici.

Ray, plus jeune que lui, avait dû être un bon footballeur au lycée. Des épaules carrées, des bras et des jambes solides, il devait courir relativement vite. Pas trop musclé, pas trop fluet.

Mais, ses jours de gloire passés, pour une raison quelconque, il avait dû tout lâcher car il s'était amolli.

Aujourd'hui, sa posture un peu voûtée lui donnait l'air de perpétuellement « lutter contre le vent », comme disait le père de Jones.

Quoi qu'il en soit, Ray ne pouvait continuer ainsi. Un jour ou l'autre, il causerait des dommages irréparables, ce que personne ne voulait.

Mais Ray n'en avait pas fini avec ses provocations. Il toisa Jones.

— Vous vous êtes déplacé pour rien, lança-t-il avant de regarder la voiture de patrouille de Carlos. Et lui aussi. Je n'ai rien fait de mal !

— Vous hurliez au passage des voitures, Ray, rappela Jones. Ce n'est pas rien, surtout si vous vous jetez sous leurs roues en gesticulant. Quelqu'un aurait pu être blessé ; vous le premier.

Ray poussa un bref ricanement et secoua la tête, croisant le regard de Jones un bref instant, d'un air buté qui ne laissait rien présager de bon.

— On ne peut même plus s'amuser, dans cette ville ! Je plaisantais, c'est tout. Mais, vous et vos pantins du bureau du shérif, vous ne comprenez pas.

Il pointa Jones du doigt mais son regard était braqué sur l'étoile de shérif qui était fixée à la poche de sa veste.

— Ce badge ne veut rien dire.

Jones conserva son attitude décontractée. Ce n'était pas bien méchant en comparaison des altercations verbales qu'il avait eues au cours de sa carrière, avant la Tempête.

— Ça fait joli sur les photos, répliqua Jones avec un petit sourire. Et puis ce badge rappelle aussi que je suis là pour veiller à la sécurité de chacun. Alors laissez-moi vous ramener chez vous, où vous pourrez cuver tranquillement vos excès de la nuit dernière…

Compte tenu des expériences qu'il avait eues de Ray au cours des derniers mois, Jones s'attendait à voir l'homme se faire un peu tirer l'oreille avant de finalement s'incliner en hochant la tête. Mais, pour une raison ou pour une autre, en ce lundi matin, Ray joua les fiers-à-bras.

Il bomba le torse et le fusilla d'un regard si noir que cela aurait alarmé Jones s'il avait pris Ray au sérieux. Puis, le prenant totalement en traître, il souligna perfidement :

— Le badge de shérif n'a pas sauvé votre femme. Alors pourquoi voulez-vous que celui-ci puisse sauver qui que ce soit ?

Jones avait des nerfs d'acier, une force physique à l'avenant et il savait se taire lorsqu'il le fallait.

Mais la forfanterie de Ray et ses bravades verbales avaient fait mouche. Ce qui lui donna une furieuse envie de riposter. Ses pouces se dégagèrent des passants et il commença à marcher lentement vers Ray…

Ray, qui était nettement moins costaud que lui. Poids léger sur le plan physique, poids lourd côté mental.

Au fur et à mesure que Jones approchait, il perdit de son assurance.

— Ray Cooke, tu as deux possibilités, gronda Jones en se plantant devant lui. Soit tu appelles l'unique taxi de cette ville, soit tu acceptes mon offre plus que généreuse de te raccompagner et tu n'ouvres plus la bouche jusqu'à ce que je t'aie déposé chez toi. C'est compris ?

Ray dut renverser la tête pour soutenir son regard. Il était tout à coup étonnamment silencieux pour un type prompt à lancer des piques.

Jones attendit quelques secondes puis répéta, plus fort :

— Est-ce que c'est compris ou faut-il que je reformule les options ?

Ray finit par lâcher pied. Il baissa les yeux, les bras le long du corps.

— Vous pouvez appeler le taxi pour moi ? J'ai assez d'argent pour aller jusque chez moi.

Jones laissa passer quelques instants, s'efforçant de contenir la rage qui l'habitait, puis il hocha la tête. Il composa le numéro du seul taxi de Kelby Creek et, quand le chauffeur sut qui il était, il promit de se mettre en route sur-le-champ. Moins de dix minutes plus tard, il arrivait.

La colère tenaillait encore Jones lorsqu'il regarda Ray s'affaler à l'arrière du véhicule. Elle ne l'avait toujours pas quitté lorsque les feux arrière du taxi disparurent au loin.

Parce que ce que lui avait jeté Ray au visage était vrai.

— Ça va ? demanda Carlos, sincèrement préoccupé. Ray a le don de savoir se montrer vraiment odieux, parfois. Mais c'est parce qu'il regrette ses propres choix de vie. Une fois, mon amie Amanda l'a entendu dire au bar qu'il s'en voulait de s'être remis avec Lottie la première fois. Que c'était trop tôt, qu'il aurait mieux fait de partir à l'université, de laisser tout le mauvais derrière lui.

Jones soupira, refoulant sa colère au plus profond de lui.

— N'empêche que je voudrais bien qu'il cesse d'invectiver les automobilistes au risque de causer un accident.

Carlos acquiesça d'un hochement de tête.

— Je retourne au bureau. Il faut que je voie Kenneth à propos de l'avancée du pôle des affaires classées sur une autre affaire non résolue. Hier soir, Lily – la détective Howard – et lui tenaient une piste. Ils ne savaient pas exactement où elle allait les mener, mais je les ai vus faire des miracles tous les deux, donc je parie qu'ils ont trouvé quelque chose. On se retrouve là-bas ou tu travailles de l'extérieur aujourd'hui ?

Sous le siège passager de son pick-up se trouvait un gros dossier que Jones gardait toujours là afin de pouvoir à tout moment s'y plonger, où qu'il se trouve. Il en avait également des copies au bureau.

Aujourd'hui, il entendait être mobile et non rester assis derrière son bureau.

— J'ai quelques vérifications à effectuer ici et là. Je rentrerai ensuite.

Carlos acquiesça. Il avait beau être le second du shérif, il n'avait pas besoin que Jones lui décrive par le menu ce qu'il comptait faire. Il savait sur quoi Jones travaillait, même s'il ne connaissait pas son planning dans les détails.

— Bonne chance, shérif.

Comme à chaque fois ou presque, le cerveau de Jones buta sur le titre « shérif ». S'entendre nommer ainsi lui faisait toujours un drôle d'effet.

Il n'y voyait pas d'inconvénient mais ne débordait pas non plus d'enthousiasme – pas encore.

— À toi aussi.

Jones regarda Carlos repartir, mais ne s'en alla pas tout de suite.

L'automne se montrait plutôt clément à Kelby Creek. Suffisamment frais pour qu'il garde sa veste à portée de main mais pas assez froid pour qu'il ait besoin de s'emmitoufler dans sa parka chaude, glissière remontée jusqu'au cou. Le ciel était soit nimbé d'une brume orangée soit totalement dégagé. La pluie viendrait, bien sûr, mais la menace que laissaient dans leur sillage leurs orages estivaux s'était éloignée.

Cette saison était synonyme de calme.

Un calme qui, chez Jones, ne dura que quelques instants.

Il fallait décider de l'endroit où il allait se rendre. Au manoir McHale ou voir le jardinier de la propriété voisine.

Peut-être que tu devrais t'en remettre au jeu des questions, songea-t-il, partagé entre amusement et sérieux. Après tout, ça avait marché pour lui la dernière fois. Il avait présenté sa candidature et remporté l'élection.

Il avait trouvé, dans une douleur ancienne, un nouvel objectif, un nouvel élan.

Et la soirée s'était conclue par une nuit fantastique avec une belle femme.

Cette même femme qui avait suggéré de considérer le moment qu'ils avaient passé ensemble comme une parenthèse merveilleuse mais brève. « Il est certaines choses qui sont belles justement parce qu'elles ne durent pas, avait-elle souligné. Gardons cette beauté-là intacte. »

Jones avait été surpris par la suggestion, un peu moins par le fait qu'il s'était rangé à son avis.

Peut-être à cause de la façon dont elle avait dit ça ou peut-être parce qu'elle avait raison. Parfois, il valait mieux mettre un terme aux choses au bon moment, de la bonne façon, plutôt que de les voir se terminer à votre corps défendant.

Mais, tandis que Jones sautait dans son véhicule en jetant un dernier coup d'œil au ciel automnal, il ne put empêcher le souvenir de son rire, de son sourire, de la façon dont il avait oublié, l'espace d'un moment, le vide qu'il avait en lui de remonter à la surface.

Puis il secoua la tête et mit le moteur en route. Autant ne pas trop penser à quelqu'un qu'il ne reverrait probablement jamais.

Cassandra plongea le regard dans le tube en carton d'essuie-tout orienté vers elle et vit briller l'œil de Keith McGibbon à son extrémité. Elle était tendue, lui était tout sourire. Elle aurait pu se déplacer, fuir ou écarter de la main le rouleau mais elle avait suffisamment d'expérience pour savoir que ça ne ferait qu'exciter Keith davantage.

Et, si l'expérience de ces trois derniers mois lui avait enseigné quelque chose, c'était qu'on ne s'opposait pas frontalement à un enfant de maternelle qui avait des paillettes plein la main.

— Allez, Keith, on va prendre une grande respiration et se calmer, dit-elle.

Keith avait eu six ans pendant le week-end et ils avaient organisé une petite fête à l'école aujourd'hui, à l'heure du déjeuner. Une heure plus tard, les friandises consommées pendant le goûter d'anniversaire galvanisaient toujours son énergie tandis que celle de Cassandra s'épuisait.

Keith traversait une période où il se prenait à la moindre occasion pour un pirate. En temps normal, c'était plutôt inoffensif, mais il avait réussi à trouver la réserve de paillettes et avait fait main basse dessus, au grand désespoir de Cassandra car ce serait elle qui en paierait les pots cassés si elle ne parvenait pas à le raisonner.

— Les pirates ne lancent *jamais* de paillettes, Keith, ajouta-t-elle d'un ton dégagé. C'est contraire à leur code de conduite, tu ne savais pas ?

Keith abaissa le rouleau de carton-périscope.

— Leur code de conduite ?

Cassandra garda le regard rivé sur le sien.

— Eh oui, monsieur ! Les pirates ont un code qu'ils respectent scrupuleusement, affirma-t-elle. Jeter des paillettes sur les gens leur est interdit parce qu'une fois qu'il y a des paillettes sur quelque chose elles ne partent plus. C'est pour ça qu'on ne s'en sert que pour le dessin et le bricolage.

Keith parut réfléchir à cette explication.

Derrière lui, surveillant un autre groupe d'élèves, sa collègue June suivait l'échange d'un œil anxieux, visiblement soulagée de ne pas être celle qui se trouvait en mauvaise posture. Comme la plupart des enseignants de maternelle, elles plaisantaient souvent à propos de la redoutable persistance des paillettes. Vous aviez beau faire attention, il suffisait d'en avoir touché une fois pour en retrouver partout chez vous pendant des jours et des jours, sur vos vêtements préférés, jusque dans vos cheveux.

Si, par malheur, Keith décidait d'ignorer le précepte des pirates surgi en tout dernier recours de son imagination, Cassandra pouvait être certaine de scintiller jusqu'au jour de sa retraite.

Heureusement, par loyauté envers ses bien-aimés pirates, Keith n'osa pas enfreindre le prétendu code. Lentement, il éleva la main vers elle et ouvrit son petit poing.

Cassandra ne perdit pas une seconde. Sans geste brusque, elle guida l'enfant, main ouverte, jusqu'à la poubelle, près de la porte.

— Les pirates te remercient, lui dit-elle tandis que la poudre étincelante voletait en pluie jusqu'au fond du sac plastique.

Une fois la menace écartée, Keith rejoignit le groupe sous l'œil vigilant de June. Cassandra retourna auprès des enfants capables de jouer de façon autonome et, sans qu'elle ait vu passer le temps, la pendule afficha bientôt 14 h 30.

— Je vais me charger de la sortie des enfants, étant donné que le petit épisode de tout à l'heure a failli te coûter ta jolie robe, annonça June en riant une fois que les élèves furent alignés, deux par deux. Et puis tu as été debout toute la journée, tu dois être fatiguée.

Cassandra leva les yeux au ciel.

— Pour la sortie des enfants, j'accepte. Mais de là à penser que je ne peux pas tenir sur mes jambes une demi-heure de plus simplement parce que j'ai pris un peu de poids, non !

June rit et Cassandra sourit à leurs élèves comme ils la saluaient d'un chœur de « Au revoir, maîtresse ! ».

Ce ne fut que lorsqu'ils eurent tous quitté la classe que Cassandra s'assit derrière son bureau. Elle était fatiguée, en effet, mais ça n'avait rien à voir avec le fait qu'elle avait été debout toute la journée et tout à voir avec le ventre proéminent qui bombait sa robe de maternité. Elle baissa les yeux.

— Tu ne grossiras sans doute pas beaucoup plus d'ici au terme de ta grossesse, murmura-t-elle avec une once de raillerie dans la voix.

Puis elle émit un petit ricanement sous cape.

Elle n'était enceinte que de six mois et demi mais, dernièrement, son abdomen s'était indéniablement beaucoup arrondi.

L'école élémentaire de Kelby Creek passa du chaos au silence comme l'aiguille de l'horloge pointait 15 heures. June reparut après avoir supervisé le départ des enfants et rassembla ses affaires avant de lui dire au revoir.

Cassandra revoyait son programme d'activités du lendemain lorsqu'un homme d'entretien entreprit de nettoyer sa classe avant de passer à la suivante. Puis le silence se fit total et elle s'avisa qu'il était l'heure de s'en aller.

Elle remplit son sac de choses dont elle n'avait nul besoin et se dirigea vers la zone centrale de l'école. Au lieu de prendre à gauche pour sortir par la porte principale, elle marqua une pause près des vitres qui donnaient sur la cour de récréation, à l'arrière des bâtiments.

Mme Letterman, la doyenne des enseignants de l'école élémentaire de Kelby Creek, se tenait, l'air abattu, près de la cage à écureuil. C'était elle qui assurait l'accueil périscolaire et, aujourd'hui, il ne restait que deux enfants.

Cassandra soupira en voyant que Keith était l'un des deux. Abandonnant le projet de rentrer à la maison, elle se dirigea vers sa collègue, le sourire aux lèvres.

— Il ne reste qu'eux deux ?

Mme Letterman hocha la tête.

Keith leva les yeux et la petite fille avec laquelle il jouait se retourna. Ce n'était pas une élève de Cassandra mais elle savait qu'elle s'appelait Bonnie. Elle avait un petit minois encadré de boucles brunes, aussi vives et remuantes que l'était sa personnalité. Ce qui expliquait sans doute la mine accablée de Mme Letterman. Elle s'était vue chargée de l'accueil périscolaire aujourd'hui avec les deux gamins les plus débordants d'énergie à l'est du Mississippi.

Cassandra rit en entendant Bonnie pousser un cri de guerre, aussitôt repris par Keith.

— Et si je te remplaçais pour cette fin de journée et que tu rentrais chez toi ? suggéra Cassandra.

Sans attendre le refus poli de sa collègue, elle éleva une main devant elle pour couper court à toute protestation.

— Laisse-moi faire ça avant que je ne parte en congé de maternité et que vous ne vous retrouviez avec une institutrice en moins. Ça ne me dérange pas, je t'assure.

— D'accord, merci. Keith dit qu'on risque de venir le chercher en retard, et le grand-père de Bonnie a appelé pour signaler qu'il avait un problème de voiture, mais son père va arriver d'une minute à l'autre. Coach Rich est toujours dans son bureau. Préviens-le quand tu t'en vas.

Et Mme Letterman fila comme si elle avait le diable à ses

trousses. *Remarquable vélocité pour son âge*, songea Cassandra, amusée.

Elle posa son sac, porta une main à son ventre et se tint de l'autre à la cage métallique.

— On a marché tout le long de la poutre ! proclama Keith fièrement en montrant un équipement de l'aire de jeux, à côté de la cage à écureuil. Bonnie dit qu'elle a une jambe de bois mais je la crois pas !

Cassandra regarda Bonnie.

— Ce doit être dur, pour nager, non ?

Mais l'attention de la petite fille était ailleurs. Les yeux écarquillés, elle contemplait fixement la grille qui séparait la cour du parking, où les bus faisaient demi-tour quand ils déposaient ou emmenaient les enfants. C'était également là, au portail, que les parents venaient chercher leur progéniture après l'accueil périscolaire.

Cassandra suivit son regard et vit un homme qu'elle ne reconnut pas.

Keith ne devait partir qu'accompagné par sa mère d'accueil ou par l'assistante sociale – des femmes toutes les deux, donc.

— Bonnie, c'est ton papa ?

L'enfant recula d'un pas.

L'homme franchit le portail d'un pas décidé, à une centaine de mètres d'eux.

— Non, répondit Bonnie d'une voix tout à coup étonnamment calme.

Les cheveux se dressèrent sur la nuque de Cassandra. À voix basse, elle ordonna posément :

— Keith, donne-moi la main.

Dieu merci, l'enfant l'écouta. Une seconde plus tard, il glissait sa petite main collante dans la sienne.

Voyant le geste, l'homme parut presser le pas. Il avait l'air déterminé et ne souriait pas. Pas du tout.

— Bonnie, dit Cassandra. Je veux que tu coures le plus vite possible jusqu'à la porte et que tu rentres dans l'école. *Tout de suite !*

Bonnie, bénie soit-elle, ne se fit pas prier non plus.

2

L'homme était grand et mince. Il avançait, imperturbable.

Son aspect était tout ce qu'il y a de plus normal : un jean, surmonté d'une chemise. Il avait des cheveux blonds qui bouclaient aux extrémités et quelques rides sur le front qui rendaient difficile de lui donner un âge. S'il avait une arme, elle était bien cachée. Et, s'il avait une bonne raison de les poursuivre en voyant leur petit groupe se mettre à courir, il ne la formula pas.

Pas de « Oh ! désolé, je vous ai fait peur. »

Pas de « Tout va bien, ne vous inquiétez pas. J'ai une raison parfaitement valable d'être ici. »

Il était aussi silencieux qu'une statue.

Une statue qui les aurait rattrapés si Cassandra n'avait prestement tourné la clé dans la serrure sitôt la porte franchie.

L'homme se heurta à la porte close, actionna fébrilement la poignée, mais toujours sans émettre un son.

— C'est une urgence, souffla Bonnie derrière Cassandra. Il faut appeler mon papa !

Cassandra se revit en train de poser son sac à main près de la cage à écureuil. Le sac dans lequel se trouvait son portable.

Elle songea au téléphone fixe du bureau mais, au même moment, elle vit l'homme reculer de deux pas, se pencher pour ramasser l'une des pierres de couleurs vives que les enfants avaient décorées lors d'un atelier de peinture et la lancer.

Elle recula d'un bond avec les enfants comme le caillou frappait la vitre, l'étoilant de fissures.

— Venez ! dit Cassandra, entraînant les enfants vers le centre de l'école.

Plusieurs couloirs donnaient sur le hall principal d'où on pouvait rejoindre l'avant du bâtiment, où étaient situés la cantine, le bureau et l'espace de sortie de classe. Mais son projet d'atteindre le téléphone fut anéanti par un bruit de verre brisé venant de la porte de derrière. Changeant de plan, elle opta pour conduire les enfants jusqu'à une porte qui ne se franchirait pas aussi facilement. Elle bifurqua si promptement que Keith faillit perdre l'équilibre. Tous trois se retrouvèrent dans la bibliothèque de l'école.

— Chut... Pas de bruit, souffla-t-elle aux enfants en les entraînant à travers les rayonnages pour les conduire jusqu'à l'espace vide, dans un coin, tout au fond.

Mentalement, elle visualisait déjà la porte portant la plaque « Réservé au personnel » qui se trouvait derrière.

Cette porte menait au local de stockage qui ouvrait sur l'arrière de la salle des enseignants. Depuis que Cassandra travaillait dans l'école, ni la porte du local ni celle de la salle des professeurs n'avaient jamais été fermées à clé.

Mais celle de la salle des enseignants pouvait se verrouiller de l'intérieur.

La pièce n'était pas équipée d'un téléphone mais, si elle pouvait y laisser les enfants en sécurité quelques minutes, Cassandra foncerait jusqu'au bureau, en espérant qu'il était ouvert, et appellerait les secours. Chaque classe était équipée d'un poste téléphonique mais les enseignants verrouillaient leur salle en partant chaque soir.

Où était l'homme d'entretien ? Était-il déjà parti ?

Et Coach Rich ?

Il y eut un bruit de cliquetis derrière eux puis la porte de la bibliothèque s'ouvrit violemment.

En un éclair, Cassandra recula et se réfugia avec les enfants entre deux étagères, Bonnie derrière elle, Keith, devant. Elle porta l'index à ses lèvres pour leur signifier le silence.

Des pas résonnèrent à l'autre bout de la bibliothèque. L'homme cherchait du côté du bureau et de l'espace de lecture.

Une chance... Cela lui redonna un peu espoir.

Elle tapota le bras de Bonnie et, prenant chaque enfant par la main, elle se remit à avancer sur la pointe des pieds vers leur destination initiale.

Lorsque, enfin, elle apparut, la plaque « Réservé au personnel » lui fit l'effet d'un phare dans la nuit. Elle ouvrit lentement la porte sous les yeux écarquillés des enfants. Pas le moindre grincement, heureusement. Cassandra poussa les enfants à l'intérieur et referma le battant avec précaution derrière eux.

— Continuez à avancer, leur chuchota-t-elle en désignant du menton l'autre extrémité de la salle.

Elle se souviendrait jusqu'à son dernier jour du merveilleux calme dont témoignaient les enfants. Terrifiés mais silencieux, ils suivaient à la lettre ses instructions quand bien des adultes auraient craqué.

Mais pas eux. C'étaient des pirates.

Bonnie arriva à la porte la première. Elle tendit la main et Cassandra se représenta déjà en train de repousser la porte et de la verrouiller derrière eux. Mais, quand Bonnie actionna la poignée, rien ne se produisit.

Le sang de Cassandra se figea dans ses veines. Elle la testa à son tour, espérant que la petite fille s'y était prise maladroitement.

Mais non.

La porte qui n'était *jamais* fermée l'était bel et bien.

— Qu'est-ce qu'on fait ? souffla Keith.

Cassandra posa la main sur son abdomen, s'efforçant d'imaginer un plan de secours. Elle promena son regard dans la pièce, affolée. Le local n'était pas très grand et il n'y avait nulle part où se cacher.

L'homme était-il armé ?

Que voulait-il ? Leur faire du mal ? Les enlever ?

Elle n'eut que le temps de repasser frénétiquement ces questions dans sa tête… et entendit la porte s'ouvrir.

Cassandra fit volte-face, repoussant Keith derrière elle. L'homme s'immobilisa dans l'embrasure de la porte et observa la scène.

Pendant un moment, personne ne parla.

Ce fut Cassandra qui rompit le silence.

— Laissez-les tranquilles, je vais venir avec vous, dit-elle d'une voix posée et ferme qui la surprit elle-même.

— Ce n'est pas vous que je veux, proféra l'homme.

Le sang qui s'était glacé dans ses veines se mit à bouillonner.

Voilà. C'était clair. Il voulait les enfants.

Eh bien, il allait d'abord avoir affaire à elle.

Passant instantanément en mode protecteur, Cassandra lâcha leur main. Elle se tint immobile un instant puis s'élança droit sur l'homme.

L'effet de surprise joua en sa faveur. Il recula, pris de court. Cassandra ne s'arrêta pas. Les mains en avant, elle poussa sur son torse aussi fort qu'elle le put.

L'homme poussa un cri et chancela. Cassandra profita de son avantage pour attraper à pleines mains sa chemise et le projeter contre l'étagère la plus proche.

La manœuvre réussit à moitié. Il ne heurta pas l'étagère mais tomba.

— Bonnie ! Keith ! Vite, courez !

Si Cassandra était parvenue à s'exprimer avec calme jusqu'alors, cette fois, ce fut en criant qu'elle lança cet ordre. Mais, une fois de plus, les enfants obéirent.

Bonnie s'élança à travers la bibliothèque, tenant Keith par la main, tandis que Cassandra attrapait le premier livre de l'étagère qui lui tombait sous la main. Elle sentit le courant d'air sur sa peau lorsqu'ils la dépassèrent, courant à toutes jambes.

L'homme se remit rapidement debout, avant de recevoir en plein visage un manuel destiné aux lecteurs débutants. L'ouvrage n'était pas assez volumineux pour le faire tomber à nouveau, mais il était cartonné et suffisamment rigide pour le faire sortir de ses gonds. Il éructa un grognement de douleur et se rua sur elle, lui rendant au centuple la monnaie de sa pièce.

Une brutale poussée sur ses épaules fit perdre l'équilibre à Cassandra, mais, avant qu'elle ne tombe, l'homme lui tira les cheveux.

Elle cria, le cuir chevelu en feu. Par réflexe, elle tenta d'attraper son poignet mais il la tira vers le bas. Une main protégeant son ventre, elle réussit à pivoter suffisamment pour atterrir sur le flanc.

L'homme la lâcha mais, l'espace d'un instant, elle croisa son regard. Il allait déchaîner sa fureur contre elle. Maintenant qu'elle était à terre, il n'avait plus qu'à la rouer de coups… Ce qu'il allait faire.

Cassandra passa un bras sur son abdomen, se préparant à tenter de se défendre lorsque l'alarme se déclencha, les stoppant net tous les deux.

Puis un livre vint heurter l'homme à la hanche. Cassandra tourna la tête comme un deuxième livre volait dans les airs.

Keith en saisissait déjà un troisième sur l'étagère la plus proche.

— Va-t'en ! Cours ! lança Cassandra.

Mais Keith continua à bombarder leur agresseur, ce qu'il n'apprécia pas du tout. Il se tourna vers l'enfant et se dirigea droit sur lui. Cassandra essaya de lui faire un croche-pied, sans succès.

Elle exhorta de nouveau Keith à s'enfuir, mais celui-ci resta cloué sur place. L'adrénaline se déversa dans les veines de Cassandra tel un torrent rageur.

Elle se remit debout juste au moment où l'homme attrapait Keith.

L'enfant hurla, Cassandra aussi.

Il fallait arrêter cet homme. Maintenant.

Jones quitta le bureau du shérif en jurant sous cape, mais il s'obligea à ne pas trop appuyer sur la pédale d'accélérateur en se rendant à l'école. Ce n'était pas la faute de son père si le moteur de son pick-up l'avait lâché. Et ce ne serait pas non plus la première fois que Bonnie resterait à l'accueil périscolaire en raison d'un problème de dernière minute. Mais Jones détestait l'idée que Bonnie ait attendu l'arrivée de son grand-père et se soit finalement vue conduite vers la cour de récréation pour attendre qu'on vienne la chercher.

C'était pourquoi Jones était pressé d'arriver. Attendre quelqu'un qu'on aime et qui n'arrive pas constituait toujours une déception, même si on savait qu'il y avait une bonne raison à cela.

Donc Jones se gara dans le parking et sauta hors de la voiture, son badge et son holster, avec son arme, toujours en place. Il longea le trottoir d'un pas vif mais, en approchant du portail, il s'aperçut que la cour était déserte.

Quelque chose, cependant, attira son attention. Au pied de la cage à écureuil, l'équipement préféré de Bonnie, il y avait un sac. Il poussa la grille.

En approchant, il constata que c'était un sac à main.

Jones se retourna vers le parking. Trois voitures. Il grava les véhicules dans sa mémoire.

Personne ne l'apostropha tandis qu'il s'avançait, sur l'herbe et sur le sable, en direction du sac. Il nota des empreintes de pas : celles d'un adulte et au moins deux empreintes enfantines. Toutes se dirigeaient vers les portes de derrière de l'école.

Le regard de Jones remonta. L'une était fermée. Mais la vitre de l'autre était fracassée.

Jones plongea une main dans sa poche pour saisir son portable tandis que l'autre se posait sur la crosse de son arme. Au même moment, la sirène d'alarme de l'école se déclencha, rendant la scène plus menaçante encore.

Il courut vers le bâtiment et s'avança dans le hall, le verre brisé crissant sous ses pieds.

C'était aussi irréel qu'inquiétant.

Personne en vue. Il n'y avait que les flashs lumineux de l'alarme et son hurlement strident.

Il était sur le point de sortir son arme lorsqu'un mouvement soudain, dans un coin, attira son regard.

Son cœur se gonfla de soulagement lorsqu'il reconnut sa petite fille.

— Bonnie !

3

En voyant ses cheveux bruns tout ébouriffés et ses yeux qui ressemblaient tant à ceux de sa mère fixés sur lui, écarquillés, Jones comprit tout de suite qu'il se passait quelque chose de grave. Elle était terrifiée.

— Papa ! cria-t-elle en se précipitant vers lui, le bras tendu derrière elle. Il y a un homme qui est entré dans l'école... Il va faire du mal à Mlle West !

Sa petite voix était fluette mais assurée. Jones la crut aussitôt.

— Un homme. Il est tout seul, tu es sûre ? répondit-il en sortant son portable et en le tendant à Bonnie, qui hochait la tête. Appelle le 911, dis-leur où nous sommes et signale que nous avons besoin d'aide. Donne-leur ton nom. Tu y arriveras ?

Jones avait confiance. Il lui était arrivé à plusieurs reprises de l'emmener avec lui pour répondre à des urgences depuis qu'elle était toute petite.

— Va dans les toilettes et enferme-toi, lui enjoignit Jones. Ensuite, attends que je vienne te chercher.

Elle inclina la tête et, après un dernier regard, il s'élança dans la direction qu'elle lui avait indiquée.

Il ne connaissait pas les tenants et les aboutissants de la situation, ne savait pas qui était Mlle West ni pourquoi cet homme s'était introduit dans l'école, mais une chose était certaine : il allait y mettre un terme.

Des bruits de lutte lui parvinrent en provenance d'une porte ouverte. Jones n'était jamais entré dans la bibliothèque de l'école, mais il n'avait pas besoin de connaître par cœur la configuration des lieux pour savoir ce qu'il devrait faire une fois la porte franchie.

— Lâchez-le !

Un homme et une femme se faisaient face entre deux rangées de rayonnages, au fond de la salle. Jones ne distinguait pas leurs traits en raison de leur position mais il vit que l'homme maintenait fermement un petit garçon entre eux.

Bonnie n'avait que six ans, mais Jones fit entièrement confiance au jugement de sa fille. L'homme agressait Mlle West et tenait un enfant.

À pas de loup, pour bénéficier de l'effet de surprise, il combla la distance qui le séparait du petit groupe. Mlle West résistait vaillamment. Il la vit abattre un livre sur l'épaule de son assaillant. Puis elle tenta de le frapper ; le coup manqua sa cible mais l'homme recula d'un pas, serrant le gamin contre lui.

Le garçonnet se débattit, tendant les bras en direction de Mlle West. L'action ne dura pas plus d'une demi-minute, mais cela fournit à Jones l'ouverture dont il avait besoin.

Campé sur ses deux jambes, il rugit :

— Bureau du shérif ! Plus un geste !

L'homme pivota sur ses talons, les yeux agrandis par la surprise et la panique. Il était grand mais pas aussi grand que Jones et, visiblement, il ne s'attendait pas à voir intervenir les forces de l'ordre.

Poussant brutalement l'enfant dans les jambes de l'enseignante, les faisant tomber à terre, il les dépassa en courant.

— Ça va ? leur lança Jones, s'apprêtant à prendre l'homme en chasse.

Du coin de l'œil, il vit la femme hocher la tête. Rassuré, il s'élança à la suite de l'agresseur, qui, manifestement, ne connaissait pas mieux que lui la configuration des lieux. Courant maladroitement, il tourna vers une allée qui aboutissait à un mur de livres. Une impasse.

— Stop ! Haut les mains ! cria Jones, lui bloquant le passage.

Mais l'intrus ne s'avoua pas vaincu. Au lieu de s'immobiliser, les mains en l'air, il poussa l'étagère la plus proche de toutes ses forces. Comme ils étaient dans une école élémentaire et non dans une grande bibliothèque municipale, la structure, légère, céda facilement.

Les livres dégringolèrent avant que l'étagère ne s'écrase dans un grand fracas métallique sur le carrelage gris recouvert d'un tapis. Il entendit le petit garçon pousser un cri de peur derrière lui. Son assaillant enjamba précipitamment l'étagère renversée. Elle lui ouvrait une nouvelle issue vers la partie étude de la bibliothèque.

— Bon, le jeu du chat et de la souris… ça suffit, gronda Jones.

Pivotant sur lui-même, il revint sur ses pas entre les rayonnages, sa longue foulée lui permettant d'atteindre la porte une seconde avant l'assaillant.

Acculé, ce dernier, dans son infinie sagesse, voulut alors reprendre le combat.

Fermant le poing, il détendit le bras. Si Jones avait été moins grand, le coup aurait peut-être eu plus d'impact. Mais, les choses étant ce qu'elles étaient, il offrit à Jones l'occasion qu'il attendait pour l'atteindre à son tour d'un direct en pleine mâchoire.

L'homme tituba un instant avant de s'affaisser, sonné.

Jones détacha les menottes de sa ceinture et lui attacha

les poignets, travail facilité par le fait que l'homme était inconscient sur le sol.

Sûr, désormais, que la menace était neutralisée, Jones reporta son attention vers la femme et le garçonnet. Son regard s'arrêta d'abord sur ce dernier. Il pleurait parce qu'il avait eu peur mais n'était pas blessé. Penchée vers lui, Mlle West le rassurait, les mains sur ses épaules. C'était cela, sans doute, qui l'avait empêché de craquer.

Mais, quand la femme releva la tête, ce fut au tour de Jones d'éprouver un choc. Pour la première fois depuis son entrée dans la bibliothèque, il voyait véritablement son visage.

Ce n'était peut-être pas l'institutrice de Bonnie, mais Jones la connaissait bel et bien.

— Cassandra ?

La femme à laquelle il pensait chaque fois qu'il s'asseyait à son bureau ou voyait son badge étoilé se refléter dans un miroir.

La femme qui l'avait aidé à choisir un avenir autre que celui qu'il avait envisagé.

La femme avec laquelle il avait passé une nuit merveilleuse avant qu'ils ne tombent d'accord pour suivre chacun son chemin sans garder de leur rencontre rien d'autre que de doux souvenirs.

Cette décision, il l'avait souvent regrettée au cours de ces derniers mois, mais ils n'avaient échangé que leurs prénoms.

Et voilà qu'elle était là, devant lui. Cassandra *West*, apparemment. Institutrice dans l'école de sa fille. Et elle était visiblement tout aussi médusée que lui.

— Jones ?

Il s'apprêtait à lui répondre – ou plutôt à lui poser une myriade de questions –, mais le petit garçon s'écarta d'elle et il la vit entièrement.

Les mots restèrent coincés dans sa gorge.

Car non seulement elle habitait Kelby Creek et enseignait dans l'école de sa fille, mais en outre elle était... enceinte !

— Papa... ?

Toutes ses pensées se bloquèrent brusquement lorsqu'il entendit la voix de sa fille.

— Je peux entrer, maintenant ?

Se retournant, il vit Bonnie dans l'encadrement de la porte, le regard braqué sur l'homme étendu par terre, derrière lui.

Cela le recentra instantanément. Pour l'instant, peu importait que Cassandra soit à Kelby Creek, dans cette école. La priorité, c'était de savoir pourquoi *l'homme* y était.

Voyant que son père lui faisait signe, Bonnie les rejoignit en courant. Peu après, un membre du bureau du shérif apparut à son tour sur le seuil.

Marco Rossi, un adjoint du shérif, entra rapidement, son badge bien en vue. Il observa gravement la scène puis arrêta son regard sur Jones.

— Vous aviez besoin de moi, shérif ?

Cassandra, déjà plus ou moins en état de choc suite à l'attaque dont ils avaient été victimes, fut ébranlée par cette révélation. Tout comme elle avait été abasourdie d'entendre Bonnie appeler Jones « papa ».

Ainsi, non seulement il habitait Kelby Creek mais en plus il en était le shérif.

Avant qu'elle n'ait pu assimiler la nouvelle, leur assaillant, au sol, commença à remuer. Keith revint en un éclair se poster à son côté, imité la seconde suivante par Bonnie, qui glissa sa petite main dans la sienne.

— Oui, Rossi, répondit Jones après avoir jeté un rapide

coup d'œil à Bonnie, elle et Keith. Pour embarquer ce type. Ta voiture de patrouille est garée devant l'école ?

Marco secoua la tête.

— Non, j'étais là il y a vingt minutes ; je venais juste de rentrer à la maison quand ton appel m'est parvenu, expliqua-t-il. Je n'ai eu que le temps de déposer les enfants et de faire demi-tour. Mais Sterling n'est pas loin. Il ne devrait pas tarder.

Jones acquiesça d'un bref signe de tête et souleva l'homme de terre. Sa tête ballottait encore un peu mais il tenait sur ses jambes. Bonnie serra la main de Cassandra. Comme si son père avait senti sa tension, il la regarda.

— Bonnie, toi et ton camarade, vous allez rester ici avec Mlle West et l'adjoint Rossi. Je reviens tout de suite.

Marco hocha la tête et Bonnie répondit « D'accord ». Cassandra, avec toujours l'impression de vivre un mauvais rêve, avança d'un pas, hésitante.

— Jones... Je veux dire : shérif ?

Les yeux chaleureux, parfaits de Jones – les yeux dans lesquels elle s'était longuement perdue pendant la nuit qu'ils avaient passée ensemble – croisèrent les siens, et la gorge de Cassandra s'assécha.

Le lendemain, après qu'ils s'étaient séparés, elle avait regretté d'avoir suggéré qu'ils s'en tiennent à cette rencontre éphémère. Certes, elle n'avait pas été en quête d'une relation et lui, de son côté, semblait avoir trop de questionnements en tête pour pouvoir faire de la place à autre chose... Mais, quand Cassandra s'était retrouvée seule dans son lit le soir, elle avait regardé l'oreiller vide, à côté d'elle, en se disant qu'elle aurait bien aimé que Jones soit là.

Pas forcément pour qu'ils s'embrassent, mais pour parler, échanger. Et, même sans parler, simplement pour être là.

Parce que c'était ainsi que s'était passé le moment qu'ils

avaient partagé. Bref mais riche en émotions. Ils avaient discuté de tout et de rien, mais cela avait eu du sens. Ils avaient partagé une intimité sans connaître les détails de la vie de l'un et de l'autre. Des détails qui n'auraient fait que lester un peu plus leur vie déjà compliquée.

Des détails qui leur auraient permis de se rendre compte que leur code postal était identique.

Mais cette nuit de désir et de passion s'était muée en regret, en colère puis en acceptation. L'acceptation du fait qu'elle ne croiserait sans doute plus jamais la route de cet homme prénommé Jones. Que la chance dans la vie, en amour en particulier, ne serait jamais de son côté.

Quelque temps après, comme pour lui prouver que rien ne se déroulait jamais selon ses plans, elle avait constaté que ses règles n'arrivaient pas.

Et elle avait découvert qu'elle était enceinte alors que Jones était le seul homme avec qui elle ait couché depuis Ryan. À partir de là... envolée, l'acceptation. Retour en force des regrets et de la colère.

Elle avait toujours voulu des enfants, mais elle n'avait jamais envisagé d'être une mère célibataire. Et Jones... Qu'aurait-il souhaité, lui ?

Cette pensée l'avait hantée au fur et à mesure que les mois défilaient et que son ventre s'arrondissait. Seule June savait qui était le père. « Tu pourrais engager un détective privé pour le retrouver, lui avait-elle suggéré comme Cassandra entrait dans son dernier trimestre. Histoire de savoir qui il est vraiment avant de lui dire que tu es enceinte. Peut-être même pourrais-tu attendre que le bébé soit né pour lui en parler en personne avant de le laisser entrer dans votre vie ? »

C'était un bon conseil, que Cassandra avait souvent songé à suivre. Mais, chaque fois, elle avait pensé à Ryan.

Au mariage qui n'avait jamais eu lieu. À la chance qui semblait toujours lui tourner le dos. Et, chaque fois, elle avait fini par se dire qu'elle verrait plus tard.

Mais maintenant...

Maintenant, Jones était là, devant elle. Avec un badge étoilé. Ça semblait irréel.

Cassandra décida donc de rester dans le présent.

Rejetant les épaules en arrière, elle déclara d'une voix posée, histoire de ne pas effrayer davantage les enfants :

— L'une des personnes responsables de Keith va bientôt arriver. Il s'agit de Lila Shaw ou de Renee Parr. Coach Rich est peut-être encore dans le gymnase mais je n'en suis pas sûre. Sinon, il ne devrait plus y avoir personne dans l'école.

Du haut de son athlétique mètre quatre-vingt-quinze, Jones hocha la tête. Puis un masque parut tomber sur son beau visage. Ou plutôt une expression d'extrême attention qu'elle n'avait pas eu l'occasion de lui voir au cours de leur nuit de passion dans une chambre d'hôtel.

— Très bien. J'aurai l'œil, promit-il. Merci.

Cassandra inclina la tête, avant de se dire que c'était insuffisant.

— De rien, ajouta-t-elle.

Et elle le regarda partir avec l'homme menotté, Keith pressé contre elle, et Bonnie, sa main toujours dans la sienne.

Comme la vie était étrange, songea-t-elle. Elle se retrouvait à donner la main à la fille du shérif alors qu'elle portait son enfant.

4

— S'attaquer à des enfants jouant dans une cour de récréation… Il fallait oser, nota Carlos à l'adresse de Jones tandis qu'ils regardaient la voiture de patrouille s'éloigner. Jamais je n'aurais cru Bill capable d'une chose pareille.

Jones et Marco, le transfuge de Caroline du Nord, n'avaient pas reconnu Bill Burrows, l'homme qui avait eu l'aplomb incroyable de s'en prendre à la fille de Jones, mais, à leur arrivée, Carlos et Sterling l'avaient immédiatement identifié. Bill avait été dans la même classe que Sterling quand ils étaient enfants. Il résidait actuellement avec son oncle sur le terrain mis à disposition par la municipalité pour les caravanes et les mobile homes à la périphérie de la ville.

Il n'avait pas d'enfant scolarisé dans l'établissement. Il ne connaissait aucun membre du personnel. Il semblait n'avoir aucune raison de s'être comporté comme il l'avait fait.

— On ne connaît jamais vraiment les gens, répondit Jones, les bras croisés, tout en regardant une deuxième voiture de patrouille s'éloigner. À Kelby Creek, on a tous appris la leçon après l'enlèvement d'Annie McHale.

Jones poussa un profond soupir. Une camionnette apparut à l'autre bout du parking, roulant à vive allure. Carlos se tendit.

— Je ne savais pas pour combien de temps j'en aurais ici,

expliqua Jones. Donc mon père a emprunté la camionnette du voisin pour venir chercher Bonnie.

Le père de Jones n'avait jamais été homme à s'abstenir de présenter des excuses s'il estimait en devoir, tout comme il n'en présentait jamais qui ne soient pleinement justifiées. Mais, à son expression, lorsqu'il descendit du véhicule, Jones vit tout de suite qu'il était rongé par la culpabilité et qu'il allait se confondre en excuses - pour le coup, infondées.

Jones lui coupa l'herbe sous le pied.

— Tu ne pouvais pas savoir ce qui allait se passer, déclara-t-il d'emblée, se forçant à se détendre un peu. Il n'y a qu'une personne qui soit coupable et c'est ce type, Bill Burrows.

Son père n'aimait pas qu'on lui dise ce qu'il devait faire ou penser - trait qu'il avait largement transmis à Jones -, et il se mit tout de suite sur la défensive.

— Je savais que ce maudit pick-up ne tournait pas rond depuis deux mois. J'aurais dû l'emmener chez le garagiste plus tôt. Si je l'avais fait, Bonnie serait à la maison, avec moi.

Il secoua la tête, furieux contre lui-même. Sentiment que Jones connaissait bien.

Celui-ci s'apprêtait à répéter que son père n'y était pour rien lorsque la porte de l'école s'ouvrit derrière eux. Ils se retournèrent et virent Bonnie accourir dans leur direction. Le père de Jones s'avança à sa rencontre, les bras tendus.

Derrière eux, Jones vit le petit garçon prénommé Keith, sa mère d'accueil et Cassandra.

Cassandra West.

L'inoubliable et très enceinte Cassandra West.

Comme elle était en pleine conversation avec la femme responsable de Keith, Jones prit le temps de l'observer attentivement.

Elle était belle, vraiment belle.

Cela, il l'avait vu au premier regard, mais son apparence, aujourd'hui, était différente de celle de la femme qu'il avait rencontrée fortuitement des mois plus tôt. À l'hôtel, elle était élégamment vêtue, très chic – à la pointe de la mode, en tout cas nettement plus que lui. Ses cheveux étaient bien coiffés, et ses yeux eux-mêmes, qui l'avaient captivé, avaient une vivacité et un éclat particuliers.

Aujourd'hui, en revanche, son épaisse crinière était lâchée, un peu ébouriffée, et son ample robe bariolée arborait des traces de paillettes au niveau de son ventre.

Son ventre rond.

Il n'avait pas eu le temps de se livrer à un calcul mental, mais quand sa défunte épouse, enceinte de Bonnie, avait eu le ventre aussi bombé que Cassandra, elle avait été sur le point d'accoucher.

Cela signifiait-il que Cassandra était déjà enceinte sept mois plus tôt, dans cet hôtel ? Ou sa grossesse était-elle la conséquence de leur rencontre ?

— Papa ! J'ai appuyé sur l'alarme mais je n'ai pas été grondée ! lança Bonnie, tout excitée, venant couper court à ses réflexions.

D'une façon ou d'une autre, il allait devoir parler à Cassandra, mais il ne voulait pas aller trop vite en besogne.

Il plaqua un sourire sur ses lèvres et rejoignit sa fille et son père.

— Non. Parce que, dans ce cas précis, déclencher l'alarme incendie était une bonne idée, même s'il n'y avait pas de feu.

Avec un large sourire, Bonnie regarda Keith et sa mère d'accueil approcher, suivis de Cassandra, un peu en retrait. En l'absence de la directrice, c'était elle qui servait d'intermédiaire au groupe. Coach Rich, le seul autre membre du personnel encore présent, était à l'intérieur, en train de parler aux pompiers. Apparemment, le fait d'avoir manqué l'action le contrariait davantage que l'incident en lui-même.

— Si vous n'avez plus besoin de moi... nous allons partir, déclara la mère d'accueil de Keith en se tournant vers Carlos, qui s'était entretenu avec elle un moment plus tôt.

Carlos interrogea Jones du regard. Il inclina la tête mais, auparavant, s'avança vers la femme et lui tendit une carte.

— Millie Lovett travaille en partenariat avec le bureau du shérif. Elle aide les enfants à surmonter certaines situations stressantes comme celle d'aujourd'hui. C'est gratuit et approuvé par les services sociaux. Passez-lui un coup de fil.

Bien que ne paraissant pas autrement encline à suivre son conseil, la femme prit la carte.

Comme le petit garçon commençait à lui emboîter le pas, Cassandra l'attrapa par la main. Elle s'accroupit précautionneusement pour se mettre à son niveau.

— Et si jamais, finalement, tu ne vois pas la gentille Mme Lovett, tu peux toujours me parler à moi, tu sais, rappela-t-elle à Keith.

À son intonation, Jones jugea que, par le biais de l'enfant, elle s'adressait surtout à sa mère d'accueil.

Cassandra sourit et posa solennellement la main sur son cœur.

— Code des pirates. Je serai toujours là pour t'écouter.

Jones arqua un sourcil mais, visiblement, l'enfant comprit le message. Des larmes encore dans la voix, il soutint le regard de l'institutrice et répondit avec le plus grand sérieux :

— Code des pirates.

Sa mère d'accueil l'entraîna à sa suite et Cassandra attendit un moment avant de se redresser. Elle pensait à quelque chose, qu'elle finit par formuler avec tact :

— Mme Shaw est quelqu'un de bien, mais elle a beaucoup à faire.

Jones, son père et Carlos ne relevèrent pas. Et puis il était temps d'avancer. Carlos retourna terminer à l'intérieur et le père de Jones prit la main de Bonnie. Il lui promit de s'arrêter en chemin pour lui acheter une glace, ce qui suscita un petit rire de la part de Jones.

— Inutile, cette fois, de me dire que tu en prendras une pour moi et que tu la mettras au congélateur en attendant mon arrivée, dit-il, taquin. On sait tous les trois que vous vous partagerez mon cône à la seconde où vous serez rentrés !

Bonnie Murphy la gourmande lui décocha son sourire le plus espiègle. Cela lui réchauffa le cœur.

Presque autant que cela le lui brisa.

Que cherchait ce Bill Burrows ? Que serait-il arrivé si Cassandra avait été moins réactive ?

Jones s'avisa alors qu'elle les contemplait avec un sourire poli. Il se rendit compte, un peu tard, qu'il aurait dû faire les présentations.

Il serra Bonnie contre lui et promit de rentrer sitôt qu'il aurait terminé ici.

Cassandra les regarda grimper dans la camionnette sans rien dire. Lorsqu'elle parla, ce fut avec une inflexion de voix différente – douce et chaleureuse.

— Vous savez, Bonnie a eu le bon réflexe en pensant à actionner cette alarme. Je ne crois pas qu'à six ans j'en aurais fait autant.

Jones sourit.

— Certains enfants réagissent bien à la pression, même s'ils ont peur. Regardez ce petit Keith... Bonnie m'a dit qu'il n'avait pas voulu vous laisser et qu'il était revenu pour essayer de vous aider. Si, ça, ce n'est pas un élève qui apprécie sa maîtresse... !

Les joues de Cassandra rosirent légèrement.

— C'est le code des pirates. On n'abandonne jamais ses amis, expliqua-t-elle en riant. Pour être honnête, j'avais inventé ce code pour notre sortie scolaire à l'aquarium. Les élèves étaient regroupés deux par deux et Keith est assez remuant... C'était le meilleur moyen de m'assurer qu'il ne fausserait pas compagnie à son camarade !

Jones eut envie d'en savoir plus sur ce code, mais ils ne pouvaient pas ignorer plus longtemps ce dont ils devaient parler. Cassandra le devança, pointant son badge du doigt.

— Donc... c'était ça, le travail sur lequel vous vous interrogiez ?

Il acquiesça.

— Eh bien, je dois avouer que j'ai tout lieu de me réjouir que vous ayez décidé de l'accepter, déclara-t-elle en jetant un coup d'œil à l'école.

— Il semblerait que la boucle soit bouclée, en quelque sorte.

Elle rit, mais d'un petit rire un peu nerveux, puis passa une main sur son ventre. Elle ne portait pas d'alliance.

Est-ce que cela signifiait... ?

— Ni vous ni moi n'avons jamais mentionné Kelby Creek au cours de la conversation, remarqua-t-elle. Cela aurait pu changer la donne, j'imagine.

Sa main allait et venait toujours sur son abdomen.

Avait-il rêvé ou le regard de Cassandra avait-il dérivé vers sa main, à lui ?

Elle prit une profonde inspiration. Puis marqua un long temps d'hésitation.

— Pensez-vous que nous pourrions trouver un moment pour discuter ? ajouta-t-elle. Dans un endroit... autre que mon lieu de travail... ou qu'une scène de crime ?

Jones, qui ne s'était pas attendu à ça, hocha la tête, prenant soin de ne pas laisser son regard s'attarder sur son ventre.

— Oui. Si je vous propose ce soir, c'est trop tôt ? On pourrait dîner ensemble. Chez moi, ou peut-être chez Crisp's ?

Jones résista à l'envie de plaisanter à propos des minibars hors de prix en référence à leur première rencontre. Mais l'homme qu'il était alors – celui qui s'était rendu seul dans un hôtel pour réfléchir à son avenir – avait été plus insouciant. Beaucoup plus insouciant que celui qui arborait ce badge aujourd'hui.

Il ne pouvait plus être cet homme qui l'avait fait rire au bar de l'hôtel, maintenant qu'il était chargé de la sécurité, non seulement de sa famille mais de toute une ville. A fortiori quand cette ville s'appelait Kelby Creek.

— Chez Crisp's, c'est très bien, répondit vivement Cassandra. On peut se retrouver là-bas à 19 heures ?

— Parfait pour moi.

Le sourire reparut sur les lèvres de Cassandra, un peu tendu, peut-être, cette fois. Mais après ce qu'elle venait de vivre…

Elle commença à se détourner, mais Jones la retint doucement par le coude.

— Merci encore de tout ce que vous avez fait pour protéger les enfants, dit-il avec sincérité. Vous avez été formidable, vraiment. Et courageuse.

La voix de Cassandra s'adoucit de nouveau.

— Je n'avais pas le choix, souligna-t-elle avec un petit haussement d'épaules. On ne déroge pas au code des pirates.

Jones ouvrit la bouche pour répondre mais Carlos, ressortant de l'école, l'appela. Ils échangèrent un dernier regard puis il s'éloigna.

— Quoi ? Tu veux dire cette femme-là ? demanda son père en lui tendant sa veste alors que Jones s'apprêtait à partir, s'efforçant en vain de refréner sa curiosité.

— Celle de la blague sur les minibars ? ajouta-t-il comme Jones tardait à répondre.

Jones enfila sa veste et soupira.

Son père était la seule personne à être au courant de son histoire d'un soir avec Cassandra, depuis la conversation qu'ils avaient nouée au bar, pimentée par le jeu des questions-réponses, jusqu'à la raison pour laquelle il avait quitté l'hôtel plus tard que prévu le lendemain matin. Non pas que son père et lui se racontent leur vie dans les moindres détails, mais il avait éprouvé le besoin de parler de Cassandra à quelqu'un pour ne pas que cette rencontre, qui ressemblait à un rêve, en devienne véritablement un – telle une chimère qui n'aurait jamais existé.

Il s'était donc confié à son père. Tout comme il l'avait informé, en rentrant de l'école, de l'identité de l'institutrice qui avait pris soin des enfants.

Puis il avait dû lui demander de garder Bonnie pendant que Jones allait la retrouver au restaurant. Ce qu'il n'avait pas prévu, c'était que son père se montre si enthousiasmé par la nouvelle.

— Oui, celle de la blague sur les minibars, finit-il par répondre en mettant le moteur en route pour le faire chauffer, les soirées commençant à être plus froides, à Kelby Creek. Mais on va plutôt s'en tenir à l'appeler Cassandra, mm... ?

Son père croisa les bras en secouant la tête.

— Ça, alors ! Je n'en reviens pas. Tu te rends à quatre heures de route d'ici, tu rencontres par hasard quelqu'un qui arrive à percer la forteresse métallique que tu as dressée autour de toi et... voilà maintenant que c'est la maîtresse de Bonnie ? À l'école de Kelby Creek ? Il y a de quoi être tout tourneboulé, non ? Si, ça, ce n'est pas un signe, je ne sais pas ce que c'est !

Jones leva les yeux au ciel. Il y avait une légère différence entre répondre à son père par oui ou par non et se livrer ouvertement à l'analyse de ses sentiments intimes.

— Ce n'est pas l'institutrice de Bonnie.

Son père grommela sous cape.

— Allons, allons, ne joue pas sur les mots. Tu retrouves la femme à laquelle tu n'as pas cessé de penser depuis des mois protégeant ta fille et la tenant par la main, dans sa propre école. C'est complètement fou, et tu le sais très bien.

Il le savait, mais il n'était pas disposé à en convenir.

— À tout à l'heure, lança-t-il en commençant à tirer la portière. Dis à Bonnie que j'irai l'embrasser dans son lit en rentrant.

Jamais claquement de portière n'avait sonné de manière si satisfaisante à ses oreilles. Et voir son père lever les yeux au ciel parce qu'il n'avait pas réussi à en savoir plus fut la cerise sur le gâteau.

Kelby Creek, de nuit, quand il faisait froid, était fantastique. Lui qui n'avait pourtant jamais beaucoup aimé le froid entrouvrit sa vitre simplement pour sentir l'air frais sur son visage.

Ou peut-être était-ce pour tenter d'apaiser sa nervosité.

Il n'aurait pas qualifié de « signe » ce singulier concours de circonstances, mais… c'était inattendu, en effet.

Jones jeta un coup d'œil au siège passager, songeant au dossier qui se trouvait en dessous.

Un descriptif détaillé, rédigé de sa main, retraçant la dernière journée où Annie McHale avait été vue. Des notes qu'il était en train de compulser à son bureau quand son père l'avait appelé pour le prévenir de ses ennuis mécaniques. Des notes qui occupaient encore ses pensées quand il s'était garé sur le parking de l'école.

La semaine où il s'attelait réellement à l'enquête sur l'affaire

Annie McHale, voilà que sa fille se trouvait mêlée à une attaque à l'école – une attaque sans motif clair.

Certains événements concomitants tenaient de l'heureuse coïncidence.

Dans ce cas...

Tout cela ne disait rien qui vaille à Jones.

5

Crisp's Kitchen n'avait pas changé d'un iota depuis son ouverture, quand Jones était petit. Le restaurant avait vu passer plusieurs propriétaires, mais le décor, le mobilier, les menus et jusqu'à la station de radio qui diffusait une musique d'ambiance étaient les mêmes.

L'atmosphère y était toutefois plus intime aujourd'hui que lorsqu'ils y venaient dîner en famille le dimanche soir. L'éclairage était plus accueillant, plus tamisé. Seules quelques tables étaient occupées. En entrant, Jones repéra tout de suite la belle femme vêtue d'une robe à manches longues qui lui faisait signe en souriant.

Jones avait prévu d'arriver légèrement en avance, ce qui était le cas, mais pas suffisamment, apparemment.

Cassandra rit doucement lorsqu'il approcha.

— Oui, j'étais là très tôt, dit-elle en guise d'entrée en matière. C'est une de mes manies. J'arrive toujours bien avant tout le monde.

Elle éleva les deux mains comme pour se disculper.

— Mais je me soigne !

Jones sourit et glissa adroitement ses genoux sous la table de façon à ne pas heurter le plateau. C'était un exercice auquel il s'était entraîné après sa dernière poussée de croissance à l'adolescence. Sa haute taille s'accompagnait de petits désagréments avec lesquels il fallait composer.

— Ce n'est pas moi qui vous le reprocherai. Je me lève à l'aube, répondit-il. En réalité, ça atteste surtout ce que j'ai appris avec Bonnie : que les enfants, qu'ils soient tout petits ou qu'ils aient six ans, ne croient pas du tout aux vertus de la grasse matinée !

Le sourire de Cassandra s'élargit.

— Comment va-t-elle ? Je suis sûre d'avoir des cauchemars après ce qui s'est passé, alors pour une enfant de son âge... je n'ose même pas imaginer.

Une fois l'intervention à l'école terminée, Jones s'était laissé convaincre par Carlos de rentrer chez lui au lieu de retourner au bureau. Il était heureux que celui-ci ait insisté. Il avait été partagé entre l'envie de savoir ce qui avait motivé l'agression de Bill Burrows et celle, plus impérieuse encore, de manger de la glace avec sa fille et s'assurer qu'elle allait bien.

— On a regardé ses dessins animés préférés et, ensuite, on a parlé des méchants et des situations d'urgence. Je pense que ça aura porté ses fruits, mais je vais quand même l'emmener voir Millie la semaine prochaine. Je sais que Bonnie n'est pas dans votre classe mais vous avez sans doute remarqué... disons son indépendance d'esprit ?

Ne voulant pas donner l'impression qu'il critiquait sa fille, il accompagna ses mots d'un petit sourire. Mais Cassandra hochait déjà la tête, souriant elle aussi.

— Quand nous avons organisé le grand pique-nique avec les familles des élèves, il a fallu déployer des trésors de diplomatie pour la convaincre de redescendre de la structure d'escalade destinée aux plus grands. Elle s'était perchée tout en haut et hurlait comme un loup.

Un éclat de rire monta dans la gorge de Jones.

— Oh ! je vois. C'est notre faute, à mon père et à moi. Un soir, nous nous étions mis à regarder un film de série B dans lequel un homme se transformait en loup-garou et grimpait sur les toits, d'où il hurlait pour rassembler sa meute...

Il haussa les épaules, l'air un peu penaud.

— Nous pensions Bonnie endormie sur le canapé, mais nous nous sommes aperçus à la fin qu'en fait elle était bien éveillée.

— Les enfants sont des éponges, dit Cassandra en hochant la tête. Surtout à cet âge-là. Ils absorbent absolument tout.

Jones acquiesça d'un signe de tête comme la serveuse arrivait. L'ex-belle-mère de l'adjointe Marigold, Nan. Marigold n'avait pas manqué de lui recommander, s'il voulait bien manger, de s'abstenir de souligner combien Marigold était appréciée au bureau du shérif. Bien sûr, elle avait tourné la chose à la plaisanterie, mais son équipier, Sterling, avait confirmé ses dires sans ambiguïté. Si on voulait faire un bon repas chez Crisp's, on ne devait en aucun cas mentionner le nom de Marigold.

— Elle va bien finir par prendre sa retraite un de ces jours, avait conclu l'adjointe. Ce jour-là, croyez-moi, je vous invite tous à déjeuner là-bas !

Mais ce jour n'était pas encore arrivé et Nan semblait de bonne humeur. Elle salua Jones d'un signe de tête.

— Shérif, ça fait longtemps qu'on ne vous avait pas vu, déclara-t-elle. Je commençais à me dire que vous n'aimiez plus venir nous voir.

Jones lui retourna ce qu'il espérait être son sourire le plus charmant.

— Ça n'a rien à voir avec vous, Nan. Je croulais sous le travail, voilà tout. Le plus souvent, en rentrant le soir, je me suis contenté des restes trouvés dans le réfrigérateur de mon père, et, vous le connaissez, il ne jure que par les sandwichs.

Nan, qui approchait des soixante-dix ans, avait connu son père lorsqu'ils avaient la trentaine tous les deux.

— Ted non plus, je ne l'ai pas vu depuis longtemps, répondit-elle en posant son calepin sur la table, renonçant à donner l'illusion qu'elle prendrait leur commande sans passer par la case « potins ».

Une expression soucieuse plissa son front.

— Comment va-t-il, à ce propos ? J'ai appris que son opération du genou s'était bien passée mais qu'il avait eu des ennuis ensuite... ?

Le meilleur moyen de s'en sortir était de lui fournir une réponse. Jones s'en tint aux faits.

— Oui, l'intervention s'est bien passée. Ce sont les puissants antalgiques qu'on lui avait prescrits qu'il n'a pas supportés, mais, depuis qu'il est revenu au simple paracétamol, tout va bien. Son genou est encore un peu raide parfois, mais il a abandonné les béquilles depuis un moment.

Nan hocha la tête d'un air pénétré en portant une main à sa poitrine comme si elle avait vécu toute l'histoire.

— Que Dieu le bénisse... le pauvre ! s'exclama-t-elle en posant sa main sur la sienne.

Sans le quitter du regard, elle poursuivit, penchée vers lui :

— Et que Dieu vous bénisse, vous aussi, d'être rentré vous occuper de ce vieux fou. Je sais combien ça a dû être dur pour vous. De revenir, je veux dire.

Jones s'était montré suffisamment poli et complaisant. Son sourire se rigidifia. Il inclina brièvement la tête. Il aurait préféré ne pas avoir à se montrer abrupt, mais si elle continuait...

Nan ouvrit la bouche de nouveau et Jones sut qu'elle allait lui asséner le coup de grâce.

— Excusez-moi, Nan, mais est-ce que je pourrais commander ? demanda Cassandra en adressant à la serveuse un sourire contrit. J'ai rêvé de votre délicieux burger tout l'après-midi et je ne tiens plus ! Je l'accompagnerai d'un thé glacé. Le vôtre est un pur régal.

Bien que visiblement contrariée d'avoir été interrompue, Nan ne put que faire contre mauvaise fortune bon cœur face à cette avalanche de compliments. Elle reprit son calepin en main.

— Bien sûr, ma belle. Je jacasse, je jacasse… Mais les envies de femme enceinte, je sais ce que c'est ! Je lance la commande et vous apporte votre thé. Et pour vous, shérif ?

— La même chose mais avec un café à la place du thé.

— Bien… Je vous apporte vos boissons dans une minute.

Jones et Cassandra lui sourirent aimablement puis, lorsque Nan se fut éloignée, Jones remercia Cassandra d'être venue à sa rescousse. Elle agita la main d'un geste évasif.

— Nan a le chic pour toujours se mêler de ce qui ne la regarde pas, répondit-elle. Ce n'est pas parce qu'elle et sa famille font les meilleurs burgers du coin qu'elle peut se permettre de pousser les gens, à peine assis, à déballer toute leur vie.

Jones se renfonça contre le dossier de sa chaise. Il était plus détendu maintenant que Nan n'était plus là. À moins que ce ne soit dû à la compagnie de Cassandra. Pendant la nuit qu'ils avaient passée ensemble, Jones s'était senti le cœur plus léger que cela ne lui était arrivé depuis longtemps.

— Vous semblez bien connaître les gens d'ici. Depuis combien de temps êtes-vous à Kelby Creek, si ce n'est pas indiscret, bien sûr ?

— Non, pas du tout, répondit Cassandra, agitant de nouveau la main en l'air.

Elle se servait beaucoup de ses mains en parlant, nota Jones. Plus que la moyenne. C'était peut-être lié à sa profession. Sans doute captait-on mieux l'attention des enfants en procédant ainsi.

— Cela fera quatre ans en décembre. C'est fou, ce que le temps passe vite. Parfois, j'ai l'impression d'avoir toujours vécu ici.

Elle ponctua sa phrase d'un petit rire, auquel Jones ne fit pas écho.

Si elle n'était là que depuis bientôt quatre ans, cela signifiait qu'elle n'avait pas été présente au moment de la Tempête. De l'enlèvement d'Annie et de tout ce qui avait suivi.

Elle n'avait pas été là non plus quand il avait plié bagage avec Bonnie et avait quitté Kelby Creek sans un regard en arrière.

Quand son univers s'était écroulé à cause d'un pique-nique dans le parc.

Il aurait pu aborder ces sujets, lui demander ce qu'elle savait de la Tempête, mais il était curieux de savoir ce qui avait bien pu la conduire à s'installer ici.

— Je dois dire qu'il est assez rare de voir des gens rêver d'emménager à Kelby Creek. Y a-t-il une raison particulière pour laquelle vous avez choisi cette destination ? Vous avez des proches ici ?

Le sourire de Cassandra vacilla.

— Non, je ne suis pas originaire de la ville, dit-elle presque dans un murmure. Mais mon fiancé a vécu ici pendant quelques années ; il disait que c'était un bon endroit pour repartir de zéro. Alors, quand j'ai voulu prendre un nouveau départ et que j'ai vu qu'un poste était vacant dans l'école de Kelby Creek, je me suis dit que c'était un signe.

Jones haussa les sourcils à la mention de son *fiancé*. Il jeta brièvement un coup d'œil à son annulaire, dépourvu de bague ou d'anneau. Était-elle mariée aujourd'hui ? Fiancée ? Si elle ne portait ni bague ni alliance, peut-être était-ce parce qu'elle était enceinte… Les doigts de Helen avaient gonflé pendant sa grossesse et, parvenue au deuxième trimestre, elle avait dû retirer ses bijoux. Cassandra en avait peut-être fait autant ?

— Il est mort quelques semaines avant notre mariage, enchaîna-t-elle. Dans un accident de voiture.

Elle lui adressa un petit sourire incertain. Il ne devinait que trop bien ce qu'elle ressentait.

Tendant le bras sur la table, il couvrit sa main de la sienne.

— Je suis désolé, dit-il tout en ayant conscience que ce n'était pas suffisant.

— Merci. Je ne sais jamais trop comment faire référence à lui. Certaines personnes, ici, m'ont entendue parler de mon ex mais sans connaître les tristes détails. Parfois, c'est préférable ainsi. Ça évite que certaines personnes qui aiment bien se repaître du malheur des autres ne colportent partout votre histoire pour avoir quelque chose à raconter.

C'était le moment où il aurait pu évoquer Helen. Lui expliquer comment il était passé du statut de jeune papa à celui de jeune veuf en un battement de cils.

Ils avaient tous deux connu la perte d'un être cher. Seulement, il y avait quelque chose de si révoltant dans la façon dont Helen avait perdu la vie qu'il ne parvenait pas à se lancer.

« Refuser d'en parler ne rend pas les choses moins réelles, fiston, lui avait dit son père lors de l'un de ses longs séjours chez lui, quand Bonnie était bébé. Le chagrin te ronge même si tu fais mine de l'ignorer. »

Ce n'était pas ça, cependant.

Ce n'était pas parce qu'il était dans le déni que Jones n'abordait pas le sujet de la mort de Helen. Il refusait de parler de cette funeste journée pour une seule et unique raison.

La culpabilité.

Une culpabilité dévorante, oppressante, féroce, infinie.

Ce n'aurait pas été juste de lui infliger ça alors qu'elle attendait un enfant.

— En parlant des gens qui semblent se réjouir des problèmes des autres..., souffla-t-elle avec le petit sourire de politesse que Jones commençait à bien connaître.

Jones suivit son regard et vit Nan qui arrivait avec leurs boissons. À la seconde où elle les posa devant eux, elle lança un regard agacé à Jones.

— Je sais que ce n'est pas le moment, mais Jimmy est dans le bureau et il demande à vous voir, shérif. Je lui ai dit que c'était mal élevé de vous ennuyer alors que vous n'aviez même pas encore bu une gorgée, mais il insiste terriblement.

Jones échangea un regard avec Cassandra.

— Dites-lui que je ne suis pas en service à cette heure-ci ou, au moins, qu'il attende que j'aie fini de dîner.

Nan leva les yeux au ciel.

— Ah, mais c'est ce que je lui ai déjà dit et répété ! Si seulement il m'écoutait... pour une fois ! Mais non. Je lui ai même suggéré de venir vous poser la question lui-même, ce à quoi il a rétorqué qu'il ne voulait pas que les clients le voient en train de venir vous déranger, à votre table. Mais me déranger, moi, ça, pas de problème !

Jimmy était le frère cadet de Nan et il n'avait jamais été très ami avec le bureau du shérif de Dawn County, non pas à cause de la Tempête, mais parce qu'il avait souvent eu maille à partir avec celui-ci dans sa jeunesse. Quand il n'était pas interpellé pour possession de substances illicites ou troubles à l'ordre public, c'était pour ivresse sur la voie publique ou agression. Il s'était assagi autour de la trentaine mais, aujourd'hui, à cinquante-cinq ans, il nourrissait toujours un certain ressentiment vis-à-vis des forces de l'ordre. Jones était donc curieux de savoir ce qui pouvait bien le pousser à tenir absolument à s'entretenir avec le shérif.

Il échangea un nouveau regard avec Cassandra. Ses mains se mettant à voltiger devant elle, elle affirma :

— Allez-y. Ça ne m'ennuie pas, je vous assure. Je me disais justement qu'il fallait que j'appelle Keith pour savoir comment il va.

Jones repoussa sa chaise.

— Vous êtes sûre ?

— Absolument, dit-elle en tirant son téléphone de son sac.

Ennuyé malgré tout, Jones se retrouva devant la porte du bureau, à l'arrière du bâtiment. Quand Jimmy lui ouvrit, il eut l'impression de pénétrer dans une capsule temporelle. Tout, autour de lui, était antique, daté. Fatigué, usé.

Même Jimmy, avec son teint gris et sa mine soucieuse.

Il n'y alla pas par quatre chemins.

— Vous avez arrêté Bill à l'école aujourd'hui. Je voulais savoir s'il... portait quelque chose ?

Jones savait que la nouvelle avait été divulguée sur le site Internet du journal local et sur les réseaux sociaux, mais sans indiquer le nom de l'assaillant. Cependant, il ne fut pas étonné que les détails de l'interpellation se soient déjà propagés en ville.

— Jimmy, vous savez bien que le règlement m'interdit de parler d'une enquête en cours.

Jimmy secoua la tête avec véhémence, l'air buté.

— Je m'en fiche, du règlement. Moi, ce que je veux savoir, c'est si vous avez trouvé sa bombe ou pas.

Alors ça, pour une surprise...

— Comment ça, sa bombe ?

La physionomie de Jimmy était aussi expressive que celle de Cassandra, l'anxiété en plus.

— L'autre soir, au bar, il s'est mis à raconter qu'il avait

appris à fabriquer une bombe quand il était à l'armée et qu'il pouvait en balancer une dans cette ville quand il voulait. Tout le monde s'est dit qu'il parlait pour parler – il est comme ça, il aime bien se rendre intéressant –, mais quand j'ai appris pour l'attaque à l'école… j'ai eu comme un mauvais pressentiment. C'est pour ça que je voulais absolument vous voir.

— Que ce soit lui ou non, on n'a rien trouvé sur l'assaillant. Pas plus que chez lui, ni dans sa voiture.

C'était Carlos qui s'était chargé de la fouille de son logement avec le détective Lovett.

Mais Jimmy ne semblait pas satisfait. Il secoua la tête de nouveau.

— S'il a fabriqué quelque chose, c'est certainement avec Miles, le fils de son ex, déclara-t-il. Le gamin l'adore et il a l'âge de conduire. Je suis sûr qu'il ferait n'importe quoi si Bill le lui demandait, et je l'ai cherché partout… Il est introuvable. C'est pour ça que c'est inquiétant, shérif. Si Bill disait vrai et que vous n'avez rien trouvé, peut-être qu'il a convaincu Miles de faire pire qu'effrayer des enfants dans une cour d'école.

Il secoua encore la tête, clairement anxieux, cette fois, ce qu'il traduisit l'instant suivant en paroles :

— En tout cas, si j'étais vous, Jones, je me dépêcherais de mettre la main sur ce gamin avant que ce ne soit lui qui vous trouve, vous et vos proches.

6

Lila Shaw, la mère d'accueil de Keith, déclara que la soirée s'était bien passée jusqu'à l'heure d'aller au lit.

— Il est allé dans sa chambre sans rien dire mais il refuse de se coucher. Je m'apprêtais à retourner le voir... Essayer, peut-être, de lui lire un livre pour lui changer les idées, dit Lila au téléphone.

— C'est une bonne idée, répondit Cassandra. Simplement, évitez les histoires de pirates... On a beaucoup parlé du code des pirates aujourd'hui, donc ça pourrait le perturber.

Ce conseil parut dérouter Lila, mais elle proposa néanmoins de lui lire l'histoire de voyage dans l'espace qu'avait laissée l'enfant qu'elle avait accueilli précédemment.

Cela devrait plaire à Keith et l'aider à trouver le sommeil, songea Cassandra. Sinon, elle redoublerait de bienveillance envers lui le lendemain.

La conversation se termina ; elle n'avait pas duré longtemps. Pas plus, semblait-il, que celle de Jones, puisqu'il revenait rapidement vers elle, suivi d'un homme qui devait être le Jimmy en question.

— Je suis navré, Cassandra, débita-t-il très vite, le téléphone à la main. J'ai une urgence dont je dois m'occuper immédiatement. Je peux vous appeler plus tard ?

Il était stressé. *Très* stressé. Cela se voyait à la profonde ride qui barrait son front, à ses traits crispés, sa posture rigide.

Il se passait quelque chose.

L'appréhension s'insinua en elle.

— Bien sûr, pas de problème, répondit-elle. Allez-y.

Jones n'insista pas davantage pour s'assurer que cela ne la dérangeait pas. D'un pas pressé, il se dirigea vers la sortie, Jimmy sur les talons.

Tout était allé si vite que Cassandra ne s'avisa qu'une fois qu'il fut parti qu'il n'avait pas son numéro de téléphone.

La déception se mêla à la lassitude qui lui était devenue familière depuis qu'elle avait vu ces deux traits bleus sur son test de grossesse.

Nan s'approcha de sa table, déconcertée.

— Vos plats sont prêts. Jimmy me charge de vous dire que c'est offert par la maison. Vous voulez toujours le vôtre ?

Sa cordialité s'était évaporée. Nan, inquiète, elle aussi, se demandait ce qui se passait.

— Pourriez-vous me l'emballer pour que je l'emporte ? demanda Cassandra. Je commence à avoir mal au dos et j'aimerais bien aller m'étendre sur mon canapé.

Nan hocha la tête puis s'éloigna, l'air absent. Quelques instants plus tard, elle était de retour.

— Merci, c'est gentil, Nan. Bonne fin de soirée à vous.

Celle-ci sourit et la salua avant de s'éloigner et de sortir son portable.

Elle contemplait l'écran quand Cassandra franchit la porte.

Il faisait froid ce soir à Kelby Creek.

Cassandra inspira une grande bouffée d'air frais qui l'apaisa un peu. Elle avait une veste dans sa voiture, qu'elle avait eu trop chaud pour enfiler en venant au restaurant, nerveuse comme elle l'était à la perspective des retrouvailles avec Jones et de la nouvelle qu'elle s'apprêtait à lui annoncer.

Une vie apparemment déjà compliquée.

L'attitude passive-agressive de Nan s'efforçant d'en savoir plus sur son retour au bercail ne lui avait pas échappé. Non plus que les furtifs coups d'œil de Jones en direction de son ventre proéminent.

Il brûlait tout autant d'envie de lui demander qui était le père qu'elle de lui révéler que c'était lui.

Cassandra ne savait toujours pas si Jones était marié, s'il avait quelqu'un dans sa vie, ni si son intérêt, eu égard à la paternité, se limitait à Bonnie.

Cela étant, quelle que soit sa position, ça ne changeait rien à la sienne. Elle allait devenir mère d'un petit garçon dont elle n'avait pas encore trouvé le nom et dont elle attendait l'arrivée avec autant de nervosité que d'impatience – que Jones veuille ou non jouer un rôle dans tout ça.

Mais s'il aspire à fonder une famille ? Ou s'il veut ton fils pour lui tout seul ? S'il réclame la garde partagée ? Ou bien, à l'inverse, qu'il souhaite le mariage, la maison avec une clôture blanche et tout le reste ? Ou s'il ne veut pas entendre parler de nous du tout ?

Questions qu'elle n'avait pas eu à se poser jusque-là puisqu'elle n'avait eu aucune idée de l'endroit où se trouvait Jones.

Mais maintenant...

Maintenant, elle pouvait le croiser à tout moment. À la sortie de l'école, à la caisse d'un magasin, au guichet de la banque.

Le moment qu'ils avaient passé ensemble à l'hôtel avait été une parenthèse hors du temps – une sorte de rêve.

Maintenant, les conséquences de cette nuit les confrontaient à une réalité nouvelle. Et cela lui faisait peur parce que, après ce repas interrompu avant même d'avoir commencé, elle n'avait toujours aucune idée de ce que pensait Jones.

— Au moins, cela nous laisse une nuit de plus à nous questionner, dit-elle à son ventre arrondi tandis qu'elle s'installait au volant de sa voiture. J'espère que tu aimes les burgers, les frites et la glace, bébé. Parce que ce sera notre menu, ce soir, quand nous serons rentrés à la maison.

En quittant le parking, Cassandra fut surprise de voir Jimmy debout à côté d'une voiture, parlant avec animation au téléphone. Elle l'avait cru parti quelque part avec Jones, mais peut-être était-ce impossible du fait qu'il n'appartenait pas aux forces de l'ordre ? Cela conduisit Cassandra à se demander ce qui avait bien pu être si urgent tandis qu'elle roulait en direction de Wayne's Road.

Elle vivait du côté de Holly Oak, et Wayne's Road était le moyen le plus rapide de rejoindre son domicile en évitant les feux rouges et les ronds-points. La route était assez pittoresque mais suffisamment éclairée pour que l'emprunter de nuit ne constitue pas un risque inconsidéré.

Et puis, n'aimant pas conduire au milieu de la circulation, elle évitait autant que possible les itinéraires plus fréquentés.

Cassandra se retrouva bientôt sur une portion de route bordée d'un côté par un petit bois et, de l'autre, par un champ. Les réverbères étaient suffisamment espacés les uns des autres pour qu'elle puisse voir la voûte étoilée entre eux.

C'était plutôt plaisant, tout bien considéré.

Elle ne s'interrogea même pas lorsqu'elle vit des feux arrière devant elle.

Cependant, elle nota qu'ils disparaissaient rapidement.

Un peu *trop* rapidement.

Cassandra ralentit. Quelque chose n'allait pas. Il y avait un pont, là-bas, et elle voyait d'ici qu'il était nimbé de brume. Elle se pencha en avant, les yeux plissés, pour mieux voir.

Le pont était vieux, avec des garde-corps en bois et métal. Si la rivière qui serpentait à travers la ville était par endroits étroite, elle s'élargissait un peu et était plus profonde sur cette portion.

Cassandra réduisit encore l'allure et se gara sur le bas-côté herbeux en surplomb de la pente qui descendait jusqu'au lit de la rivière.

À quelques mètres devant elle, le garde-corps de droite était en partie arraché et la brume n'était pas de la brume.

C'était de la fumée.

Ouvrant la portière, elle courut jusqu'au pont. La fumée provenait d'un véhicule qui, lentement, s'enfonçait dans l'eau en contrebas.

Un véhicule dont les vitres et les portières étaient fermées. Le conducteur était donc toujours à l'intérieur.

— Tenez bon... J'arrive ! cria-t-elle sans savoir si sa voix portait jusqu'à l'habitacle clos du véhicule, trois mètres plus bas.

Elle avait ce qu'il fallait pour ce genre d'éventualité. Retournant au pas de course à sa voiture, elle sortit de la console de rangement ce dont elle avait besoin, fourra le tout dans sa poche et, balayant du pouce l'écran de son téléphone, revint rapidement sur ses pas et amorça la descente du talus.

Chaque seconde comptait.

— Un véhicule est tombé du pont de Wayne's Road. Il est en train de couler ! cria-t-elle dans l'appareil sitôt que l'opérateur du 911 répondit. Je crois qu'il y a quelqu'un à l'intérieur.

L'herbe était glissante, et la descente, hasardeuse, mais Cassandra parvint à atteindre le bord de l'eau sans chuter.

L'opérateur parlait, promettant l'arrivée imminente des secours, demandant des détails, mais Cassandra était concentrée sur le rayon de lumière qu'elle promenait sur le véhicule. Lorsque le faisceau éclaira le conducteur, elle s'écria dans le portable :

— Oh ! mon Dieu, c'est Jones. C'est le shérif Murphy !

Il avait mal.

À la tête et à la jambe droite.

Jones songea confusément que la douleur avait dû être plus intense au moment de la collision mais, comme il avait perdu connaissance, c'était difficile à dire. Poussant un grognement tandis qu'il revenait à lui, il essaya de se rappeler où il était et ce qu'il faisait là.

Il y avait eu l'attaque à l'école, les glaces dégustées avec Bonnie, le rendez-vous avec Cassandra… Puis Jimmy, ce qui l'avait poussé à quitter en trombe le restaurant pour tenter d'en savoir plus sur Miles.

Un soubresaut bizarre du véhicule lui fit prendre conscience qu'il ne semblait plus être sur la chaussée. Il piquait un peu du nez. Et il y avait cet étrange bruit de clapot…

D'un seul coup, il s'avisa qu'il tanguait légèrement, comme… Comme s'il était sur un bateau ?

Cette fois, il comprit. On l'avait percuté pour le faire tomber du pont de Wayne's Road. Ce qui signifiait qu'il était prisonnier d'un véhicule en train de couler !

Le cours d'eau était assez profond à cet endroit, et il ne faudrait pas longtemps pour qu'il soit submergé. S'il ne trouvait pas un moyen de s'extraire de là, il allait se noyer.

Il tenta d'ouvrir la portière mais, évidemment, la pression de l'eau l'en empêcha. Un coup d'œil lui suffit à constater que l'eau, déjà, recouvrait le capot. Il essaya d'actionner le lève-vitre, mais en vain. Le moteur étant sous l'eau, il n'y avait plus d'électricité dans le véhicule.

Il allait devoir briser la vitre. Débouclant vivement sa ceinture, il chercha son portable. Il n'était pas sur son support… Pas le temps de le chercher.

Il songea alors à se servir de son arme… avant de se souvenir qu'elle était avec son holster dans la boîte à gants. La boîte à gants verrouillée. La chance, décidément, n'était pas avec lui ce soir.

Fébrilement, Jones chercha ses clés, mais il perdait du temps... Et l'eau montait, montait.

Le visage de Bonnie s'imposa à son esprit. Puis celui de son père. Puis celui de...

— Jones !

Il crut avoir rêvé. Cette voix étouffée, là, de l'autre côté de la vitre... Il tourna la tête et constata qu'il n'était pas le jouet de son imagination. Le son était bien réel et venait de la femme qui barbotait dans l'eau, à côté de sa portière.

Cassandra s'accrocha d'une main à la voiture pour se stabiliser. Elle tenait quelque chose dans l'autre – un objet orange.

Levant le bras, elle lui cria :

— Attention ! Couvrez-vous les yeux !

Jones se recula un peu, protégeant son visage, sans demander pourquoi – il n'en avait pas le temps.

Il entendit un coup, puis un deuxième, et quelque chose céda.

La vitre, qui se brisait. Cassandra avait utilisé l'un de ces outils d'évacuation d'urgence pour voiture.

Pour un peu, Jones l'aurait embrassée lorsqu'il sentit les débris de verre tomber sur ses genoux. Et peut-être l'aurait-il fait si l'eau ne s'était pas mise à s'engouffrer dans l'habitacle.

— Vite ! cria Cassandra, utilisant son petit marteau orange pour ôter les morceaux de vitre restants et dégager le passage.

Jones commença à se glisser dans l'ouverture juste au moment où l'eau engloutissait la totalité du véhicule. Au lieu de sombrer lentement avec lui, il se retrouva sous l'eau... Mais il n'était plus piégé dans l'habitacle.

Grâce à Cassandra.

Elle était moyennement bonne nageuse et était enceinte, certes, mais elle devrait bien parvenir à retenir son souffle quelques secondes… non ? Prenant une grande inspiration, elle se prépara à plonger lorsqu'elle sentit quelque chose lui toucher le bras.

L'exclamation qui lui échappa se noya à moitié dans l'eau mais ça ne l'empêcha pas de crier son nom lorsque la tête de Jones émergea à la surface.

— Ça va ? demanda-t-elle, nageant sur place, un peu haletante.

Pour toute réponse, Jones passa un bras autour de sa taille et l'entraîna avec lui, comblant les deux mètres qui les séparaient du rivage.

Enfin, ils se retrouvèrent hors de la rivière.

Elle allait bien, physiquement parlant – après tout, elle n'avait fait que se maintenir à flot quelques minutes, le temps de briser la vitre pour le secourir, mais… que d'émotions dans une même journée ! C'était trop. Tout simplement trop.

Que serait-il arrivé si elle n'était pas passée par là ? S'en serait-il sorti ? Ou bien se serait-il noyé sans savoir… ?

Sans réfléchir, Cassandra formula la seule chose à laquelle elle parvenait à penser en cet instant.

— Il est de vous, proféra-t-elle. Le bébé. C'est votre fils.

Le son d'une sirène hurla au loin dans la nuit.

Le regard de Jones demeura rivé sur elle.

7

— Je… J'avais l'intention de vous le dire au restaurant mais… j'attendais le bon moment, ajouta Cassandra avant de jeter un regard à la ronde. Ce n'est sûrement pas ici et maintenant, mais… je ne pouvais pas attendre davantage.

Dieu merci, Jones ne lui demanda pas si elle en était sûre. Mais il posa tout de même une question.

— Vous avez dit « fils » ?

Le cœur de Cassandra se réchauffa quelque peu.

— Oui.

Jones s'avança d'un pas, le visage impassible. Les sirènes approchaient. Il s'arrêta et regarda la route.

— Vous êtes garée là-haut ?

Ses espérances retombèrent légèrement, même si le moment n'était pas le mieux choisi pour aborder un tel sujet.

— Euh… oui, mais j'ai allumé les feux de détresse. Et mon portable doit être quelque part par là, ajouta-t-elle en désignant vaguement une portion du talus. Toujours en ligne avec le 911.

— Venez, dit-il.

Il l'entraîna par la main vers l'endroit indiqué, puis, le téléphone récupéré, vers le haut du talus.

Il avait froid, s'aperçut-elle, et elle commençait à grelotter, elle aussi. Quelques secondes plus tard, une voiture de patrouille s'arrêta derrière la sienne. Tandis qu'ils avançaient dans sa direction, un homme qu'elle ne connaissait pas sauta à bas du véhicule, suivi d'un autre qu'elle identifia comme Sterling Costner – même si son emblématique chapeau de cow-boy n'était pas vissé sur sa tête. Il était en train de retirer rapidement sa veste lorsqu'il les aperçut.

— Shérif !

Ces deux syllabes traduisaient à la fois un immense soulagement et de l'incompréhension.

— Qu'est-ce qui s'est passé ?

Cassandra n'avait pas eu le temps de se demander comment Jones avait basculé dans la rivière, juste celui de constater qu'il y était et qu'il fallait agir vite, mais elle leva un regard intrigué vers lui.

— Je fonçais en direction de chez Miles quand une voiture a surgi de nulle part et m'a percuté par le côté. Je me suis cogné la tête contre quelque chose et… quand j'ai repris conscience, j'étais dans la voiture qui s'enfonçait dans l'eau.

L'autre adjoint courut jusqu'au pont et regarda en bas.

— La voiture a coulé, ajouta Jones. Si je suis là, c'est grâce à la présence d'esprit de Mlle West, qui réfléchit en moins de temps qu'il n'en faut à la plupart des gens pour cligner des yeux.

Il désigna du menton la voiture de patrouille.

— Vous avez une couverture dans le coffre ?

Sterling hocha la tête et s'élança. Il revint un instant plus tard avec un épais plaid, que Jones déposa sur les épaules de Cassandra. Elle l'accepta avec un bref remerciement.

— J'ai identifié le véhicule. C'est une Ford Taurus – argent ou beige métallisé, je n'ai pas pu le déterminer, avec le reflet du réverbère. Son phare avant gauche ne fonctionne pas.

— Quand je suis arrivée en vue du pont, j'ai aperçu une

voiture qui s'éloignait rapidement dans cette direction, expliqua Cassandra en montrant l'autre extrémité du pont.

Le deuxième adjoint les rejoignit. D'autres sirènes retentissaient au loin.

— On t'emmène avec nous ou tu veux rester sur les lieux ?

La question s'adressait à Jones, bien sûr. Il était le shérif, après tout. Mais Cassandra n'en éprouva pas moins un bref accès de panique. Il était blessé. Il avait lui-même reconnu s'être évanoui et un filet de sang coulait de la racine de ses cheveux.

Et puis ils étaient trempés tous les deux.

La réponse de Jones fut sans appel.

— Allez-y. Je reste, répondit-il.

Sterling n'insista pas et retourna à la voiture de patrouille en un éclair.

— L'ambulance sera là sous peu mais Marigold devrait arriver avant elle, lança-t-il par-dessus le capot du véhicule. Foster s'occupe de Miles.

Jones hocha la tête et ils regardèrent tous les deux repartir la voiture.

— Vous croyez que c'était un accident ? demanda Cassandra en frissonnant.

Lui prenant la main, il l'entraîna jusqu'à sa voiture. Il ouvrit la portière, mit le moteur en marche puis régla les commandes du chauffage au maximum avant de se redresser et de se tourner vers elle.

— Non, dit-il simplement.

— Mais pourquoi ? Pourquoi quelqu'un aurait-il voulu vous projeter dans la rivière ? Parce que vous êtes shérif ?

Il souleva un côté de la couverture et glissa une main au-dessous. Elle sentit la pression de son corps contre le sien... C'était réconfortant et troublant tout à la fois.

— Je suis shérif depuis des mois, maintenant...

Cassandra comprit ce qu'il faisait : il essayait de lui retirer sa veste mouillée sous le plaid. Elle le laissa faire, l'aidant de son mieux tandis qu'il faisait glisser une manche puis l'autre.

— Mais, cet après-midi, un inconnu pourchasse ma fille à travers son école. Après quoi, le soir même, ma voiture termine sa course dans la rivière, percutée par un véhicule.

Avec ce qui venait de se passer, Cassandra en avait presque oublié l'attaque à l'école. Son anxiété s'accrut d'un cran.

— Vous croyez que c'est lié ?

Jones lança sa veste sur la voiture et reprit sa main.

— Ça va ? Dans votre état, séjourner dans cette eau froide n'est pas recommandé. Ni pour vous... ni pour lui.

— Ça va. On va bien tous les deux.

Il la guida doucement en direction du siège passager de la voiture. Cassandra n'opposa pas de résistance et s'assit dans la tiédeur de l'habitacle, l'air chaud soufflant droit sur son abdomen et sur son visage. Le son des sirènes s'intensifia et les flashs des gyrophares apparurent dans le rétroviseur.

Cassandra leva vers Jones un regard interrogateur.

— S'est-il passé quelque chose de particulier ce matin ?

Son regard plongea dans le sien, aussi profond et sombre que l'eau de la rivière dont ils venaient de s'extirper.

— J'ai découvert que quelqu'un avait menti dans l'affaire Annie McHale.

Beaucoup d'informations tombèrent en même temps. Les premières accueillirent Jones dès son entrée dans le hall d'accueil du bureau du shérif.

— Miles est en Oklahoma avec sa mère, lui apprit le détective Foster Lovett à voix basse. Autre chose : le gosse a dix ans et n'a pas remis les pieds à Kelby Creek depuis la séparation de sa mère et de Bill, quand il avait quatre ans.

Jones croisa les bras. Sa chemise, un peu trop serrée, n'apprécia guère. C'était un prêt de Sterling, seul officier du bureau à se rapprocher de sa taille. Heureusement, Jones avait un jogging et des baskets dans son bureau, ce qui lui avait évité de devoir aussi emprunter un pantalon et des chaussures. C'était étrange, de porter cette tenue avec son badge. Au moins pouvait-il s'estimer heureux de toujours avoir son étoile. C'était le seul élément de son uniforme qu'il ait eu sur lui quand l'eau avait submergé le véhicule.

— OK. Donc il y a peu de chances qu'il soit en train de fabriquer des bombes et de chanter les louanges de Bill, conclut-il, impassible.

— Sauf à s'être transporté tout seul par magie à travers plusieurs États, sans que sa mère, sa troupe de scouts et son petit frère ne s'en soient rendu compte.

— Et donc soit Jimmy était très mal informé, soit il m'a sciemment induit en erreur.

Foster hocha la tête.

— Je me suis dit que tu aimerais lui poser la question toi-même.

Le regard de Foster dériva vers le bureau personnel du shérif, derrière Jones. Millie, sa femme, et Cassandra s'y trouvaient. On leur avait dit qu'elles étaient libres de rentrer chez elles, mais toutes deux avaient préféré rester pour « en savoir plus ». Mais, de l'avis de Jones, Cassandra s'inquiétait toujours pour lui. Elle était restée près de lui pendant que les secouristes examinaient son entaille à la tête, et avait insisté pour qu'il soit conduit aux urgences. Il les avait ensuite entendues discuter du travail de Millie comme assistante sociale pour le comté.

Voyant Foster lorgner de nouveau par-dessus son épaule,

et conscient que celui-ci était parti en plein repas de famille pour ratisser la ville à la recherche de Miles et de la prétendue bombe de Bill tandis que sa femme apportait des vêtements de rechange à Cassandra, Jones décida de lui donner un os à ronger.

— Qu'est-ce qui te tracasse, Lovett ?

Foster lui adressa un sourire un peu gêné et baissa encore le ton.

— Non, rien... Simplement, je ne savais pas que tu sortais avec quelqu'un.

Jones avait connu Foster avant la Tempête et il s'était réjoui de le retrouver au poste de détective en chef quand lui-même était devenu shérif. Il avait confiance en lui. C'était quelqu'un de bien, et un détective hors pair.

Comme ils n'avaient ni l'un ni l'autre de temps à perdre, Jones décida de ne pas tourner autour du pot.

— Ce n'est pas le cas. On s'est retrouvés au restaurant seulement pour échanger des nouvelles, répondit-il. On s'était brièvement rencontrés il y a pas mal de temps avant de repartir chacun de son côté. On ne savait même pas qu'on vivait tous les deux à Kelby Creek jusqu'à l'attaque à l'école, aujourd'hui.

Ce qui était un doux euphémisme, puisque la « brève rencontre » avait, apparemment, abouti à une grossesse.

En la voyant enceinte, Jones avait bien sûr eu des soupçons, mais entendre Cassandra lui annoncer qu'il était le père de son petit garçon à naître lui avait porté un sacré coup.

À l'estomac ?

Au cœur ?

Peut-être aux deux... Il n'en savait rien.

Le seul sentiment qu'il identifiait sans équivoque, c'était cette culpabilité qui le tenaillait. Il était déjà aux prises avec elle à l'époque où, Helen étant enceinte, il avait peint en rose poudré la chambre du bébé tout en fredonnant cette berceuse dont il n'avait jamais su le titre.

Helen était joyeuse, en bonne santé. Elle se réjouissait tellement à l'idée de voir grandir leur jolie petite fille...

Mais le destin avait mis un coup d'arrêt à son histoire. À sa vie.

Tout ça à cause de la Tempête, du rapt d'Annie McHale. Tout ça parce que Jones n'avait pas su voir le mal qui était là, juste sous son nez.

Alors, quand Cassandra s'était mise en danger pour le sauver, *lui*, alors qu'elle portait son enfant... il avait fait ce qui lui semblait être primordial en ces circonstances. Il l'avait mise à l'abri, au chaud, dans sa voiture ; il avait tenu son rôle de shérif.

Comme il se devait également de le faire maintenant.

Foster, comprenant qu'il n'en dirait pas davantage, eut le bon sens de mettre sa curiosité de côté et hocha la tête. S'éclaircissant la gorge, il montra du pouce le hall, en direction de la salle d'interrogatoire.

— Eh bien, je te suggère d'aller cuisiner Jimmy avant qu'il ne prenne peur et ne fasse appel à un avocat. Je ne crois pas qu'il sache que nous avons retrouvé Miles... sans l'ombre d'une bombe à l'horizon, et encore moins en rapport avec Bill.

Ce qui était précisément l'intention de Jones.

Le bureau du shérif de Dawn County était doté de deux salles d'interrogatoire. L'une d'elles, même après avoir été scrupuleusement nettoyée après usage, gardait toujours un aspect un peu glauque, miteux. Une température fluctuante, une chaise un peu branlante et une odeur persistante de renfermé, le tout concourant à créer le malaise chez les suspects qui y étaient conduits.

C'était celle dans laquelle Jimmy avait été placé. La porte

ouverte pouvait lui donner l'idée de faire l'intéressant. En entrant, Jones la referma derrière lui.

— Salut, Jimmy, dit-il en s'asseyant sur la chaise qui ne branlait pas sur ses pieds.

Il vit les yeux du suspect s'arrondir quelque peu, mais Jones ne put déterminer si c'était dû à ses vêtements ou au fait qu'il n'était pas au fond de la rivière.

— J'espère que ma tenue ne vous gêne pas. Ce n'est pas exactement celle d'un shérif, mais figurez-vous qu'il s'est produit un malheureux incident après notre entretien, dans le parking, tout à l'heure, déclara Jones en se penchant en avant, les coudes sur la table. Une voiture m'a percuté et m'a fait sortir de la route – comme dans les films. J'ai même fini dans la rivière avec le vieux pick-up de mon père... Plouf !

Levant une main, Jones mima le plongeon du véhicule à travers le garde-corps du pont.

Jimmy le regardait sans piper mot.

— Heureusement, j'en ai réchappé, comme vous voyez.

Jimmy, si bavard d'habitude, demeura étonnamment muet.

Finalement, comme il devenait clair que Jones attendrait aussi longtemps qu'il le faudrait, il murmura :

— C'est pas de chance. Il y en a vraiment qui devraient repasser le permis de conduire, et pas seulement des jeunes.

Jones ne répondit pas, se bornant à garder le regard braqué sur lui.

C'était souvent efficace pour déstabiliser les suspects.

Au bout d'un moment, cela fonctionna dans le cas de Jimmy. Il remua sur sa chaise, sursauta comme elle vacillait sur ses pieds, puis se mit à parler rapidement :

— J'allais vous suivre, comme... comme je vous l'avais dit, mais j'ai reçu cet appel dans le parking. C'était mon neveu. Vous savez, celui qui était marié avec Mari, je veux dire Marigold ?

Bref, il était très énervé à propos d'un rencard qui ne se passait pas comme il le voulait. Je ne pouvais pas lui raccrocher au nez alors qu'il était dans tous ses états. C'est pour ça que je ne suis pas venu, sinon, j'aurais vu qui vous était rentré dedans et… enfin, j'aurais pu vous aider.

Jones décroisa les doigts et se frotta le menton.

— Votre neveu avait un rendez-vous qui se passait mal et il était… énervé, répéta Jones d'une voix dénuée d'intonation. Dites-moi, ce devait être sacrément grave pour que vous ayez renoncé à pourchasser un adolescent en possession d'une bombe. Une bombe qu'il comptait, selon vous, utiliser contre moi et les miens.

Jimmy se figea dans une immobilité telle qu'il le fit penser à un robot qu'on aurait débranché. Puis il sembla se remettre en fonctionnement.

— J'aime ma famille, dit-il. La famille, c'est ce qui compte le plus pour moi.

Il ne se répandait plus en justifications stériles, nota Jones. Et son intonation avait changé.

Jones ne savait pas pourquoi. Il tenta le tout pour le tout.

— Et puis peut-être que vous saviez que Miles n'était plus à Kelby Creek depuis des années et qu'il ne portait pas Bill dans son cœur. Sans parler du fait qu'il n'a que dix ans. Et qu'il n'a jamais été question d'une bombe fabriquée par Bill.

Les yeux de Jimmy s'écarquillèrent. Il ne confirma pas, n'infirma pas non plus. Ce qui, en soi, était significatif.

Jones s'inclina de nouveau en avant, en colère, cette fois.

— Vous voyez, Jimmy, ce qu'il y a, c'est que je suis à peu près certain que vous m'avez raconté des salades pour que je prenne le volant. Et je pense que vous saviez que je passerais par Wayne's Road pour aller plus vite parce que… une bombe, c'est une sacrée urgence. Je pense que vous vous êtes ensuite fabriqué un prétexte pour ne pas vous être mis en route vous aussi, comme prévu. En revanche, ce qui m'échappe, c'est pourquoi vous avez fait ça. Est-ce parce que j'ai arrêté Bill ?

Des surprises, Jones en avait eu son lot au cours de sa carrière. Des prévenus qui vous glissaient entre les doigts au moment où l'on s'y attendait le moins, des suspects qui se rebiffaient, des gens qui avaient les mains vides un instant et vous menaçaient d'une arme l'instant suivant… Au fil des années, il avait appris à repérer les changements subtils d'attitude, les émotions cachées sous la surface. L'étincelle qui allait déclencher une réaction dont il devait se prémunir.

Et pourtant, malgré toute son expérience, Jones tomba des nues lorsque la réponse arriva.

Jimmy, qui n'avait pas eu d'ennuis avec les forces de l'ordre et filait droit depuis plus de vingt ans, se redressa de toute sa hauteur sur sa chaise instable et proféra d'un ton glacial :

— Vous allez détruire cette ville. On ne va pas vous laisser faire.

Sur ce, il se jeta en avant, par-dessus la table.

Instinctivement, Jones recula. Ce ne fut qu'en tentant d'esquiver la soudaine agression que Jones vit briller la lame d'un couteau dans sa main.

8

Tout le monde courait partout, criant des instructions.

Cassandra se tint derrière Millie tandis que son mari lui enjoignait de verrouiller la porte derrière lui. Celle-ci hésita, puis s'exécuta.

Cassandra avait la main sur son ventre lorsque l'agitation et les cris cessèrent. Elles échangèrent un regard mais ni l'une ni l'autre ne parla tout de suite. Puis le téléphone de Millie vibra. C'était un texto.

— Foster dit que tout est rentré dans l'ordre, l'informa-t-elle tout en lisant. Il sera là sous peu.

C'était rassurant, mais la porte fermée à clé entre elles et le reste du bureau ne l'était guère. Cassandra commençait à en avoir assez des émotions fortes. Elle avait eu plus que sa dose d'adrénaline et d'anxiété pour cette journée.

Mais, pour Jones, ça avait été pire encore.

C'était en partie pourquoi elle avait tenu à venir ici avec lui. Il avait vécu le stress d'un père voyant sa fille en danger puis, percuté par une voiture alors qu'il roulait sur un pont, il s'était blessé à la tête et avait perdu conscience avant d'échapper in extremis à la noyade. Il aurait dû être chez lui, en train de se reposer.

Tout comme elle, probablement.

Cassandra consultait l'horloge au-dessus du bureau de Jones quand des pas résonnèrent au-dehors. Il était 22 heures et l'adjoint en chef Park apparut et indiqua à Millie qu'elles pouvaient enfin sortir.

— Où est Foster ? demanda-t-elle, sa voix grimpant dans les aigus.

Park éleva les mains devant lui en signe d'apaisement.

— Il va bien. Il est avec un suspect. Il veut lui poser quelques questions avant qu'il ne soit conduit à l'hôpital ; le suspect, pas Foster.

Il se tourna vers Cassandra.

— Le shérif m'a demandé de vous ramener chez vous. Il s'en serait chargé lui-même mais il est... occupé pour l'instant.

C'était sûrement involontaire de sa part, mais la façon dont il avait formulé le mot « occupé » sonnait terriblement faux.

Cassandra avait bien conscience de n'avoir aucun droit vis-à-vis de Jones – elle n'était ni sa compagne ni sa femme, simplement une rencontre de passage retrouvée récemment – et le fait qu'elle porte son enfant n'y changeait rien. Pourtant, elle décocha à Park le regard qu'elle réservait normalement à ses élèves récalcitrants.

— Dites-lui que j'attendrai qu'il puisse me parler en personne.

Son intonation calme mais ferme laissait clairement entendre qu'il valait mieux ne pas tenter de l'en dissuader.

Park hésita un instant puis inclina la tête.

— C'est vrai que vous lui avez sauvé la vie aujourd'hui... Il se doit au moins de vous dire au revoir... Suivez-moi.

Park précéda les deux femmes le long d'un couloir, à travers une grande salle, puis le long d'un autre couloir, tous déserts, mais la salle dans laquelle ils débouchèrent était remplie d'hommes et de femmes en uniforme en train de discuter avec animation.

Leur shérif se tenait sur le côté, le torse nu et ensanglanté.

— Oh mon Dieu.

Ce fut à peine si leur arrivée se remarqua. Manifestement, ce qui avait mis le bureau en effervescence était plus important que l'irruption soudaine d'une institutrice de maternelle enceinte dans leur salle de repos.

Mais Jones releva instantanément la tête.

Puis il darda le regard sur Park et leva les yeux au ciel.

— Je t'avais demandé *une* chose – une *seule* fichue chose.

Ignorant sa réprimande, Cassandra s'avança et se planta devant lui, les yeux posés sur l'entaille qu'il avait au côté.

— Qu'est-il arrivé ? Ce n'est pas l'accident, n'est-ce pas ?

Jones soupira profondément.

— Une audition qui a pris un tour… inattendu.

Jimmy avait été amené ici afin d'être entendu à propos de ses déclarations concernant un adolescent et un engin explosif, cela, Cassandra le savait, mais elle ne comprenait pas comment cet entretien avait pu aboutir à cela.

— Attendez… C'est Jimmy qui a fait ça ?

Cette fois, le shérif se montra plus évasif. Il plongea la main dans la trousse de secours sur le comptoir, près de lui, ce qui lui donna le temps d'élaborer une réponse vague.

— Beaucoup de questions demeurent encore en suspens. Mais, croyez-moi, j'ai bien l'intention d'obtenir des réponses.

Elle le regarda tamponner sa blessure avec une lingette antiseptique. La plaie semblait peu profonde, heureusement.

— J'ai demandé à Park de vous raccompagner. J'ai toute confiance en lui et il m'a dit que cela ne le dérangeait pas.

Un adjoint, non loin, tourna la tête vers eux, ce qui incita Cassandra à s'avancer d'un pas. Elle baissa le ton afin de n'être entendue que de Jones.

— Je crois que c'est vous qui devriez rentrer chez vous, après tout ce qui vous est arrivé. Le temps, au moins, de prendre un tout petit peu de repos.

Jones l'étudia d'un air calculateur, ce qui la prit au dépourvu, en même temps que son attitude se faisait plus rigide – impénétrable.

— J'ai certaines vérifications à effectuer avant de partir, déclara-t-il. Je rentrerai ensuite. Mais, *vous*, vous devriez songer à aller vous étendre, maintenant.

Il abaissa explicitement le regard vers son abdomen.

Cela la mit instantanément en colère.

— Ce n'est pas parce que je suis enceinte que je suis en sucre, rétorqua-t-elle vertement. Et, puisque vous refusez d'admettre que vous avez besoin d'une pause, je ne crois pas que vous ayez votre mot à dire s'agissant de mon repos, à *moi*.

Cassandra en savait assez sur les traumas, sur elle-même et sur la grossesse pour identifier les raisons de son brusque sursaut d'humeur.

Primo, il avait raison. Dans son état, elle avait effectivement besoin de repos, a fortiori après les deux épisodes éminemment stressants qu'elle venait de vivre.

Secundo, se connaissant bien, elle n'ignorait pas qu'en l'absence d'un repos suffisant l'épuisement la gagnait, et ce, même lorsqu'elle n'était pas enceinte. Or, une Cassandra exténuée n'était pas une Cassandra accessible au dialogue.

Tertio, elle redoutait sans doute aussi qu'il arrive encore quelque chose au père de son enfant. Et ce dernier point pesait dans la balance – si lourd que cela l'affolait un peu.

Et c'était sans compter la labilité émotionnelle due aux hormones. La semaine précédente, elle avait carrément pleuré devant une publicité à la télévision ! Pas étonnant, dans ces conditions, que la soudaine réapparition de Jones après tous ces mois, puis le fait de le voir frôler la mort à deux reprises dans la même soirée, suscite des réactions exacerbées…

Seulement, être en capacité d'analyser ses sentiments ne l'empêchait pas d'éprouver ce qu'elle éprouvait.

Avant que Jones n'ait pu revenir à la charge, Cassandra opta pour suivre son conseil – mais en s'arrangeant, bien sûr, pour donner l'impression que la décision venait d'elle.

Pivotant sur ses talons, elle se dirigea, la tête haute, vers l'adjoint Park, qui attendait près de la porte.

— Il est inutile que vous me rameniez chez moi mais, si vous voulez bien me raccompagner jusqu'à ma voiture, j'accepte.

Le lendemain, Jimmy refusait toujours de parler, sans que personne ne sache pourquoi. Sa mise en garde à propos d'une bombe, l'agression commise sur la personne du shérif, ses mensonges… tout cela demeurait un mystère dont il ne voulut s'expliquer ni auprès de ses amis, ni auprès de ses collègues, encore moins de sa sœur.

Le plus ennuyeux, c'était qu'ils n'étaient pas parvenus à établir un lien entre Bill Burrows et Jimmy. Ils ne semblaient même pas avoir été ne serait-ce que vaguement amis.

— Je n'ai jamais vu Bill en compagnie de Jimmy ! avait déclaré Nan, l'air outré.

Jones l'avait interrogée tard, la veille, et elle n'avait pas apprécié d'être convoquée à une heure aussi tardive.

— Je pourrais compter sur les doigts d'une main les fois où Bill est venu au restaurant et, les rares fois où il était là, il n'a jamais approché Jimmy. N'allez pas dire qu'ils sont pareils, tous les deux ! Bill en voulait à des *enfants*. Jimmy, lui, avait une dent contre les forces de l'ordre. Et, pour le cas où vous l'auriez oublié, il n'était pas le seul dans ce cas à Kelby Creek.

Après cela, elle avait refusé de parler à Jones. Elle avait annoncé son intention de prendre un avocat pour son frère mais, si le comportement de Jimmy était incompréhensible, il avait au moins eu l'intelligence d'en engager un lui-même.

— Il ne semble vraiment exister aucun rapport entre eux, déclara Carlos, la journée de travail touchant à sa fin après celle de la veille, qui s'était prolongée tard dans la nuit.

Mais Jones n'en était pas si sûr.

— Il y a quand même ce « *On* ne va pas vous laisser faire », souligna-t-il. Et, même s'ils n'ont apparemment rien à voir, il y a bel et bien eu deux incidents.

Il dressa le pouce et l'index, les repliant tour à tour tandis qu'il énonçait ses arguments.

— Un, quel était l'objectif de Bill en faisant irruption dans l'école, et deux, pourquoi Jimmy m'a-t-il sauté dessus ?

— Tu oublies le troisième et pas le moindre, celui du pont, après que Jimmy t'a orienté sur la fausse piste de Miles.

— Exact.

Aucune de ces questions n'avait trouvé de réponse lorsque Carlos le convainquit de s'en aller.

— Tu n'es rentré que deux heures chez toi avant de revenir ce matin, prêt à reprendre le mors aux dents, asséna-t-il. Mlle West a raison : tu as besoin de te reposer. Le bureau survivra cette nuit sans toi.

Jones fut surpris que Park n'évoque pas leur ami, Brutus Chamblin, qui avait eu une crise cardiaque due au surmenage lors de son dernier mandat en tant que shérif par intérim. Elle était survenue lors d'un épisode particulièrement intense, mais le stress et les heures de travail qu'il avait accumulées sans compter depuis des semaines avaient fait le lit de son accident vasculaire. Certes, Brutus était plus âgé que lui, mais ça ne signifiait pas qu'il devait pour autant continuer le nez dans le guidon au risque de mettre sa santé en péril. Son regard tomba sur la photo de Bonnie, sur son bureau, et il poussa un long soupir.

— OK. Appelle-moi sur mon portable s'il se passe quelque chose.

Park parut surpris par cette précision mais il garda ses pensées pour lui.

— Après son séjour au fond de la rivière ? demanda-t-il. Les appareils résistants à l'eau sont performants à ce point ?

— Je ne crois pas, non. J'ai eu beau le plonger dans du riz, rien n'y a fait. Mon père m'a donné son ancien appareil. J'y ai transféré toutes mes données à l'heure du déjeuner.

Carlos siffla entre ses dents.

— Je n'arrive toujours pas à croire ce qui s'est passé. Tous les ans, je forme le vœu de pouvoir dire à la fin de l'année que je me suis ennuyé au travail mais, chaque fois, je suis forcé de constater que ce n'est pas le cas…

Carlos n'était pas le seul à nourrir cet espoir.

Ce que Jones ne révéla pas à son adjoint en chef, c'était qu'il avait su que les choses allaient se corser. Et que c'était directement lié au dossier caché sous le siège passager du pick-up… et que l'eau avait détruit.

Il avait l'impression qu'une éternité s'était écoulée depuis qu'il avait eu cet entretien concernant le rapt d'Annie McHale, mais c'était seulement hier matin. Et l'inespéré s'était produit.

J'ai découvert que quelqu'un mentait dans l'affaire Annie McHale.

Il n'aurait pas dû révéler cette information à Cassandra mais elle était authentique, aussi vraie que la nécessité de trouver des réponses.

Il avait surpris quelqu'un en train de mentir et, pour autant qu'il puisse en juger, c'était la première fois que ce mensonge était proféré.

Jones n'avait pas eu le temps d'y réfléchir à tête reposée, puisque son père l'avait prévenu de son problème de voiture et que tout s'était enchaîné à partir de là.

Et peut-être était-ce là le but recherché ?

Jones poussa un grognement au volant de sa voiture de location après avoir quitté son bureau, sa conversation avec Park terminée.

C'était cela que chacun avait ressenti à Kelby Creek après la Tempête. Une perpétuelle incertitude, des questions à n'en plus finir. L'impression que tout était sujet à caution.

C'était rageant.

C'était frustrant.

C'était...

Il coupa court à ces pensées négatives tout en notant du coin de l'œil qu'il dépassait le panneau Holly Oak. La maison de son père n'était pas située dans ce secteur.

Mais l'idée lui vint qu'il connaissait quelqu'un qui habitait là.

Jones tourna à la deuxième rue et s'arrêta devant la troisième maison, sur la gauche. Une voiture était stationnée dans l'allée. Il se gara derrière et prit le temps de contempler la bâtisse à un étage qui se dressait devant lui.

Elle était jolie. Une couronne ornait la porte d'entrée, composée, lui sembla-t-il, uniquement de plantes succulentes. Un petit panonceau proclamant « *Home sweet home* » était accroché au mur, à côté de l'entrée. Le regard de Jones s'abaissa jusqu'au paillasson où il distingua l'inscription « Bienvenue » se détachant sur un fond arc-en-ciel.

Jones prit une grande inspiration et sortit dans le froid.

Résolument, il remonta l'allée et appuya sur la sonnette.

Il se présentait ici sans s'être annoncé, à la tombée de la nuit. Mais il était sûr et certain que sa décision était la bonne, que c'était ce qu'il devait faire.

Pourtant, à la minute où la porte s'ouvrit, l'homme qu'un journaliste avait surnommé « l'imposant shérif » se sentit soudain tout petit.

Cassandra avait beau arborer une tenue qui évoquait à Jones un sapin de Noël scintillant, la colère qu'exprimait son visage le cloua sur place.

— Désolé, j'aurais dû appeler, se hâta-t-il de dire. Et venir plus tôt, mais...

Cassandra secoua la tête et l'interrompit :

— Je sais pourquoi Bill s'en est pris à nous hier, asséna-t-elle avec assurance. Et il faut que vous m'emmeniez quelque part pour que je puisse le prouver.

9

Il était 17 heures et Cassandra s'apprêtait à entamer son troisième sachet de fruits secs depuis qu'elle était rentrée de l'école. Plus exactement, celui que Jones attrapa pour elle en haut du placard après qu'elle l'eut invité à entrer. Sans qu'elle le lui ait demandé, il en profita pour en placer un quatrième sur l'étagère du bas, à portée de main, nota-t-elle.

— Donc vous pensez que Lila Shaw, la mère d'accueil de Keith, avait une liaison avec Bill, dit-il, songeur, après ses explications précipitées.

Cassandra hocha énergiquement la tête.

— Keith est resté prendre son déjeuner dans la classe avec moi pour me parler. Je voyais que quelque chose le tracassait, mais je pensais que c'était ce qui était arrivé. Mais il a fini par dire qu'il ne savait pas pourquoi Bill nous avait pourchassés comme il l'a fait alors qu'il avait été très gentil la dernière fois qu'il l'avait vu.

Tout en parlant, Cassandra procédait à une fouille en règle du rez-de-chaussée de sa maison, en quête de son sac à main. Depuis qu'elle était enceinte, elle passait son temps à se demander où elle avait posé ceci ou cela.

Encore la semaine précédente, elle avait dû faire appel à

June, un matin, pour que celle-ci passe la chercher, car elle n'arrivait pas à remettre la main sur ses clés de voiture.

Elles avaient fini par reparaître, posées dans le réfrigérateur, à côté d'une boîte de céréales. La brique de lait entamée, quant à elle, avait été rangée dans le placard.

Cassandra avait déjà vérifié que son sac ne se trouvait ni dans l'un ni dans l'autre. Consciencieusement, Jones la suivait au fur et à mesure de ses déplacements.

— Après ça, je lui ai posé quelques questions stratégiques, et, d'après Keith, Bill fréquentait régulièrement leur domicile ; mais seulement quand le mari de Lila, Joel, n'était pas là.

— Donc Bill et Lila entretenaient une liaison, dit Jones, terminant son raisonnement à sa place.

— C'est ce que j'en ai conclu.

Ils entrèrent dans la buanderie. Le sac trônait sur le lave-linge, à côté d'une veste parsemée de paillettes. L'étourderie du jour.

— Bill a peut-être eu peur que Keith ne révèle tout à Joel, suggéra Cassandra. Ou alors Keith l'avait déjà fait, et Bill a voulu se venger ?

— Peut-être... à moins que Bill ne soit venu à l'école pour tout autre chose.

Cassandra accrocha son sac en bandoulière et le contempla, sceptique.

— J'ai regardé le profil de Joel sur les réseaux sociaux. Il a modifié son statut de « marié » à « séparé » il y a *trois* jours. Et, *hier*, l'amant de sa femme fait irruption dans l'école de Keith. Sans compter que Lila a dit ne pas bien connaître Bill ?

Jones réfléchit pendant quelques instants puis il croisa les bras, ce qui rendit l'imposant shérif plus impressionnant encore.

— OK. Admettons que vous ayez raison. Quel est votre plan ?

— Keith doit participer à un match de T-ball dans trente minutes. Il m'a dit que Lila serait là. C'est là que je veux aller ;

avec vous, maintenant, puisque vous êtes ici. Nous nous arrangerons pour tomber sur elle et engager la conversation, ça vous permettra de tâcher discrètement de savoir pourquoi elle a menti. Pour ne pas éveiller ses soupçons, vous n'aurez qu'à prétendre que vous songez à inscrire Bonnie et que c'est la raison de votre venue. Elle n'y verra que du feu.

Jones se mit à rire.

Les yeux de Cassandra se rétrécirent. Elle l'épingla d'un regard acéré.

— Qu'est-ce qu'il y a ?

— Rien. C'est juste que tout ça sonne très... James Bond.

— Je suis sûre que vous pourriez recourir à des moyens plus officiels puisqu'il est clair qu'elle a menti, mais je crois qu'une approche indirecte est préférable pour tout le monde, dit-elle, son regard s'abaissant de façon éloquente vers la blessure que lui avait infligée Jimmy la veille.

Elle avait beau être dissimulée sous sa chemise, elle n'en était pas moins là, et tous deux le savaient.

Quand Cassandra releva la tête, Jones avait repris son sérieux.

— Ma foi, pourquoi pas ? J'aimerais bien voir par moi-même comment va Keith. Et si je peux du même coup glaner des informations...

Cassandra claqua des mains, l'excitation teintant ses joues de rose. Elle tenait vraiment à tirer au clair ce qui était arrivé afin que ça ne se reproduise plus jamais.

— Alors c'est entendu. Vous conduisez ? demanda-t-elle en saisissant au passage son quatrième sachet de fruits séchés.

Elle se dirigea vers la porte d'entrée avant de stopper net et de se retourner.

— Au fait... Je ne vous ai pas demandé la raison de votre venue. Vous vouliez quelque chose de précis ?

Une expression indéchiffrable passa sur son visage.

Il secoua la tête.

— Non, j'étais venu... pour discuter, mais on peut parler n'importe où, donc ce n'est pas un problème.

Pour un peu, Cassandra aurait fait demi-tour et se serait assise sur le canapé, prête à entamer l'importante conversation qui concernait leur enfant et l'avenir. Mais il l'avait rejointe à la porte et elle brûlait d'envie d'éclaircir la situation. Et puis il avait raison : cette discussion, ils pouvaient l'avoir n'importe où, pas forcément dans son salon.

— En route pour notre mission d'espionnage, ajouta Jones. J'ai promis à Bonnie de lui lire une histoire au lit si je n'étais pas rentré pour le dîner. Je ne veux pas rentrer trop tard.

Cassandra le suivit jusqu'à ce qui devait être son véhicule de location. Elle sourit comme il lui ouvrait la portière et la refermait soigneusement lorsqu'elle fut installée sur le siège. Jones Murphy était un gentleman. Il l'avait été des mois plus tôt, à l'hôtel, et, apparemment, cela n'avait pas changé.

— Le match se déroule au Complexe Woodland, près du sentier d'accès aux bois de Kintucket, indiqua Cassandra lorsqu'il prit place au volant, à côté d'elle. L'entrée est gratuite. Un autre élève de ma classe, Donavon, fait partie de l'équipe. Les Winter Tigers.

— Ce nom aussi sonne comme un code entre espions.

Il démarra et ils roulèrent en silence sur quelques centaines de mètres, puis la curiosité de Cassandra reprit le dessus.

— Vous savez, toute cette histoire ne cesse de me trotter dans la tête. J'ai même failli utiliser le tableau blanc de ma classe pour tenter d'y voir plus clair. Je me suis abstenue, bien sûr, mais j'avoue que je ne sais pas comment vous faites.

— Comment je fais... quoi ? Résoudre des affaires ?

— Tout ça, répondit-elle avec chaleur. Votre travail, en général. Ce n'est pas comme si tous les problèmes survenaient dans des plages horaires normales, ou bien uniquement la nuit. Ou qu'il existait une sorte de trêve ou de couvre-feu. Je suis sur les nerfs en continu depuis que les ennuis ont commencé… et ça ne date que d'hier !

Jones médita un moment avant de répondre.

— Le travail de shérif, comme celui de n'importe quel membre des forces de l'ordre, peut être très accaparant. Mais, s'il nous confronte souvent avec le mal, il a aussi du bon. Ça aide quand le mal a tendance à se faire un peu omniprésent.

Cassandra lissa l'étoffe de sa robe sur ses cuisses et décida d'aborder en douceur le sujet auquel elle voulait en venir.

— Mais le fait que la Tempête revienne systématiquement sur le tapis, même des années après, sitôt qu'il y a un problème, ne doit pas faciliter les choses… ?

Jones se raidit. Il laissa passer quelques secondes.

— Je me demandais si vous étiez au courant, déclara-t-il. Mais il est difficile de ne pas l'être en vivant ici, j'imagine.

Certaines villes se distinguaient par une histoire étrange, une anecdote amusante ou une légende que les habitants se plaisaient à évoquer. La spécificité de Kelby Creek, c'était la corruption.

— June m'a résumé l'histoire quand j'ai emménagé ici. Le type qui m'a engagée l'avait déjà fait mais en me servant, lui, un discours enflammé sur ce bon vieux Kelby Creek, désormais sorti du passé et en route vers un avenir radieux. Selon lui, ce n'étaient pas quelques pommes pourries qui pouvaient contaminer tout le verger.

Avec un ricanement amer, Jones nota :

— Dire que c'était tout le verger qui était contaminé et que seules quelques pommes en avaient réchappé aurait été plus juste.

Il se tut sitôt le dernier mot prononcé. Cassandra l'observa pendant un moment avant de regarder de nouveau devant elle. Mais elle ne s'en tint pas là pour autant.

— L'enlèvement d'Annie McHale, énonça-t-elle avec une bonne dose de solennité dans la voix. L'événement qui a sonné le début de la fin pour Kelby Creek…

Comme Jones lui jetait un regard en biais, elle expliqua :

— C'est ce que m'a dit June un jour. Que tout était parti de là ; que c'était l'enquête ouverte sur son rapt qui avait permis de mettre au jour la corruption et placé Kelby Creek sur la pente descendante.

— Votre June a une façon poétique de présenter les choses.

— Ne vous inquiétez pas, shérif, dit-elle en lui tapotant machinalement le genou avant de rapidement retirer sa main. Elle est tout aussi lyrique lorsqu'elle affirme qu'il y a désormais une lumière au bout du tunnel. Apparemment, les gens du coin sont moins remontés contre le bureau du shérif qu'ils ne l'étaient encore ces dernières années.

Jones tourna à un embranchement et alluma ses feux de croisement. Le changement d'heure les plongeait dans l'obscurité un peu plus tôt chaque jour. C'était pourquoi ce match, qui s'était rajouté au planning de la saison, devait se jouer sous les projecteurs. Pour l'heure, cette pénombre s'accordait à l'humeur qui régnait dans l'habitacle.

— Le shérif Chamblin, celui qui a recruté la plupart des adjoints et détectives actuellement en poste et grâce à qui le bureau a pu se maintenir à flot, est d'avis que toute mauvaise action induit un résultat, en d'autres termes, que tout se paie, dans la vie. Les trahisons, les turpitudes, la colère, la douleur… Tout acte trouvera sa juste rétribution par une sorte de règlement cosmique.

Il secoua la tête, avec un nouveau petit ricanement.

— Chamblin est quelqu'un de bien et c'est un homme

intelligent, mais je trouve cette façon de penser selon laquelle tout finira par s'équilibrer un tantinet simpliste. Attendre continuellement la compensation des tuiles qui vous arrivent, c'est épuisant, et entretenir l'espoir que cela se produira forcément à un moment ou à un autre, c'est carrément cruel.

Cassandra avait eu une question en tête en s'asseyant dans sa voiture, mais elle se demandait maintenant où il voulait en venir, avec ses considérations métaphysiques. C'était comme s'il cherchait à lui dire quelque chose, mais sans le formuler... Il continua, la voix chargée de dégoût.

— Je suis revenu ici pour aider mon père et regardez un peu où nous en sommes. On en est réduits à aller assister à un match de bambins dans l'espoir de découvrir pourquoi un homme a agressé deux gamins et une institutrice enceinte et pourquoi, après avoir filé droit pendant vingt ans, un autre s'en est subitement pris au shérif pour un motif inconnu et probablement complètement absurde.

Elle posa la main sur sa jambe et ne la retira pas, cette fois. La pression chaude de ses doigts parut l'apaiser.

Elle aborda finalement la question qui lui trottait dans la tête.

— Et, pour tout couronner, vous rouvrez l'enquête sur l'affaire Annie McHale.

Un lourd silence s'ensuivit. Jones hocha la tête.

— Compte tenu de la sensibilité du sujet, je suppose que l'information n'a pas été rendue publique, ajouta-t-elle.

Le shérif poussa un profond soupir.

— Non. Même au bureau, seule une poignée de personnes est au courant. Ainsi que vous.

Elle ne sourit pas mais une douce chaleur s'insinua en elle. Qu'elle s'empressa aussitôt de refouler.

— C'est pourquoi vous pensez être le lien entre l'intrusion de Bill dans l'école et votre sortie de route provoquée délibérément. *Et* l'attaque de Jimmy. Parce que vous avez découvert que quelqu'un a menti lors de l'enquête initiale.

Il n'avait pas l'air très désireux de poursuivre sur le sujet, pourtant, il demanda d'une voix assurée :

— Vous avez dit que June vous avait raconté l'histoire de Kelby Creek, mais que vous a-t-elle dit, au juste, s'agissant d'Annie ?

— Qu'elle avait été kidnappée par le shérif et le maire de l'époque. Que le FBI était intervenu et qu'un de leurs agents avait disparu aussi avant que son équipier ne découvre les preuves qui reliaient tout ce beau monde et révélaient le système de corruption en place de longue date. Annie et l'agente du FBI n'ont jamais été retrouvées. Le FBI a alors pris les commandes et envoyé des renforts pour faire place nette et éradiquer toutes les personnes compromises – c'est l'opération qui a été surnommée la Tempête par les gens d'ici.

Ils dépassèrent le panneau lumineux « Complexe sportif Woodland » et suivirent plusieurs autres voitures en direction du parking. Malgré l'excitation qu'elle éprouvait à la perspective de parler à Lila, toute l'attention de Cassandra était centrée sur le shérif.

— C'est un résumé exact mais incomplet. Chronologiquement, les choses se sont passées ainsi : Annie disparaît, la ville entière se joint à la battue pour la retrouver. Ensuite, une demande de rançon parvient à la famille. Le shérif Barkley, ami des McHale et parrain d'Annie, prend les choses en main. Il décide d'accompagner le père d'Annie dans le parc pour la remise de la rançon et, l'heure du rendez-vous venue, l'opération se révèle être un guet-apens…

Sa voix s'était faite totalement neutre, comme s'il récitait un texte appris par cœur. Cassandra étudia sa physionomie, à la recherche d'une émotion, mais son visage était un masque dénué d'expression.

— Elle fait plusieurs morts et des blessés. Les ravisseurs ne repartent pas avec l'argent, mais les parents McHale ne récupèrent pas leur fille. Après ça, le site web de la municipalité est piraté et diffuse une vidéo d'Annie attachée sur une chaise, blessée, appelant à l'aide, en pleurs. En un rien de temps, la vidéo devient virale et se répand sur le Net. C'est également ce qui a attiré l'attention du FBI, qui dépêche les agents James Delamere et Jacqueline Ortega dans notre modeste bourgade. Ils se mettent à enquêter, et l'agente Ortega disparaît à son tour, mais non sans avoir laissé un message à son équipier disant qu'elle tient une piste.

Jones inséra la voiture sur une place et coupa le contact. Ils étaient en avance, ce qui était heureux car Cassandra était suspendue à ses lèvres.

— Après quoi une violente tempête se déclare et il se met à pleuvoir à verse, raconta-t-il en mettant le levier de vitesse en position parking. Un vrai déluge, qui fait sortir la rivière de son lit et inonde les routes. Le maire perd le contrôle de sa voiture, qui termine sa course dans un champ. Le hasard fait que l'agent Delamere passe par là et découvre, en voulant porter secours à l'édile, inconscient au volant de son véhicule, un collier qui appartient à Annie – celui qu'elle portait le jour de sa disparition. Cela éveille les soupçons de Delamere : il creuse et retourne sans relâche toutes les pierres, ce qui fait apparaître la culpabilité de nombreuses autres personnes de pouvoir, à tel point que des renforts sont envoyés par le FBI.

— C'est pour ça que les gens ont appelé ça la Tempête, nota Cassandra, comprenant enfin l'origine de cette appellation.

Il hocha la tête.

— Oui, et c'est pourquoi le bureau du shérif a dû tellement

batailler pour se racheter aux yeux de ses concitoyens. C'est aussi pourquoi beaucoup d'entre nous ont préféré s'en aller une fois l'enquête terminée.

— Mais qu'est-ce qui fait que vous avez éprouvé le besoin de rouvrir l'enquête, spécifiquement sur l'affaire McHale ?

Jones soupira de nouveau.

— Annie était issue non seulement de la plus riche famille de Kelby Creek mais aussi de la plus aimée. Tout le monde les vénérait. C'est pour ça que la ville entière a fait corps avec eux quand elle a été enlevée, puis a compati lorsqu'ils ont quitté la ville, une fois l'enquête close sans qu'Annie ait été retrouvée. Alors, quand on a découvert, récemment, que l'oncle d'Annie était impliqué dans un trafic d'êtres humains et que son propre fils est venu témoigner contre lui... ça a tout changé.

— Parce que, si l'oncle n'était pas l'homme irréprochable que l'on avait cru, il pouvait en aller de même des autres membres de la famille ? hasarda Cassandra.

C'était une conclusion à laquelle il était d'autant plus facile d'arriver pour quelqu'un qui, comme elle, n'avait pas connu les McHale et n'avait donc aucun lien affectif avec eux.

— Oui, c'est l'idée. J'ai commencé, officiellement hier, à étudier minute par minute la dernière journée durant laquelle Annie a été vue vivante. J'ai aussi repris l'intégralité des notes des différents enquêteurs, lors de la première investigation.

— Et c'est là que vous avez découvert ce mensonge.

Jones acquiesça.

— Annie avait passé la nuit précédente chez Melinda Deacon, sa voisine et amie. Le lendemain matin, elle a été vue rentrant à pied chez elle. Deux personnes avaient déclaré lui avoir parlé à ce moment-là – le jardinier des Deacon, Jeff King, et leur femme de ménage, Vera Lohan. Je suis allé voir Jeff hier pour qu'il confirme sa déposition mais il s'est emporté et a refusé de me répondre. Je lui ai donc dit que j'allais m'adresser à Vera. Elle vit aujourd'hui à Huntsville et dispose d'une ligne professionnelle, donc la retrouver a été un jeu d'enfant.

Pinçant les lèvres, il secoua lentement la tête.

— Laissez-moi deviner, fit Cassandra. Ça n'a pas plu au jardinier.

— Pas du tout, non. Il m'a chassé de chez lui en vociférant.

— Et donc, naturellement, vous avez joint Vera…

Jones se mit à rire.

— Oui. Elle non plus n'a pas voulu me parler, mais savez-vous ce qu'elle a répondu quand j'ai souligné que le jardinier avait eu la même réaction ?

Elle secoua la tête, retenant son souffle.

— Elle a dit : « Comment ça ? Quel jardinier ? »

Cassandra poussa une exclamation étouffée.

— Donc soit le jardinier ment, soit c'est Vera.

— Si elle ne m'avait pas raccroché au nez et n'avait pas filtré mes appels par la suite, je lui aurais mis la pression. J'attends maintenant que sa fille, qui vit toujours ici, avec le petit-fils de Vera, me rappelle. J'en tirerai peut-être quelque chose.

Cassandra le regarda, l'air soudain intrigué.

— Attendez… Sa fille ne se prénommerait pas Jasmine ?

Jones écarquilla les yeux et hocha la tête.

— Si.

Une bouffée d'excitation envahit Cassandra. Tournant la tête, elle balaya la foule du regard.

— Shérif Murphy, c'est peut-être bien votre jour de chance. Il se trouve que son fils, Christopher, est dans ma classe et qu'il est doué au T-ball. Tenez, regardez, les voilà, là-bas…

Il suivit son regard.

— Ça, alors… Jasmine Lohan.

À son côté, Christopher agitait frénétiquement la main en direction d'un petit garçon qui approchait…

— Et voyez donc qui arrive par là, renchérit Cassandra, au comble de l'excitation. Lila Shaw et Keith.

Jones lui décocha un sourire en coin. Sa voix s'abaissa dans les graves comme il plantait son regard dans le sien. Un frémissement – des plus inappropriés compte tenu du contexte – parcourut Cassandra.

— Eh bien, mademoiselle West, il semblerait que notre soirée promette d'être très intéressante.

10

Les enfants qui jouaient entrèrent sur le terrain à la suite de leurs entraîneurs. Les autres, flanqués de leurs parents, se répartirent autour du terrain tandis que Jones et Cassandra s'avançaient vers Jasmine, la fille de la femme de ménage.

— Elle ne sera peut-être pas ravie de me voir si sa mère l'a avertie que je lui avais téléphoné, dit Jones. Si jamais elle se rebiffe, il faudra peut-être que vous nous laissiez seuls un moment.

Prête à passer à l'action et remontée à bloc, Cassandra éluda sa suggestion d'un haussement d'épaules.

— Ne vous inquiétez pas de ça. Elle ne sera peut-être pas ravie de vous voir parce que vous êtes le shérif, mais, moi, je suis l'institutrice qui apprend à lire à son fils. Elle ne fera pas d'histoires avec moi.

Malgré lui, Jones s'esclaffa.

— Mademoiselle West, on croirait presque que tout ça vous amuse.

Cassandra rit à son tour.

— En temps normal, le soir, je prépare les fournitures destinées au programme du lendemain, relis mes leçons et vais me coucher à 21 heures en tentant désespérément de trouver une position confortable. Alors, oui, une touche d'animation est plutôt bienvenue en ce moment.

Sans pouvoir s'en empêcher, Jones se représenta Cassandra dans son lit, enceinte et seule. Ce fut la première image qui se présenta à son esprit et il l'en chassa aussitôt. Il devait se concentrer.

Accélérant le pas, Cassandra le devança et aborda Jasmine la première, tout sourire.

— Bonjour, Jasmine ! lança-t-elle gaiement avant de se pencher sur le nourrisson dans le porte-bébé. Oh... mais ce doit être le petit Oliver... Seigneur, comme il a grandi !

Jasmine accueillit le flot de paroles sans broncher mais elle se dérida en reconnaissant l'institutrice de son fils.

— Mademoiselle West ! Comment allez-vous ? Vous êtes venue assister au match ?

Cassandra avait dit à Jones dans la voiture qu'elle essayait de tisser un lien avec les parents de tous ses élèves, mais que Jasmine ne s'était jamais montrée très bavarde lors des fêtes d'école ou des réunions. Elle y assistait cependant toujours, ce qui était déjà une bonne chose comparativement aux parents qui brillaient systématiquement par leur absence, avait-elle ajouté. Mais cela ne laissait rien augurer de la façon dont se passerait la conversation lorsqu'il commencerait à poser des questions.

— En fait, je suis surtout venue pour voir comment allait Keith, répondit Cassandra, ce qui était en partie vrai.

Jasmine se mit aussitôt à hocher la tête d'un air entendu.

— Je n'arrive pas à croire qu'une telle chose soit arrivée. Vous savez, Bill était un client de ma mère et elle ne tarissait pas d'éloges sur lui. Kristine Cho non plus – nous en parlions encore au déjeuner, ce midi.

Les yeux de Cassandra s'arrondirent tandis qu'elle lançait

un coup d'œil à Jones. Jasmine venait juste de leur offrir sur un plateau la transition pour parler de Vera.

— Je déteste l'idée que deux élèves aient vécu ça, mais j'avoue que je suis bien contente que ce monsieur soit venu à notre rescousse avant que les choses ne dégénèrent, déclara Cassandra en désignant Jones de la main, l'intégrant avec l'aisance d'une animatrice de télévision à la conversation. Je ne sais pas si vous l'avez déjà rencontré, mais c'est le papa de Bonnie, Jones Murphy.

Jasmine avait tout d'une femme charmante, élevée selon les règles strictes de la politesse du Sud. Elle fit donc ce que toute femme du Sud se devait de faire en étant présentée à un étranger : son sourire s'élargit tandis que sa main amorçait un mouvement en avant ; mais, à l'image de la brusque volte-face de Jimmy en salle d'interrogatoire, elle changea soudainement d'attitude en entendant son nom.

Le sourire avait disparu lorsque Jasmine croisa son regard.

— Vous voulez dire : le *shérif* Jones Murphy, lâcha-t-elle d'un ton venimeux.

Cassandra avait, elle aussi, noté la transformation radicale qui s'était opérée chez son interlocutrice, et elle n'y alla pas par quatre chemins pour signifier qu'elle lui déplaisait.

— Écoutez, Jasmine, j'aimerais bien que vous changiez de ton, lança-t-elle froidement. Votre hostilité n'a pas lieu d'être.

Jasmine fut tout aussi surprise que Jones par sa remontrance. Jones se prépara à une repartie acerbe, mais Cassandra ne s'était pas trompée : Jasmine n'osa pas chercher querelle à la maîtresse de son fils.

— Maman m'a dit que ce monsieur l'avait importunée aujourd'hui, répondit-elle à Cassandra d'un ton radouci.

L'œil toujours rivé sur Jones, elle poursuivit :

— Je refuse d'aider qui que ce soit à replonger maman dans

le trou noir que constitue l'horrible passé de cette ville. Ce n'est pas parce que certaines personnes, ici, refusent d'aller de l'avant que c'est le cas de tout le monde.

Ses yeux se rétrécirent. La pique lui était directement adressée. Mais Jones en avait entendu d'autres.

— Je ne cherche pas à replonger qui que ce soit dans un quelconque trou noir. J'essaie juste de comprendre certaines choses qui méritent d'être éclaircies, c'est tout.

Jasmine croisa les bras par-dessus le bébé qu'elle portait. L'enfant ne se réveilla pas, mais Jones sut qu'il n'obtiendrait rien d'elle. Son langage corporel parlait à sa place.

— Si le FBI et les autres forces de l'ordre s'y sont cassé les dents, je doute que vous y parveniez, *shérif.*

La frustration resurgit en lui. Jones avait beau comprendre le sentiment de méfiance vis-à-vis du bureau du shérif de Dawn County, il ne l'en agaçait pas moins. Il était difficile de faire correctement son travail s'il ne parvenait même pas à poser une question sans se faire rabrouer.

Il s'apprêtait à formuler sa pensée à haute voix lorsqu'une main douce et chaude se glissa dans la sienne.

La frustration reflua comme par magie.

Jones baissa les yeux vers le visage souriant de Cassandra, surplombant son ventre rebondi.

— Jones, regardez ! Je vois la dame responsable de Keith là-bas. Vous qui vouliez prendre des nouvelles... C'est peut-être le moment d'aller voir comment elle va, elle aussi, suggéra-t-elle en pressant brièvement sa main. Je vais tenir compagnie à Jasmine et cet adorable bébé en attendant.

Jones en perdit un instant l'usage de sa voix.

Pour plusieurs raisons. Il répugnait à la laisser seule avec Jasmine car il savait au fond de lui qu'elle allait la faire parler.

C'était ce qu'il cherchait à obtenir, bien sûr, seulement… mêler Cassandra encore un peu plus à cette affaire ? Il n'y tenait pas.

Mais, alors, il sentit la chaleur de sa main. Il *l'éprouva* réellement, au plus profond de lui.

Chose étonnante, elle réussit à elle seule à le tranquilliser.

Plus surprenant encore, il fit un pas en arrière, suivant sa subtile directive, et inclina la tête à l'adresse des deux femmes.

— Excellente idée… J'y vais de ce pas.

Cassandra lâcha sa main. Machinalement, il plia puis déplia les doigts. Le contact lui manquait déjà. Sa *proximité* lui manquait déjà, songea-t-il tandis qu'il s'éloignait.

Cassandra l'observa de loin afin de s'assurer que Lila ne lui réservait pas le même accueil que Jasmine, ce qui laissa également le temps à celle-ci de recouvrer son calme.

— Je ne savais pas que vous étiez amie avec le shérif, nota-t-elle. D'ailleurs, je ne savais pas qu'il était ami avec qui que ce soit ici.

Le shérif avait été un peu plus qu'amical vis-à-vis d'elle, mais elle s'abstint, bien entendu, de la corriger.

— C'est quelqu'un de bien, répondit Cassandra. Et ce qu'il vous a dit est vrai : il ne cherche que le bien de tous.

Jasmine poussa un soupir agacé. Bébé Oliver remua mais ne s'éveilla pas.

— Oui, c'est ce qu'on dit toujours… Comme si c'était une formule magique qui rendait subitement les étrangers dignes de confiance. Souvenez-vous, c'est ce qu'on disait aussi de Bill. C'est ce qu'on a pensé de beaucoup de gens avant lui… Je suis sûre que quelqu'un vous a tenu le même langage à propos du shérif : « C'est un homme bien, Cassandra West. » Et vous voilà ici, au match de mon fils, dans l'espoir de… quoi ? Convaincre ma mère d'accepter de lui parler de quelque chose dont elle n'a pas envie de parler ? Je sais que vous n'êtes pas d'ici, mais ceux d'entre nous qui le sont voient le badge de shérif d'un autre œil, vous savez. Et je crains que « c'est un homme bien » ne suffise pas.

Cassandra ne s'était pas attendue à une réponse aussi passionnée. Elle l'aurait dû, sans doute, se dit-elle en songeant à l'intensité expressive de Jones lorsqu'il évoquait Annie McHale.

Par ailleurs, Cassandra avait une certitude : Jasmine dissimulait quelque chose.

— Savez-vous pourquoi je suis devenue institutrice ?

Les mots étaient sortis avant même qu'elle ait réfléchi, mais comment pouvait-elle espérer que Jasmine s'ouvre à elle si elle n'y mettait pas un peu du sien ?

Elle continua.

— Ma mère a quitté ma famille quand j'avais six ans. Je pensais que l'une des pires choses qu'elle ait faites était d'être partie sans dire au revoir. Que me réveiller un beau matin pour m'apercevoir qu'elle n'était plus là était une douleur insurmontable pour une enfant de cet âge. Et puis j'ai grandi…

Un sourire étira les lèvres de Cassandra. Elle savait exactement l'impression qu'il devait donner. Calme. Un peu lointain, un peu triste mais serein.

— Il m'a fallu un certain temps pour me rendre compte que le pire que ma mère m'ait jamais fait est d'avoir annoncé son départ avant de le mettre réellement à exécution. J'avais six ans, et cette annonce s'est imprimée au fer rouge dans ma mémoire. C'était comme si elle lisait une liste de courses pour la énième fois. Il y avait toute une kyrielle de raisons pour lesquelles elle désirait partir, mais une seule m'a marquée pour toujours.

Comme si c'était hier, elle entendit la voix de sa mère

résonner dans le séjour, près de la porte d'entrée, son père se tenant immobile à côté d'elle, silencieux, sous le choc.

— Elle a dit que c'était trop difficile de s'occuper de moi, expliqua simplement Cassandra. Qu'elle n'était pas faite pour prendre soin de jeunes enfants. Que je serais mieux sans elle. Que, de cette façon, je ne pourrais pas lui reprocher plus tard de s'y être mal prise.

— Oh... C'est cruel, dit Jasmine.

Cassandra inclina la tête.

— Cette phrase m'a poursuivie dans tous mes choix de vie par la suite. Je vivais dans la terreur perpétuelle de me montrer trop ambitieuse, de m'atteler à trop difficile pour moi et, évidemment, j'étais persuadée qu'avoir des enfants dépasserait mes capacités. Si ça avait été le cas de ma mère, pourquoi ne serait-ce pas le mien ?

Le regard de Jasmine dériva de façon assez peu subtile vers le renflement de son abdomen.

— Mais, ensuite, la part de moi qui lui en voulait depuis tant d'années a commencé à se manifester. Je ne souhaitais toujours pas avoir d'enfants, mais je me suis mise à songer à enseigner, à éduquer ceux des autres. C'était une sorte de défi que je me lançais à moi-même, une façon de prouver que j'étais capable de réussir là où elle avait échoué. C'est ainsi que je suis devenue institutrice, et, ma foi... ça a changé la donne. Voyez... Maintenant, je suis enceinte et je ne me torture plus à me demander si je serai capable d'élever mon enfant.

Cassandra s'étonna de s'être laissée aller à se confier ainsi. La seule autre personne à qui elle ait raconté cela était morte dans un accident de la route avant même qu'elle ait eu le temps de lui dire qu'elle envisageait de fonder une famille avec lui.

— C'est une belle histoire, déclara Jasmine, visiblement

déconcertée elle aussi par ce déballage de confidences. Mais pourquoi me racontez-vous tout ça ?

Cassandra désigna Jones du menton.

— Parce que, voilà sept mois de cela, j'ai écouté cet homme me parler du dilemme auquel il était confronté. Il était tourmenté parce qu'il hésitait à accepter ce poste de shérif. Il n'avait pas envie de revenir à Kelby Creek, mais il l'a fait parce que son père avait été opéré. Il s'est sacrifié parce qu'on avait besoin de lui ici, parce qu'une part de lui, aussi, aspirait à réparer des années de colère, de ressentiment et de douleur. Il l'a fait parce que c'est un homme bien, Jasmine, même si l'expression est galvaudée. Il est revenu pour améliorer les choses, se rendre utile ; seulement, il ne peut pas réussir dans son entreprise si tout le monde lui met des bâtons dans les roues.

Voilà, c'était le maximum qu'elle puisse faire pour ramener Jasmine à de meilleurs sentiments et la persuader de parler. Une histoire poignante et la vérité sur l'homme qui se trouvait derrière l'étoile dorée…

Certes, objectivement, elle ne le connaissait pas si bien que ça. Mais, si idiot que ça puisse paraître, Cassandra avait *réellement* l'impression de le connaître.

De le connaître vraiment. Depuis longtemps.

Le match avait commencé. Les parents et les spectateurs encourageaient les joueurs. Cassandra, tout à coup, se sentit fatiguée. Posant une main sur son ventre, elle regarda Jones toujours en pleine discussion avec Lila.

Bébé Oliver gazouilla dans son sommeil.

Son babillage servit de transition à la jeune femme pour rompre le silence.

— OK. Alors écoutez-moi bien, parce que je ne le répéterai pas – *jamais* –, ni à vous, ni au shérif, ni à qui que ce soit portant un badge, d'accord ?

Cassandra acquiesça.

— Votre cher shérif a questionné ma mère sur le matin qui a précédé la disparition d'Annie, sur sa déposition de l'époque. Et sur celle d'un jardinier, apparemment...

Jasmine secoua la tête.

— Le jardinier n'a jamais travaillé les mêmes jours que ma mère. S'il était là, ce n'était pas prévu dans le planning.

— Alors c'est qu'il a menti.

— Il n'a pas été le seul.

Jasmine se mordit la lèvre et parut peser les mots qu'elle s'apprêtait à prononcer.

— Je pensais emporter ce secret dans la tombe. Maman aussi, mais... sa mémoire n'est plus ce qu'elle était, débita Jasmine avant de s'interrompre pour jeter un regard autour d'elle. Annie n'est pas partie seule de chez les Deacon ce matin-là. Il y avait quelqu'un avec elle.

— Qui ? fit Cassandra.

Jasmine répondit si bas qu'elle l'entendit à peine.

— Moi, souffla-t-elle en la regardant bien en face. Et nous ne sommes pas allées chez elle en partant.

Puis les mots se bousculèrent sur ses lèvres tandis qu'elle révélait à Cassandra quelque chose qu'elle assura n'avoir jamais dit à personne d'autre qu'à sa mère. Cassandra l'écouta jusqu'au bout, suspendue à ses lèvres, pour être sûre de rapporter ses paroles exactes à Jones.

— Ma mère a gardé le secret pour me protéger et je me suis tue, moi aussi, pour protéger ma famille. Je sais pourquoi j'ai agi comme j'ai agi, mais je ne prétends pas savoir ce qui motive les autres à se comporter comme ils le font. Et vous n'en savez rien non plus, enseignante ou pas. Mais je vais peut-être être la première personne à vous dire ce qui anime cet homme.

Elle désigna Jones du menton.

— Il est peut-être rentré pour son père, mais il n'a pas pris les fonctions de shérif pour faire le bien à Kelby Creek.

Sa voix se durcit comme elle assénait avec force :

— Croyez-moi, Jones Murphy est revenu pour se venger.

11

Jones jeta un coup d'œil par-dessus son épaule. Cassandra et Jasmine discutaient ; Cassandra ne semblait pas contrariée. Encore qu'il ne sache pas exactement quels étaient les signes de la contrariété chez elle, à part lorsqu'elle s'était cabrée, au bureau du shérif, quand il avait suggéré qu'elle rentre se reposer. Elle était passée en une demi-seconde d'un calme poli à l'énervement avant de tourner les talons, la tête haute.

Mais, présentement, tout semblait aller bien. Elle parlait, un petit sourire aux lèvres, le regard lointain. Jones l'aurait bien observée un peu plus longtemps, mais Lila Shaw, abandonnant les formules de politesse, s'était enfin décidée à en venir au fait.

— Si vous êtes là, j'imagine que c'est parce que Keith a parlé de Bill à sa maîtresse, c'est ça ? lui demanda-t-elle tout de go.

Ne voulant pas trahir le petit garçon, Jones répondit :

— Les nouvelles vont vite dans une petite ville comme la nôtre, vous le savez bien. Surtout quand il s'agit de quelque chose qu'on ne veut pas voir s'ébruiter.

Lila parut se tasser sur elle-même, gagnée par la lassitude.

— Avoir une liaison n'est pas un crime, argua-t-elle.

— Non, mais mentir à la police en est un.

Elle soupira. Tout le monde soupirait beaucoup, ces derniers temps, semblait-il. Tout le monde en avait assez de l'ambiance délétère qui avait plombé l'existence des habitants des années durant, tout le monde souhaitait retrouver un peu de la sérénité qui avait tant manqué à Kelby Creek.

Mais Lila avait passé sous silence des informations concernant l'agression d'une femme enceinte et de deux jeunes enfants et, si elle ne lui disait pas la vérité tout de suite, il n'allait certainement pas la laisser en paix.

Il s'apprêtait à revenir à la charge, mais elle le surprit en se mettant à parler la première.

— J'ai commencé à voir Bill après l'avoir rencontré au bar, un soir. Il était drôle et sympathique et… bref, les choses ont fonctionné entre nous. C'était en février. Joel, qui est chauffeur routier, était sur la route pendant des semaines d'affilée, à l'époque. Ça m'ennuyait mais… enfin, la communication, ça n'a jamais été notre fort, donc j'ai fini par me consoler auprès de Bill.

Elle marqua une pause, l'air un peu perdu, puis passa une main dans ses cheveux, avant de reprendre, la voix emplie de regret :

— Au début, on se voyait de temps en temps et c'était simple mais, il y a quelques semaines, Bill a commencé à dire qu'il ne voulait plus se cacher, qu'il voulait vivre avec moi. À plein temps, au vu et au su de tous. Il voulait qu'on reparte de zéro et qu'on aille vivre ailleurs, heureux.

Elle secoua la tête tandis que Jones dressait l'oreille.

— Je lui ai dit que le bonheur, ce n'était pas pour tout le monde, et que, de plus, je ne pouvais pas laisser Keith alors qu'il avait tant besoin d'une famille, d'être entouré. Ce n'est pas la faute de ce pauvre petit si j'ai le cœur brisé, vous comprenez ?

— Quand avez-vous dit à Bill que vous ne pouviez pas partir sans Keith ?

Sans s'en rendre compte, elle avait signalé à Bill l'obstacle à son bonheur. À son expression, Jones vit qu'elle en prenait conscience maintenant.

— La semaine dernière, avoua-t-elle piteusement.

Quelques secondes s'écoulèrent.

— Jamais je n'aurais imaginé qu'il en vienne à faire une chose pareille. Mais j'ai eu tort d'utiliser Keith comme excuse. C'est lui qui en a fait les frais. Et votre fille, qui a vécu cette épreuve, elle aussi. Je suis désolée, shérif… Vraiment.

— Ce n'est pas vous qui avez commis cet acte, Lila. Je ne vais pas vous en vouloir pour ce dont Bill est seul responsable. Mais vous auriez dû me parler.

Elle hocha la tête.

Sur le terrain, un joueur frappa la balle et l'envoya haut dans les airs. Tous les spectateurs se dressèrent d'un coup, applaudissant et poussant des cris de joie.

Jetant un nouveau coup d'œil du côté de Cassandra, il la vit, la main allant et venant sur son abdomen. Une étrange sensation lui dilata le cœur. Il s'éclaircit la gorge et s'efforça d'en profiter pour remonter le moral de Lila.

— Vous savez, Lila, même les gens qui ont eu le cœur brisé peuvent être à nouveau heureux. Peut-être d'une autre manière, peut-être même sans qu'on ne voie rien venir… si bien qu'on se contente de vivre ce bonheur sans se tourmenter ou se poser de questions.

Lila poussa un nouveau soupir, chargé de larmes, celui-là. Jones s'adoucit encore un peu plus.

— Je suis sûr que Joel et vous pouvez surmonter ça et repartir d'un bon pied.

Cette fois, elle se mit à pleurer. Ce qui alarma quelque peu Jones, mais pas autant que lorsqu'elle releva la tête et qu'il lut la colère dans ses yeux.

— Bien sûr que non, Joel et moi ne pouvons pas repartir d'un bon pied, gronda-t-elle. Parce que ça n'a jamais *commencé*, ni sur un bon pied ni autrement. Parce que ce n'est pas avec lui que j'étais censée être.

Jones se plaisait à penser qu'il se tenait au courant des détails de la vie de ses concitoyens, mais là...

— Je ne comprends pas, avoua-t-il, perplexe.

Lila secoua la tête d'un air désabusé.

— J'aurais pensé que vous, entre tous, vous ne les auriez pas oubliés... Tous ceux que la Tempête a emportés.

À ces mots, la lumière se fit dans l'esprit de Jones. Lila... Mais bien sûr. Son nom de jeune fille lui revint en même temps que les connexions s'opéraient dans son cerveau.

— Max.

Jones n'avait pas oublié Max, le frère de la détective Juliet. Le jeune homme avait quitté la ville après la Tempête pour périr tragiquement peu après dans un accident de voiture.

Et le rapprochement qu'il aurait dû faire bien plus tôt, c'était que la petite amie de Max, à l'époque, était une certaine Lila Breckinridge, désormais Lila Shaw.

— Oui, Max. C'était l'amour de ma vie. Savez-vous qu'il m'avait demandé de partir avec lui ?

Les épaules de Lila s'affaissèrent comme un nouvel afflux de larmes inondait ses joues. Une femme, non loin d'eux, lui jeta un regard et détourna rapidement les yeux. Sans s'en soucier, Lila poursuivit, tout entière tournée vers le passé :

— Et moi... qu'est-ce que j'ai répondu ? « Pas encore » ! Parce que ma mère était tellement révoltée par tout ce qui était arrivé dans cette maudite ville qu'elle avait démissionné de son emploi à l'hôpital en signe de protestation, puis, dans la foulée, avait renoncé à payer les factures, l'assurance maladie, à chercher un nouveau travail, tout ça au nom de la lutte contre la Grande Méchante Corruption ! Et vous savez à quoi ça a abouti, shérif ? À rien, à part accumuler les dettes et obliger sa fille à rester pour tenter de redresser la barre au lieu de partir vivre sa vie avec l'homme qu'elle aimait. Et, moi, à quoi ça m'a menée ? À des obsèques, à un mariage sans amour et à vivre avec la rage au cœur d'être toujours plantée là, dans cette horrible ville !

Sa tirade s'acheva dans de gros sanglots.

La femme qui s'était retournée un moment plus tôt tendait l'oreille, maintenant. Jones essaya de se déplacer pour masquer un peu Lila à sa vue.

Mais celle-ci s'essuya les yeux et prit une grande inspiration. Puis une deuxième. Les pleurs cessèrent mais ses paroles suivantes, bien que formulées plus calmement, ne l'en blessèrent pas moins. Elle le regarda bien en face et demanda :

— Comment avez-vous fait pour ne pas voir qu'ils étaient tous pourris jusqu'à la moelle ?

Silence.

Qu'aurait-il pu répondre ? Il s'était adressé ce même reproche. Pourquoi n'avait-il pas compris que le shérif était corrompu ? Pourquoi n'avait-il rien vu des magouilles qui se tramaient en coulisse ? Des dissimulations ? Des affaires non résolues dont le nombre allait toujours croissant ? De la machination pour extorquer une rançon aux McHale en échange de leur fille ?

S'il avait été plus attentif, tout aurait été bien différent.

Il aurait pu protéger tout le monde.

Annie. Max.

Helen.

Mais ça ne s'était pas passé ainsi.

— Je suis désolé, dit-il en passant un bras autour de l'épaule de Lila tandis qu'elle se remettait à pleurer.

Ils restèrent quelques minutes ainsi et, cette fois, Jones ne se retourna pas pour regarder Cassandra. Ses yeux étaient braqués droit devant lui, mais tout ce qu'il voyait, c'était le passé.

Le seul mot qui vint à l'esprit de Cassandra pour décrire leur trajet de retour fut… « tendu ».

Jones s'était mis au volant sans un mot, mais son silence était en soi assourdissant. Il se tenait assis bien droit, et pourtant il avait l'air d'être prostré.

Cassandra se demanda si elle donnait la même impression. Sa mission auprès de Jasmine s'était révélée fructueuse mais, ensuite, celle-ci avait continué à évoquer le passé jusqu'à ce que Jones en ait fini avec Lila.

Il n'avait pas été question de Kelby Creek mais de Jones Murphy.

Et de sa défunte épouse, Helen.

Cassandra n'avait jamais posé de questions sur la mère de Bonnie, ni sur la vie amoureuse du shérif en général. Et lui ne lui avait rien demandé non plus. Cela étant, ils n'en avaient eu ni le temps ni l'occasion, avec tout ce qui leur était arrivé. De son point de vue, les problèmes en cascade de ces deux derniers jours équivalaient pour le moins à deux années entières de stress.

Elle avait simplement pensé qu'il était veuf. Ou divorcé.

Jamais l'idée ne lui était venue que sa femme ait pu être tuée par balle, une victime collatérale de l'échange de tirs qui s'était produit lors de l'embuscade, au moment de la remise de rançon dans le parc.

C'était tellement triste que Cassandra en aurait pleuré pour lui. Pas étonnant qu'il ait quitté Kelby Creek pour se reconstruire ailleurs avec Bonnie.

Comment avait-il eu la force de revenir ?

Non seulement de revenir mais en plus de rouvrir l'enquête sur l'affaire qui avait conduit au décès de sa femme ?

« Parfois, revendiquer haut et fort la quête de la justice peut servir à masquer ce qui n'est en réalité qu'un désir de vengeance, avait dit Jasmine avant que Cassandra ne prenne congé. Ne soyez pas une victime collatérale, vous aussi. »

Cassandra n'avait pas aimé cette formulation, ni ce qu'elle avait ressenti en entendant cet avertissement. Elle essaya de chasser ces pensées délétères tandis que Jones et elle échangeaient ce qu'ils avaient appris.

— Jasmine et Annie s'étaient liées d'amitié parce que Vera emmenait parfois Jasmine avec elle au travail, expliqua-t-elle après avoir résumé la façon dont Vera et Jasmine avaient passé sous silence la vérité lors de l'enquête initiale. Elles ont passé la nuit chez les Deacon et, le lendemain, contrairement à la version officielle selon laquelle Vera aurait vu Annie rentrer chez elle, Vera les a réveillées pour qu'elles ne manquent pas leur créneau horaire d'étude à la bibliothèque.

Jones, dont la présence massive à côté d'elle semblait toujours occuper tout l'espace, haussa les sourcils.

— Leur créneau horaire ? C'est-à-dire ?

— À la bibliothèque Redman, il existe deux salles privées qu'on peut réserver pour lire ou étudier en paix. Annie y allait une fois par semaine pour dévorer une série de romans dont elle était fan ; d'après Jasmine, ses parents auraient vu rouge si elle les avait empruntés et qu'ils étaient tombés dessus. Toujours selon elle, ce matin-là, Annie avait réservé la salle dès 8 heures du matin, ce qui était inhabituel parce qu'elle s'y rendait normalement l'après-midi. Mais Jasmine n'y a pas prêté attention sur le moment. N'étant pas elle-même férue de lecture, elle s'est séparée d'Annie pour rejoindre son petit ami chez lui, où elle s'est rendormie pendant une heure ou deux.

Jones secoua la tête et grommela :

— Ça ne cadre pas avec les déclarations des parents. Selon eux, Annie était dans sa chambre de 7 h 20 à 9 h 30.

Cassandra haussa les épaules.

— Mais peut-être qu'elle leur a menti et qu'ils n'en ont rien su ? Jasmine n'est même pas sûre qu'ils aient su qu'elles se fréquentaient toutes les deux. Personne n'est venu lui demander quoi que ce soit après qu'Annie a disparu. Seule sa mère a été interrogée parce qu'elle travaillait ce jour-là chez les Deacon. Oh ! et à ce propos, toujours aux dires de Jasmine, le jardinier n'aurait pas dû être là ce jour-là. Ni elle ni sa mère n'ont d'explication à ce sujet.

— Pourquoi tout ceci n'est-il pas apparu lors de la première enquête ?

La question était purement rhétorique... La corruption du bureau était passée par là, bien sûr. Cassandra tenta néanmoins d'apporter une réponse.

— Vera voulait se protéger et protéger sa fille en la laissant en dehors de tout ça. Si elle s'est trahie en s'énervant au téléphone quand vous l'avez appelée, c'est parce qu'elle souffre apparemment de problèmes de mémoire. Et ce n'est pas de gaieté de cœur non plus que Jasmine a fini par parler. Mais je crois qu'elle avait besoin de se libérer de ce poids.

Cassandra attendit d'autres questions, qui ne vinrent pas. Au bout d'un moment, Jones déclara :

— Lila a confirmé sa liaison avec Bill. On a discuté pendant encore un moment, et la conclusion à laquelle je suis parvenu est que Bill a probablement essayé d'enlever Keith à l'école pour pouvoir l'emmener avec Lila et lui... Du moins, c'est ce que j'espère. Je vais charger Foster de l'interroger mais à mon avis, pour une fois, une coïncidence à Kelby Creek n'est peut-être rien d'autre que cela : une coïncidence. Je ne crois pas que son incursion dans l'école soit liée au fait que je rouvre l'enquête sur l'affaire Annie McHale.

— Mais alors... Jimmy se serait servi du nom de Bill pour vous orienter sur une fausse piste ?

Jones hocha la tête.

— Il cherchait sans doute à me faire perdre du temps, mais je ne sais pas pourquoi.

Le trajet aller jusqu'au Complexe Woodland avait semblé durer un certain temps. Le trajet de retour passa, lui, en un éclair.

Elle se retrouva tout à coup devant sa porte d'entrée, la haute silhouette du shérif derrière elle.

S'étant partagé la tâche, Jones allant voir Lila tandis que Cassandra amenait Jasmine à parler, ils n'avaient pas eu le temps de discuter du sujet qui les concernait tous les deux. C'était le moment ou jamais...

Elle ouvrit la porte, laissa tomber ses clés dans le vide-poches et attendit d'entendre la porte se refermer derrière eux. Comme il n'y avait aucun bruit, elle se retourna.

Jones se tenait toujours sur le seuil, l'air plus accablé encore qu'avant.

— On n'a pas eu une minute pour parler et je sais que c'est en grande partie ma faute, à cause de l'enquête, déclara-t-il, son regard sombre rivé sur le sien. Je ne peux pas rester maintenant car je dois retourner au bureau, mais je tiens à vous dire que j'ai l'intention de faire partie de la vie de cet enfant... De notre enfant.

Il s'avança d'un pas et s'inclina vers elle pour continuer, comblant un tant soit peu leur différence de taille :

— Je veux être un père pour lui et je ferai tout ce que je peux et tout ce que vous me demanderez pour que ça se passe bien.

N'ayez aucune inquiétude à ce sujet. Je l'aimerai tout autant que j'aime Bonnie. De tout mon cœur.

À ces mots, Cassandra aurait pu fondre. Elle aurait pu pleurer ou bien l'embrasser si… elle n'avait senti qu'un « mais » allait suivre.

— Mais, même si j'aimerais qu'il en soit autrement, je ne peux pas être avec vous. Je veux dire : comme nous l'avons été avant qu'on se retrouve tous les deux ici. Je ne sais même pas si c'est ce que vous auriez souhaité, d'ailleurs, mais je préfère être honnête envers vous… C'est impossible pour moi. Je suis désolé.

Il recula d'un pas, sans lui laisser le temps de répondre. L'instant suivant, il était de nouveau sur la terrasse.

— Merci de votre aide ce soir, Cassandra. Vraiment.

Il lui décocha un petit sourire et, sur un bref hochement de tête, tourna les talons.

Cassandra regarda ses feux arrière disparaître au bout de la rue, la mise en garde de Jasmine résonnant dans sa tête.

12

Il la voyait là-bas, dans la foule.

Elle était emmitouflée dans une grosse veste et elle avait les cheveux plus courts – et d'une couleur différente. Mais c'était bien elle.

Ce qu'il ne savait pas, c'était pourquoi elle était là. Pourquoi elle surveillait le shérif de si près.

Il s'attendait presque à la voir s'approcher de lui pour le mettre en garde – ou tenter de l'effrayer pour qu'il s'en aille. Selon son humeur, ce pouvait être l'un comme l'autre.

Mais non… Elle se contenta de l'observer de loin tandis qu'il reprenait le chemin du parking avec l'institutrice.

Ce ne fut que lorsque leur voiture se fut éloignée qu'elle s'en alla, elle aussi. Elle se comportait normalement mais elle était prudente. Elle devait l'être, désormais.

Il exhala un soupir lorsque les feux arrière de sa voiture disparurent au loin. Il ne voyait pas son souffle se condenser dans l'air, mais le bulletin météo annonçait du froid pour les jours à venir. Il aimait bien l'automne à Kelby Creek. Les tempêtes y étaient moins fréquentes.

— C'est fait.

Il tourna la tête vers la gauche, d'où provenait la voix, douce. Sous sa chevelure sombre, Jasmine Lohan ne souriait pas. Il regarda de l'autre côté. L'homme, à sa droite, garda le silence. Ils se tenaient tous trois au bord du terrain, entourés par les vivats des spectateurs et les cris des joueurs.

— Je leur ai dit la vérité, ajouta-t-elle.

Son intonation était acerbe. L'aider ne lui plaisait pas. Mais elle n'avait pas le choix.

Les trous de mémoire de sa mère étaient devenus problématiques. Jasmine n'était peut-être pas ravie d'avoir été associée à lui mais, quand elle avait eu la possibilité de tout arrêter, elle ne l'avait pas fait, consciente que, si elle se rétractait, il y aurait prochainement une nouvelle victime du passé de Kelby Creek.

Ce qu'elle ne voulait pas.

Et lui non plus... Mais ça ne l'empêcherait pas de continuer à être proactif.

— C'est bien, dit-il. Ton rôle est terminé, maintenant.

Il la vit suivre du regard son jeune fils, sur le terrain, le petit frère dans le porte-bébé, sur son ventre.

Jamais il ne l'avait imaginée dans le rôle de mère. Elle n'aimait pas l'engagement, elle l'avait clamé suffisamment haut et fort. Cela dit, elle n'avait pas épousé son partenaire... elle avait donc dû juger le compromis acceptable.

Un engagement à la place d'un autre.

— Si j'ai fait appel à toi, c'est uniquement pour que le shérif découvre *l'autre vie* d'Annie de façon plus naturelle. Tu as dit la vérité, c'est ce que je voulais. Donc...

Il repéra le fils de Jasmine sur le terrain et le suivit ostensiblement des yeux.

— Tout va bien, maintenant.

Considérablement soulagée, Jasmine demeura néanmoins là où elle était.

— Comment as-tu su qu'ils viendraient ce soir ?

— Quand tout le monde se tait et que rien ne filtre du

bureau du shérif, c'est qu'ils sont dehors, occupés à essayer de tirer les vers du nez aux gens, répondit-il dans un haussement d'épaules. Quand il a pris contact avec ta mère, j'ai su que tu serais la prochaine sur la liste. Et, comme il ne veut pas qu'on sache ce sur quoi il travaille, je me suis dit qu'il n'était pas impossible qu'il tente de venir ici pour te parler. Si ça n'avait pas marché, il y aurait eu d'autres moyens de lui faire parvenir l'information. Mais je suis content qu'on n'ait pas eu à y recourir.

Ce fut la goutte d'eau.

Cette fois, elle voulait réellement en finir avec lui.

Elle inclina la tête et s'éloigna.

Si Jasmine était une amie loyale, elle était une fille plus loyale encore. Toutefois, elle était également mère. Et, à n'en pas douter, ce statut-là devait l'emporter sur les deux autres.

En cas de nécessité, il se serait donc servi de ses fils.

L'homme qui se tenait à son côté s'éclaircit la gorge. Il était d'humeur grincheuse. Comme toujours.

— Tu as deviné que le shérif pourrait venir ici, déclara-t-il d'une voix basse et clairement agacée. Mais tu ne savais pas qu'il amènerait l'institutrice.

Ce n'était pas une question.

— Non, je ne le savais pas. Je ne savais pas non plus qu'il s'en remettrait à elle pour interroger quelqu'un à propos d'Annie.

Il étira ses bras à fond, à la verticale puis à l'horizontale. Il commençait à s'ennuyer ferme, maintenant.

— On va les garder à l'œil, histoire de voir ce qu'ils vont faire.

— Pardi ! Ils vont aller à la bibliothèque si Jasmine leur a bien dit ce qu'il fallait.

Il n'aimait guère les airs omniscients que l'autre se donnait. Il leva les yeux au ciel.

— Ils pourront bien aller à la bibliothèque tous les jours

jusqu'à la fin de l'année, ça ne les avancera pas à grand-chose s'ils ne découvrent pas ce que mijotait Annie.

— Que se passera-t-il s'ils ne le découvrent pas ? Et s'ils le découvrent ? rétorqua son compagnon, lui emboîtant le pas tandis qu'il contournait la foule pour rejoindre leur voiture. Tu parles toujours de « vision globale », de « plan à long terme », mais ce sont des mots, tout ça. Nous, on se sentirait plus à l'aise si tu nous disais au moins à quoi on doit s'attendre.

Il soupira de nouveau, de plus en plus lassé par cette conversation.

— S'ils ne le découvrent pas, on se débrouillera pour les amener exactement là où on veut, répondit-il simplement. Et s'ils le découvrent... Alors, là, j'aurai un appel à passer.

Tournant la tête, il vit les yeux de son compagnon s'agrandir comme le sens de ses paroles lui apparaissait.

— C'est trop compliqué, répliqua celui-ci. C'est... trop. Il ne vaudrait pas mieux s'en aller ? Disparaître et couler des jours heureux, en bonne santé, quelque part au lieu de risquer de finir derrière des barreaux... ou mort ?

Il secoua la tête.

Bien sûr que non, il ne s'en irait pas ! Jamais.

— C'est *ma* ville, asséna-t-il en ouvrant la portière. Personne ne m'en délogera. Ni le shérif, ni son amie la maîtresse d'école, ni toi... Et *elle* encore moins.

Son compagnon garda prudemment le silence.

Ce qui était une bonne chose, car rien ni personne ne le ferait changer d'avis. Kelby Creek était à lui. Et il allait faire en sorte que chacun en prenne bien conscience dans cette ville.

Une semaine s'écoula.

Une semaine entière sans nouvelles de Jones, sans qu'on

ne signale, au journal télévisé, que son assaillant, sur le pont, avait été arrêté, ou identifié, et sans qu'il soit fait la moindre mention de la nouvelle enquête sur l'affaire Annie McHale.

Cela la rendait folle. Et cela influait sur son humeur, déjà volatile en raison de sa grossesse.

Un jour, elle pleurait – à chaudes larmes. Un autre, elle s'irritait pour un rien et pestait contre tous les objets inanimés de la maison, jusqu'au colis que lui avait expédié son père et qui contenait un livre de prénoms et une petite couverture ornée de bateaux à voile.

Elle jura sous cape, se demandant si Jones avait un prénom masculin préféré.

À cette irritation succéda, le lendemain, l'analyse de ses sentiments.

C'était formidable, que Jones veuille faire partie de la vie de son fils. Il ne voulait rien d'autre qu'être le parent de leur enfant ? Soit. Elle acceptait tout cela et ne s'était d'ailleurs pas attendue à reprendre leur relation après leurs retrouvailles inopinées.

Après... S'était-elle imaginée dans ses bras, écoutant le grain profond de sa voix murmurer à son oreille au cours des sept mois qui venaient de s'écouler ?

Absolument.

Cela signifiait-il qu'elle aspirait à devenir... quoi ? Sa petite amie ? Sa femme ?

Cassandra décida de refouler tous ces questionnements à propos de ses sentiments. L'introspection, elle s'y livrerait plus tard.

Les jours suivants, elle concentra toute son énergie sur Annie McHale.

Le samedi matin, Cassandra enfila donc son jean de

grossesse, surmonté de la tunique la plus sobre et discrète possible, et elle se mit en route pour la bibliothèque Redman.

C'était l'un des rares établissements publics de Kelby Creek à ne pas avoir été, au moins en partie, financé par la famille McHale. Ce qui rendait l'adhésion d'Annie et sa fréquentation régulière d'autant plus intéressantes. D'autant qu'elle avait passé son diplôme de fin d'études secondaires mais n'avait pas encore été inscrite à l'université au moment de sa disparition.

Pourquoi s'isoler dans une salle d'étude privée à la bibliothèque pour lire en paix quand on est la plus riche héritière de Kelby Creek ? s'interrogea Cassandra en gravissant les quatre marches de l'entrée. Même à supposer qu'il s'agisse de lectures sulfureuses qu'elle voulait dissimuler à ses parents, elle aurait sûrement pu lire ailleurs ?

— Hé... Salut !

La familière formule de bienvenue provenait du jeune homme qui trônait derrière le bureau d'accueil. Cassandra le reconnut aussitôt. Il avait effectué des remplacements à l'école, en cours de musique.

Elle s'approcha, un sourire poli fleurissant sur ses lèvres, tout en se remémorant mentalement la configuration des lieux. La salle de lecture principale s'ouvrait sur leur droite. Elle n'était pas venue ici depuis longtemps, mais elle se souvint que la salle réservée aux enfants se trouvait au fond, à gauche. Les salles d'étude privées, elles, se situaient au fond, elles aussi, mais dans le coin opposé. Leurs portes n'étaient visibles de la salle principale que si l'on s'avançait dans la partie réservée aux livres de non-fiction tels que les essais, traités et autres manuels.

— Bonjour, Lloyd. Je ne savais pas que tu travaillais ici.

Lloyd avait un merveilleux contact avec les enfants, mais

il détestait tellement le conflit qu'il manquait cruellement d'autorité.

Cassandra l'avait vu une fois se laisser houspiller par un élève de CM1 sans réagir, donc elle comprenait aisément qu'il soit plus à l'aise à la bibliothèque que face à une classe.

Par ailleurs, il n'avait pas été ici à l'époque où Annie fréquentait les lieux.

— Je suis là depuis un an, chère madame, répondit le jeune homme avant de se lever à demi et de se pencher en avant en ouvrant les yeux d'un air théâtral. Mais, apparemment, si tu n'étais pas au courant de mon évolution de carrière, moi, je n'étais pas au courant de l'évolution… de ta silhouette !

Cassandra sourit. Comment était-il possible, même dans une petite ville, qu'il y ait encore des gens pour s'étonner à ce point de la voir enceinte ? Elle posa la main sur son abdomen.

— Ça a été une surprise pour moi aussi. Six mois et demi, récita-t-elle. C'est un garçon. Des fringales irrépressibles, surtout pour les Doritos, mais seulement saveur piment doux.

Lloyd pouffa de rire.

— Alors, ça va. Ce bébé a bon goût.

Cassandra joignit son rire au sien. Lloyd se rassit sur son siège.

— Est-ce que ça veut dire que tu t'es mariée et que je n'ai pas été invité ? fit le jeune homme en lorgnant du côté de son annulaire, dépourvu d'alliance.

Son sourire s'atténua quelque peu.

— Désolé, je me montre peut-être indiscret…

S'il s'était agi de quelqu'un d'autre, par exemple Coach Rich, qui lui demandait presque chaque fois qu'il la croisait qui était « l'heureux papa » alors qu'il était clair qu'elle tenait à garder l'information pour elle pour l'instant, Cassandra aurait pu répliquer vertement. Mais elle aimait bien Lloyd. Et puis, évidemment, elle réagissait de façon plus émotionnelle qu'à l'accoutumée. Elle lui répondit donc de bonne grâce sans se formaliser à la perspective de devoir esquiver d'autres questions.

— Son père est un homme merveilleux mais nous sommes simplement amis, déclara-t-elle. Le bébé a été une surprise.

Elle s'attacha avec force sourires à démontrer qu'elle s'accommodait parfaitement de la situation.

Sans insister, Lloyd enchaîna d'un ton guilleret :

— Eh bien, en tout cas, tu es resplendissante. Et je ne dis pas ça parce que c'est la formule toute faite qu'emploient les gens pour complimenter les femmes enceintes… C'est sincère.

Cassandra rit.

— Merci.

— Alors, que puis-je faire pour toi en ce beau samedi matin ?

Cassandra avait répété son petit laïus dans la voiture, en venant. Elle répondit donc aussi naturellement que possible :

— Eh bien, j'envisage de louer les salles d'étude privées pour quelques cours de soutien, que je prévois de donner l'année prochaine, après l'école. Je préfère m'y prendre à l'avance, avant l'arrivée du bébé, parce que, ensuite, entre les biberons, les couches, la préparation de mes cours et mes rendez-vous chez le pédiatre… Serait-il possible de les voir ?

Ce n'était pas tout à fait faux, mais pas tout à fait vrai non plus. Elle avait déjà fait du soutien scolaire pour les élèves de primaire, dans la salle des enseignants, à l'école, mais elle avait décidé de passer son tour l'an prochain puisqu'elle serait bien occupée et qu'il lui faudrait trouver un équilibre entre l'enseignement à ses élèves et le fait d'avoir un bébé à la maison.

Elle éprouva une pointe de culpabilité lorsque Lloyd hocha la tête avec ferveur.

— Bien sûr. C'est fou, ce que ces salles sont populaires, cette semaine. J'ai dû en chasser deux adolescents qui les utilisaient pour flirter, puis il y a eu quelques autres personnes qui voulaient voir si c'était comme à Poudlard et que nous y cachions des livres oubliés. Et, ensuite, c'est le shérif qui est venu mardi me demander s'il serait possible d'en réserver une pour l'anniversaire de sa fille.

Il secoua la tête en riant.

— J'ai dû rappeler à tout le monde que c'était une bibliothèque et que ces salles étaient dédiées à la lecture ou au travail.

Donc Jones était déjà venu se renseigner. Mais elle jugea que deux points de vue valaient mieux qu'un et qu'elle allait quand même se rendre compte par elle-même, ne serait-ce que pour apaiser son anxiété.

— Avant que j'aille les voir, comment faut-il procéder pour les réserver ? Je dois remplir un formulaire sur l'ordinateur, peut-être ?

— Si seulement... ! dit Lloyd en soupirant. Mais non, il suffira d'inscrire ton nom sur le registre. Un document papier, tu te rends compte ? J'essaie de les convaincre de numériser le système. Il existe des tas d'applications simples et gratuites.

Un support papier... Cassandra réfléchit rapidement. Cela signifiait qu'il existait des registres où figuraient les noms de tous les usagers qui avaient réservé ces salles. Or, elle pensait savoir qui avait le registre contenant les entrées les plus anciennes.

Lloyd lui indiqua la direction des salles et elle le remercia chaleureusement. Elle parcourut une allée bordée de piles de livres usagés, envahie par un insidieux sentiment d'appréhension.

Il n'y avait personne mais elle avait la désagréable impression d'être observée. Mais qui aurait pu s'intéresser à elle ? Elle ne savait rien. Elle chassa cette pensée ridicule et poussa la porte de la première salle.

Si elle avait su à quel point elle se trompait, elle se serait abstenue.

Elle referma donc le battant derrière elle et s'efforça de se mettre dans la peau de la jeune Annie McHale.

13

Jones poussa un grognement. Il essaya de trouver une position plus confortable puis grommela de nouveau.

Il avait interdiction de bouger, et ça commençait à lui étriller les nerfs.

— Attention, lança-t-il à sa tortionnaire.

L'avertissement glissa sur celle-ci comme si elle ne l'avait pas entendu. Puis la soudaine sensation de froid le saisit, le faisant sursauter.

— *Bonnie !* s'écria Jones. Je t'ai autorisée à me mettre du vernis à ongles sur les orteils à *condition* que tu ne touches pas mon pied avec tes petites mains glacées.

L'enfant, assise par terre sous son bureau, gloussa malicieusement.

— C'est pas ma faute si tu as de grands pieds ! C'est difficile de ne pas les toucher.

Jones leva les yeux au ciel en entendant son père s'esclaffer dans le couloir.

— Elle n'a pas tort, souligna celui-ci en s'encadrant dans l'embrasure de la porte. Et je précise que, quand elle m'a fait les ongles, à moi, nous n'avons rencontré aucun problème.

Jones ne pouvait pas voir Bonnie mais il devina qu'elle hochait la tête.

— Oui, c'est vrai, papy !

Jones leva les yeux des notes éparpillées devant lui. Ils étaient dans le bureau de son père, transformé en débarras depuis qu'il y avait engrangé divers articles de la quincaillerie dont il était propriétaire. Depuis que Jones l'avait convaincu de s'associer avec son employé de toujours, son père consacrait une large part de son temps libre à s'essayer à toutes sortes de hobbies. Le résultat de ses tâtonnements avait abouti à une accumulation invraisemblable d'objets hétéroclites à la fois au magasin et dans la maison.

Ainsi que dans le box de stockage, que Jones fréquentait un peu trop fréquemment à son goût.

Ce qui expliquait qu'ils soient présentement tous les trois dans le voisinage immédiat d'un bureau, chargé des dossiers professionnels de Jones, d'un grand rayonnage rempli de maquettes d'avions, à moitié peintes pour la plupart, et d'une bibliothèque contenant probablement plus de guides d'initiation et de manuels d'utilisation que les librairies n'en avaient en stock.

Et puis il y avait ce que Bonnie avait ajouté à tout ce bric-à-brac, dont l'ensemble de manucure et pédicure qu'elle mettait présentement à profit sur les pieds de Jones.

— Mieux vaut avoir de grands pieds que cet… appendice que tu appelles « nez » ! rétorqua-t-il avec un grand sourire. Le bureau du shérif a presque réuni les fonds pour financer notre nouvelle brigade canine. Tu devrais postuler… tu aurais peut-être tes chances !

Loin de s'offusquer, son père éclata de rire.

— On en reparlera dans quelques années… quand tu te rendras compte que tu as le même que moi !

Jones s'esclaffa à son tour et invita son père à s'asseoir dans le fauteuil, en face de lui. Recouvert d'un tissu à l'imprimé floral sombre et chargé, il avait été le préféré de sa mère et était l'un des rares meubles à avoir suivi Jones dans ses multiples déménagements après la mort de celle-ci lorsqu'il avait vingt-cinq ans.

Son père s'assit puis arrêta un regard préoccupé sur son fils.

— Tu m'as dit que tu prenais ton week-end mais, en fait, tu n'as fait qu'apporter ton travail à la maison.

Jones se renfonça contre le dossier de son siège.

— Je n'ai pas le choix, parce que c'est *là*, quelque part, que se trouve la solution, asséna-t-il en tapotant du bout de l'index ses notes qui recouvraient le bureau. Je le sais, je le sens, mais je n'arrive pas à mettre le doigt dessus... Pas encore.

— Tu n'as toujours rien dit, au bureau, de ce que tu as découvert concernant Annie ?

La main de Jones s'éleva et oscilla de droite à gauche.

— Pas vraiment. Carlos sait que j'ai découvert quelque chose mais il me laisse travailler en solo. Il s'occupe, lui, de tenter de comprendre quelle mouche a piqué Jimmy.

Son père secoua la tête.

— C'est insensé qu'il se soit comporté comme il l'a fait vis-à-vis de toi. Tu crois qu'il a appris que tu enquêtais sur Annie ?

Carlos lui avait posé la même question.

Jones haussa les épaules.

— Je ne vois pas comment mais, d'un autre côté, je ne vois pas pour quel autre motif il m'aurait agressé.

Roulant de gros yeux, son père lui rappela d'un geste la présence de Bonnie, sous le bureau. Ils ne devaient pas être trop explicites en sa présence. Ni Jones ni lui ne voulaient l'inquiéter ou la mêler à leurs problèmes d'adultes.

— Tu devrais peut-être t'accorder un répit, dans ce cas ; une fois que ta pédicure sera terminée, bien sûr. Tu pourrais même inviter ta nouvelle amie à déjeuner ?

Son père parlait bien entendu de Cassandra. Il lui avait fait savoir en termes non équivoques qu'il serait ravi d'être le grand-père de leur fils et n'avait pas caché sa réprobation quand Jones avait répondu qu'il n'était sûr de rien et que l'avenir, s'agissant d'eux deux et du bébé, demeurait pour l'heure flou.

Ce qui était bien dommage, avait souligné son père, étant donné que Jones n'avait pas cessé de penser à elle depuis leur rencontre sept mois plus tôt.

Plus d'une semaine s'était écoulée depuis la dernière fois qu'il avait vu Cassandra et, même s'il avait dit ce qu'il avait à dire concernant leur fils à naître, il ne se sentait pas très serein. Il ne l'avait pas exactement évitée mais il n'avait rien fait non plus pour la voir.

Parce qu'il était obnubilé par Annie McHale, Lila Shaw et Helen.

Leur vie avait été détruite, d'une façon ou d'une autre, sans qu'il puisse rien y faire. Du moins, jusqu'à maintenant, car il n'avait pas dit son dernier mot.

Mais les larmes de Lila lui avaient brutalement rappelé que ce n'était pas parce qu'on voulait quelque chose de toutes ses forces que cela se produisait.

Et puis il y avait le fait qu'il ne pouvait pas protéger tout le monde s'il baissait sa garde et qu'il était vulnérable.

— À propos de répit, si quelqu'un en a besoin, je dirais que c'est Cassandra, justement, déclara Jones en plaquant un sourire forcé sur ses lèvres et en repoussant son siège.

Sous la table, Bonnie rit et lui donna une tape sur le pied.

— Hé ! Attends ! Il me reste le petit orteil !

Jones se pencha et pointa le doigt sur sa fille.

— Et Cassandra a affaire à des petites terreurs dans ton genre tous les jours de la semaine ? s'exclama-t-il avec une grimace théâtrale. Je ne sais pas comment elle fait. Moi, je n'en ai qu'une à la maison et c'est déjà compliqué !

Bonnie, sentant que sa remarque fixait le début d'une séance de jeu, jaillit de dessous le bureau.

— Je suis une terreur ! se mit-elle à chantonner en sautillant autour de lui. Je suis une terreur !

Jones se dressa sur ses jambes et s'élança à la poursuite de Bonnie, qui avait pris la fuite en direction du hall d'entrée, riant aux éclats, ravie. Elle aimait leurs moments de jeu quand il faisait mine de la gronder et de la pourchasser à travers la maison. Elle adorait courir et se dépenser.

Et elle était rapide !

Ils traversèrent la cuisine et se retrouvèrent dehors, dans la cour. Jones avait de bien plus grandes jambes, mais elle était vive comme l'éclair. La course se transforma en partie de chat perché, et Bonnie, grâce à sa rapidité, gagna plusieurs points.

— Depuis quand cours-tu si vite ? lui demanda-t-il comme sa petite main s'abattait une nouvelle fois sur sa cuisse.

Les joues de Bonnie étaient rouges, et ses yeux, brillants.

— Depuis que je m'entraîne à la récré ! s'exclama-t-elle. C'est en s'entraînant qu'on devient bon. Alors je cours, je cours, et maintenant je suis super rapide !

Il la vit se préparer à repartir à l'attaque, mais elle s'immobilisa d'un coup, le regard vers le sol, l'air ennuyé.

L'espace d'un instant, Jones crut que quelque chose n'allait vraiment pas. Puis Bonnie fit la moue et pointa son pied du doigt.

— *Papa.* Tu as abîmé tout ton vernis !

Il partit d'un grand rire tandis que tous deux constataient les dégâts causés au vernis bleu pailleté par sa course pieds nus du bureau jusque dans la cour arrière.

— Ah, j'aurais dû attendre qu'il sèche, j'imagine, dit-il avec désinvolture. Mais, aussi, c'est ta faute…

Courbant le dos, il ouvrit les bras, doigts écartés, repliés telles des griffes, et gronda d'une voix caverneuse :

— Je crois que ça va être le moment de courir *vraiment* vite !

Bonnie poussa un cri aussi strident que réjoui et partit comme une fusée pour échapper à Jones. Ils firent le tour de la grande cour à toute allure et ils étaient presque revenus à leur point de départ lorsque la porte de derrière coulissa.

Jones attrapa Bonnie et la souleva dans les airs. Le rire joyeux de la petite fille se réverbéra jusqu'au plus profond de lui, chassant toutes les incertitudes de la vie en un instant.

Lorsqu'il se retourna et vit que son père n'était pas seul, il se demanda fugitivement si ce sentiment exaltant se lisait sur son visage.

— Cassandra, dit-il, la voyant debout à côté de son père, sur la terrasse.

Elle était souriante.

Elle était belle.

— Mademoiselle West !

Bonnie se tortilla pour échapper à l'étreinte de son père et, sitôt les pieds posés par terre, elle s'élança vers la terrasse et se jeta contre Cassandra, qui n'eut que le temps de se détourner pour atténuer le choc contre son abdomen.

— Salut, mademoiselle Bonnie, comment ça va ce samedi matin ?

Bonnie, du haut de ses six ans, était toujours bavarde comme une pie mais, s'il lui arrivait d'être précise dans ce qu'elle disait, ses propos pouvaient tout aussi bien partir dans tous les sens. Ce qui fut le cas cette fois-ci.

— J'ai mangé du pop-corn à l'école, hier, et Mlle Forehand

nous a donné de la peinture à doigts pour qu'on dessine des feuilles. Les miennes étaient super jolies !

— Bravo à toi, déclara Cassandra.

Comme Jones s'avançait pour les rejoindre, Bonnie désigna ses pieds nus.

— J'ai aussi fait les ongles de papa. Ses ongles de pied. Avant, ils n'étaient pas super, mais maintenant ils sont très beaux. Il n'était pas d'accord parce qu'il avait peur que ses collègues du bureau du shérif soient jaloux, mais j'ai dit que je pouvais venir un jour leur mettre du vernis, à eux aussi !

Cassandra hocha solennellement la tête avant d'échanger un regard amusé avec Jones.

— C'est très gentil de ta part. J'aimerais vraiment voir ça.

Bonnie commençait à déborder de cette énergie chaotique que montraient souvent les jeunes enfants après avoir joué. Jones le sentit, et son père également.

— Dis donc, Bonita, je crois que Mlle West est venue voir ton papa, suggéra ce dernier. Alors je te propose qu'on aille préparer du pop-corn… Tu aimes ça, non, le pop-corn ?

Jones regarda sa fille, tiraillée entre l'envie de rester avec la nouvelle venue et celle de se régaler de sa friandise favorite. Ce fut le pop-corn qui l'emporta.

— Je vous en garderai ! lança-t-elle en se retournant, s'en allant déjà en cabriolant à la suite de son grand-père.

Cassandra la regarda partir en souriant, puis se tourna vers Jones, sitôt qu'elle eut disparu.

— Vous avez trouvé pourquoi Annie McHale allait lire dans les salles d'étude de la bibliothèque ? Parce que, moi, je crois que je le sais !

Cassandra lui proposa de terminer la conversation sur la terrasse. Elle expliqua qu'elle avait simplement fait halte chez eux, qu'elle était en route pour se rendre quelque part.

— Je suis désolée d'être passée à l'improviste… Je me suis rendu compte, en voulant vous appeler, que nous n'avions pas échangé nos numéros. Tenez, dit-elle en lui tendant le papier sur lequel elle avait griffonné le sien. Je savais où vous habitiez parce que Millie a mentionné l'adresse de votre père alors que nous discutions au bureau du shérif, l'autre jour ; elle est en admiration devant ses plates-bandes.

Cassandra vibrait d'énergie, contrairement au trimestre précédent, où la grossesse l'avait plongée dans un état d'intense lassitude.

— J'aurais pu demander votre numéro au bureau du shérif mais, comme vous m'aviez dit que presque personne n'était au courant de la réouverture de l'enquête sur Annie McHale, j'ai préféré m'abstenir.

En roulant, elle s'était demandé comment contourner le problème et avait fini par se dire que le plus simple était de passer le voir. C'était l'unique raison pour laquelle elle était là. Du moins était-ce ce qu'elle s'était dit.

Revoir Jones après être restée huit jours sans nouvelles lui avait fait plus plaisir qu'elle ne l'aurait imaginé. Et le voir jouer avec sa fille, du vernis bleu pailleté sur les ongles des pieds, lui avait fait chaud au cœur.

Respirer l'air frais tandis qu'il l'escortait jusqu'à sa voiture lui rafraîchit les idées.

— Vous n'êtes pas censée enquêter, Cassandra. Vous ne faites pas partie des forces de l'ordre.

Elle éluda sa remarque d'un geste évasif.

— Écoutez, je vais juste voir une vieille amie et glisser une ou deux questions dans la conversation, l'air de rien. Vous la connaissez sûrement... Megan Hamilton ? Elle travaillait à la bibliothèque. Elle est adorable et tout à fait inoffensive. Je voulais juste m'assurer que je n'aurais pas d'ennuis si j'étais amenée à tordre un peu la vérité pour obtenir des informations...

Jones secouait déjà la tête.

— Vous ne travaillez pas pour le bureau du shérif, Cassandra, répéta-t-il. Il n'est pas question que vous participiez à l'enquête. Cela ne vous concerne pas.

L'enthousiasme de Cassandra retomba quelque peu.

— Vous ne vous êtes pas vu inconscient au volant de votre pick-up en train de sombrer dans la rivière, Jones. Moi, je vous ai vu ! Alors, badge ou pas, couple ou pas, figurez-vous que si, je me sens concernée, maintenant.

Elle posa la main à plat sur son abdomen.

— Et c'est pourquoi, de ce pas, je vais rendre visite à une vieille amie afin de lui poser une ou deux questions. S'il ressort quelque chose de notre conversation, je vous promets de vous appeler aussitôt, d'accord ? Je n'aurais même pas dû venir vous déranger.

Elle pivota sur ses talons, s'efforçant d'ignorer les émotions que suscitait de plus en plus fréquemment le simple fait de penser à Jones.

— Cassandra..., lança-t-il tandis que, déjà, elle grimpait dans sa voiture.

Sans tourner la tête, elle lui cria en retour :

— Pensez simplement à surveiller votre téléphone, shérif !

14

Du regret. De l'appréhension.

Une femme aux boucles blondes. Un matelas couvert d'un plaid à carreaux.

Cassandra cligna des paupières, essayant de rassembler ses idées. La femme assise en face d'elle eut l'amabilité de lui fournir quelques éléments d'explication.

— Il a dit qu'il ne vous avait pas frappée, mais vous avez un peu de sang dans les cheveux, annonça-t-elle de sa voix au fort accent du Sud en portant une main à sa tête. D'ailleurs, quand il vous a amenée ici, vous étiez inconsciente. Vous avez dû lui donner du fil à retordre...

Cassandra n'y comprenait rien, mais son premier réflexe fut de porter la main à son ventre. La femme s'en rendit compte.

— Ne vous en faites pas. Ma mère s'est cassé la jambe en tombant quand elle attendait mon frère. Elle s'est évanouie sous l'effet de la douleur, mais le médecin a dit que le bébé allait bien et elle aussi. C'est pareil pour vous... Pour le bébé, c'est comme si vous aviez dormi.

À ces mots, la peur submergea Cassandra, mais elle finit par prendre conscience de son environnement. Ce qui ne l'avança guère.

— On est dans un motel ?

Elles étaient dans une pièce aux murs et au sol beige, avec une porte et des rideaux de la même couleur. Les seules touches de couleur étaient celles de ses vêtements et de ceux de la femme, de la couverture et du téléviseur, à sa gauche – un petit écran plat couvert de poussière.

— Oui, c'est ce que je me suis dit aussi, en me retrouvant ici, répondit la femme avant de pointer le doigt vers les rideaux. Mais il n'y a pas de fenêtre là derrière. La porte qui est là donne sur une salle de bains carrelée de vert, et l'autre, là, à votre gauche, est verrouillée de l'extérieur.

Cassandra la contempla, les yeux ronds, ne sachant que penser.

— Mais… avez-vous une idée de l'endroit où nous nous trouvons ? Pourquoi suis-je ici ? Et vous… qui êtes-vous ?

La femme secoua la tête.

— Vous êtes encore sous le choc. Comme moi quand je me suis retrouvée ici…

L'inconnue soupira.

— Quand je me suis réveillée, j'étais complètement perdue. Je me suis souvenue par la suite que je m'étais débattue et qu'il m'avait frappée.

Cassandra s'avisa qu'on avait glissé deux oreillers sous sa tête pour la relever en position semi-assise. Ses souvenirs étaient embrouillés mais ils commençaient à revenir.

— J'ai été kidnappée par un homme, dit-elle, plaquant les deux mains sur son ventre. Oh ! mon Dieu, j'ai été *kidnappée*.

La femme s'adossa au mur et remonta une jambe, passant les deux bras autour. Elle avait l'air… résignée.

— Je m'appelle Lottie, Lottie Henderson, et nous sommes à Kelby Creek, déclara-t-elle. Il a dit que vous étiez Cassandra.

Cassandra hocha la tête, la gorge nouée.

— J'ai connu une Cassie autrefois… C'est un joli nom.

La femme exhala un soupir.

— Et donc... où est-ce qu'il vous a attrapée ?

Tentant de se lever, Cassandra partit d'un petit rire qui était proche des larmes.

— Quelle affreuse expression...

Lottie ne s'excusa pas et se borna à renverser la tête contre le mur.

Cassandra avança d'un pas chancelant jusqu'à la porte. Constatant qu'elle était en effet fermée à clé, elle s'avança vers les rideaux.

Lottie avait raison. Ils ne masquaient qu'une étendue de mur beige. À cette vue, son cœur s'emballa.

— Il m'a dit aussi que vous étiez enseignante, affirma Lottie de son ton monocorde. Vous devez être douée et savoir beaucoup de choses.

— Mais qui est-il ? Depuis combien de temps êtes-vous là ?

C'était surréaliste. Elle était en train de dialoguer sur un ton presque normal avec cette femme alors que le contexte était absolument terrifiant.

Sa compagne de cellule continua à soliloquer comme si elle ne l'avait pas entendue, en secouant la tête.

— Moi, je ne suis vraiment douée que pour une chose. Je reconnais toujours les visages. Maintenant que j'ai vu le vôtre, je ne l'oublierai pas. C'est mon unique don.

Cassandra sentit les larmes monter. Que faire ? Elle n'avait plus son sac à main ni son portable, qui était à l'intérieur.

Elle pensa à Jones. Elle l'avait appelé avant de voir l'homme. Il n'avait pas décroché, mais il allait sûrement la chercher.

La trouver.

Cassandra reporta son regard sur Lottie. Elle était jeune, belle, et avait l'air fatigué. Sa mâchoire présentait un hématome et elle avait une croûte sur la lèvre. Elle ne portait pas de chaussures. Ses ongles de pied étaient vernis de rose fuchsia – une couleur gaie qui jurait avec la situation.

Se sentant bien terne en comparaison de la jeune femme, Cassandra se rassit sur son matelas et répondit à la question que Lottie lui avait posée.

— J'étais au centre de soins psychiatriques Nouveau Départ. Enfin... l'ancien bâtiment, celui qui se trouve en face de la bibliothèque Redman.

Lottie poussa un petit ricanement en entendant ce nom.

— Il ne vous a pas attrapée par erreur, alors.

— Comment ça ?

— Mon père travaillait là-bas, au centre Nouveau Départ, quand j'étais au collège ; nom que je trouvais amusant, entre parenthèses, étant donné le peu de temps où l'établissement est resté ouvert. Il y organisait des séances de psychothérapie de groupe. J'y allais de temps en temps parce que maman avait eu mon petit frère par accident et que je n'avais pas envie de rester à la maison avec un enfant en bas âge dans les pattes.

Elle haussa les épaules.

— J'étais débarrassée de mon petit frère pendant un moment, mais c'était ennuyeux. Je ne pouvais pas assister aux séances de groupe de mon père, et l'accès à la moitié des locaux était interdit aux visiteurs parce qu'ils étaient réservés aux cas les plus sévères.

Lottie marqua une pause.

L'adrénaline grimpa en flèche chez Cassandra. Avait-elle entendu quelque chose ?

— Mais, un jour, j'ai décidé de partir en exploration dans la partie interdite et j'ai fait la connaissance d'un garçon. Il était gentil. Je le trouvais drôle. Et je me sentais libre et rebelle parce que personne ne savait que je voyais un type qui n'avait même pas le droit d'avoir des lacets sur ses chaussures.

Elle s'interrompit de nouveau, et Cassandra comprit que c'était pour elle le moyen de garder son calme.

— Mais, un jour que j'étais là-bas, je suis allée le voir et il était parti. Ses affaires étaient encore là mais pas lui. J'ai fini par poser la question à mon père, et il est entré dans une colère noire. Il m'a dit qu'il ne s'occupait pas de ce service. Je n'y ai pas prêté plus attention que ça… jusqu'aux meurtres de l'auberge Rosewater.

Cassandra arqua les sourcils.

— Ah, dit Lottie. Vous n'êtes pas d'ici, n'est-ce pas ?

Cassandra secoua la tête.

— Le bar Rosewater était auparavant l'auberge Rosewater, qui ressemblait un peu à l'endroit où nous nous trouvons, si vous voulez mon avis. Rosewater est passé entre plusieurs mains et a subi divers réaménagements avant que le propriétaire actuel ne réussisse à en faire quelque chose. Il a divisé le bâtiment en trois parties. Des bureaux dans l'aile gauche, le bar, dans la droite, et, au milieu, les vestiges de la tentative ratée de transformation en maison d'hôtes chic. Les propriétaires initiaux n'avaient pas eu tant d'ambition… Ils se contentaient, eux, de bien gérer leur auberge afin qu'elle soit rentable. Mais, une nuit, ils se sont fait tuer dans le hall d'entrée par un client de passage ; du moins, c'est ce que tout le monde a pensé… jusqu'à ce que ça devienne l'une des nombreuses affaires non résolues de Kelby Creek.

Lottie soupira.

— Ça ne m'intéressait pas vraiment à l'époque parce que j'étais ado et centrée sur moi-même. Mais, pendant la dernière semaine de travail de mon père au centre Nouveau Départ, je suis retournée là-bas pour voir si le garçon était revenu. Et c'était le cas. Il était là, mais il y avait quelque chose de différent chez lui. Et puis il s'est mis à me poser des questions sur les meurtres et je vous garantis que j'en ai eu la chair de poule. C'est difficile à décrire mais… c'était comme s'il se vantait d'un crime dont il n'était pas l'auteur. Mais ensuite, en y réfléchissant, je me suis dit qu'il avait disparu exactement au moment où la tuerie avait eu lieu.

Elle secoua la tête.

— J'en ai parlé à mon père, qui en a informé sa direction, et ensuite je ne suis jamais retournée là-bas. Papa a commencé à travailler à l'hôpital après ça. Mais il ne s'est rien passé de particulier, et ensuite j'ai grandi et tout ça m'est sorti de la tête. Récemment, j'ai rencontré un homme qui me rend folle, alors, au bout d'un certain temps, j'ai décidé de lui montrer à quel point je tenais à lui…

Lottie avait les yeux pleins de larmes, maintenant.

— Il y a une clairière dans les bois de Kintucket qui a tout d'un coin de paradis par les nuits claires, avec un ciel immense, parsemé d'étoiles. J'ai prévu d'aller y camper une nuit mais, comme je voulais lui faire la surprise, je suis allée acheter une tente à la quincaillerie. Et c'est là que je l'ai vu. Il avait vieilli mais j'ai tout de suite reconnu son visage.

— Le garçon de Nouveau Départ, dit Cassandra, voulant être sûre de bien comprendre.

Lottie hocha la tête.

— Apparemment, il n'avait pas oublié le mien non plus. Parce qu'il m'a surprise dans les bois pendant que je préparais notre campement. Il avait dû me suivre. Et depuis… je suis ici.

— Mais qui est-il ? demanda Cassandra. Comment s'appelle-t-il ? Et pourquoi sommes-nous ici ?

Lottie remonta sa deuxième jambe et s'allongea sur son matelas. Les yeux au plafond, elle répondit :

— Killian Carmichael. Il est grand et mince, il a les cheveux châtain clair et le teint pâle. Il m'a donné à manger, des vêtements propres et ne m'a pas touchée depuis qu'il m'a enfermée ici. Je pense qu'il est très intelligent et qu'il doit avoir un plan, mais je ne sais pas ce que c'est. Si vous étiez en train de fouiner du côté de Nouveau Départ, ça a dû l'ennuyer. Peut-être qu'il veut qu'on le laisse tranquille.

— Je ne m'occupais pas de lui.

C'était pour Annie McHale que Cassandra s'était trouvée là-bas. À cause de ce qu'elle avait appris de Megan Hamilton.

— En tout cas, vous avez dû le déranger d'une façon ou d'une autre.

Une subite pression se fit sentir sous sa paume.

Cassandra en aurait presque pleuré. Un coup de pied du bébé. Le soulagement l'envahit, puis ce fut le désespoir. Elle aurait dû écouter Jones et ne pas jouer les détectives. Il ne lui restait plus qu'à espérer qu'il vienne les sauver, elle et le bébé, avant qu'il ne soit trop tard.

Jones avait eu l'intention de suivre Cassandra quand elle s'était mise en route mais, comme lors de leur première rencontre, les planètes ne s'étaient pas trouvées alignées.

Jones était rapidement rentré chercher ses clés mais il avait trouvé son père venant à sa rencontre, son téléphone à la main.

— Carlos t'a appelé, ensuite Foster, puis Brutus. Puis de nouveau Carlos, annonça-t-il en lui tendant l'appareil.

— Qu'est-ce qu'ils ont, tous ? Je ne suis sorti qu'un instant.

Empoignant le téléphone, il rappela Carlos.

— Ah, tu me rappelles enfin. Jimmy et Nan ont prévenu la presse que tu avais rouvert l'enquête sur Annie McHale. Et je peux te dire que ça fait des vagues.

Le téléphone à l'oreille, Jones glissait déjà ses pieds aux ongles bleu pailleté dans ses chaussures.

— Je crois que tu ferais bien de rappliquer au plus vite au bureau, shérif.

Si Jones n'avait pas ébruité ce sur quoi il travaillait, c'était uniquement parce qu'il attendait d'en savoir un peu plus.

— OK. J'arrive. Ne dis rien à personne d'ici là.

Et il avait endossé la panoplie de shérif qu'il n'aimait pas. Celle du « shérif relations publiques ». Celui qui fournissait des réponses vagues à la presse en laissant de côté les vraies informations pour ne pas entraver le déroulement d'une enquête en cours. Il n'accorda d'entretien qu'au présentateur des informations régionales et déclara qu'il enquêtait sur de nombreuses affaires anciennes, dont celle concernant Annie. Rien d'autre.

Mais cela suffit à mettre le feu aux poudres. Les deux heures suivantes, ils furent submergés d'appels des médias, de visites surprises, de simples citoyens comme de journalistes, et de flots de commentaires incendiaires sur les réseaux sociaux.

Ce ne fut que lorsqu'il trouva une minute pour souffler qu'il s'aperçut que la sonnerie du vieux téléphone de son père était à peine audible, même réglée au maximum.

La culpabilité l'assaillit. Il avait manqué un appel de Cassandra.

Se reprochant de ne pas l'avoir appelée plus tôt, il espéra que Megan Hamilton ne lui avait pas donné trop de fil à retordre si elle s'était rendu compte qu'elle cherchait à se renseigner sur Annie, elle aussi.

Elle l'avait appelé une heure plus tôt et avait laissé un message vocal.

« Jones, c'est Cassandra. Je sors de chez Megan et je crois que ce n'était pas du tout la bibliothèque qui intéressait Annie. Je crois qu'elle s'éclipsait de la bibliothèque pour se rendre au centre psychiatrique, de l'autre côté de la rue. »

Jones entendit une portière claquer.

« C'est là que je me trouve… Je jette un coup d'œil dans le coin. Oups… je suis un peu essoufflée – encore un symptôme de la grossesse. Ha ha. Bref, je voulais vous tenir au courant. Tout va bien. Ce n'est pas comme si quelqu'un pouvait me chercher des noises… L'établissement est fermé depuis un moment. Voilà. Message vocal long et décousu, terminé ! Je vous rappellerai après juste pour que vous sachiez que mes talents de fin limier ne m'ont pas causé d'ennuis. »

L'enregistrement s'achevait là. Jones consulta de nouveau le journal des appels. Mais il n'y en avait pas d'autre. Il appuya sur « rappeler ».

La sonnerie tinta à son oreille. Une, deux, trois fois. Pas de réponse. Jones raccrocha et recommença l'opération. Sans succès.

Il se leva et réécouta le message en enfilant sa veste.

Nouveau Départ. Le centre de soins psychiatriques et de désintoxication. Mais il était fermé, ainsi que Cassandra l'avait indiqué. Qu'espérait-elle y trouver, dans ces conditions ? Et pourquoi ne répondait-elle pas au téléphone ?

Jones quitta le bureau du shérif en courant.

À partir de maintenant, il ne la quitterait plus d'une semelle tant qu'ils n'auraient pas fait la lumière sur ce qui se passait à Kelby Creek.

15

La structure Nouveau Départ avait autrefois été installée dans un vaste bâtiment, dont certaines parties avaient un étage. Une clôture impressionnante était toujours debout, sur l'arrière, bien que l'endroit ait été abandonné. Bien que certaines portes et fenêtres aient été condamnées et obturées par des planches, la bâtisse était en relativement bon état.

Jones descendit de la voiture et éprouva une étrange impression de déjà-vu.

La voiture de Cassandra était dans le parking, sur le côté, mais elle n'était nulle part en vue. Il essaya de la rappeler. En vain.

Il se retourna pour regarder la bibliothèque, la piste qui l'avait obsédé dans un premier temps mais qui, désormais, ne signifiait plus rien.

— Tu crois qu'elle est à l'intérieur ? demanda Carlos.

Jones avait demandé à son adjoint en chef de l'accompagner pour le cas où Cassandra aurait eu un problème.

— Elle dit dans son message qu'elle va jeter un coup d'œil, répondit Jones en tapotant la crosse de son arme, dans son étui. Alors oui, j'espère qu'elle est là-dedans, en train de fureter, et qu'elle a simplement mis son téléphone en silencieux.

Carlos lui emboîta le pas, alarmé, lui aussi. Pendant le trajet, Jones l'avait informé des découvertes que Cassandra et lui avaient faites au cours des deux dernières semaines. Carlos avait été impressionné par la détermination de Cassandra, et Jones s'en était d'autant plus voulu de l'avoir laissée partir seule.

La porte latérale était verrouillée, l'entrée principale également. Sur l'arrière, les ouvertures étaient plus nombreuses mais elles étaient condamnées.

— Je vais essayer de la rappeler, déclara Jones.

Où était-elle ? Pourquoi sa voiture était-elle dans le parking ?

Carlos retourna à la porte arrière qui donnait directement du parking du personnel dans le bâtiment, Jones sur les talons.

— Je n'ai jamais compris pourquoi ce bâtiment ne s'était pas vendu. Ce n'est pas comme s'il était encore utilisé...

Il se tut comme le shérif tendait le téléphone vers lui, lui faisant signe qu'il avait lancé l'appel. Une sonnerie lointaine leur parvint de l'intérieur.

Ils échangèrent un regard puis Jones s'avança vers la porte et, en deux coups de pied, fracassa le bois avec la même facilité que s'il s'était agi d'un cure-dents.

— Cassandra ?

Sa voix résonna dans le vide. Seul le téléphone continua à sonner.

Lottie ne disait plus rien.

N'y tenant plus au bout de quelques minutes de silence, Cassandra déclara :

— Écoutez, il y a un homme à qui j'ai des excuses à présenter et je porte un enfant que je veux voir grandir, et rien de tout cela ne sera possible si ce Killian décide de s'en prendre à moi.

Elle s'était levée et faisait les cent pas.

— Vous n'avez pas pu vous évader avant, Lottie, mais

maintenant vous n'êtes plus seule. Je suis là et il va falloir qu'on trouve le moyen de sortir de là au plus vite.

Lottie, qui pleurait par intermittence depuis un moment, remua un peu.

— Ne le prenez pas mal, mais il est grand et, vous, vous êtes enceinte. Imaginez qu'il ait une arme à feu ? Un couteau ?

Cassandra avait déjà envisagé cette éventualité. Lorsqu'elle l'avait vu pour la première fois, devant le centre Nouveau Départ, il avait les mains vides. Et elle n'avait pas vu d'arme non plus lorsqu'il l'avait approchée.

— Quand il vient vous voir ici, l'avez-vous déjà vu armé ?

Lottie se redressa sur son matelas.

— Il avait un Taser une fois, une batte de base-ball une autre fois. Et, un jour, il a dit que, si je tentais de m'échapper, je le regretterais. La dernière fois qu'il est venu, j'ai réussi à le frapper et... voilà ce que ça m'a valu, raconta-t-elle en montrant l'ecchymose de sa mâchoire.

Cassandra fit la grimace puis elle essaya de se ressaisir.

— Deux élèves et moi avons été attaqués dans mon école, la semaine dernière. Nous nous sommes retrouvés piégés dans un local de stockage et, si nous avons réussi à en sortir, c'est parce que je suis passée à l'attaque sitôt que l'agresseur a ouvert la porte. On pourrait peut-être procéder de la même façon ? Le prendre par surprise ?

Le plan n'avait pas l'air de plaire à Lottie.

— Si ça ne marche pas, il pourrait nous tuer dans cette chambre sans que personne n'en sache jamais rien.

— Qui vous dit que telle n'est pas déjà son intention ?

Le simple fait de prononcer ces mots la démoralisa mais c'était vrai. Et Lottie le savait aussi, elle n'en doutait pas.

— Bien, ajouta-t-elle en regardant autour d'elle. Alors réfléchissons et tâchons d'être plus malignes que lui.

Elle se dirigea vers la salle de bains et réussit à arracher le porte-serviette mural. Il était vieux, en plastique, mais cela pouvait toujours servir. Elle contempla d'un air désenchanté l'emplacement où aurait dû être accroché le miroir, sur le mur. Des morceaux de verre brisé leur auraient été sacrément utiles, tenus à l'aide d'une serviette, comme elle l'avait vu faire dans les films. Malheureusement, elles devraient s'en passer.

— Il y a bien les lits, fit Lottie en pensant tout haut lorsque Cassandra eut constaté que rien d'autre ne pouvait faire office d'arme dans la salle de bains. On pourrait en redresser un et l'utiliser comme bélier quand il entrera ? Ça peut fonctionner ! On pourrait le pousser avec, le faire tomber et, ensuite, le frapper avec tout ce qui nous tombe sous la main. Littéralement...

Elle pointa du doigt le lampadaire, entre les deux matelas, puis le téléviseur. C'était un plan osé, un plan de la dernière chance, mais Cassandra sentit une lueur d'espoir poindre en elle.

Une lueur qui s'éteignit à l'instant où elle entendit une clé tourner dans la serrure.

— Normalement, il ne vient que le soir, murmura Lottie d'une voix paniquée. Il est en avance.

Cassandra s'approcha de son lit, heureuse de voir que Lottie l'imitait. À elles deux, elles le mirent tant bien que mal à la verticale et se tournèrent vers la porte, se préparant dans l'urgence à foncer sur Killian quand il entrerait.

Mais la porte ne s'ouvrit pas.

Elles s'avancèrent, le lit devant elles, tendant l'oreille.

Des pas, très distincts. Mais qui s'éloignaient. Cassandra échangea un regard avec Lottie.

— Vous croyez que c'est un piège ? chuchota celle-ci.

Cassandra n'en savait rien, mais elle n'allait pas rester plantée sans rien faire derrière une porte déverrouillée.

— Venez, dit-elle d'un ton pressant en reculant.

Elles reposèrent le lit sur ses pieds et rassemblèrent leurs armes improvisées, Cassandra empoignant le porte-serviettes en plastique, et Lottie, le lampadaire. Comme elle le débranchait, la pièce fut plongée dans l'obscurité, et Cassandra sut que, même si elle n'y était pas restée longtemps, cette chambre, avec ses horribles murs beiges, hanterait ses cauchemars.

D'un geste, elle indiqua à Lottie de se placer sur le côté et elle testa la poignée.

Elle tourna sans résistance. L'adrénaline afflua dans ses veines et elle poussa lentement le battant avant de s'interrompre, s'attendant à voir leur geôlier lui faire barrage.

Mais il n'y avait personne.

Cassandra fit signe à Lottie de la suivre.

Elles se trouvaient dans un petit couloir qui menait à une sorte de palier. Les murs et le sol étaient en béton brut. Sur le mur de gauche, il y avait un tableau électrique et, par terre, un boîtier en métal.

Droit devant, un escalier métallique – très raide. Cassandra esquissa un pas mais Lottie l'arrêta avant qu'elle ne pose le pied sur la première marche. Elle désigna son ventre et lui fit comprendre par gestes qu'elle passait devant.

Cassandra ne protesta pas mais elle resserra sa prise sur le porte-serviettes avant de s'engager à sa suite dans l'escalier.

Elle retint son souffle en entendant les marches grincer sous leur poids à chacun de leurs pas, mais elles arrivèrent sans encombre jusqu'à la porte, métallique, elle aussi, qui se trouvait en haut.

Si Cassandra n'avait pas été obnubilée par l'idée de s'éloigner au plus vite de leur lieu de captivité, elle aurait peut-être regardé plus attentivement autour d'elle pour tenter de comprendre où elles étaient. Elles étaient passées de ce qui ressemblait à une chambre de motel avec moquette et salle de bains à un environnement d'aspect industriel, fait de béton et d'acier, puis, maintenant, à un sol de terre battue, des murs en bois et un plafond en piteux état.

Lottie devait se poser les mêmes questions, car elle promenait le regard autour d'elle tout en continuant à marcher.

Une autre porte se dressa bientôt devant elles, en bois, celle-ci, et d'apparence neuve. Lottie consulta Cassandra du regard puis elle l'ouvrit.

L'air froid leur effleura le visage et Lottie porta vivement une main à ses yeux pour s'abriter de la lumière du jour, qu'elle n'avait pas vue depuis une semaine.

— Où sommes-nous ? demanda Cassandra en balayant du regard la forêt devant elles.

Il y avait des arbres un peu partout à Kelby Creek et alentour, mais la zone la plus densément boisée était celle des bois de Kintucket, en bordure de la ville. Du moins était-ce ce que lui avait indiqué June quand il avait été question d'y organiser une sortie nature avec les élèves.

Mais Cassandra n'était pas d'ici. Donc ce qu'elle voyait là ne représentait rien d'autre à ses yeux qu'une étendue d'arbres menaçante les séparant de la sécurité.

Elle se retourna vers l'endroit d'où elles étaient sorties. Il ressemblait à une remise ou une petite grange. Elle attrapa Lottie par la main.

— Allons-y, dit-elle, l'entraînant vers l'orée du bois.

Il y avait bien un petit chemin, mais elle préférait l'éviter de peur de se trouver nez à nez avec Killian qui revenait. Ou la personne, quelle qu'elle soit, qui avait ouvert la porte.

Lottie la suivit sans discuter à travers bois, malgré le terrain accidenté qui blessait ses pieds nus.

Cassandra avait beau vouloir réfléchir à la situation, tenter de comprendre ce qui s'était passé depuis le moment où, poursuivant ses recherches sur Annie McHale, elle s'était garée près du centre Nouveau Départ, mais, plus elles s'enfonçaient dans la forêt, plus elle ne pensait qu'à une chose.

Jones.

Lui saurait les retrouver.

Il était d'ici. Et il était shérif. Il découvrirait ce qui s'était passé.

Mais... si ce n'était pas le cas ?

Elle en était là de ses réflexions lorsque Lottie ralentit l'allure. Ce fut seulement alors qu'elle s'avisa qu'elle ne pensait pas à Jones par désespoir mais parce que... cela lui apportait du réconfort. Parce que, même sans bien le connaître, elle avait confiance en lui.

Et, *ça*, ce n'était pas rien.

— Il y a quelque chose, souffla Lottie, haletante. Là-bas...

Cassandra n'était pas loin derrière. L'essoufflement la gagnant, elle avait dû ralentir sur le dernier kilomètre qu'elles avaient parcouru. Si elles ne débouchaient pas bientôt quelque part, elle avait devoir faire une halte.

Lottie pointait le doigt devant elle, légèrement sur la droite.

— Ah oui, dit Cassandra en arrivant à sa hauteur. J'aperçois quelque chose, moi aussi.

Elles s'avancèrent vers la lisière du bois qui était devant elles, toute proche, désormais. Lottie avait raison. On distinguait maintenant clairement une maison.

Une très grande maison.

Ragaillardie, Cassandra esquissait un pas pour se remettre en route quand Lottie la retint par le bras, secouant la tête.

— Je sais où on est. On ne va pas là-bas, décréta-t-elle avant de tendre le bras vers la gauche. Il... Il y a une route de ce côté. On va la suivre ; il y a d'autres maisons, juste un peu plus loin.

Comme Cassandra lui jetait un regard perplexe, elle ajouta :

— C'est le manoir McHale, la maison où vivait Annie

McHale avant de disparaître pour toujours. Alors, je ne sais pas ce qu'il en est pour vous, mais, moi, je n'ai pas envie de disparaître aussi ! Venez, on va longer la…

— *Cassandra !*

Lottie stoppa net. Cassandra aussi.

L'appel se répéta, semblant venir du côté de la maison.

— *Cassandra !*

Lottie la contempla, les yeux agrandis par la peur. Mais un fol espoir réchauffait le cœur de Cassandra.

— Je reconnais cette voix, murmura-t-elle comme si parler plus fort risquait de transformer la réalité en illusion.

Avançant d'un pas, elle mit les mains en porte-voix et cria à pleins poumons :

— Jones !… Jones ! Je suis là !

Comme si sa voix était reliée par un fil au shérif, Lottie et elle le virent apparaître en courant, à l'angle de la bâtisse. Cassandra agita le bras et s'élança à sa rencontre.

— Je suis désolée, s'écria-t-elle tandis qu'ils couraient l'un vers l'autre. Vraiment désolée… J'aurais dû vous écouter.

Dans un élan spontané, Jones l'enlaça et la garda pressée contre lui.

— Vous ne craignez plus rien, dit-il dans ses cheveux. Je suis là, maintenant.

Ils n'en avaient sûrement pas fini avec les problèmes, songea Cassandra, mais en cet instant tout lui était égal.

16

Ray Cooke entra en trombe dans le hall de l'hôpital, les yeux rouges, visiblement bouleversé.

— Ray, fit Jones, qui, prévenu de son arrivée, était venu l'attendre près des ascenseurs.

L'homme accourut aussitôt.

— Vous m'avez dit qu'elle allait bien ? C'est vrai ?

L'animosité qu'avait pu montrer Ray deux semaines plus tôt quand Jones l'avait trouvé ivre sur le pont s'était évaporée, remplacée par un mélange d'inquiétude et de culpabilité.

— Oui, Lottie va bien, répondit Jones. À part quelques contusions et des égratignures aux pieds, tout va bien.

La porte de l'ascenseur coulissa et Ray s'engouffra dans la cabine à la suite de Jones en secouant la tête.

— Je croyais qu'elle m'avait quitté de nouveau. Vous comprenez, plus de Lottie, plus de voiture... Je ne pouvais pas savoir qu'elle avait été...

La porte se referma tandis que la phrase de Ray s'achevait dans un son à mi-chemin entre gémissement et grognement.

Jones compatit.

Quand il avait découvert que Lottie avait été séquestrée pendant une semaine sans que personne n'en sache rien, lui-même, en tant que shérif responsable de la sécurité des citoyens, en avait conçu une bonne dose de culpabilité.

Il n'osait pas imaginer ce que Ray avait dû ressentir en apprenant qu'elle avait été enlevée depuis des jours alors qu'il n'avait pas levé le petit doigt pour tenter de la retrouver.

Cassandra n'avait disparu qu'une poignée d'heures et il s'était rongé les sangs chaque minute de ce bref laps de temps.

— L'important est qu'elle soit saine et sauve. Et vous êtes la première personne qu'elle ait demandé à voir. Elle ne vous en veut pas, Ray. Elle est juste très fatiguée... et impatiente de vous avoir à son chevet.

Et ce n'étaient pas de vaines paroles destinées à le rassurer. Pendant le trajet jusqu'à l'hôpital, Lottie l'avait réclamé à moult reprises. Sur la banquette arrière, Cassandra lui avait pris la main et lui avait promis qu'ils allaient le joindre.

Jones n'oublierait jamais le calme avec lequel elle lui avait parlé. Mais sa voix trahissait son épuisement. Son visage portait encore des traces de larmes et elle avait un peu de sang dans les cheveux.

Cela l'avait mis hors de lui. Mais il avait pris une grande inspiration et avait recouvré son sang-froid.

La porte coulissa comme ils atteignaient le troisième étage. Un adjoint du bureau du shérif hocha la tête à l'adresse de Jones.

— Ray, vous êtes l'un des trois seuls visiteurs à être admis ici pour le moment, lui dit Jones. Je ne sais pas si Lottie a de la famille ou des amis mais, pour l'heure, nous préférons que cela continue ainsi.

Ray hocha la tête. La colère et la culpabilité s'étaient muées en une anxiété qui commençait à déteindre sur Jones. Il l'accompagna jusqu'à la porte de la chambre. Ray frappa puis disparut à l'intérieur.

Jones se détourna. La porte de la chambre d'en face était

entrouverte. Il la poussa et surprit Cassandra en pleine conversation avec Carlos.

La voir assise dans ce lit d'hôpital faisait bouillir le sang dans ses veines.

Elle n'aurait jamais dû se retrouver ici.

— Commencez par lui poser la question, disait-elle à Carlos. Comment voulez-vous qu'elle vous réponde si vous ne le faites pas ?

Lorsqu'elle le vit, son sourire s'effaça et elle le contempla, soucieuse.

— Vous avez emmené Ray voir Lottie ?

Jones acquiesça.

— Je crois que c'est la première fois que je le vois sans le menacer d'une peine de prison, répondit-il en s'asseyant dans le fauteuil près du lit, ce qui était sa place attitrée depuis qu'elle était là. J'avoue que c'est plutôt agréable.

— J'espère que ça lui remettra un peu de baume au cœur, déclara Cassandra en secouant la tête. J'ai passé moins d'une journée dans ce bunker et je crois que je ne pourrai plus jamais mettre les pieds dans une pièce aveugle. Et Lottie y est restée plus d'une semaine…

Tous trois demeurèrent silencieux pendant un moment, puis Carlos déclara :

— Je vais retourner à la résidence McHale pour m'entretenir avec Foster et Kenneth. Ensuite, je rentre au bureau. C'est Cole qui assure la garde cette nuit.

Jones hocha la tête. S'ils mettaient tous les bouchées doubles pour tenter de comprendre ce qui se passait, ils avaient aussi le travail courant à assurer. D'autant que Jones avait modifié ses horaires de service, ce dont il n'avait pas encore eu l'occasion d'informer Cassandra.

Après lui avoir souhaité un prompt rétablissement, Carlos

inclina la tête à l'adresse de Cassandra puis il prit congé. Elle reporta son regard sur Jones, le surprenant en train de contempler son ventre.

— Le médecin nous a autorisés à sortir, le bébé et moi, déclara-t-elle. Son cœur bat normalement et, moi, je n'ai pas de commotion cérébrale, donc tout va bien.

Jones grommela sous cape.

— À ceci près que vous n'auriez jamais dû atterrir ici.

Commentaire qu'il avait déjà formulé à plusieurs reprises. Cette fois, il tira un sourire à Cassandra.

— Eh bien, positivons ! Prenons ça comme un entraînement puisque je devrai revenir ici dans deux mois et demi ! Au moins, pour le moment, je ne souffre pas.

Jones se força à accueillir sa boutade d'un sourire.

— Je suis entièrement fautive, ajouta-t-elle. Je n'aurais pas dû jouer les détectives, je suis désolée. Je pensais pouvoir aider à faire progresser l'enquête sans marcher sur les plates-bandes de qui que ce soit. Si j'avais su ce qui m'attendait… jamais je n'aurais fait courir ce risque au bébé.

Sa main se promena distraitement sur son abdomen. Cela toucha Jones. Il essaya de se libérer de sa tension.

— Cessez de vous flageller, Cassandra. C'est moi qui aurais dû vous accompagner.

Elle tendit le bras et saisit sa main d'un mouvement fluide.

— Pas du tout. Je n'ai rien à vous reprocher, d'autant que c'est vous qui nous avez retrouvées… à moins, évidemment, que vous n'ayez le don d'ubiquité et que vous ne m'ayez kidnappée tout en répondant à la presse.

Jones aurait pu prendre son commentaire avec humour, mais ils ne s'étaient pas encore retrouvés seuls et il n'avait donc pas encore eu l'occasion de lui relater ce qui s'était passé. Ni de lui dire pourquoi il s'était trouvé au manoir McHale.

Cassandra lâcha sa main et l'observa, un sourcil arqué.

— Qu'y a-t-il ? demanda-t-elle.

Jones était plutôt difficile à percer à jour, habituellement. Mais pas pour elle. Elle semblait lire en lui comme dans un livre ouvert. Il lui posa cependant quelques questions avant de répondre.

— Vous avez dit que vous n'aviez rien remarqué dans les salles d'étude de la bibliothèque, si ce n'est que la fenêtre de l'une d'elles donnait sur le centre Nouveau Départ. Qu'est-ce qui vous a poussée à aller voir Megan Hamilton à ce propos ?

— J'avais appris de la bouche de Lloyd, à l'accueil, que la réservation des salles n'était pas informatisée et qu'ils utilisaient toujours des documents papier. Je voulais voir les anciens registres. Comme j'avais lié connaissance avec Megan il y a deux ans parce que sa petite-fille était dans ma classe, elle n'a pas vu d'inconvénient à me renseigner. Elle n'a même pas relevé la piètre excuse que j'ai avancée, à savoir que j'essayais de retrouver la sœur aînée d'une ancienne élève. J'ai formulé ma requête de façon à donner l'impression que l'élève en question avait été adoptée et que je m'efforçais discrètement de retrouver sa famille.

Cassandra remua un peu contre ses oreillers.

— Je n'aime pas mentir mais ça s'est révélé payant...

Elle désigna son téléphone sur la table, près de lui.

— Certains de ces registres étaient entreposés dans son grenier. On lui a proposé, quand elle a pris sa retraite, de les emporter pour ses fleurs : elle crée des fleurs en papier, qu'elle commercialise sur la plate-forme Etsy.

Jones lui tendit l'appareil.

— Heureusement, continua-t-elle en le prenant. Elle ne les avait pas encore utilisés parce que ses voisins lui fournissent régulièrement des cageots remplis de vieux journaux. Donc j'ai pu les consulter.

Tout en parlant, elle actionna plusieurs touches sur son téléphone, puis le lui présenta, l'écran tourné vers lui. Il le prit.

— Le nom d'Annie ne figurait sur aucun d'entre eux, ceux datant d'avant son enlèvement, mais celui de Jasmine Lohan apparaît sur le livre de réservation tous les samedis, lundis et mardis matin pendant au moins deux mois et demi, et uniquement pour la salle dont la fenêtre donne de l'autre côté de la rue, sur le centre. J'ai demandé à Megan si elle se souvenait de Jasmine et elle a éclaté de rire, disant que cette fille était « un vrai courant d'air » parce qu'elle ne l'avait jamais vue entrer ni sortir. C'était même devenu un sujet de plaisanterie entre les membres du personnel de la bibliothèque, qui avaient fini par la surnommer « le fantôme de Redman ».

Cassandra sourit, amusée par l'appellation, avant de reprendre son sérieux pour poursuivre :

— Puis Megan a dit qu'Annie McHale avait ensuite disparu et que toute la ville s'était en quelque sorte mise sur pause. Jasmine a cessé de réserver la salle et n'est jamais revenue à la bibliothèque ; du moins, à la connaissance de Megan.

Jones regarda de nouveau la photo sur le téléphone de Cassandra.

— Donc il semblerait que ce soit non pas Annie mais Jasmine qui ait utilisé cette salle.

— Ou alors Annie la réservait mais au nom de Jasmine. De toute évidence, le « fantôme de Redman » ne tenait pas à être vu.

Jones convint que c'était une possibilité.

— Ce qui m'a conduite à m'interroger et à repenser à cette fenêtre et au centre Nouveau Départ. J'ai fait une rapide recherche en ligne sur l'établissement..., annonça avec volubilité Cassandra, se mettant à parler avec les mains sous l'effet de l'excitation. Et savez-vous ce que j'ai découvert ? Que ce centre avait été en partie financé par le groupe Delphi. *Et* que ce groupe était une émanation de la Fondation McHale.

Jones était au courant, pour le groupe Delphi, mais il n'avait jamais su que celui-ci faisait partie de l'organisation caritative McHale. Il releva la tête et lui décocha un large sourire.

— Quand le bébé sera né, faites-moi penser à vous demander si vous n'envisagez pas de changer de profession et de devenir détective.

— Je ne crois pas qu'il s'agisse d'un secret particulièrement bien gardé, mais peu de gens sont au courant, je pense. Bref... Ça a éveillé ma curiosité concernant Nouveau Départ. Je me suis dit que, si Annie réservait la salle avec la fenêtre donnant sur le centre que ses parents avaient contribué à créer, c'était peut-être parce qu'elle profitait de ses heures de réservation pour s'éclipser incognito et traverser la chaussée...

— Mais pourquoi prendre la peine d'aller à la bibliothèque et de s'y enregistrer régulièrement sous un faux nom pour ne même pas y rester ? fit observer Jones.

Cassandra haussa les épaules.

— Peut-être pour se forger un alibi au cas où elle se serait fait prendre ? En fait, je ne sais pas, mais c'est effectivement une bonne question. J'aurais tendance à penser que cette histoire d'Annie fréquentant en catimini le centre Nouveau Départ est absurde si je n'y étais pas allée moi-même et que...

— Et qu'on ne vous y avait pas kidnappée, dit Jones, achevant à sa place.

— Oui, dit-elle, hochant la tête. Et puis il y a cette pièce secrète dans laquelle je me suis réveillée qui se trouve être, comme par hasard, sur les terres du manoir McHale. Je croyais me trouver quelque part dans le centre Nouveau Départ, quand je suis revenue à moi. Si tout ça n'est pas lié, je veux bien être appelée « Priscilla, folle du désert » !

La référence cinématographique amusa Jones, qui se mit à rire. Puis il soupira.

— C'est bel et bien lié, assura-t-il, sortant à son tour son téléphone de sa poche et ouvrant la galerie de photos. Je n'ai pas simplement deviné que vous étiez à la propriété McHale… J'ai trouvé ceci à côté de votre portable, au centre.

Il cliqua sur une photo et la lui montra, la regardant à peine. C'était inutile… L'image affichée sur l'écran était gravée dans son esprit.

Elle est au manoir – Annie.

Cassandra lut le message, par deux fois, et releva les yeux.

— Annie ? Annie McHale ?

Jones haussa les épaules.

— On ne sait pas encore qui est Killian ni pourquoi il fait ce qu'il fait, mais c'est peut-être une façon de se rendre intéressant ? Ou d'essayer de nous embrouiller. Tant que nous n'en saurons pas plus, je préfère rester prudent.

Cassandra ne répondit pas tout de suite. Elle relisait le mot, absorbée dans ses pensées.

Jones l'observa, heureusement surpris de l'intérêt grandissant qu'elle montrait pour l'affaire Annie McHale, *son* affaire. Mais, tout bien considéré, ce n'était pas étonnant. Quelque chose lui disait que Cassandra était ainsi… Douée d'un esprit vif et curieux, elle prenait les choses à cœur et était incapable de rester indifférente à ce qui se passait autour d'elle.

Mais prendre les choses à bras-le-corps ne suffisait pas toujours ; la frustration était parfois au bout du chemin.

— Oh là là, finit-elle par dire en lui rendant son téléphone. Tout ça me fait tourner en bourrique. Chaque fois qu'un nouvel élément apparaît, il ne fait que soulever d'autres questions.

— Je suis bien d'accord.

Elle poussa un profond soupir. Elle était fatiguée.

On le serait à moins, songea-t-il.

— J'ai le feu vert du médecin pour vous emmener sitôt que vous serez prête, déclara-t-il à haute voix. On passera d'abord chez vous prendre les affaires dont vous avez besoin.

Elle lui jeta un regard interrogateur.

— Prendre mes affaires ? répéta-t-elle, perplexe. Pour aller où ?

— Chez moi. Parce que, ce soir, mademoiselle West, vous dormez à la maison.

17

À la nouvelle qu'ils avaient une invitée, Bonnie se mit à trépigner de joie, clamant le nom de Cassandra avec tant de ferveur qu'on aurait pu croire qu'ils accueillaient une star de cinéma et que Bonnie était sa plus grande fan.

— Eh bien, dites-moi, nota le père de Jones, Ted, pendant que Bonnie courait dans sa chambre chercher ses jouets pour les montrer à Cassandra. Vous lui faites un sacré effet !

Cassandra sentit le rouge lui monter aux joues. Il y avait quelque chose de particulièrement gratifiant à être appréciée par des enfants. À plus forte raison, par la fille de Jones.

Ted sourit. Il lui avait beaucoup souri depuis que Jones et elle étaient arrivés, et n'avait cessé de lui demander comment elle allait.

Ce à quoi elle avait chaque fois répondu qu'elle allait bien.

Ce qui était le cas, après tout. Son bébé n'avait pas subi le contrecoup de sa perte de conscience et, quant à elle, elle dormirait plus tranquille, ce soir, sachant Lottie en sécurité. Sans compter que la moitié du bureau du shérif était mobilisée, passant au crible le bunker dans lequel elles avaient été séquestrées et le centre Nouveau Départ, et recherchant activement Killian Carmichael.

Aux dires de Jones, qui reçut des nouvelles de Carlos comme

le dîner touchait à sa fin, Killian demeurait le facteur le plus mystérieux. Il n'était pas mentionné dans les registres de Nouveau Départ, n'apparaissait nulle part dans les fichiers de police, et personne n'avait jamais entendu ce nom. Ted avait même visionné les enregistrements de la caméra de surveillance du magasin, Lottie ayant déclaré l'avoir vu là-bas avant qu'il ne la suive jusqu'à la clairière.

Mais tous les clients filmés étaient des habitués ou des habitants bien connus en ville. Lottie n'en avait pas moins examiné avec soin chacune des captures d'écran qu'on lui avait apportées à l'hôpital, mais elle n'avait pas reconnu le dénommé Killian.

— Un dessinateur de la police devrait venir demain matin réaliser un portrait-robot. Avec un peu de chance, la description de Lottie permettra d'identifier ce Killian.

L'entretien téléphonique avec Carlos terminé, Jones se laissa tomber sur le canapé. Tandis que Cassandra et Ted, toujours attablés, évoquaient le planning des prochaines sorties scolaires, elle surprit plusieurs fois le père de Jones lorgnant du côté de son ventre bombé.

Une fois de plus, elle s'avisa que, si Jones et elle avaient discuté en tête à tête à l'hôpital, ils avaient été trop absorbés par les derniers développements de l'enquête pour aborder la question des personnes qui connaissaient l'identité du père du bébé. Néanmoins, ce n'était pas à elle d'informer Ted, décida-t-elle.

— Alors, qu'est-ce qu'on fait, maintenant ? demanda-t-elle, voyant Jones renverser la tête contre les coussins et fermer les yeux. Vous n'allez pas retourner au bureau ? Vous êtes épuisé, vous aussi.

Jones secoua la tête.

— Non. Je n'y retournerai pas avant qu'il y ait du nouveau.

Cassandra ne s'était pas attendue à ça.

— Il a retiré son nom du planning ; il n'assurera pas de garde au bureau ces prochains jours, expliqua Ted. Il voulait veiller à notre sécurité ici. Il y a aussi une voiture de patrouille stationnée devant la maison… C'est Sterling, si je ne me trompe pas.

— Oui, il a insisté pour prendre la première garde. Et Marigold aussi, affirma Jones en rouvrant les yeux.

Ils étaient rouges.

À quand remontait la dernière fois qu'il avait eu une vraie nuit de sommeil ? se demanda Cassandra avant de songer, dans un deuxième temps, à ce que venait d'annoncer Ted.

Jones restait là parce qu'il entendait les protéger. Eux tous. C'était tellement réconfortant…

Quant à la décision – unilatérale et sans appel – qu'il avait prise de l'héberger chez lui, elle lui avait fait singulièrement chaud au cœur. À part elle, elle s'étonna qu'il soit possible d'en avoir éprouvé des papillons dans le ventre alors qu'elle portait un bébé… Pourtant, c'est ce qui s'était produit.

Et c'était de nouveau le cas en ce moment.

— Ça ne m'étonne pas, souligna Ted. Ce sont des gens bien, tous les deux. Je leur apporterai quelque chose à manger demain matin ; je sais que Sterling adore mon café.

Il se leva de sa chaise. Il portait un short long s'arrêtant juste au-dessus des deux cicatrices encore fraîches, de part et d'autre de son genou. Surprenant le regard de Cassandra, il sourit.

— Un petit accident de parcours, mais on est des costauds, chez les Murphy… Tous autant que nous sommes, déclara-t-il avec un clin d'œil avant de leur souhaiter une bonne nuit.

Sa chambre se trouvait à l'autre bout de la maison. Jones attendit d'entendre la porte se refermer.

— Il *sait*, pour le bébé, révéla-t-il avec un petit rire. Il est même au courant de notre rencontre, il y a près de sept mois. À vrai dire, je suis même étonné qu'il n'y ait pas fait allusion dès votre arrivée.

Le rose remonta aux joues de Cassandra.

— J'ai bien cru que ça allait être le cas, quand il a évoqué la robustesse des Murphy…

Jones émit un petit rire mais s'abstint de tout commentaire. Il désigna le couloir du menton.

— Papa m'a laissé la chambre principale quand j'ai emménagé ici parce que, comme il y a deux marches à descendre pour y accéder, il ne pouvait pas l'utiliser avec le fauteuil roulant puis les béquilles. Pendant qu'on était chez vous, tout à l'heure, je lui ai demandé de vous la préparer.

Se levant, Jones lui tendit la main pour l'aider à en faire autant. Elle accepta son aide avec gratitude, son ventre commençant à devenir réellement encombrant lorsqu'elle tentait de s'extraire de canapés aux coussins moelleux. Il la conduisit jusqu'à ladite chambre et ouvrit la porte, s'effaçant pour la laisser entrer.

— Il a changé les draps et les serviettes, dans la salle d'eau. Et, en arrivant, je vous ai fait de la place dans le premier tiroir de la commode.

— Merci… Il ne fallait pas prendre cette peine.

Avec un geste évasif de la main, Jones répondit :

— C'était bien le moins que je puisse faire. Après tout, vous vous êtes jetée à l'eau pour me sauver la vie !

Le petit sourire malicieux qui accompagna ses paroles la fit rougir pour la troisième fois de la soirée. Pour faire diversion et oublier les papillons qui se remettaient à battre frénétiquement des ailes dans son estomac, elle s'avança vers son bagage, posé sur le lit.

S'agissant d'eux deux, Jones lui avait clairement fait

connaître sa position, et elle la respectait. Elle *l'approuvait*, même. Car, si le statut de coparent était compliqué, au moins ne risquait-on pas d'avoir le cœur brisé – contrairement à ce que chacun d'eux avait vécu auparavant.

Alors, si elle pouvait éviter d'en repasser par là…

Ma foi, s'accommoder de ces papillons une fois de temps en temps n'était pas insurmontable… Il lui suffirait de les chasser s'ils devenaient trop envahissants.

— Voilà, dit Jones en saisissant un oreiller et une couverture. Eh bien, je crois que vous aviez raison à propos de cette histoire de fatigue… Je serai sur le canapé si vous avez besoin de quoi que ce soit.

— Sur le canapé ? se récria Cassandra. Oh ! mais non, Jones. Je ne peux pas accepter. Gardez votre chambre, c'est moi qui…

— Bonne nuit, Cassandra.

— Mais…

— Bonne nuit.

Et il sortit, tirant la porte derrière lui.

La maison était silencieuse.

Encore que… Depuis que Bonnie était entrée dans sa vie, la notion de silence était devenue toute relative. Jones se tenait debout sur le seuil de sa chambre, bercé par le bruit blanc diffusé par la veilleuse musicale qui projetait des étoiles bleues et vertes au plafond. La respiration de Bonnie était profonde et régulière.

Il hésita puis posa son oreiller et sa couverture sur la moquette, à côté de son lit, et s'allongea. La peinture rose poudré créait une ambiance douce, même dans la pénombre de la chambre.

Jones se prit à regretter que Helen ne puisse le voir. Ni voir

Bonnie dormir à poings fermés, ou rire aux éclats et déborder de vie au quotidien.

Il regretta aussi de ne pouvoir lui dire que Bonnie, même s'il n'était pas le père parfait qu'il aurait souhaité être, était gaie, gentille, intelligente et plus courageuse que n'importe quelle enfant de son âge. Qu'elle était choyée par son père et son grand-père et que, bien qu'ils n'aient pas été très proches, les parents de Helen leur rendaient visite chaque année à Noël.

Il aurait aussi voulu lui confier qu'il craignait que Bonnie ne lui reproche un jour tout ce qui était arrivé à Kelby Creek. Ce qui lui était arrivé, à *elle*. À sa famille.

Qu'il avait peur qu'elle ne se rende compte, en grandissant, que beaucoup de gens, en ce bas monde, voyaient leur vie et leurs espoirs réduits à néant à cause de ceci ou de cela. Que la vie pouvait basculer sans raison. Qu'il était certaines choses contre lesquelles personne ne pouvait rien.

Si étrange que cela puisse paraître, Jones aurait aussi voulu pouvoir lui parler de Cassandra. De l'appréhension qu'il éprouvait à la perspective de devenir père une deuxième fois – d'un petit garçon. Du fait que, même s'il arborait un badge étoilé accroché à sa veste, sa vision du futur était lourdement grevée par sa mort. Que, quand le soleil se couchait, chaque soir, il ne regardait plus la lumière de la même façon.

Pendant un moment, Jones écouta sa fille respirer, inconsciente de la présence de son père, étendu près d'elle sur le sol, et qui aurait tant souhaité pouvoir parler de tout cela avec sa maman.

Inconsciente que le cœur de Jones palpitait pour une femme qui ne montrait vis-à-vis d'elle que patience, bienveillance et gentillesse.

Jones s'efforça de trouver le sommeil, se tournant et se retournant dans le silence de la maison – en vain.

Il ne comprit pourquoi que lorsqu'il se retrouva, dans le couloir, planté devant la porte de sa chambre. La lumière tamisée de la lampe de chevet filtrait au-dessous de la porte. Jones faillit faire demi-tour. Puis il reconnut le bruit d'un téléphone qu'on posait sur la table de nuit – le même que lorsqu'il branchait le sien sur son chargeur.

Il frappa doucement à la porte. Cassandra répondit, à voix basse. Poussant le battant, il le referma sans bruit derrière lui.

Cassandra était calée contre les oreillers, la couverture remontée jusqu'au menton. Elle lui jeta un regard si anxieux qu'il hésita.

— Est-ce que ça va ? demanda-t-elle, se redressant à demi.

Jones avait eu l'intention de dire qu'il était juste passé s'assurer qu'elle allait bien. Mais il s'approcha d'elle et, plaçant une main sur la tête de lit, il lui souleva délicatement le menton de l'autre. Son regard plongea dans ses yeux brillants.

Puis il s'inclina lentement et pressa ses lèvres sur les siennes – sa façon à lui de lui faire savoir qu'il s'ouvrait à elle. Qu'il était désolé. Et heureux qu'elle s'en soit sortie indemne. Heureux qu'elle soit là, avec eux – avec sa famille. Qu'il regrettait de ne pouvoir lui dire tout cela de vive voix. Que ce baiser était tout ce qu'il pouvait lui offrir pour le moment.

Raison pour laquelle il le fit durer le plus longtemps possible.

Cassandra le lui rendit bien, ses mains venant se poser sur ses joues. Pour la première fois depuis bien longtemps, Jones éprouva une sensation de bien-être.

Il détacha ses lèvres des siennes mais garda son regard captif du sien.

— Restez avec moi ce soir, murmura-t-elle. Je n'ai pas envie d'être seule.

Sa voix était douce.

Il hocha la tête. Se levant, il fit le tour du lit, retira son T-shirt et se glissa entre les draps frais.

Cassandra ne souffla mot tandis qu'il passait un bras autour de ses épaules et s'allongeait contre elle, une jambe entre les siennes. Lorsqu'il ne bougea plus, elle tendit le bras pour éteindre la lumière et se pelotonna confortablement contre lui.

Cela ramena Jones à la nuit qu'ils avaient passée ensemble, des mois plus tôt…

Elle avait été le résultat d'un enchaînement de circonstances.

Après avoir dîné au restaurant, ils n'avaient pas eu envie de se séparer tout de suite et avaient donc cherché un café pour terminer la soirée. Mais celui qu'ils avaient fini par trouver avait annoncé la fermeture juste au moment où ils arrivaient. Ils s'étaient donc retrouvés à flâner autour de l'hôtel puis à s'asseoir près de la piscine. Là, leur conversation avait pris un tour différent.

Lorsqu'elle l'avait invité à entrer, quand il l'avait raccompagnée jusqu'à sa chambre, Jones avait su ce qui allait suivre.

Sitôt la porte franchie, il l'avait embrassée avec ferveur, lui avait caressé la joue avant de la soulever dans ses bras et de la conduire jusqu'au lit. Elle était légère comme une plume.

L'aisance avec laquelle il l'avait déposée sur le matelas avait fait rire Cassandra. Il l'avait réduite au silence en écrasant de nouveau ses lèvres sur les siennes.

Puis il avait semé des baisers sur son corps tout entier. Ensuite, il n'avait plus été question que de souffles mêlés, de passion débridée et de voluptueux corps-à-corps.

Le lendemain matin, en ouvrant les yeux, la première chose qu'il avait vue, c'était son sourire. Calme, lumineux. Le soleil, qui avait réussi à se faufiler par l'unique interstice séparant les rideaux, dessinait en clair-obscur le contour de son épaule

– l'épaule contre laquelle il était présentement calé –, et Jones avait senti, à cet instant précis, qu'il se passait quelque chose.

Qu'il n'oublierait jamais cette femme qu'il connaissait à peine.

Dans le noir, sa main se posa sur l'arrondi de son abdomen. Celle de Cassandra vint la couvrir un instant après.

Quelques secondes plus tard, Jones dormait profondément.

18

Il y avait trois beignets dans un sachet posé sur un plateau, à côté du lit, lorsque Cassandra ouvrit les yeux le lendemain. L'un était au chocolat, l'autre, saupoudré de sucre glace, et le troisième était entamé. Il portait l'empreinte parfaite des petites dents de Bonnie.

Cassandra passa la main sur le matelas vide, à côté d'elle.

Cette deuxième nuit qu'ils venaient de passer ensemble avait été... différente. Et ce baiser tout en tendresse...

Cassandra avait senti les papillons revenir en force, accompagnés cette fois de toute la famille, des amis et peut-être même des collègues de butinage. Elle avait dû se faire violence pour ne pas s'y abandonner totalement. S'abandonner à *lui*. Mais quelque chose, au fond de ses yeux, l'avait retenue.

Jones Murphy était la proie d'une intense émotion, une émotion qu'il ne lui appartenait pas de déchiffrer. Elle avait donc opté pour le laisser prendre les rênes.

Et son corps de géant s'était lové autour d'elle dans l'obscurité, l'enveloppant d'un cocon protecteur. Au bout d'un moment, elle l'avait senti se détendre et, quelques instants plus tard, sa respiration se faisait régulière... Elle s'était endormie peu après, elle aussi.

Un peu déçue de ne pas l'avoir entendu se lever, Cassandra

s'étira, puis localisa son portable et le déverrouilla. Dimanche matin, 9 heures. Ce qui voulait dire que, pour une fois, elle avait dormi d'une traite, sans devoir changer de position ou se rendre aux toilettes. Un vrai cadeau du ciel.

Mais la durée de vie du cadeau était désormais expirée. Elle se précipita dans la salle de bains, en profita pour prendre sa douche dans la foulée, puis elle revint dans la chambre et s'habilla tout en grignotant un beignet.

Plongeant la main dans son sac, elle en sortit ses vitamines prénatales et contempla le lit.

Ce qui la fit repenser à son matelas, dans le bunker, à la propriété McHale. Elle avait appris la veille qu'il s'agissait en réalité d'un abri antitornade qui avait été installé par les grands-parents d'Annie, puis condamné après le rapt de la jeune fille et le déménagement de ses parents.

Ces derniers ne savaient pas qu'il avait été utilisé. Comment l'auraient-ils pu ? Ils vivaient loin, désormais, dans le Montana.

Machinalement, Cassandra passa une main sur son ventre. La seule pensée que son fils puisse être enlevé lui serrait le cœur. Quelle horreur cela avait dû être pour les pauvres parents…

Sans nouvelles de leur fille, disparue depuis des années sans le moindre début d'explication. Ça avait été si douloureux qu'ils avaient fini par quitter la ville dans laquelle ils avaient toujours vécu.

Chagrin ou pas, Cassandra, elle, ne serait jamais partie. Elle serait restée et aurait continué sans relâche à explorer le moindre recoin de forêt, à retourner la moindre pierre, sur les berges de la rivière.

Jones en aurait fait autant, elle en était sûre. Il avait peut-être tourné le dos à Kelby Creek après la mort de sa femme – tout comme Cassandra avait laissé son ancienne vie derrière elle après le décès de Ryan –, mais, si Bonnie s'était volatilisée sans laisser de traces, il serait resté, c'était certain. Cette pensée lui ouvrit tout un éventail de nouvelles questions...

Mais elle avait été échaudée une fois, se rappela-t-elle, réfrénant sa curiosité. Ils n'avaient pas besoin d'elle pour résoudre tous ces mystères. Elle s'y était déjà risquée une fois... pour le résultat qu'on connaissait.

Elle songea à l'homme qui l'avait enlevée, mais elle l'avait à peine vu avant qu'il ne passe à l'attaque.

Ce fut Ted qui la salua lorsqu'elle entra dans la cuisine. Il buvait son café, le journal ouvert devant lui, penché sur une annonce publicitaire du magasin de loisirs créatifs de la ville.

— Vous devriez fabriquer des fleurs avec ces journaux, suggéra-t-elle en montrant le quotidien, ayant remarqué que Ted Murphy aimait bien s'essayer à de nouvelles activités. C'est ce que fait Megan Hamilton, l'ancienne bibliothécaire, avec du papier. J'ai vu ses réalisations, c'est plutôt réussi. Elle dit que c'est assez compliqué pour exiger de la concentration mais pas suffisamment pour être décourageant.

Ted contempla son journal d'un air songeur.

— Je n'ai encore jamais travaillé le papier.

— C'est une idée, papa, lança Jones, s'encadrant dans l'embrasure de la porte, un dossier sous le bras.

Carlos était avec lui. Cassandra l'accueillit d'un chaleureux sourire.

— Bonjour, lui dit-il. Voulez-vous que je vous prépare quelque chose pour le petit déjeuner ? Je fais des œufs brouillés dont vous me direz des nouvelles.

Manifestement, il était plus détendu, ce matin. Il avait dû mieux dormir...

— Merci, mais j'ai mangé les beignets.

— Remerciez Bonnie ! Elle a un faible pour eux, si bien

qu'on en mange aussi régulièrement. Café ? demanda-t-il en se tournant vers Carlos.

— Tu plaisantes ? Maintenant que je salive à la perspective d'œufs brouillés et de beignets ?

Tous deux se mirent à rire.

— Les œufs brouillés moelleux, c'est pour madame. Le dernier beignet sera réservé à la petite et, toi, tu auras droit à un café parce que je t'ai vu engloutir un feuilleté à la saucisse dans ta voiture !

Carlos prit un air offensé.

— Et c'est le shérif, costaud comme il est, qui me met à la diète ?

Tout le monde éclata de rire. Jones se tourna vers la cafetière, et Cassandra, l'espace d'un moment, ne pensa plus à rien.

Cela ne dura pas longtemps. Comme Ted les laissait attablés tous les trois dans la salle à manger pour aller jouer dans la cour avec Bonnie, Jones posa le dossier qu'il avait apporté au milieu de la table.

— Bien… Nous courons désormais plusieurs lièvres à la fois. Le bureau du shérif recherche la Taurus qui m'a percuté sur le pont tout en s'efforçant de tirer au clair le soudain revirement de Jimmy. Dans le même temps, on garde l'œil sur le centre Nouveau Départ, sur le bunker et les McHale. Foster se charge de Killian, et le dessinateur doit venir ce matin au bureau retrouver Lottie, qui a quitté l'hôpital, pour exécuter un portrait-robot. Et puis il y a ce message…

Jones ouvrit la chemise et en sortit un document. Cassandra reconnut le mot qui avait été laissé avec son téléphone dans le centre. Celui signé Annie.

— Voilà ce sur quoi nous devons nous concentrer, asséna Jones en frappant du doigt la signature.

— Sur Annie, souligna Cassandra.

Jones hocha la tête.

— Le jardinier qui avait déclaré l'avoir vue le matin de sa disparition a menti ; j'en suis sûr, désormais, même si je n'ai pas encore reçu la confirmation des Deacon et si nous n'en savons pas plus sur le planning dont a parlé Vera Lohan. Ce que je me demande, en revanche, c'est si ce mensonge est significatif. Peut-être qu'il s'est simplement trompé de jour et qu'on s'est lancés tête baissée sur cette piste sans raison ? Mais, par recoupements, ça nous a quand même orientés vers la bibliothèque et le centre Nouveau Départ. Quoi qu'il en soit, un fait demeure : ce sont les parents d'Annie qui sont les derniers à l'avoir vue, avant la demande de rançon.

— Si personne d'autre m'a menti, fit observer Cassandra.

— Exactement. Jusque-là, personne n'était au courant de l'amitié entre Annie et Jasmine Lohan, encore moins de leur fréquentation de la bibliothèque. Je pense que, si nous sommes tombés sur cette information, c'est purement accidentel ; à cause de la mémoire défaillante de Vera. C'est même peut-être la raison qui a présidé à son départ de Kelby Creek.

— Afin d'éviter qu'elle ne gaffe, ajouta Carlos en hochant la tête d'un air entendu.

— Possible. Mais des gens quittent Kelby Creek pour des tas de raisons autres que la Tempête, rappela Jones, se faisant l'avocat du diable.

Il tapota de nouveau le feuillet, sur la table.

— Quoi qu'il en soit, c'est Jasmine qui nous a parlé de la bibliothèque. Peut-être qu'elle ne nous a pas encore tout dit…

Carlos hocha la tête.

— Tu veux que je la convoque ?

— Surtout pas, répliqua immédiatement Jones. Je ne veux pas l'effrayer. Je préfère opter pour une approche indirecte…

Il marqua une pause.

— Tout ça vient ébranler les certitudes que nous avions concernant Annie. La personne qui a écrit ce mot devait être au courant de ce qui se passait ou, en tout cas, en savoir assez pour utiliser le nom d'Annie afin de nous manipuler à sa guise. C'est ça qu'il nous faut maintenant découvrir : qui est cette personne, quel était le plan de Killian, qui a libéré Cassandra et Lottie, et quel pourrait être le prochain mouvement de celui qui tire les ficelles en coulisses.

Hochant la tête, Carlos reposa son calepin et son stylo. Jones se posta à l'extrémité de la table et tira le dossier à lui.

Cassandra hésita un instant puis se décida finalement à formuler la pensée qui lui trottait dans la tête depuis qu'elle s'était réveillée dans le bunker.

— À moins que ce ne soit Annie elle-même.

Comme un seul homme, Jones et Carlos tournèrent la tête vers elle.

— Si la salle d'étude de la bibliothèque lui servait seulement de couverture pour dissimuler ses visites à Nouveau Départ, et si Killian séjournait au même moment dans l'établissement, c'est peut-être qu'ils se voyaient ? Et s'ils se voyaient à ce moment-là, peut-être qu'ils se voient toujours…

Carlos fronça les sourcils.

— On a vérifié les dates présumées de son séjour, celles des meurtres de l'auberge Rosewater et du rapt d'Annie, déclara-t-il. À part Lottie et son père, personne ne peut nous confirmer que Killian était bien un patient du centre. Peut-être qu'Annie lui rendait visite incognito, ou connaissait quelqu'un qui la laissait entrer, comme Lottie ? Mais on n'a aucune preuve.

— Si elle voyait Killian, alors on en revient à la question initiale : qui diable est ce type ? asséna Jones, les deux mains à plat sur la table. Et, s'il s'avère qu'il a un lien avec Annie et qu'elle travaille avec lui, ou contre lui, *ou* qu'elle agit d'une façon ou d'une autre en sous-main, la ville va s'enflammer à la nouvelle !

Carlos acquiesça en silence. Ne comprenant pas très bien, Cassandra s'enquit :

— Mais découvrir après toutes ces années qu'Annie est en vie, ce serait pourtant une bonne nouvelle… Non ?

— Non, riposta Jones.

Il prit une seconde avant de développer.

— L'enlèvement d'Annie nous a peut-être ouvert les yeux sur la corruption qui sévissait en ville, mais il a aussi causé beaucoup de tort, expliqua-t-il, les dents serrées.

Il faisait référence à l'embuscade, dans le parc. À la mort de Helen.

— Si le rapt d'Annie était une mise en scène…, ajouta-t-il, le visage fermé, une ride profonde barrant son front, on peut s'attendre à ce que l'Annie McHale que la population portait aux nues passe du statut d'ange de pureté à celui de suppôt de Satan…

La mine grave, il claqua des doigts.

— Comme ça.

Le ton de la discussion s'apaisa tandis qu'ils s'efforçaient d'échafauder des théories. Une heure plus tard, ils en étaient au même point. Carlos repartit pour le bureau du shérif et Cassandra alla se dégourdir les jambes dans la cour arrière avec Bonnie.

Jones les regarda de la fenêtre, plongées en pleine conversation, s'efforçant toujours d'élucider le mystère. Perdu dans ses pensées, il n'entendit pas son père arriver.

— Je me suis levé pour boire un verre d'eau cette nuit et

j'ai vu que tu n'étais ni sur le canapé ni dans la chambre de Bonnie, déclara Ted, derrière lui.

Jones soupira.

— Je ne vais pas parler de ça maintenant, papa. Ce n'est pas le moment.

Son père haussa les épaules.

— Personne ne te le demande. C'était juste une remarque, c'est tout. Mais, tant que j'y suis, je vais en faire une autre, dit-il avec un mouvement du menton en direction de la fenêtre. Elle est taillée pour ça, non ?

Jones le regarda, arquant un sourcil.

— Pour quoi ? Bavarder avec Bonnie de la série animée *Bluey* ou de la fascination que lui inspire cette espèce de tortue qui respire par l'anus ?

Jones plaisantait, néanmoins, son père était on ne peut plus sérieux.

— Pour tout ça. Bonnie, toi, ton travail de shérif, Kelby Creek, devenir mère… Elle a la trempe pour ça, je voulais m'assurer que tu t'en rendais compte. Mais… je crois que oui.

Jones s'était réveillé en se demandant comment il en était venu à l'embrasser, la veille. Pourquoi l'avait-il fait à ce moment-là et pas avant ? Plus important encore, pourquoi avait-elle accepté ? Et, d'ailleurs, était-ce réellement le cas ? Ne l'avait-elle pas laissé faire simplement parce qu'elle était épuisée ?

Jones soupira.

— C'est bien ce qui me tracasse.

Son père le surprit par un éclat de rire.

— On a tous les deux eu le privilège de partager notre vie avec une femme merveilleuse. Avoir rencontré quelqu'un d'autre est une chance. Ne la gâche pas en restant renfermé sur toi-même. Je crois que ta mère et Helen te diraient la même chose, déclara-t-il en lui donnant une tape sur l'épaule.

Sa mère lui manquait souvent, cependant, il avait toujours pu compter sur le soutien indéfectible de son père, et il lui en était immensément reconnaissant.

Ce moment intime entre père et fils prit fin comme son téléphone sonnait. Du pouce, son père indiqua la cuisine.

— Je vais préparer un en-cas pour Bonnie. Essaye de ne pas trop stresser.

Il s'éloigna tandis que Jones prenait l'appel, dans le séjour.

— Murphy à l'appareil.

Le numéro lui était inconnu mais il reconnut la voix.

— Shérif, vous n'allez pas en croire vos oreilles.

C'était la détective Howard.

Lily ne l'avait encore jamais appelé sur son portable.

— C'est-à-dire ? Vous pouvez être plus précise ?

— Jimmy vient juste d'être libéré sous caution grâce à l'avocat le plus chic que j'aie jamais vu. Un type venu de Birmingham sanglé dans un costume qui, d'après Marco et mon mari, Ant, vaut probablement plus cher que leurs deux voitures réunies. Donc Juliet est allée poser à Nan la question à mille dollars : comment ont-ils pu s'offrir les services de ce type ? Et Nan lui a répondu que ça ne la regardait pas. J'ai creusé de mon côté, mais je n'ai pas trouvé pourquoi cet avocat a accepté cette affaire ni comment il a été rétribué pour ses services. Enfin, tout de même, voilà un accusé qui a tenté de poignarder le shérif, rien que ça, et qui, ce matin, se retrouve dehors ! Qui plus est, un dimanche !

Jones l'écouta jusqu'au bout, tout aussi perplexe qu'elle.

— Envoyez-moi le nom de l'avocat et celui du juge qui a ordonné la libération sous caution, dit-il. Est-ce qu'on sait où est Jimmy ?

— Oui ! répondit vivement Lily, clairement heureuse d'apporter une bonne nouvelle. Ant l'a repéré près du restaurant, si bien qu'il est resté là-bas pour le garder à l'œil. Ne vous inquiétez pas, il sait être discret, mais j'aimerais me rendre moi-même sur place, étant donné que rien d'urgent ne me retient au bureau.

Jones hochait déjà la tête.

— OK. Allez-y et contentez-vous de le surveiller pour le moment. Je ne sais pas ce qu'il trame, mais peut-être qu'il a rendez-vous avec quelqu'un ou qu'il fera quelque chose qui éclairera notre lanterne.

— J'y vais tout de suite, shérif.

Ils raccrochèrent.

L'attaque de Jimmy avait marqué tout le monde, au bureau du shérif. Cela mis à part, au vu de la succession d'événements de ces deux dernières semaines, Jones ne savait plus trop si c'était lui qui était une cible, si c'était Cassandra, s'ils en étaient une tous les deux, ou si Jimmy avait simplement perdu les pédales parce qu'il avait passé une journée exécrable.

Dans tous les cas, se jura Jones tout en retournant à la cuisine, il ne laisserait plus sa famille sans surveillance, quoi qu'il puisse arriver. Et il ne quitterait plus Cassandra d'une semelle non plus, bien entendu, tant que Killian serait dans la nature.

Décision qui fut presque aussitôt mise à l'épreuve, comme Bonnie faisait irruption dans la pièce. Un pli creusait son front lisse. Quelque chose la contrariait. Jetant un coup d'œil par la fenêtre, Jones vit Cassandra toujours dans la cour, au téléphone.

— C'est Keith qui l'a appelée, s'exclama Bonnie. Il pleure !

Ted apparut avec un plat de fruits coupés en morceaux. Il lança un coup d'œil préoccupé à Jones.

— Dans ce cas, mieux vaut laisser Mlle West tranquille, Bonnie, répondit Jones. C'est une affaire d'adultes.

Elle hocha la tête mais lança un regard au-dehors.

— On n'abandonne pas ses amis, dit-elle à Jones. C'est le code des pirates.

— Mais il n'est pas question d'abandonner qui que ce soit, assura-t-il, tous les sens en alerte.

Il embrassa Bonnie sur le front avant de sortir rejoindre Cassandra. Elle était en train de raccrocher.

— C'était Keith, annonça-t-elle, la voix vibrante d'inquiétude. Il a dit que Lila était en larmes dans la cuisine. Il m'a demandé si je pouvais venir les voir.

— Mais, lui, il va bien ?

— Je lui ai posé la question et il a dit que oui, mais sa voix tremblait.

Elle jeta un coup d'œil à la maison, derrière lui.

— Jones, je sais que vous avez beaucoup à faire mais je tiens vraiment à y aller. Keith a déjà traversé tant d'épreuves... et Lila aussi.

Jones hocha la tête.

— Allons-y.

Elle agita la main en signe de dénégation, ennuyée.

— Non, vous ne pouvez pas laisser Bonnie et votre père...

Jones sortit son portable.

— Ils ne seront pas seuls, dit-il en faisant défiler ses contacts jusqu'à trouver le numéro de Sterling.

— Tout de même... Je ne peux pas vous demander de...

— Vous n'avez rien demandé. J'ai tout prévu pour le cas où je devrais quitter la maison.

Il lança l'appel, les yeux toujours braqués sur elle.

— Et puis… on n’abandonne pas ses amis.
Cassandra hocha la tête.
— Code des pirates.
— Code des pirates, répéta-t-il.

19

Lila et Joel vivaient dans un quartier calme, articulé autour d'une seule rue, à cinq minutes du centre du bourg – une poignée de maisons d'autant plus tranquilles qu'elles étaient séparées par de vastes jardins. Celle de Lila, au milieu, était une maison à un étage, avec une accueillante plaque « Bienvenue » et une collection de citrouilles en céramique sur la terrasse.

Mais, si joyeuses que soient ces décorations, l'atmosphère n'était pas à la fête. Il faisait froid, et le gris des nuages se reflétait sur la surface brillante des poteries. Cassandra se frictionna frileusement les mains tandis que Jones garait la voiture le long du trottoir.

— Je suis sûr que ce n'est rien de grave, dit-il en les enveloppant des siennes. Ça va aller.

Il pressa sa main. L'inquiétude de Cassandra s'apaisa mais ne disparut pas.

— Et il y a quelqu'un auprès de Bonnie et de Ted ? demanda-t-elle une nouvelle fois.

Sans en prendre ombrage, Jones répéta ce qu'il avait déjà dit.

— Oui. Sterling, Marigold *et* Juliet.

— Ça ne risque pas d'entraver l'enquête ?

— Non. Juliet est une pro de la téléphonie. Elle fait des

merveilles à partir de son portable. Papa va l'installer dans la maison, et Sterling et Marigold montent la garde, à l'extérieur.

Jones frappa et s'écarta comme Keith, les yeux rougis, ouvrait la porte. Mais le regard du jeune garçon se braqua sur lui.

— Je ne vous ai pas demandé de venir, à vous, dit Keith d'une voix dure que Cassandra ne lui avait jamais entendue.

— Mais c'est Jones, tu te souviens ? Le papa de Bonnie. Il connaît Lila...

L'espace d'un instant, Keith parut perdu.

— Bonnie ne pouvait pas venir, alors elle m'a demandé de m'assurer à sa place que tu allais bien. Tu veux bien me laisser aller voir Lila ?

Il n'attendit pas la réponse du garçonnet et se faufila à l'intérieur. Cassandra attrapa fermement la main de Keith pour le retenir à l'extérieur tandis que Jones refermait la porte derrière lui. Il la regarda, les yeux remplis de larmes.

— Keith, tu veux bien m'expliquer ce qui se passe ?

Le petit garçon secoua la tête et retira sa main si brusquement que Cassandra, accroupie devant lui pour être à sa hauteur, faillit tomber à la renverse. Elle se rattrapa de justesse et se releva. Keith s'efforçait visiblement de cesser de pleurer. Sans y parvenir, il réussit néanmoins à formuler en bredouillant :

— Il m'a obligé. Il a dit qu'il la frapperait si je n'obéissais pas.

— Qui ça ? Joel ?

Keith secoua de nouveau la tête, vigoureusement.

— Non. Je ne le connais pas. Mais il m'a forcé à le faire...

D'une voix soudain grave et très calme, Cassandra demanda :

— Forcé à faire quoi, Keith ?

— À vous faire venir ici.

Au même instant, des pas sonores retentirent derrière eux.

Keith recula et se recroquevilla derrière elle, murmurant à travers ses larmes :

— Pardon... maîtresse.

Il faisait bon dans la maison ; elle était éclairée de lumières douces, et il y flottait un parfum de cannelle qui formait un contraste saisissant avec le chaos qu'il découvrit dans la chambre du rez-de-chaussée.

— Lila, s'écria Jones en la voyant ligotée dans un fauteuil inclinable, la tête penchée en avant.

Il se précipita vers elle, prit son pouls.

Il battait, mais était faible. Sortant son téléphone, il rebroussa rapidement chemin en direction de la porte d'entrée. Ce ne pouvait pas être Keith qui avait fait ça. Il se passait quelque chose...

L'opérateur répondit comme il était au bas de l'escalier. Il aboya dans l'émetteur, réclamant une ambulance et des renforts, mais, l'instant suivant, la porte claqua contre le mur, livrant passage à Cassandra, traînant Keith derrière elle.

— Jones !

Elle n'eut pas le loisir d'en dire plus. Jimmy apparut derrière elle, pistolet au poing.

Lâchant son portable, Jones se rua en avant pour s'interposer entre Cassandra et Keith et lui. Les yeux de Jimmy s'écarquillèrent lorsqu'il le vit mais il garda le doigt sur la détente.

Si sa taille était parfois un inconvénient, elle constituait aussi un avantage dans certains cas... Détendant le bras, Jones réussit à saisir à temps la main de Jimmy et à orienter l'arme vers le haut. La balle alla se ficher dans le plafond de l'entrée.

Jimmy voulut corriger le tir mais, d'un crochet du gauche, Jones le déséquilibra. L'arme tomba avec un bruit sourd sur le parquet. Jimmy recula d'un pas en chancelant mais, alors que Jones se jetait en avant pour ramasser le pistolet, il vit celui-ci sortir un couteau.

Poussant un cri de guerre, Jimmy, comme dans la salle d'interrogatoire, se rua en avant, le bras levé. Jones bondit en arrière pour esquiver le coup, mais il se retrouva dos au mur.

La lame l'atteignit à l'épaule.

Jones cria de douleur et Jimmy eut l'audace de se rengorger.

— Vous tuer sera presque aussi satisfaisant que la tuer, elle, railla-t-il en s'écartant de Jones, le croyant hors d'état de nuire.

C'était sans compter la réactivité et la force du shérif. Au lieu de repousser son agresseur, qui s'apprêtait à revenir à la charge, il l'attira à lui.

De son autre main, il pressa du pouce l'une de ses orbites. Jimmy hurla et se débattit pour se dégager, mais Jones ne lâcha pas prise.

— Il n'y a que des lâches pour s'en prendre à des femmes enceintes, gronda-t-il en libérant le visage de Jimmy, qui braillait toujours.

Jones connaissait sa force lorsqu'il décidait de véritablement y recourir. Se redressant de toute sa hauteur, il se prépara à porter un coup décisif.

— Mais il y aura toujours des hommes de ma stature pour leur renvoyer la balle.

Son poing s'écrasa sur la mâchoire de Jimmy avec un craquement sinistre et celui-ci s'écroula instantanément.

Sans perdre une seconde, Jones ramassa l'arme et en retira prestement le chargeur.

— Cassandra ? cria-t-il. Ça va ?

Du coin de l'œil, il surprit un mouvement à quelques mètres de lui. Cassandra hochait la tête, les mains de Keith autour de ses jambes. Ses yeux s'écarquillèrent comme elle le regardait, livide.

— Oui, mais vous… Votre épaule ? répondit-elle d'une voix mal assurée.

Jones se détourna à demi et, serrant les dents, arracha le couteau toujours planté dans sa chair.

— Ça ira. Je suis juste un peu…

Il s'interrompit, entendant des pas sur la terrasse. Gardant le couteau en main, il l'éleva, se jetant devant Cassandra et Keith.

Ray apparut, pâle comme un linge, dans l'embrasure de la porte. Sans même un regard pour le corps de Jimmy étendu entre Jones et lui, il déclara :

— Ils ont Lottie, shérif ! Ils l'ont emmenée.

Sa voix tremblait mais il était déterminé.

— Qui ça, *ils* ? Et comment ont-ils fait ?

Ray secoua la tête. Cependant, l'arme, dans sa main, ne dévia pas de sa ligne de visée.

— Je n'en sais rien. Après sa sortie de l'hôpital, on est allés chez elle et… Bref, tout d'un coup, elle n'était plus là. Et puis j'ai reçu un appel d'un homme qui m'a dit que je ne la retrouverais qu'à une seule condition, expliqua Ray, tenant toujours l'arme fermement mais l'orientant maintenant vers Cassandra et Keith. Que je vienne la chercher. Il faut que je l'emmène avec moi… Vous aurez une chance de la récupérer après. Si vous refusez, il va enlever votre fille et vous ne la reverrez plus jamais.

Le cœur de Jones chavira.

Ray ne paraissait pas ravi de jouer les messagers, ce qu'il confirma une seconde plus tard en secouant la tête :

— Si ce n'est pas moi qui l'emmène, shérif, ils enverront quelqu'un d'autre. Ni vous ni moi n'y pouvons rien.

Se souvenant qu'il avait lâché son portable sans raccrocher, Jones contra d'une voix de stentor :

— Si… Vous pouvez baisser votre arme !

Où était l'appareil ? L'opérateur pouvait-il l'entendre ?

Ray secoua la tête puis, regardant Cassandra, il dirigea de nouveau le canon de son arme vers Jones.

— Il ira vous chercher plus tard. Mais, si vous refusez de me suivre, il ne sortira pas vivant de cette maison.

Pour appuyer son propos, il arma le pistolet.

— Non, attendez ! Arrêtez !

Rapidement, Cassandra s'avança vers Ray. Jones tendit la main pour la rattraper par le bras, et ses doigts ensanglantés glissèrent sur sa veste, le rouge formant un affreux contraste avec la couleur claire du vêtement.

— Comment pourra-t-il me retrouver ?

Ray ouvrit la bouche, mais ce fut une autre voix qui résonna dans la pièce. La voix de quelqu'un qui se trouvait derrière eux.

Une femme.

Jones fut tenté de se retourner, cependant, Ray le tenait toujours en joue. Il devait rester prêt à réagir.

— Ray Cooke, baissez votre arme, sinon, c'est vous qui ne sortirez pas d'ici, proféra fermement la voix. Vous savez aussi bien que moi que Lottie vous arracherait les yeux si elle vous voyait prendre en otage une femme enceinte et un enfant.

— Il va la tuer, gémit Ray, visiblement sur le point de craquer. Il a juré qu'il le ferait si je n'obtempérais pas.

La voix se rapprocha, assurée et implacable.

— Killian ne touchera pas à un cheveu de cette femme. Il est amoureux d'elle depuis la première fois qu'il l'a vue, quand ils étaient enfants. Les seules personnes qu'il n'hésitera pas à tuer, c'est vous, moi, ces deux tourtereaux et leurs enfants. En lui obéissant, c'est à eux que vous portez préjudice... à ceux qui, comme vous, veulent récupérer Lottie. Alors baissez votre arme si vous ne voulez pas que je vous tire dessus devant cet enfant. Il a déjà été traumatisé par cet abruti de Jimmy.

Que ce soit à dessein ou non, Cassandra porta la main à son ventre, comme pour protéger son bébé.

Ray le remarqua. Puis, lentement, son bras s'abaissa.

— Très bien. Maintenant, donnez votre pistolet au shérif Murphy. Et, Keith... peux-tu donner ceci au shérif ?

Keith émit un son qui devait être un « oui » et, un instant plus tard, Jones sentit quelque chose de froid dans sa paume.

Des menottes.

— Vous devez en avoir dans votre voiture, mais je ne peux pas courir le risque que vous tentiez de fuir ou de vous retourner contre moi pour le moment. Alors faites en sorte d'empêcher Ray de continuer à se conduire comme un idiot au nom de l'amour. Et, Ray, posez cette arme par terre et poussez-la en bas de la terrasse.

Se voir dicter sa conduite par cette étrangère n'était pas pour lui plaire, mais Jones s'exécuta, à son corps défendant, tandis que Ray lui obéissait, lui aussi. Après lui avoir passé les menottes, il se retourna, mais la femme, entre-temps, s'était cachée derrière Cassandra.

— Maintenant, shérif, veuillez faire entrer Ray et fermer la porte derrière lui.

Il se figea. C'en était trop, cette fois. Mû par une volonté farouche, il répliqua :

— Si vous ne me dites pas qui vous êtes *maintenant*, je ne bougerai pas.

La femme exhala un long soupir. Puis elle fit un pas de côté pour qu'il puisse la voir. Une myriade d'émotions se télescopèrent en lui.

— Annie McHale, souffla-t-il.

La jeune femme sourit.

— En chair et en os.

20

L'apparition d'un fantôme n'aurait pas produit plus d'effet.

Plusieurs secondes s'écoulèrent dans un silence total. On aurait entendu une mouche voler dans la pièce. Cassandra nota que le shérif lui-même n'était toujours pas remis de sa surprise, car il dut faire un effort pour annoncer à haute voix, à l'intention du petit groupe de personnes réunies devant lui :

— C'est Annie McHale.

Tous étant natifs de Kelby Creek, toute présentation supplémentaire était superflue.

— Avec moi et Cassandra, vous êtes maintenant les seules personnes à savoir qu'elle est en vie, ajouta-t-il, le regard fixé sur Annie.

Comme toutes les personnes réunies dans le séjour du père de Jones, constata Cassandra en promenant son regard à la ronde. Les yeux de tous les membres du bureau du shérif, qu'il avait convoqués par téléphone un quart d'heure plus tôt, étaient, eux aussi, braqués sur la jeune femme qui avait disparu depuis plus de six ans.

Lily Howard, le visage expressif malgré ses sourcils froncés, semblait prête à écouter ce qui allait suivre avec la plus grande attention. Kenneth Gray se tenait à son côté, le visage fermé, les bras croisés. Foster Lovett, habillé en civil, était impassible, sa femme, Millie, debout près de lui – à l'origine, elle était venue pour s'occuper de Keith, mais celui-ci jouait avec Bonnie dans sa chambre. Kathryn Juliet, un peu à l'écart, bouillait visiblement de rage. C'était si flagrant que Jones l'avait prise à part à son arrivée pour lui dire quelques mots pendant que les autres entraient en file indienne dans la maison.

Carlos, que Cassandra avait toujours vu d'humeur égale, paraissait hésiter entre rester professionnel et se ranger du côté de Juliet. Sterling Costner complétait le petit groupe. Son chapeau de cow-boy adoucissait un peu son air sévère – un peu, seulement.

Et puis il y avait Jones Murphy, le shérif. Cassandra savait bien ce qu'impliquait le fait qu'Annie soit en vie…

Il se demandait si le bureau du shérif était compromis. Et, alors même que cette idée le taraudait, il se voyait forcé d'écouter et de la laisser garder encore un peu les commandes. Ce pouvoir qu'elle détenait, Annie en était bien consciente, elle aussi. Cassandra le voyait à son attitude.

Comment, de l'adolescente qui avait été l'élément déclencheur de la Tempête, était-elle devenue cette imperturbable jeune femme, assise là, face à eux, comme s'il s'agissait d'une banale réunion amicale ?

À sa décharge, Annie s'adressait à Jones avec plus de respect qu'elle n'en avait montré vis-à-vis de Ray.

Celui-ci avait été emmené au poste par l'adjoint Rossi tandis que l'adjointe Marigold escortait Lila et Jimmy jusqu'à l'hôpital. À la requête d'Annie, et avec l'accord de Jones, obtenu après une longue hésitation, tous étaient convenus de ne pas ébruiter l'incident.

Pour l'heure.

Jones s'était laissé envelopper l'épaule à la hâte d'un bandage provisoire par l'un des secouristes appelés chez Lila, promettant à Cassandra de se faire soigner correctement plus tard.

— En fait, quelques autres personnes savent que je suis en vie, annonça Annie. À commencer par Killian Carmichael.

— Qui est-ce ? demanda Jones d'une voix égale.

Il avait recouvré son calme, nota Cassandra avec soulagement.

Annie répondit sans hésiter :

— C'est mon frère.

Un silence total accueillit sa révélation, mais quelques têtes se tournèrent dans l'auditoire, échangeant des regards interloqués.

— Je n'ai jamais entendu dire que les McHale avaient eu un autre enfant, déclara Jones.

— Moi non plus, je n'étais pas au courant, dit Annie. Killian est le squelette que la famille a gardé caché dans le placard ; bien caché, tout au fond... J'ai découvert le pot aux roses par hasard. Mes parents se disputaient, ce qui était habituel à la maison, contrairement à l'opinion communément répandue. Mais, quand j'ai compris qu'il s'agissait du projet de quitter Kelby Creek, j'ai dressé l'oreille. Ma mère n'était pas d'accord, mais mon père disait que nous pouvions partir et tirer un trait sur tout ça. J'étais jeune, insouciante et centrée sur ma propre personne, donc j'ai cru qu'il parlait de tous les événements auxquels ils assistaient – les concours, les foires locales, les inaugurations de ceci ou de cela, ce genre de choses. Mais ma mère a répondu qu'ils ne pouvaient pas partir en *le* laissant là tout seul.

Annie ponctua sa tirade d'un rire bref, dénué d'humour.

— Après ça, ils se sont comportés si bizarrement que je me suis mise à les surveiller ; ce qui n'a pas été simple, compte tenu du statut dont ils jouissaient à Kelby Creek, celui de la famille la plus admirée et respectée de la ville, ajouta-t-elle avec, dans la voix, un net relent d'amertume. Mais je reconnais que mon statut social et l'argent qui allait avec m'ont facilité la tâche, malgré tout. Ce n'est pas *un* secret que j'ai découvert mais plusieurs. Toute une ribambelle, à vrai dire. Ma Tempête à moi s'est produite quelques mois avant celle que vous connaissez, mais je n'ai compris la gravité des faits que lorsque je l'ai trouvé, *lui*. Killian Carmichael, un adolescent enfermé dans un établissement psychiatrique appartenant en grande partie à ses parents.

Elle s'interrompit le temps d'émettre un ricanement acerbe.

— Une fois que vous avez levé le voile sur les merveilleux McHale, vous vous rendez compte que l'un des problèmes que pose leur légendaire *générosité* est qu'ils sont désormais propriétaires d'à peu près tout dans cette ville. Tous les dons, toutes les actions charitables visaient un seul objectif : rééquilibrer le karma en leur faveur pour le cas où le monde découvrirait l'existence de leur fils caché.

— Mais pourquoi vouloir le cacher ? souligna Jones d'une voix profonde, qui tira momentanément l'assemblée de l'état de sidération dans lequel le récit d'Annie les avait plongés.

— Il était le fruit d'une liaison qu'avait eue ma mère, répondit Annie sans s'émouvoir. C'est affreusement banal et digne des pires feuilletons télévisés, mais mon père en a conçu un profond ressentiment. Et le destin a bien fait les choses, puisqu'il s'est avéré que Killian, en grandissant, montrait des tendances sociopathes. D'après ce que j'ai découvert, il avait vécu à la propriété quand j'étais petite avant d'être envoyé à Nouveau Départ.

— Dans le bunker, précisa Cassandra.

Annie hocha la tête.

— Qui aurait mis en doute la parole des McHale quand ils

annonçaient qu'ils construisaient un abri anti-tornade ? La ville qui les portait aux nues ?

Elle haussa les épaules.

— Mais, moi, je n'ai appris tout ça que quand j'ai découvert l'existence de Killian. Quand je l'ai rencontré, il m'a dit que c'étaient nos parents qui étaient fous et que je ne serais pas en sécurité si je restais avec eux. Je l'ai cru. Après tout, ils m'avaient menti pendant toute ma vie… Je me suis mise à rendre visite à Killian toutes les semaines, et il a profité de ces moments pour me renseigner sur tout le mal qu'ils avaient commis. Et pour me dire que nous allions échafauder un plan pour qu'il puisse s'évader ou les incriminer afin que nous puissions être libérés tous les deux de leur emprise.

Pour la première fois, une expression désenchantée passa sur le visage d'Annie, trahissant une tristesse qu'elle n'avait jusqu'alors pas montrée.

— Et puis, un jour, il m'a annoncé qu'il avait réussi à sortir. Qu'il pouvait s'échapper. Je ne l'ai pas cru jusqu'à ce que je voie Lottie arriver. Elle ne savait pas que j'étais passée le voir. J'ai écouté Killian lui parler des meurtres de l'auberge Rosewater… J'ai vu les traits de Lottie se décomposer, j'ai entendu sa voix changer. Et j'ai compris que, si mes parents m'avaient dissimulé bien des vérités, ils n'avaient pas menti sur tout…

— C'était lui le meurtrier, devina Kenneth.

Annie hocha la tête.

— Et ensuite j'ai commis une autre erreur, reprit-elle en regardant Jones dans les yeux. J'ai averti mon parrain.

— Le shérif Barkley, dit Jones d'une voix cassante.

L'homme qui avait trahi le bureau du shérif – la ville tout entière.

Elle acquiesça.

— Il a dit qu'il allait s'en occuper et, le lendemain, quand je suis retournée voir Killian, il n'était plus là.

Annie marqua une pause.

— Je comprends que le fait de me voir ici, bien vivante, vous mette tous en colère, reprit-elle au bout d'un moment. Vous vous dites que, si je n'ai pas été enlevée, beaucoup d'entre vous ont laissé des plumes… pour rien. Sachez que je suis justement là pour vous dire qu'il m'a *réellement* kidnappée et que j'ai *vraiment* tenté de m'échapper, mais que je n'y suis pas parvenue avant qu'ils ne s'emparent de Jackie.

Pendant un moment, personne ne parla.

Profitant de l'avantage émotionnel que lui conférait le fait d'être la seule à ne pas être originaire de Kelby Creek, Cassandra souligna :

— L'agente du FBI elle aussi mystérieusement disparue.

Annie confirma d'un hochement de tête.

— Elle avait découvert que c'était le shérif qui était derrière tout ça. Ils l'ont faite prisonnière, l'ont fait asseoir sur un siège à côté de moi. Je suis témoin qu'elle leur a tenu tête jusqu'au bout… Elle m'a poussée à m'enfuir – et c'est ce que j'ai fait. Je ne l'ai plus jamais revue par la suite et, pourtant, ce n'est pas faute d'avoir essayé pendant toutes ces années.

Cassandra se leva, la main posée sur son ventre. Elle voulait obtenir des réponses pour toutes les personnes présentes. *La* réponse qui les ferait considérer Annie sous un autre jour.

— Et qu'avez-vous fait d'autre pendant toutes ces années, justement, Annie ? Pourquoi ne pas vous être manifestée ?

La jeune femme ouvrit la bouche et la referma à plusieurs reprises. L'espace d'un moment, elle donna réellement l'impression d'être une gamine paumée.

— Je ne savais pas à qui faire confiance, après la Tempête. D'autant que Killian était dans la nature. Alors je suis partie pendant un temps. J'ai attendu de voir ce que donnait l'enquête… mais il ne s'est rien passé. C'est alors que j'ai compris que tout le monde travaillait plus ou moins avec des œillères, sans connaître les tenants et les aboutissants de toute l'affaire, que les gens ne pouvaient pas considérer la situation d'un œil impartial puisque la ville avait placé ma famille sur un piédestal si haut qu'ils ne pouvaient que louer ses mérites et se prosterner devant elle.

Les larmes coulaient maintenant sur les joues d'Annie, mais elle continua néanmoins d'une voix ferme :

— Alors, quand mes parents sont partis, certainement parce qu'ils savaient ce qui m'était arrivé et craignaient que cela ne se retourne contre eux, je suis revenue pour tenter de me rendre utile de la seule façon possible : en restant tapie dans l'ombre, tel un fantôme.

— Vous étiez à Kelby Creek pendant ces six dernières années ? demanda Foster, incrédule.

Annie hocha la tête.

— Qu'est-ce qui vous a poussée à sortir au grand jour maintenant ? demanda Carlos.

Annie se raidit. Elle chassa ses larmes d'un revers de main.

— Deux anciens shérifs sont venus ensemble dans cette maison, et j'ai compris que ce ne pouvait être que pour une chose : demander à Jones de se porter candidat.

De nouveau, son regard s'arrêta sur lui.

— Je savais que vous accepteriez. Comme je savais que vous rouvririez l'enquête sur mon enlèvement. Il m'a semblé que c'était le signe que la boucle était bouclée et que le moment était venu de me manifester. Killian a dû en avoir vent et décider d'en faire autant. Depuis, je m'efforce de deviner ses intentions, mais j'ai toujours un temps de retard.

— C'est vous qui avez rédigé le mot laissé au centre Nouveau Départ ?

Annie secoua la tête.

— Non. C'est lui. Mais, quand il m'a laissée vous libérer, Lottie et vous, j'ai enfin compris ce qu'il voulait...

— Qu'on sache que vous étiez vivante, asséna Jones.

— Je pense qu'il veut pouvoir se montrer enfin, faire condamner notre famille et se servir de moi comme catalyseur. À mon avis, c'est la raison pour laquelle il utilise d'autres personnes pour faire le sale boulot à sa place. Il essaie de garder les mains aussi propres que possible. Je parie qu'il a déjà en tête un coupable tout trouvé.

— Seulement, il ne peut pas sortir de l'ombre si nous savons à quoi il ressemble, observa Jones.

— Et Lottie et moi sommes les seules personnes à l'avoir vu, remarqua Cassandra. C'est pour ça qu'il l'a enlevée... et qu'il cherche à en faire autant avec moi.

Jones poussa un grognement.

— Killian est intelligent, déclara Annie. Il ira jusqu'au bout. Le seul moyen de l'arrêter et de faire payer les McHale pour les méfaits et les dissimulations dont ils se sont rendus coupables au cours de toutes ces années...

Elle laissa sa phrase en suspens un instant.

— Ma foi, Ray vous a déjà dit où il était supposé emmener Cassandra... Pourquoi ne pas laisser Killian croire que son plan a fonctionné ?

Mais Jones secouait déjà vigoureusement la tête.

— Pas question de la conduire droit dans la gueule du loup.

Cassandra comprenait sa réaction viscérale. Ray leur avait avoué être censé échanger Cassandra contre Lottie dans le parc.

À l'endroit même du rendez-vous pour la remise de la rançon, des années plus tôt. De l'embuscade. L'endroit même où la femme de Jones avait été tuée. C'était lui demander beaucoup, et peut-être était-ce justement pour cela que Killian avait choisi ce lieu. Le parc était un souvenir douloureux entre tous pour la plupart des habitants.

— On ne sait rien de sa stratégie. Si on attaque en force en tirant à tout-va, il risque de nous filer entre les doigts. Il pourrait même carrément ne pas être présent…

— Ou tirer à vue sur Cassandra sans autre forme de procès.

Annie se leva et désigna Cassandra.

— Je ne pense pas. Il a besoin d'elle pour me faire sortir de ma tanière, exactement comme quand il a laissé ce mot au centre. Il savait que je me sentirais obligée d'agir en voyant qu'il avait enlevé Lottie et elle. Il ne s'emparera d'elle que lorsque je serai sortie de mon trou… Et on va tous faire en sorte que ça n'arrive pas.

— Dans ce cas, montrez-vous, gronda Jones. Si c'est ça qu'il cherche… à quoi bon faire courir des risques inconsidérés à quelqu'un d'autre ?

Annie secoua la tête.

— Vous ne connaissez pas son fonctionnement psychologique. Ce n'est pas quelqu'un de rationnel. Les choses doivent se passer de la façon dont il l'entend, point barre. Soit on fait mine de jouer son jeu, soit c'est *game over* pour Lottie. J'aimerais bien qu'il en soit autrement, mais c'est ainsi. On va avoir besoin de Cassandra si on veut sauver Lottie. Et si on veut le coincer, lui.

La réaction de Jones fut plus virulente encore que la première fois. Il la fit connaître d'une voix glaciale.

Mais ce fut la teneur de ses paroles qui stupéfia l'auditoire.

— Je ne perdrai pas une deuxième fois la femme que j'aime dans ce parc. La femme qui, de plus, porte notre fils.

Toutes les personnes réunies dans la pièce se turent – à l'exception d'Annie.

Annie qui voulait que justice soit faite. Qui refusait que six années de sa vie soient passées à la trappe pour rien. Qui voulait que la ville qui l'avait vue naître et s'était entre-déchirée à cause de sa famille trouve enfin une forme de paix.

Et Dieu sait que c'était aussi le vœu le plus cher de Cassandra. Pour elle. Pour eux tous. Pour l'homme dont elle était tombée amoureuse à la seconde où il avait accepté de se prêter à son petit jeu, dans le bar de cet hôtel. Pour leur avenir, pour leur fils, pour Bonnie, Ted, Keith…

S'avançant résolument d'un pas, elle posa la main sur celle de Jones et déclara d'un ton tout aussi catégorique que lui :

— Je vais y aller.

Il tourna vivement la tête, ouvrant déjà la bouche, mais elle ajouta :

— Mais seulement si vous répondez sincèrement à la question que je vais vous poser…

Elle désigna du menton les hommes et les femmes qui étaient derrière eux. Ceux-là mêmes qui s'étaient escrimés, six années durant, à redorer l'image du bureau du shérif, autrefois gravement dégradée par la corruption et les trahisons.

— Est-ce que vous avez confiance en eux ?

La question laissa quelques instants Jones sans voix… sans doute parce que la seule réponse qu'il pouvait lui apporter n'était pas celle qu'il aurait voulue.

— Oui.

Cassandra se tourna vers Annie.

— Voilà. Donc on va le faire.

21

Le parc était magnifique. Il l'avait toujours été.

L'endroit idéal pour venir s'y promener, jouer, pique-niquer. C'était pourquoi Helen s'y était trouvée ce jour-là, étendant la couverture sur l'herbe en prévision du déjeuner-surprise qu'elle avait préparé pour eux. Elle ne savait rien de la remise de rançon, et lui n'avait pas su qu'elle était là-bas.

Jusqu'à ce qu'il soit trop tard.

Mais, aujourd'hui, il n'avait aucune excuse. Il était parfaitement au courant de ce qui se tramait et, pourtant, Cassandra était là, marchant sur l'herbe au côté de Ray.

— Tu ne peux pas tout maîtriser, lui avait-elle dit avant qu'ils ne se mettent en route. Personne ne le peut. Je suis *partante* pour lui tendre ce piège. Je veux que tout ça se termine, qu'on soit enfin en sécurité. Que nos enfants le soient. Si accompagner Ray là-bas peut aboutir à ce résultat, je me dois d'y aller. Tu sais comme moi que c'est la seule solution.

— Tout va bien se passer, affirma Carlos dans un murmure.

C'était la condition première pour que le plan réussisse. Ils devaient procéder comme Annie. Se faire aussi invisibles que des fantômes.

Jones ne quittait pas des yeux Cassandra. Elle s'avançait dans sa direction.

Le bureau du shérif était là, au grand complet. Les adjoints étaient à l'affût, embusqués dans le parc même, mais aussi dans les bois et les commerces environnants. Killian l'ignorait encore, mais ce lieu de triste mémoire allait bientôt être le théâtre d'un second traquenard, à la différence près que, cette fois, ce n'étaient pas des corrompus qui étaient aux manettes.

Du moins était-ce l'espoir auquel se raccrochait Jones.

Il croyait Annie, l'histoire qu'elle leur avait racontée. Tous ses instincts le portaient à avoir foi en elle. Et, à sa grande surprise, il avait découvert que le sentiment était partagé par ses collègues et amis.

Tous s'étaient mobilisés avec une ardeur qu'il ne leur avait encore jamais vue pour mettre le plan sur pied.

Pour les besoins du coup monté, Ray avait été libéré afin qu'il puisse jouer son rôle et expliquer qu'il avait dû se cacher, ainsi que Cassandra, pour échapper à la vigilance des adjoints, le temps que la voie soit libre pour rejoindre le parc. Pour faire bonne mesure, ils avaient émis un avis de recherche concernant Cassandra et un autre concernant Ray lui-même cependant que les adjoints ratissaient la ville – le parc excepté.

Vu de l'extérieur, cela donnait l'impression que le stratagème de Ray avait fonctionné.

Carlos lui donna un coup de coude.

Cassandra et Ray avaient presque atteint les bancs, à la lisière des arbres.

Jones dégaina son arme et attendit, tous les sens aux aguets.

Carlos inspecta les alentours tandis que Jones regardait Cassandra et Ray s'asseoir. Cinq minutes s'écoulèrent.

Six. Sept…

Carlos l'alerta d'un nouveau coup de coude. Quelqu'un se déplaçait sans bruit dans les bois, non loin d'eux.

C'était Lottie. Flanquée d'un homme qui devait être Killian

Carmichael. Il ressemblait à Annie, en plus grand, et avec de longs cheveux sombres.

Sournois comme un serpent, songea Jones en le voyant.

Killian semblait très sûr de lui. Un petit sourire fat flottant sur les lèvres, il poussait la pauvre Lottie en avant.

Le sourire suffisant ne disparut que lorsque Annie s'avança, s'interposant entre lui et Cassandra et Ray.

— Tiens, tiens... Je me demandais quand l'enfant prodige allait paraître, déclara Killian. L'espace d'une seconde, j'ai cru que tu allais me laisser emmener la pauvre institutrice enceinte sans faire d'histoires... mais c'est vrai que ça ne t'aurait pas ressemblé.

Malgré sa colère, Annie conserva le plus grand calme. Cet affrontement, elle l'avait préparé de longue date. Elle était fin prête.

Et eux aussi.

L'arrivée d'un texto éclaira l'écran du portable de Carlos, qui, d'une voix à peine audible, répéta le message à Jones.

— Sterling a repéré une Taurus argent avec un homme assis à l'intérieur. Le véhicule est cerné ; ils attendent notre feu vert.

Jones hocha brièvement la tête. Bien.

D'après Annie, deux hommes travaillaient directement sous les ordres de Killian : Jimmy et l'homme à la Taurus.

Une fois ces deux-là hors d'état de nuire, il ne leur resterait plus qu'Annie et Killian.

Le frère et la sœur se faisaient face, maintenant, mais en gardant prudemment leurs distances pour le cas où l'autre serait armé. Jones était d'ailleurs surpris que Killian n'ait pas déjà le pistolet au poing.

Mais celui-ci se croyait en position de force puisque Ray tenait Cassandra.

— Qu'est-ce que tu attends de moi ? demanda Annie. Tu as

déjà tout. Maman et papa t'ont déjà donné de l'argent pour que tu disparaisses. Tu n'es pas poursuivi pour les meurtres que tu as commis, pour les crimes que tu as contribué à orchestrer et financer. Enfin, quoi, personne ne sait qui tu es, Killian. Tu pourrais t'en aller, libérer Lottie et Cassandra, et quitter Kelby Creek pour toujours. Qu'est-ce que tu veux d'autre ?

La réponse de Killian ne se fit pas attendre.

— Je veux qu'ils sachent *qui je suis*.

Jones dut se faire violence pour ne pas bondir lorsque Killian sortit son arme.

— Je veux que tout le monde sache, dans cette ville, que les McHale qu'ils ont encensés n'étaient pas les bons. Il est temps qu'ils connaissent mon existence. Celle du fils caché qui a passé sa vie à bâtir une fortune supérieure à celle de papa et maman. Une fortune qui prouve que j'ai triomphé face à l'adversité, en dépit de tous les bâtons qu'ils m'ont mis dans les roues.

De sa cachette, Jones vit les lèvres de l'homme s'étirer en un sourire satisfait.

— Je veux que le monde se rende compte qu'il s'est trompé sur la pauvre petite Annie McHale, la fille qui est restée planquée dans l'ombre pendant toutes ces années alors qu'il lui aurait suffi de se montrer pour mettre fin aux souffrances de tous.

Il partit d'un petit rire.

— Mais venons-en au fait, Annie. Es-tu venue pour te rallier à moi et implorer mon pardon ou pour tenter de sauver la situation ?

Le moment de vérité.

Jones affermit sa prise sur la crosse de son arme et, sans bruit, se redressa. Annie regarda son frère puis elle sourit.

— Je crois que le shérif est tout à fait à même de s'en charger pour moi.

Et, soudain, tout s'accéléra.

Carlos ordonna à Sterling d'appréhender l'homme à la Taurus.

Cassandra, qui était reliée à Jones par oreillette Bluetooth et par une ligne téléphonique dédiée, cria à Ray de s'enfuir.

Lottie, de sa propre initiative, plongea à terre.

Et Jones, le shérif de Dawn County, bien campé sur ses deux jambes, appuya sur la détente. Une seule fois.

Killian Carmichael s'effondra en hurlant.

Vive comme l'éclair, Annie attrapa son arme et Carlos se rua en avant, suivi de Jones.

— Ça va ? demanda la voix de Cassandra dans son oreille, le plus beau son qu'il ait jamais entendu.

Avant qu'il n'ait pu répondre, les pelouses et les bois du parc se mirent à fourmiller d'hommes et de femmes en uniforme accourant en renfort, leurs armes pointées sur Killian.

— Et toi, ça va ? rétorqua-t-il dans son micro.

— Ça va très bien.

Un large sourire fendit le visage de Jones, qu'il adressa à ses hommes, puis à Annie.

Sa confiance avait payé.

Il poussa un profond soupir de soulagement.

— Alors je vais très bien aussi.

Épilogue

Quatre ans plus tard

Joshua était né, Keith avait été adopté et Bonnie avait enfin eu la petite sœur tant espérée quand Adriene était venue au monde, tard, un soir de novembre.

La famille s'était agrandie quand le père de Jones avait épousé Megan Hamilton, et Jones avait enfin réalisé un vieux rêve : celui de bâtir une maison assez vaste pour accueillir toute la famille et les amis qu'ils s'étaient faits au fil des quatre dernières années.

C'était dans cette même maison qu'ils se trouvaient aujourd'hui tous réunis, bavardant et riant autour du buffet de fête, les haut-parleurs diffusant une musique d'ambiance.

Foster entra avec Millie et leurs trois enfants, suivis de Carlos et du Dr Amanda Alvarez, qui les aidèrent à transporter leur nourrisson dans son couffin. Amanda était enceinte de jumeaux, et Carlos avait fièrement installé le cliché de l'échographie sur son bureau, à côté de leur photo de mariage. Marco Rossi, désormais capitaine au bureau du shérif, arriva avec sa femme, Bella, et leurs enfants coururent rejoindre Keith et Bonnie dans leurs chambres à la seconde où ils franchirent la porte. Avec le concours de Millie, Marco et Bella avaient adopté une fratrie, et deux de leurs rejetons avaient le même âge que Bonnie et Keith.

Ce fut ensuite au tour de Marigold et de son petit ami de faire leur entrée, discutant et riant avec Sterling et sa femme, Mel. Leurs filles se ruèrent vers la chambre de Bonnie plus précipitamment encore que les enfants de Marco et Bella. Le fils de Kenneth et Willa prit au moins le temps de lancer un sonore « bonjour ! » avant de disparaître, lui aussi, en un temps record. Willa, une main sur son ventre rond, secoua la tête en riant.

— S'il s'est arrêté pour dire bonjour, c'est uniquement à cause des enfants d'Ant et Lily, assura-t-elle. Franchement, ils sont à croquer… De vrais amours ! Ils s'appliquent toujours à saluer tout le monde sans oublier personne.

Et, de fait, quand Lily et Anthony se joignirent au groupe, leurs quatre enfants, sitôt entrés, se mirent aussitôt à distribuer les sourires et les bonjours à la ronde.

Ant s'esclaffa quand Marigold lui expliqua pourquoi tout le monde riait.

Ray et Lottie émergèrent de la cuisine, se demandant la raison de toute cette effervescence. June et son épouse durent hausser le ton pour clamer qu'il fallait être complètement fou pour rassembler autant d'enfants dans une maison, mais Jones savait bien qu'elles plaisantaient. Lila les avait dans un premier temps taquinés à ce propos, elle aussi, mais désormais elle et son nouveau mari, Charlie, attendaient leur deuxième enfant.

Le père de Jones, apparemment très à l'aise dans une maisonnée remplie d'enfants, et Megan vinrent ensuite grossir les rangs de la fête, qui, déjà, battait son plein.

Un moment plus tard, la sonnette tinta et la plupart des adultes présents baissèrent le ton tandis que Jones allait répondre.

— Désolée, je suis en retard.

Annie McHale entra, arborant un grand sourire – un sourire dont Jones, maintenant, connaissait l'authenticité.

— Avant que je ne me joigne à vous tous, pourrais-je vous dire un mot en privé ?

Jones fit signe à Cassandra. Elle s'approcha, Joshua dans les bras, et accueillit joyeusement Annie.

Celle-ci la salua en retour, puis attendit que Jones la conduise jusque sur la vaste terrasse qui faisait tout le tour de la maison. Ils s'installèrent dans un angle.

Les quatre dernières années n'avaient pas été de tout repos pour elle, même si c'était bien entendu sans commune mesure avec ce qu'elle avait traversé les six années précédentes.

Quand l'enregistrement de Killian reconnaissant ses crimes avait été rendu public, Annie avait dû se manifester. Une information judiciaire avait été ouverte portant sur elle, Killian et l'ensemble de la famille McHale, mais la population n'avait attribué aucun surnom à cette enquête-là, contrairement à ce qui s'était produit pour la Tempête.

Elle fit apparaître qu'Annie avait dit la vérité.

Et Killian aussi.

À l'issue de son procès, celui-ci prit enfin la direction d'un endroit d'où il ne s'échapperait pas. Mais il accepta de coopérer afin d'obtenir une réduction de peine et révéla l'implication des parents McHale dans plusieurs dissimulations et combines financières qui, en définitive, n'avaient abouti qu'à leur enrichissement personnel.

Lorsque le moment avait été venu pour eux de s'expliquer devant une cour de justice, ils avaient reconnu avoir cru que Killian avait tué Annie et lui avoir donné de l'argent afin qu'il se tienne éloigné d'eux.

Jasmine Lohan avait comparu elle aussi pour avoir collaboré

avec Killian, mais elle était ressortie libre suite à l'accord conclu avec le procureur en raison des informations qu'elle avait fournies sur Killian. Celui-ci s'était servi d'elle pour accéder à Annie par le biais de Cassandra, mais il avait pour cela menacé ses enfants. Il n'était venu à l'idée de personne, pas même de Jones et Cassandra, de lui tenir rigueur du rôle qu'elle avait, bien malgré elle, été forcée de jouer.

Elle avait aussi confirmé la culpabilité de l'homme à la Taurus, Brandon Ross. Il avait été à l'école avec elle, au collège, puis, plus tard, avait rencontré Killian et s'était lié d'amitié avec lui. Il avait refusé de coopérer, ainsi que Jimmy quand son heure était venue de s'exprimer. Ce ne fut que lorsque Nan s'avança à la barre qu'elle admit que son frère était devenu de plus en plus aigri au fil des années qui avaient suivi la Tempête, disant qu'il s'était conformé à la loi imposée par les autorités depuis des décennies et que la Tempête avait révélé combien il s'était montré naïf. Il avait essayé de ne plus y penser et de tirer un trait sur tout ça, mais il se produisait toujours quelque chose pour ramener la ville au pire moment de son histoire – l'enquête sur Annie McHale. Nan avait reconnu qu'ils en avaient conçu tous les deux du ressentiment… Qu'ils avaient parfois eu l'impression que le bureau du shérif prenait un malin plaisir à toujours renvoyer la population à son passé.

— Je crois que tout ce que Jimmy voulait, c'était nous éviter, à tous, d'être obligés de revivre encore et toujours le même cauchemar, avait-elle argué en conclusion de sa déposition. Il s'efforçait de sauver Kelby Creek.

Son témoignage n'avait pas aidé Jimmy, qui, après tout, était inculpé de tentatives d'homicide.

Les procès s'étaient néanmoins étalés sur une période de deux ans, compliqués par le fait que le corps de l'agente Ortega avait été retrouvé, enterré sur les terres des McHale.

Quant à l'enquête portant spécifiquement sur Annie, elle avait été close le matin même.

— Je vais partir, annonça-t-elle à Jones. J'ai décidé que le temps était venu pour moi de trouver ma place dans ce monde, ailleurs qu'à Kelby Creek. Je tenais à ce que vous en soyez les premiers informés, étant donné tout ce que vous avez fait pour moi, Cassie et vous. Merci du fond du cœur.

Jones s'était attendu à une nouvelle de ce genre. Il comprenait son désir de repartir de zéro ailleurs, mais la perspective de son départ ne l'en attristait pas moins.

— La vie va être beaucoup moins animée, sans vous ici. Vous allez nous manquer, à tous.

Annie avait toujours du mal à laisser transparaître sa vulnérabilité, mais il vit ses joues se teinter de rose sous l'effet du compliment. Il désigna la maison, derrière eux.

— Vous entendez tout ce joyeux brouhaha, à l'intérieur ? Les cris, les rires des enfants et de leurs parents ?

Annie sourit et hocha la tête.

— D'une certaine façon, tout ça, c'est grâce à vous. Grâce à tout ce que vous avez fait pendant toutes ces années. Vous nous avez tous aidés à un moment ou à un autre. Et, maintenant, regardez... Nous sommes tous réunis là, bruyants, envahissants, et cette ville ne vous mérite plus. Je trouve qu'il y a une certaine beauté dans tout ça...

Jones posa une main sur son épaule.

— Je suis impatient de voir où la vie va vous mener.

Annie, émue, jeta un regard en direction de la maison. Cassandra venait d'ouvrir la porte.

— Désolée de vous déranger mais... Jones, Marco a besoin de ton aide. Keith et Jordan se sont encore coincé la tête entre les balustres de l'escalier.

Annie pouffa de rire.

— Ah, il faut que j'aille voir ça, dit-elle en rentrant dans la maison.

Cassandra s'apprêtait à lui emboîter le pas mais Jones la retint par la main. Elle leva ses yeux clairs vers lui en une question muette.

Elle était si proche qu'il ne résista pas à l'envie de l'embrasser. Ce fut un baiser parfait.

— Alors, comme ça, c'est encore moi qui dois aller sauver la mise à ces petits garnements ? Mais bon... je crois que je n'ai pas le choix. On a un code de conduite ou on n'en a pas.

Cassandra hocha la tête. Ce fut elle, cette fois, qui se haussa sur la pointe des pieds pour l'embrasser.

— Eh oui. Le code des pirates, souffla-t-elle d'un air malicieux.

Il rit.

— Exactement. Le code des pirates.

Vous avez aimé ce roman ?
Retrouvez en numérique les histoires
de Tyler Anne Snell :

1. *La menace du silence*
2. *Un secret dans ton regard*
3. *Des secrets menaçants*
4. *Retour à Kelby Creek*
5. *Un souvenir meurtrier*
6. *Une famille en détresse*

AMANDA STEVENS

Enquête sur le lac

Traduction française de
ANDRÉE JARDAT

BLACK ROSE

HARLEQUIN

Titre original :
THE SECRET OF SHUTTER LAKE

1

Wade Easton longeait le lit du lac, guidé par les rayons de soleil qui filtraient à travers l'eau trouble. Ses palmes de plongée soulevèrent un nuage de sédiments. Il s'immobilisa, laissant aux résidus le temps de se redéposer au fond de l'eau. Un poisson-lune passa au-dessus de lui, le bleu-vert de ses écailles scintillant sous le faisceau lumineux de sa lampe frontale. Wade nagea un instant en parfaite synchronisation avec lui, jusqu'à ce que le poisson aille se perdre dans le crépuscule sous-marin.

Le fond du lac était principalement jonché de déchets d'origine humaine, mais il arrivait que Wade repère des objets précieux, comme une montre ou un téléphone portable.

Mais, aujourd'hui, ce n'était pas dans une chasse au trésor qu'il s'était lancé. Ce qu'il cherchait, c'était un hors-bord d'une valeur de deux cent cinquante mille dollars. Le genre d'embarcation qu'on voit plus souvent exposé au salon nautique de Miami Beach que voguant sur un lac tranquille du sud de l'Alabama. Le bateau avait été déclaré volé deux semaines plus tôt, quelques jours à peine après avoir été amarré dans une marina locale. Wade avait sa petite idée sur la question. Pour lui, il ne faisait aucun doute que le bateau avait été volontairement sabordé avec, à son bord, sans doute une cargaison précieuse. De l'argent ; de la drogue. Les deux, peut-être.

Même si descendre à dix mètres de profondeur dans un lac d'eau douce était bien moins risqué qu'évoluer dans des océans, il se déplaçait lentement, un œil rivé sur ses jauges. En cas de problème, il pouvait lâcher son équipement et remonter à la surface sans craindre l'ivresse des profondeurs ou une décompression intempestive.

Cependant, il gardait en tête le danger qu'il y avait à se laisser bercer par un faux sentiment de sécurité. Il plongeait seul, personne ne savait qu'il était de retour en ville et encore moins au fond du lac Shutter. Il avait donc pris les précautions qui s'imposaient.

Le passage d'une ombre le fit tressaillir. Son bateau déserté avait-il été repéré ? Il en doutait. Il était trop tôt pour les plaisanciers. La brume qui planait encore sur la surface vitreuse de l'eau quand il était arrivé commençait tout juste à se dissiper. Il lui avait fallu quarante-cinq minutes pour arriver à l'extrémité nord du lac, loin des marinas qui peuplaient l'extrémité sud, plus pittoresque. Depuis que le vieux pont avait été démantelé, puis démoli, plus personne ne s'aventurait par là, à l'exception de quelques rares pêcheurs à la traîne. En revanche, si quelqu'un avait dans l'idée de faire disparaître une vedette coûteuse, c'était l'endroit idéal.

Il vérifia la pression de l'air. Elle était bonne, ce qui lui laissait encore un peu de temps. Au cas où, il avait une autre bouteille d'oxygène à bord de son bateau. Son travail d'enquêteur pour le compte d'une compagnie d'assurances avait développé chez lui une sorte de sixième sens qui lui soufflait qu'il était sur la bonne voie.

Et puis il savait à qui il avait affaire. Brett Fortier usait volontiers de son charme pour tenter de contourner la loi. Couler un bateau hors de prix puis prétendre qu'il lui avait été volé pour empocher l'argent de l'assurance lui ressemblait assez. Le schéma classique. Ensuite, il laisserait passer suffisamment de temps pour se faire oublier puis plongerait récupérer le butin qu'il avait probablement laissé à bord.

Fort de cette certitude, Wade poursuivait ses recherches, aidé du sonar et de la photo aérienne qu'il avait en sa possession. On n'y distinguait peut-être rien d'autre que les débris de pylônes et de poutres métalliques de l'ancien pont, mais il ne le saurait pas avant de...

C'est alors qu'il vit une masse sombre qui reposait au fond du lac, à quelques mètres de lui. Une masse qui ressemblait à une grosse voiture plutôt qu'à un bateau. Ce véhicule, il le reconnut sur-le-champ. Une Rolls-Royce Wraith comme celle-là ne courait pas les rues, encore moins celles d'une petite ville de l'Alabama comme Fairhope. Et encore moins au fond du lac Shutter.

Un flot de souvenirs l'assaillit alors qu'il s'approchait de la berline. Dix ans plus tôt, Eva Dallas McRae avait abandonné sa famille pour s'enfuir avec l'homme dont elle était tombée éperdument amoureuse. Elle avait laissé derrière elle son mari et sa fille de dix-sept ans, leur demandant, sur le petit billet laconique visiblement griffonné à la hâte qu'elle leur avait laissé, de ne pas chercher à la retrouver.

Il prit un moment pour contrôler sa respiration. Le choc passé, il retrouva ses réflexes d'enquêteur. Il chercha des yeux la plaque d'immatriculation. Entre la rouille et les algues enchevêtrées, elle était invisible. Il nagea jusqu'à la portière côté conducteur puis pressa le visage contre la vitre dans l'espoir d'apercevoir quelque chose.

Ce qu'il découvrit le fit reculer d'un bond, horrifié. Un

squelette était au volant, maintenu en place par la ceinture de sécurité et par les menottes qui lui entravaient les poignets.

Un sourire heureux aux lèvres, Abigail Dallas franchit la porte-fenêtre qui ouvrait sur la terrasse. Elle déposa sur la table basse le plateau sur lequel elle avait disposé le café fumant, les fruits frais et l'assortiment de viennoiseries composant le petit déjeuner qu'elle allait partager avec Brie Fortier, son amie de toujours.

Cet endroit avait pour elle des airs de paradis terrestre.

Ici, pas de talons hauts, pas de tenue guindée, pas de smartphone à dégainer toute la journée. Pas de réunions interminables non plus. Quel luxe c'était de pouvoir sortir de la douche et d'enfiler un short, un T-shirt et des sandales ! Pourtant, elle n'était pas revenue dans sa ville natale en villégiature mais pour prêter assistance à son beau-père, qui se remettait doucement d'une délicate opération du cœur. La tâche qui l'attendait n'avait rien de réjouissant, mais elle avait devant elle une parenthèse de deux jours dont elle avait bien l'intention de profiter.

Elle inspira une profonde bouffée d'air frais, les yeux rivés sur le quai privé attribué à la maison. Plus tard, elle irait faire une virée en bateau sur le lac. En entendant le bruissement familier des feuilles de palmier et de bananier, elle se demanda comment elle avait pu rester aussi longtemps loin de chez elle. Car, ici, c'était chez elle. Elle y avait ses racines. Des racines aussi profondes que le lac Shutter. Sans doute avait-elle voulu bêtement ne pas rompre la promesse qu'elle s'était faite de ne jamais remettre les pieds à Fairhope quand elle en était partie, dix ans plus tôt.

Comme quoi le dicton selon lequel il ne faut jamais dire jamais était avéré.

— Tu entends ? demanda Brie.

Abby s'émerveillait de voir à quel point son amie avait peu changé depuis le lycée. Elle était toujours aussi mince, bronzée et magnifique que dans le temps.

— Des sirènes de police, précisa Brie. Et il semblerait qu'il n'y en ait pas qu'une.

Une main en visière sur le front, Abby regarda en direction de Lakeside Drive, de l'autre côté du lac.

— En effet. C'est curieux.

— Probablement un accident, déclara Brie. C'est le week-end. Les plaisanciers ont dû sortir leur bateau. Tu sais comment ça se passe. Alcool, bateau ; bateau, alcool. Chaque année, il y a au moins un accident grave.

Une ligne soucieuse s'était formée entre ses sourcils.

— Brie... Ça va ?

— Oui...

— Je vois bien que non.

— C'est juste que je me demande où est passé Brett. Je l'ai appelé plusieurs fois mais il ne décroche pas. Ce n'est pas inhabituel chez lui. Il n'est pas du matin. Je sais bien que c'est irrationnel mais, chaque fois que j'entends une sirène, je revois l'officier de police qui a débarqué chez nous en pleine nuit pour nous annoncer que Brett avait eu un accident. Avant leur arrivée, je m'étais réveillée avec un mauvais pressentiment.

— Et là tu ressens la même chose ?

— Non... Pas vraiment.

— Alors cesse de t'inquiéter. Brett était un adolescent tout fou quand il a eu son accident. Aujourd'hui, c'est un adulte responsable.

— Tu parles ! On aurait pu penser que vivre l'expérience

de la mort imminente l'aurait aidé à grandir, mais au lieu de ça il ne fait qu'acheter des bolides toujours plus chers et plus puissants. Que veux-tu, il fonctionne à l'adrénaline. Tout le contraire de…

— De toi qui es sa jumelle raisonnable. Tu l'as toujours été.

— Tu veux que je te dise ? Cela commence à me peser. J'aimerais bien ne pas me soucier des autres comme je le fais.

— Tu ne serais pas toi sans ça.

Elle pointa du menton le téléphone portable que Brie avait à la main.

— Rappelle-le, si cela peut te rassurer.

— Je n'ose plus. Si je tombe de nouveau sur sa boîte vocale, ça ne fera que m'inquiéter un peu plus.

Elle poussa un profond soupir.

— À un moment ou à un autre, il faudra bien que j'arrête de le materner. Comme tu viens de le dire, il est adulte. Il a presque trente ans. En plus, il est né deux minutes avant moi, ce qui fait de lui mon aîné. C'est lui qui devrait veiller sur moi.

Abby esquissa un sourire amusé.

— C'est vrai. Mais, avoue-le, tu adores jouer les grandes sœurs protectrices. Et un brin autoritaires.

— Pour ce que cela change…

Abby remarqua soudain les traits tendus de son amie.

— Que se passe-t-il, en fait ? Ce n'est pas seulement à cause de Brett, n'est-ce pas ?

— Laissons mes problèmes de côté. Tu as bien assez des tiens.

— Brie, dis-moi ce qui te tracasse. Je pourrais peut-être t'aider.

— Ce n'est rien. Juste un client pénible qui me donne du fil à retordre. Quant à Brett, il a probablement éteint son portable pour pouvoir faire la grasse matinée sans être réveillé. Je suis sûre qu'il va bien.

Abby n'insista pas. Elle sentait bien qu'il y avait autre chose que Brie rechignait à lui confier. Elle ne vit rien d'anormal à cela. Car, si elles avaient été amies intimes, les dix ans passés loin l'une de l'autre avaient quelque peu altéré leur relation. Retrouver leur complicité d'antan risquait de prendre du temps.

— D'autant plus que ces sirènes ne sont peut-être pas le signe qu'il y a eu un accident, souligna-t-elle. Il peut très bien s'agir d'un cambriolage ou d'une saisie de drogue. Lydia dit que les cartels de la drogue sont très actifs autour du lac, ces derniers temps.

Brie leva les yeux au ciel.

— Comme si les cartels colombiens avaient entendu parler du lac Shutter. Quant à ce que dit ta belle-sœur… Elle est bien capable de raconter n'importe quoi juste pour t'empêcher de revenir t'installer ici.

— Tu es sévère avec elle. Elle a juste fait un commentaire au détour d'une phrase. Elle ne s'est pas étendue là-dessus.

Voilà qu'elle se surprenait à défendre sa belle-sœur, à présent. Pourtant, elles n'avaient jamais été proches. Loin de là. D'aussi longtemps qu'Abby s'en souvenait, Lydia avait toujours eu une dent contre elle. Elle n'avait jamais caché sa colère à voir son père épouser la mère d'Abby, ni l'hostilité qu'elle ressentait à l'égard de cette intruse dont elle ne voulait pas dans sa vie. Elle en voulait à Abby d'être populaire, d'avoir des amis, mais surtout d'être issue d'une famille fortunée dont elle hériterait un jour. Si Abby s'était réjouie que cette sœur lui tombe du ciel, la réciproque n'était pas vraie. Elle avait vite compris qu'il ne serait jamais question d'amitié entre elles.

— Je ne sais pas pourquoi tu lui as toujours tout pardonné, répliqua Brie. Même quand elle a tenu des propos haineux sur ta mère au moment où elle est partie avec un autre homme.

Moi qui la croise de temps en temps, je peux te dire qu'elle n'a pas changé. Elle a la langue toujours aussi acérée.

— Elle est plutôt cordiale avec moi, ces derniers temps.

— Raison de plus pour t'en méfier. Elle se donne de grands airs mais elle oublie que tout te reviendra un jour, y compris la maison dans laquelle elle vit avec son père. Et ce n'est pas parce qu'ils dirigent l'entreprise de ta mère qu'ils ont un droit dessus.

— C'est délicat. Maman a beau être partie, James et elle sont toujours mariés. Aucun des deux n'a demandé à divorcer. Quant à moi, j'ai quitté le navire, comme ma mère avant moi.

— Allons, Abby, ce n'est pas comparable. Tu n'avais que dix-sept ans et tu es partie pour aller vivre chez ta grand-mère à Atlanta. Personne ne s'attendait à ce que tu prennes la relève à cet âge-là.

— J'aurais pu revenir après l'université.

— J'aurais pu... J'aurais dû...

Brie haussa les épaules.

— Enfin, tu es là, maintenant, et j'en suis ravie. Tu sais que je serai toujours là pour toi, n'est-ce pas ? Si tu as besoin de moi, tu n'as qu'un mot à dire. Je suis une super bonne avocate.

— Je n'en doute pas. Et je te remercie.

Brie alla se servir un café, auquel elle ajouta un nuage de lait.

— Comment va James ? demanda-t-elle.

— Mieux que prévu, répondit Abby. Il est sorti de l'hôpital, avant-hier.

— Tu l'as vu ?

— Pas encore. Je suis passée à la maison dès que je suis arrivée mais il ne voulait voir personne.

— Dixit Lydia, je suppose ?

— Je ne peux pas lui reprocher de vouloir protéger son père. À sa place, je ferais la même chose.

— Ils ne l'ont pas gardé longtemps à l'hôpital. C'est étonnant après une opération aussi lourde, non ?

— D'après Lydia, les médecins étaient satisfaits des progrès qu'il faisait. Il devra se ménager, bien sûr. C'est la raison pour laquelle je suis là, d'ailleurs. Pour donner un coup de main à Lydia.

Brie esquissa un sourire moqueur.

— Elle doit être ravie. Attends-toi à ce qu'elle t'en fasse voir de toutes les couleurs.

— Je ne suis plus une enfant, rétorqua Abby. Je saurai me défendre.

Brie ouvrit la bouche pour répliquer, mais elle la referma en voyant un hors-bord s'approcher tout doucement du quai.

— Qui cela peut-il être, si tôt un samedi matin ? Tu attends quelqu'un ?

— Non. Et puis je ne vois pas qui pourrait savoir que je suis de retour.

Elles regardèrent le pilote – un homme grand et élancé aux cheveux longs ébouriffés par le vent – sauter sur le ponton d'un bond agile puis amarrer son bateau.

— Hé ! lança Brie. C'est une propriété privée, au cas où vous n'auriez pas vu le panneau.

En guise de réponse, l'homme se tourna vers elles et agita la main dans leur direction.

— Ne lui réponds pas, ordonna Brie.

L'homme retira ses lunettes de soleil pour enfiler un T-shirt.

— Il vient par ici, dit encore Brie en le voyant se diriger vers elles d'un pas décidé. Mais... Oh non...

— Quoi ?

— On dirait... Bon sang, c'est lui !

Abby plissa les yeux dans l'espoir de distinguer le visage du nouveau venu. Un frisson la parcourut tout entière. C'était bien lui. Wade Easton. Aux dernières nouvelles, il avait quitté la ville, lui aussi. Ils ne s'étaient pas parlé depuis plus de dix ans. Après tout ce temps, que venait-il faire sur ce quai ? *Son* quai.

— Il ne manque pas d'air, quand même ! s'exclama Brie. Après ce qu'il t'a fait !

— Il y a prescription, répondit Abby. Et puis nous étions si jeunes. Autant dire des enfants. À cet âge-là, les histoires d'amour ne sont pas éternelles. Je ne peux pas lui en vouloir.

— Eh bien, tu devrais, fulmina Brie. Coureur un jour, coureur toujours. Toujours aussi canon, en plus. Il aurait pu au moins avoir la décence de prendre quelques kilos de trop. À croire qu'il n'y a pas de justice. Comment a-t-il su que tu étais de retour ?

— Je n'en ai aucune idée.

La voix de Brie se fit accusatrice :

— Ne me dis pas que vous étiez restés en contact.

— Mais non. Nous ne nous sommes pas parlé depuis des années.

Ses ongles s'enfoncèrent dans la chair de ses paumes et les battements de son cœur s'accélérèrent à mesure que Wade approchait.

Quand il fut assez près pour qu'elle puisse voir clairement son visage, elle distingua les plis d'amertume qui encadraient sa bouche et la pointe de noirceur qui altérait le bleu de ses yeux. Il affichait un air mystérieux et blasé qui accentuait son pouvoir de séduction.

— Abby… Brie…, dit-il en guise de salut.

Des années loin de Fairhope avaient gommé chez lui l'accent typique des gens du Sud. Où avait-il vécu durant tout ce temps ?

Elle s'étonna de se poser la question. En quoi cela la regardait-il ? Malgré elle, des images du passé affluèrent. Elle le revit se glisser par la fenêtre ouverte de sa chambre, un sourire complice et ravageur aux lèvres.

Le souvenir de sa trahison suscita en elle un mélange soudain de colère et de ressentiment. Sa mère n'avait pas été la seule à l'abandonner, cet été-là. Au moment où elle avait eu le plus besoin de lui, Wade Easton en avait choisi une autre. Comment avait-il pu lui faire ça ?

Comment oses-tu venir ici, chez moi, sans crier gare ? Comme si de rien n'était. Comme si les dix dernières années n'avaient jamais existé. Avec ce même regard...

Certaines choses demeuraient immuables.

— Wade Easton ! Ça, alors ! s'écria Brie d'un ton ironique. Pour une surprise...

— Brie, répondit-il sobrement.

— Ce sont mes amis qui m'appellent Brie, rétorqua-t-elle sèchement. Pour les autres, je suis Brianna.

Abby continuait de se taire, le fixant de manière presque hypnotique. Pourquoi n'arrivait-elle pas à trouver la situation amusante, après tout ? Pourquoi ne pas considérer Wade comme un vieil ami qu'elle serait heureuse de retrouver ?

La voix de Brie la ramena brusquement sur terre.

— Tu as du culot, de débarquer ici, après ce que tu as fait.

— Tu fais référence au passé ou à un événement plus récent ? demanda Wade, que le ton offensif de Brie semblait laisser de marbre.

— Tu sais très bien à quoi je fais référence. Mais, si tu as besoin que je te rafraîchisse la mémoire, je peux le faire. Dans les moindres détails, même.

— Si nous parlions du bateau de ton frère, plutôt ?

Elle le fusilla du regard.

— Que les choses soient claires, déclara-t-elle de sa voix tranchante d'avocate. Ton acharnement contre mon frère n'est qu'un des nombreux griefs que j'ai contre toi. Je ne peux que regretter que sa compagnie d'assurances refuse de le dédommager alors que le contrat qu'il a souscrit lui a coûté les yeux de la tête. Sans compter qu'il est traité comme un voleur.

Abby comprit à cet instant que le sujet lui échappait totalement.

— Quel bateau ? demanda-t-elle. De quoi parlez-vous ?

— Celui de Brett. On le lui a volé à la marina, il y a quelques semaines, répondit Brie.

— Ce n'est pas n'importe quel bateau, précisa Wade. Nous parlons d'un hors-bord de deux cent cinquante mille dollars, tout de même.

— Qu'est-ce que Brett fait avec un bateau pareil ?

La question sembla irriter Brie, qui répondit sèchement :

— Ce n'est pas le problème. Ce qui compte, c'est qu'il était couvert et que la compagnie d'assurances refuse d'honorer sa demande.

— Ce n'est pas tout à fait exact, dit Wade. Avant de rembourser une somme pareille, ils m'ont mandaté pour mener une enquête préalable.

— La police a déjà enquêté, rétorqua Brie.

— Non. La police a établi un rapport.

— Ce qui devrait suffire aux assureurs, affirma Brie.

— Allons, Brianna, tu es avocate. Ce n'est pas moi qui vais t'apprendre que ça ne se passe pas comme ça.

— Nous irons au tribunal, s'il le faut.

Il haussa les épaules.

— Comme tu veux. Mais, si vous décidez de porter plainte, Global Alliance pourrait faire traîner l'affaire pendant des années. De plus, je doute que Brett ait envie qu'on fourre le nez dans ses affaires.

— Ce qui veut dire… ?

— Demande à ton frère. Mais je ne suis pas venu ici pour parler de cette histoire. Je suis venu voir Abby.

— De quoi s'agit-il ? demanda encore Brie.

— Cela ne te concerne pas. C'est entre Abby et moi.

La situation parut soudain surréaliste à Abby. Une semaine plus tôt, elle était à Atlanta, menait une vie tranquille entre son travail d'agent immobilier, son bel appartement et une vie sociale bien remplie. Et voilà qu'aujourd'hui elle était de retour dans sa ville natale, sur la terrasse de sa maison du lac, à écouter se disputer les deux personnes dont, à un moment de sa vie, elle avait été le plus proche.

— Je n'y crois pas, dit-elle dans un souffle.

Brie fronça les sourcils.

— À quoi ?

— C'est comme si nous n'avions jamais quitté le lycée. Vous vous disputez comme à dix-sept ans.

Elle fixa les yeux sur Wade.

— Je n'ai pas de secret pour Brie, déclara-t-elle. Tu peux parler devant elle.

— J'insiste. Je préfère te parler en privé. Ça ne sera pas long.

Brie tourna le dos à Wade pour s'adresser à Abby à voix basse.

— Tu ne vas pas encore te faire avoir par ce type. Il débarque à l'improviste au bout de dix ans et tient à te parler en privé. Je ne le sens pas. À mon avis, il va vouloir te cuisiner au sujet de Brett.

— Je ne vois pas pourquoi. Je ne sais rien de Brett et de son bateau.

— Il est évident qu'il mijote quelque chose.

— Tu soupçonnes toujours les gens d'avoir une idée derrière la tête.

— Parce que c'est souvent le cas.

— Peut-être, souffla-t-elle en lançant un coup d'œil à Wade.

Mais je veux entendre ce qu'il a à dire. Vas-y. Je t'appelle plus tard. Je te raconterai.

— Tu es sûre ?

— Absolument.

— OK. Mais ne le laisse pas t'entourlouper, d'accord ?

— Brie... Je n'ai plus dix-sept ans.

Brie hocha la tête. Elle n'avait pas l'air convaincu.

— Regarde-le. Il est toujours aussi...

— Canon. Je sais.

— Appelle-moi dès qu'il sera parti. J'aimerais bien savoir ce qu'il a à te raconter, et puis je saurai que tu vas bien.

— Tu n'as pas l'impression d'exagérer ? Tu parles de lui comme s'il était un tueur en série.

— On n'est jamais trop prudent.

Sur ces paroles énigmatiques, Brie lança un regard mauvais à Wade et s'éclipsa.

Aussitôt qu'elle se retrouva seule face à Wade, Abby regretta sa décision. Elle n'aurait jamais dû l'autoriser à pénétrer dans son espace privé.

Ni à l'approcher trop.

Car elle sentait que la lueur sombre qu'elle voyait dans son regard n'augurait rien de bon.

2

Abby eut le sentiment diffus qu'une menace planait sur elle. De toute évidence, Wade n'était pas venu jusqu'ici pour lui présenter des excuses tardives. Qu'avait-il donc de si important à lui dire qui justifiait une telle gravité ?

Sa première pensée alla à sa grand-mère. Elle se rassura tout de suite. Elles avaient eu une discussion en vidéo juste avant l'arrivée de Brie et tout allait pour le mieux. Et puis comment Wade aurait-il su quelque chose dont elle n'aurait pas été informée la première ?

Il y avait bien son beau-père qui avait des ennuis de santé, mais Lydia l'aurait appelée s'il y avait eu quelque chose d'alarmant le concernant. Quant à Lydia, elle était en pleine forme.

Il ne s'agissait donc pas d'un problème lié à sa famille.

Elle repensa à ce que Brie lui avait dit. Celle-ci avait peut-être raison. Wade serait venu pour tenter de lui extorquer des révélations sur Brett. Cela expliquerait pourquoi il avait tenu à lui parler en privé.

Elle n'avait aucune affinité avec Brett, mais elle ne ferait jamais quelque chose qui pourrait blesser Brie, la seule amie qui l'avait soutenue dans les moments difficiles ; la seule qui avait été là pour elle quand Wade l'avait plaquée pour une autre ; la seule qui s'était montrée loyale avec elle pendant toutes ces années.

— Si c'est à propos de Brett Fortier que tu es venu, dit-elle la première, tu perds ton temps. Je ne sais rien au sujet de ce bateau.

— Il ne s'agit pas de Brett, rétorqua-t-il. Du moins, pas directement.

Elle fronça les sourcils.

— Pourquoi es-tu ici, alors ?

— À vrai dire, je pensais que c'était une bonne idée. Mais, finalement, je n'en suis plus si sûr. J'aurais dû me douter que j'étais la dernière personne que tu aurais envie de voir.

Elle haussa les épaules.

— Je n'irais pas jusque-là, même si j'estime que tu me dois une explication. Cela fait plus de dix ans que nous ne nous sommes pas parlé, et notre dernière entrevue n'était pas des plus amicales.

— Inutile de me le rappeler.

Elle perçut comme une note de regret dans sa voix.

— Tu comprendras donc que je sois un peu déconcertée par ton apparition soudaine.

— Oui. Moi-même, je t'avoue que je ne suis pas très à l'aise.

Wade Easton, mal à l'aise ? Elle avait du mal à le croire.

— Commençons par une question simple : comment as-tu su où j'étais ?

— J'ai entendu dire que tu étais en ville. J'étais presque sûr que je te trouverais ici.

Il balaya du regard la terrasse baignée de soleil.

— Tu as toujours adoré ce cottage. À tel point que tu ne supportais pas qu'il soit loué à des étrangers l'été. À l'époque, tu avais prévu de le racheter à ta mère dès que tu le pourrais pour que personne d'autre que toi ne puisse plus jamais y mettre les pieds.

Son cœur s'emballa de nouveau.

— Tu te souviens vraiment de ça ?

— De ça et de bien d'autres choses. Dix ans, ce n'est pas si long.

— Toute une vie, tu veux dire.

— Pas pour moi.

Il posa sur elle un regard scrutateur qu'elle soutint sans ciller. Pour une raison qu'elle ne s'expliquait pas, elle ne chercha pas à en savoir plus. Mauvais pressentiment ? Lâcheté ? Elle voulait surtout donner un caractère banal à ces retrouvailles.

— Depuis combien de temps es-tu revenue ? demanda-t-il.

— Deux jours. Et toi ?

— Un peu plus longtemps. Je suis ici pour traiter une affaire.

— C'est ce que j'ai cru comprendre, en effet. C'est cette affaire qui t'a amené à sortir en bateau si tôt sur le lac ?

Une idée jaillit soudain, qui lui fit demander avec anxiété :

— Attends… Cette affaire a-t-elle un rapport avec ces sirènes de police que j'ai entendues tout à l'heure ? Il y a eu un accident ? Il est arrivé quelque chose à Brett Fortier ? C'est pour ça que tu ne voulais pas parler devant Brie ?

— Pour autant que je sache, Brett va bien. Quant à ma sortie en bateau, c'est parce que je suis allé plonger. Du côté du vieux pont.

— Plonger ? Pourquoi ?

Le silence qui lui répondit ne fit qu'accroître sa nervosité. Pourquoi tant de retenue ? Pourquoi tant de mystères ?

— Tu as fait tout ce chemin pour aller plonger là-bas ? Il ne doit pourtant pas y avoir grand-chose d'intéressant à voir, à part tout un fatras de poutres métalliques rouillées.

Elle laissa passer quelques secondes avant de poursuivre :

— Que cherchais-tu exactement ?

— J'espérais trouver le hors-bord de Brett, répondit-il sans détour.

Elle était enfin fixée sur la raison de sa venue. Elle n'aurait su dire si elle était soulagée ou vexée. Ce n'était pas qu'elle avait espéré des excuses, mais peut-être une discussion au cours de laquelle il aurait reconnu s'être mal comporté à son égard.

— Et... ?

— Je ne suis pas venu te voir pour le bateau.

— Mais tu viens de dire...

— Que *j'espérais* le trouver. Une vue aérienne indiquait une masse sombre à cet endroit-là, à une dizaine de mètres de profondeur, et qui ne semblait pas correspondre aux débris du pont. J'ai pensé que ça valait la peine d'aller vérifier.

— Je ne comprends pas. Pourquoi voler un bateau aussi coûteux pour le couler ?

— Pour empocher l'argent de l'assurance mais surtout pour y cacher quelque chose de précieux.

— Comme quoi ?

— De l'argent. De la drogue. Les deux, peut-être.

— Tu soupçonnes Brett d'avoir coulé son propre bateau ?

— Nous savons tous les deux qu'il en est capable.

— Il arrive que les gens changent.

— Ou pas.

— Comme toi ?

Elle regretta aussitôt cette pique vengeresse. Non pas parce qu'elle voulait le ménager mais parce que cette question trahissait ses sentiments.

— Je ne suis pas le mieux placé pour te répondre.

Cette fois, elle détourna la tête, incapable de soutenir l'intensité de son regard sur elle. Brie avait eu raison de la mettre en garde. Wade Easton était toujours aussi dangereusement attirant.

— Tu penses que Brett a changé ? demanda-t-il.

— Je ne sais pas. En règle générale, j'essaye de laisser à chacun le bénéfice du doute. Cela dit, je t'avoue que je suis surprise qu'il ait pu s'offrir un bateau d'une telle valeur. Je ne sais pas ce qu'il fait dans la vie. Brie est toujours restée évasive à ce sujet.

— Sans doute qu'elle a de bonnes raisons. Ce qui m'intrigue, c'est la raison pour laquelle il avait besoin d'un bateau aussi puissant.

— Brie dit qu'il adore les sensations fortes.

— Ça peut être une explication.

— Il y en aurait d'autres ?

— Vouloir semer les garde-côtes ; échapper à des trafiquants d'armes ou de drogue...

— Ce ne sont que des spéculations. Ou alors tu sais quelque chose que j'ignore.

En guise de réponse, il se contenta de hausser les épaules.

— Pour quelqu'un qui n'est pas venu pour Brett Fortier, tu en parles beaucoup, fit-elle remarquer.

— Je n'ai fait que répondre à tes questions.

— J'en ai une dernière à te poser.

— Je t'écoute.

— Il y a toujours eu des tensions entre Brett et toi. Au lycée, vous ne pouviez pas vous supporter. Ne verrais-tu pas là l'opportunité de te venger de lui ?

Il esquissa une moue agacée.

— Crois-le ou non, je n'ai pas pensé une seconde à lui depuis le lycée. Je suis ici pour faire mon travail. Ni plus ni moins.

— Et en quoi consiste ton travail, exactement ?

— J'enquête pour des compagnies d'assurances.

— C'est curieux. Je ne t'aurais pas vu là-dedans.

— Dans quoi m'aurais-tu vu ?

— Je pensais que tu finirais policier, comme ton père. Tu en parlais, parfois.

— J'y ai pensé, en effet.

— Mais… ?

— Mais, si j'aime enquêter, j'aime aussi gagner de l'argent. Il n'y a rien de mal à ça, n'est-ce pas ?

— En effet.

Quelques secondes d'un silence embarrassé s'écoulèrent, qu'il fut le premier à rompre.

— J'ai appris que ton beau-père avait subi une opération du cœur. J'imagine que c'est la raison de ta présence ici. Pour tout te dire, je me suis demandé pourquoi tu n'étais pas revenue plus tôt pour gérer les affaires de ta mère.

— Mon beau-père et ma belle-sœur se débrouillent très bien sans moi. Si je suis venue, c'est juste pour soulager un peu Lydia.

— Je ne doute pas qu'elle doit apprécier.

Le ton était sarcastique.

— Et ta grand-mère ? Que pense-t-elle de ton retour ici ? Autant que je m'en souvienne, elle avait hâte de quitter la ville.

— Pour être tout à fait honnête, elle n'était pas ravie. Mais je ne peux pas lui en vouloir. Cet endroit lui rappelle trop de mauvais souvenirs. À moi, aussi, d'ailleurs.

— À nous tous, précisa-t-il.

Sa voix s'était un peu altérée ; son regard s'était perdu dans le vague. Repensait-il à leur dernier été ensemble ? Regrettait-il la manière dont les choses s'étaient terminées entre eux ? Il y avait peu de chances. Tout dans son comportement la laissait penser qu'il avait tourné la page bien avant elle.

Elle avait beau chercher à se convaincre qu'elle ne lui en voulait pas, qu'à cette époque-là ils n'étaient que des enfants, un mélange de ressentiment subsistait au souvenir de l'humiliation qu'il lui avait infligée. Tout Fairhope en avait parlé, à l'époque.

Il lui avait fallu du temps pour l'oublier. Pour retrouver une confiance en elle que deux abandons consécutifs avaient sacrément écornée.

Elle le regarda s'éloigner d'elle de quelques pas. Elle aurait voulu lui demander de partir, mais au lieu de cela elle se mit à le détailler. Tout, dans sa personne, lui semblait familier alors que, pourtant, elle ne savait plus rien de lui depuis des années.

— L'eau est si pure à cet endroit du lac, dit-il. Et la vue que tu as d'ici est vraiment unique.

— Je ne m'en lasse pas. J'aime beaucoup vivre en ville, mais j'avoue que cet endroit a quelque chose de magique. Le reflet du soleil sur l'eau, le jeu d'ombres des arbres le long de la berge. Parfois, je trouve tout cela trop beau pour être réel.

— C'est beau, même la nuit. Quand l'ambiance devient mystérieuse, limite un peu dangereuse.

Comme toi.

— J'ai loué ce cottage quelques semaines, un été, dit-il, les yeux toujours rivés sur le lac. Lydia te l'a dit ?

— Non. Elle ne m'en a jamais parlé.

La famille d'Abby possédait un nombre important de biens immobiliers destinés à la location qui constituaient la majeure partie des actifs de la société. Abby était depuis longtemps habituée aux allées et venues d'étrangers dans ces maisons, mais l'image de Wade installée sur *sa* terrasse, cuisinant dans *sa* cuisine et dormant dans *son* lit la troubla.

— Ma mère n'allait pas très bien, à ce moment-là. Tout comme toi, j'étais revenu pour soulager mon père. Le chalet était disponible, je m'y suis installé.

Elle alla le rejoindre.

— Je ne savais pas… Pour ta mère, je veux dire.

— Peu de gens savaient. Papa a toujours eu à cœur de ne rien laisser filtrer de sa vie privée. Il était chef de la police, à l'époque, et tu sais comment sont les gens dans les petites villes. Ils adorent les ragots. Ma mère souffrait de dépression chronique, mais cet été-là elle a dû être hospitalisée à Mobile.

Elle résista avec peine à poser une main compatissante sur la sienne.

— Comment va-t-elle, aujourd'hui ?

— Plutôt bien.

— Et ton père ?

— Il a pris une retraite anticipée pour passer plus de temps avec elle. La décision a été difficile à prendre. Son métier, c'était toute sa vie. Aujourd'hui, ses collègues font parfois encore appel à lui comme consultant sur certaines affaires, mais les dernières années n'ont pas été faciles. Il n'est plus le même homme.

— Je comprends. Ce n'est pas si facile de vieillir.

— C'est encore plus dur de ne pas avoir cette chance.

Il fixa alors sur elle un regard si pénétrant qu'elle détourna la tête.

Au fil de la discussion, Wade regrettait de ne pas avoir dévoilé tout de suite à Abby la véritable raison de sa visite. Car ce qu'il avait à lui dire s'avérait plus difficile à chaque seconde qui passait. Cependant, il n'aurait pas pu lui annoncer la nouvelle de but en blanc, sans l'avoir préparée au préalable. Surtout étant donné la manière brutale dont les choses s'étaient terminées entre eux, par sa seule faute. Lui avait-elle pardonné, à défaut d'avoir oublié ? Il voulait le croire, mais le mélange de mépris et de ressentiment qu'il devinait derrière son air détaché l'amenait à penser le contraire.

— Wade ?

La voix d'Abby le ramena brusquement à la réalité.

— Oui ?

— Tu semblais bien loin, tout d'un coup.

Il ne répondit rien, troublé que le timbre rauque de sa voix ait sur lui le même effet que dix ans plus tôt. Le fait qu'il la trouve encore incroyablement séduisante le déstabilisait un peu. La jolie fille qu'il avait connue au lycée s'était muée en une femme extrêmement attirante.

— Tu t'inquiètes pour ta mère ?

— Je m'inquiéterai toujours pour elle. Aux dernières nouvelles, elle était dans une phase positive.

— Alors qu'est-ce qu'il y a ?

— J'aurais dû te parler dès mon arrivée, mais ce que j'ai à te dire n'est pas simple.

— Parle. Tu vas finir par me faire peur.

— J'ai trouvé quelque chose au fond du lac.

— Et j'imagine que ce n'est pas le bateau de Brett.

— Non. J'ai trouvé une voiture.

Il détourna la tête, redoutant ce qu'il avait à dire.

— À première vue, elle est là depuis un bon moment. Je dirais avant que le pont ne soit démoli.

— Bien. Tu as trouvé une voiture au fond du lac. En quoi cette information me concerne-t-elle ?

— Ce n'est pas n'importe quelle voiture. C'est l'épave d'une Rolls-Royce Wraith, précisa-t-il après un court temps d'hésitation.

Elle resta interloquée. De toute évidence, elle redoutait de comprendre.

— Tu penses que c'est la voiture de maman ? demanda-t-elle dans un souffle.

Il acquiesça d'un hochement de tête.

— Mais... c'est impossible. Maman a quitté la ville il y a des années.

— C'est ce que nous croyions tous, en effet. Mais une voiture pareille, dans le coin, il n'y en a pas des millions.

— Non. Mais toi comme moi sommes partis de Fairhope il y a plus de dix ans. Qui nous dit que quelqu'un ne s'est pas offert la même Rolls ? Les voitures de luxe sont légion, par ici. Toutes les maisons qui ont été construites sur le lac ces dernières années valent des millions de dollars. Les propriétaires ne manquent pas de moyens. Ils ont de quoi se payer de belles voitures, comme de beaux bateaux. Non, ça ne peut pas être la voiture de maman.

Il aurait aimé en être aussi convaincu. Malheureusement, il savait déjà que c'était lui qui avait raison.

— Si une voiture comme celle-là était tombée dans le lac, accidentellement ou pas, on en aurait entendu parler. Un véhicule de cet acabit n'a pas pu disparaître de la circulation sans qu'une personne au moins ne le remarque.

— C'est peut-être le cas. Il y a peut-être même eu un rapport de police. Nous n'en savons rien, puisque nous ne vivons plus ici.

Il s'efforça de garder un ton égal. Il ne voulait pas la contrarier, mais il devait la préparer à l'affreuse réalité.

— Mon père m'en aurait parlé. Il était chef de la police jusqu'à il y a quelques années. Je suis presque certain que cette voiture est là où elle se trouve depuis plus longtemps.

— Dans ce cas, tu n'as qu'à le lui demander. Mais, j'y pense... Tu n'as pas relevé le numéro de la plaque d'immatriculation ?

— Malheureusement, nous ne pourrons rien en tirer. Soit les plaques ont été désintégrées sous l'effet de la pression de l'eau et de la corrosion, soit elles ont été retirées intentionnellement avant que la voiture ne sombre dans le lac. Nous n'avons aucun moyen de le savoir. Il doit y avoir un numéro d'identification gravé sur la vitre, mais il faudra attendre que la voiture soit remontée à la surface. Il va falloir des engins spéciaux. Cela risque de prendre quelques jours.

Son visage reflétait à présent un mélange de confusion, d'incrédulité et d'effroi.

— Pourquoi la police se donnerait-elle tant de mal pour faire remonter à la surface une voiture dont, visiblement, personne ne s'est inquiété de savoir ce qu'elle était devenue ? finit-elle par demander. Je suppose qu'il doit y avoir d'autres épaves dans le lac. Pourquoi remonteraient-ils celle-là, précisément ?

Il hésita un court instant avant de lâcher d'un trait :

— Parce que c'est une scène de crime.

— Qu'est-ce que tu veux dire ?

Puis, comme il se taisait, elle s'impatienta :

— Parle, bon sang !

— Il y a des ossements dans l'habitacle. Ceux de quelqu'un qu'on a menotté au volant avant de faire basculer la voiture dans l'eau.

Horrifiée, elle porta une main à sa bouche.

— Je suis désolé, dit-il tout bas.

— Ne dis pas ça. Pas encore. Nous ne sommes sûrs de rien pour l'instant. Tu as pu te tromper sur la marque ou le modèle. De quelle couleur est cette voiture ?

— La peinture est trop corrodée pour pouvoir le dire.

— Dans ce cas, comment peux-tu affirmer que c'est la voiture de ma mère ?

Elle avait parlé avec une pointe d'agressivité qui trahissait son refus d'accepter la réalité plutôt que de l'agacement.

— Je le sais, c'est tout.

— Ça ne suffit pas !

— Abby, dit-il d'une voix douce. Je sais ce que j'ai vu.

Elle ferma les yeux en même temps qu'elle devenait blême.

— C'est un cauchemar, murmura-t-elle. Je vais me réveiller.

Ils restèrent silencieux un long moment, Abby, traversée d'images horribles, Wade, respectueux de son silence.

Puis, tout doucement, elle secoua la tête.

— Ce n'est pas la voiture de maman, décréta-t-elle résolument. Et ce n'est pas maman menottée à ce volant. C'est impossible.

— Nous pouvons y réfléchir ensemble, si tu veux. As-tu vu ta mère ou lui as-tu parlé depuis le jour où elle a quitté la ville, cette nuit-là ?

— Non. Mais c'est parce que c'était sa volonté. Avant son départ, elle avait laissé un mot dans lequel elle disait qu'elle ne voulait pas qu'on la recherche. Parce qu'elle partait pour vivre une nouvelle vie qu'elle voulait sans les contraintes d'une famille. Sans moi.

« Sans moi. » Il y avait encore tant de souffrance dans ces deux petits mots. Comment avait-elle supporté l'abandon de sa mère pendant les années qui avaient suivi ? Avait-elle réussi à aller de l'avant sans culpabiliser comme c'est souvent le cas dans pareilles circonstances ? Il voulait croire qu'elle avait réussi à se reconstruire et qu'elle était heureuse à Atlanta. Sans lui.

Il se retint à temps de lui caresser les cheveux. Un geste aussi intime aurait été inapproprié et sans doute mal reçu.

— Une fois que la voiture sera remontée, le médecin légiste pourra effectuer une analyse ADN pour déterminer l'identité de la victime. Nous saurons alors à quoi nous en tenir.

Elle hocha doucement la tête.

— En supposant que ce soit elle… que penses-tu qu'il se soit passé ?

— Je ne sais pas.

— Dire que tout ce temps j'ai cru qu'elle… Le mot qu'elle a laissé sur ma commode était écrit de sa main. C'était bien son écriture. Et son départ était prémédité. Je me rappelle que, dans les semaines qui ont précédé son départ, elle s'était assurée avec ses avocats et ses conseillers financiers que tout soit en ordre. Elle avait aussi retiré une somme d'argent importante. Aucune de ces dispositions n'aurait pu être prise du jour au lendemain.

Elle marqua une courte pause avant de reprendre :

— Comme c'est souvent le cas dans les disparitions, il y avait toujours quelqu'un, un ami ou une connaissance, qui assurait l'avoir aperçue quelque part en Espagne, en Italie ou dans un pays d'Amérique du Sud. Grand-mère envoyait alors un détective privé vérifier ces dires. Comme aucune de ces pistes n'a abouti, elle a fini par se résigner et accepter le fait que sa fille était bien vivante et menait la vie qu'elle s'était choisie loin de nous.

— Tu as gardé le mot qu'elle t'a écrit ?

— Oui. Il doit être quelque part chez moi.

— Que disait-il exactement ?

— « Je sais que tu ne comprendras pas ce que je m'apprête à faire, mais j'espère qu'avec le temps tu pourras me pardonner. Tu es presque une adulte, maintenant. Tu vas bientôt quitter la maison pour mener ta propre vie ; alors je pense que le moment est venu pour moi d'être égoïste. Mon mariage avec James était une erreur. C'est un homme bien mais il n'est pas fait pour moi. J'ai rencontré quelqu'un. Avec lui, je vis un amour rare. Le genre d'amour qu'on ne vit qu'une fois dans sa vie. Aussi, je ne veux pas laisser passer cette chance d'être heureuse. Lui et moi avons décidé de partir ensemble, loin du lac Shutter, des obligations professionnelles et familiales.

C'est ma volonté, Abby. Ne cherche pas à me retrouver. Quand le moment sera venu, je te contacterai. Je t'aime. Maman. »

Elle avait récité ce texte par cœur, sans trébucher sur le moindre mot. Combien de fois avait-elle lu cette missive au fil des ans ? Combien de fois avait-elle pleuré sur cette mère qui l'avait abandonnée sans l'ombre d'un remords ?

— Wade… Tu crois vraiment que ma mère a été assassinée ?

— Nous en saurons plus une fois les analyses effectuées.

— Le lendemain de son départ, j'ai eu un mauvais pressentiment. J'avais l'étrange impression que quelque chose d'horrible allait se produire. Je ne voulais pas croire qu'elle puisse m'abandonner aussi facilement. Sans même me dire au revoir de vive voix. J'ai imaginé toutes sortes de scénarios. J'ai pensé qu'elle s'était suicidée, qu'elle avait été kidnappée. Je suis même allée au poste de police pour montrer le mot à ton père.

— Je ne le savais pas. Il ne m'en a jamais parlé.

— Il voulait sans doute me protéger. Faire en sorte que la désertion de ma mère ne s'ébruite pas. Il m'a gentiment expliqué qu'il ne pouvait rien faire car tout indiquait que ma mère avait quitté la ville de son plein gré. Le mot laissé et les dispositions prises avant son départ étaient la preuve qu'elle était en pleine possession de ses moyens. Par la suite, j'ai appris qu'il avait mené sa petite enquête. Il s'est entretenu avec un des avocats de maman et avec James, mon beau-père. Manifestement, il est ressorti de ces discussions que ma mère était bien partie de son plein gré et qu'il n'y avait pas lieu d'ouvrir une enquête.

— Il est possible, en effet, qu'elle t'ait dit la vérité. Mais que quelqu'un l'ait empêchée de vivre son rêve.

— Qui pourrait avoir voulu sa mort ?

— Quelqu'un qui aurait eu une bonne raison.

— Après tout ce temps... Après toutes les choses terribles que j'ai pensées à son sujet...

— Tu n'as pas à culpabiliser, Abby. Tout ce que tu as pu penser était normal.

— Tu as raison. Et puis, tant que nous n'aurons pas la preuve formelle que c'est elle... Il faut que je prévienne ma grand-mère. Je ne voudrais pas qu'elle l'apprenne par quelqu'un d'autre.

— Ce n'est pas une bonne idée. Il va y avoir une enquête pour homicide. Tu dois laisser la police faire elle-même l'annonce. Tu n'es pas censée être au courant. Je ne devrais même pas être ici.

— Tu penses bien que les gens vont s'interroger en voyant des plongeurs fouiller le lac, et encore plus quand ils verront la voiture refaire surface. L'opération pourrait même faire la une des journaux locaux. Je ne peux pas laisser grand-mère l'apprendre de cette façon. Elle serait dévastée.

— Tu as raison. Mais restez discrètes. Tu peux retourner à Atlanta jusqu'à ce que l'enquête avance, si tu veux.

Elle opina distraitement, semblant ne pas l'avoir entendu.

— Et James ? dit-elle finalement. Légalement, il est toujours son mari. Il a le droit de savoir, non ?

— Surtout pas.

— Mais il...

— Abby, réfléchis. Le conjoint est toujours le principal suspect.

Elle écarquilla les yeux, saisie d'horreur.

— Je ne dis pas que c'est lui, s'empressa-t-il de préciser. Mais la police voudra étudier sa réaction quand ils lui annonceront la nouvelle.

— Je ne vois pas James faire une chose pareille. Il était follement épris de maman.

— Justement. Il pourrait s'agir d'un crime passionnel. S'il

soupçonnait qu'elle allait le quitter pour un autre, cela lui donnait un bon mobile pour la faire disparaître. Il l'a peut-être confrontée et les choses auront dégénéré. Il y a aussi l'aspect financier à prendre en compte. Il risquait de tout perdre si ta mère demandait le divorce.

— Elle lui a laissé les commandes de ses sociétés.

— Pour combien de temps ? Jusqu'à ce que tu sois en âge de prendre la relève.

— Je suppose que cela fait aussi de moi une suspecte. À moins que maman n'ait fait modifier son testament, je suis son unique héritière. Cet été-là, nos rapports n'étaient pas des plus faciles. Nous nous disputions souvent, de manière assez virulente. J'étais en pleine adolescence, elle désapprouvait mes amis, ma manière de vivre, de m'habiller. Toi. Elle a tout fait pour nous faire rompre. Finalement, tu t'es très bien débrouillé tout seul.

Il se demandait à quel moment elle allait mettre le sujet sur le tapis. Eh bien, c'était fait.

— Les choses ne sont pas toujours ce qu'elles semblent être, rétorqua-t-il.

— Vraiment ? Elles m'ont paru très claires, pourtant.

— Abby, je pense que le moment n'est pas bien choisi pour aborder ce sujet.

— Je suis d'accord, répliqua-t-elle d'un ton acide.

— Quand comptes-tu aller à Atlanta ?

— Dans la journée. Je passerai la nuit là-bas et je reviendrai demain. Je veux être là quand ils sortiront la voiture de l'eau. Et puis le médecin légiste pourrait avoir besoin d'un échantillon de mon ADN.

— Tu n'as pas besoin d'être là pour ça.

Elle fronça les sourcils.

— On dirait que tu ne veux pas que je revienne. Je me trompe ?

— Tu seras plus en sécurité à Atlanta.

— En sécurité ? Je ne comprends pas.

— Si ta mère a bien été assassinée, son assassin court toujours. Ton héritage ne fait pas de toi seulement une suspecte. Il fait aussi de toi une cible.

3

Après être parti de chez Abby, Wade remonta à bord de son bateau et mit le cap vers le nord. La température avait grimpé et le lac grouillait à présent de hors-bords et de jet-skis. La foule du week-end était descendue en force. Près des berges, des enfants s'éclaboussaient en criant de joie sous l'œil de leurs parents, qui se prélassaient dans des chaises longues.

Le bruit incessant des moteurs le ramena à ses jeunes années, à l'époque où ses amis et lui se retrouvaient ici, sur le lac, aussitôt terminée leur journée de travail saisonnier. Le lac Shutter avait été un terrain de jeux idéal, mais il avait bien changé depuis. Les bateaux devenaient toujours plus grands, plus puissants, plus rapides, et les maisons construites autour du lac, plus imposantes. La criminalité, qui avait commencé dans l'ombre, sévissait à présent au grand jour.

Une fois arrivé en vue de l'endroit où se trouvait la Rolls, il coupa les gaz et braqua ses jumelles sur les officiers de police qui attendaient la sortie des plongeurs. Deux patrouilleurs surveillaient la zone, aussi ne chercha-t-il pas à s'approcher davantage.

Lorsqu'il fut à quelques mètres de la rive, il laissa son bateau dériver jusqu'à l'épais rideau que formaient les branches d'un saule. Il n'essayait pas se cacher, mais il n'avait aucune envie d'être vu. Il avait déjà fait une déclaration au premier policier arrivé sur les lieux après son appel puis, un peu plus tard, une autre à l'inspecteur chargé de l'enquête. S'ils avaient besoin de lui parler à nouveau, ils avaient son numéro de téléphone. Pour sa part, il avait des choses à faire, des gens à voir, un hors-bord à retrouver. Si, au gré de sa propre enquête, il débusquait un meurtrier, tant mieux. Sinon, ce n'était pas son combat.

Il n'avait pas à se mêler d'une enquête policière pour homicide. Il avait fait sa part en informant la police de sa découverte puis en allant annoncer la nouvelle à Abby. Faire plus pouvait être qualifié d'ingérence.

Pourtant, la présence de cette voiture au fond du lac l'intriguait. Le rongeait, même. Car cela voulait dire qu'un tueur impuni rôdait toujours. Un tueur qui, pendant ces dix dernières années, avait sans doute pensé avoir commis le crime parfait. Mais le hasard s'en était mêlé et une enquête pouvait signifier son arrestation. S'il était toujours de ce monde, comment allait-il réagir ? Que chercherait-il à faire pour échapper à la justice ? Jusqu'où serait-il prêt à aller, de nouveau, pour sauver sa peau ?

Il repensa à la nuit où Eva était censée quitter la ville. À ce moment-là, Abby et lui se trouvaient à bord de son vieux bateau. Ils avaient passé des heures à s'embrasser sous les étoiles en écoutant de la musique. Quand il l'avait raccompagnée chez elle, à une heure tardive, il s'était attendu à trouver toutes les lumières de la maison allumées et une Eva furieuse les attendant sur la terrasse. Au lieu de cela, la maison était plongée dans le noir. Tout était calme et silencieux. Abby en avait été soulagée. Ce n'est que le lendemain qu'elle avait trouvé le mot sur sa commode.

Alors, sans doute, Eva était déjà au fond du lac.

Assassinée de sang-froid.

Les images du squelette qui jaillirent lui firent froid dans le dos. Il était très probable qu'Eva ait été vivante quand son assassin avait fait basculer la voiture dans l'eau. Il imagina la terreur qui avait dû l'envahir au moment où elle avait vu sa Rolls plonger dans le lac sans pouvoir rien faire pour échapper à une mort certaine.

En tant que fils de flic, Wade avait appris deux ou trois choses sur les enquêtes policières. La première : le coupable le plus probable est presque toujours le conjoint ou un proche. James McRae avait en effet une bonne raison – voire deux – de voir disparaître sa femme. Mais Eva ne s'était pas fait que des amis. Femme d'affaires aussi opportuniste qu'impitoyable, elle s'était bâti un empire en ayant parfois recours à des moyens pas toujours légaux. Profiter de la misère ou du désarroi pour s'enrichir toujours un peu plus ne lui avait jamais fait peur. De quoi attiser l'envie de se venger.

Et puis il y avait ce mystérieux amant. L'homme avec lequel elle avait prévu de s'enfuir. Personne n'avait jamais découvert son identité. Wade avait gardé cela pour lui, mais il avait sa petite idée là-dessus. Rien de concret, mais une très forte intuition qui le rongeait par moments.

Il rompit le fil de ses pensées pour reprendre sa surveillance. L'un des plongeurs remonta à la surface, bientôt suivi par un autre. Il devina à leur agitation qu'ils avaient été confrontés à la même vision d'horreur que lui.

Quelques minutes plus tard, la vedette de police désertait les lieux et piquait vers le sud, en direction du poste de police, en même temps que certains des flics postés sur la berge remontaient dans leur véhicule, laissant derrière eux une victime de meurtre qui attendait que justice soit faite.

Wade abaissa ses jumelles et regarda autour de lui, saisi du sentiment oppressant que le fantôme d'Eva McRae flottait au-dessus de l'eau. Un fantôme qui posait sur lui un air accusateur. « Tu sais, n'est-ce pas ? » « Tu as toujours su. »

Il secoua la tête tout en ajustant de nouveau ses jumelles sur l'arête de son nez. Une patrouille maritime restait sur place, de même que deux officiers sur la berge, chargés de sécuriser ce qui était devenu une scène de crime.

Il démarra le moteur puis rebroussa chemin. Peu après, il vira à gauche et pénétra dans un canal étroit bordé de part et d'autre de petites maisons sur pilotis. Il s'arrêta devant un quai privé et coupa le moteur.

Son père, Sam, assis sur la terrasse, buvait un café tout en lisant son journal. Au bruit du moteur, il avait interrompu sa lecture et regardé Wade sauter sur le ponton pour y amarrer son bateau.

— Regardez un peu qui voilà !

Tout en parlant, Sam frotta ses doigts tachés d'encre d'imprimerie sur une serviette en papier.

— Tu sais que, de nos jours, on peut lire les nouvelles en ligne grâce à Internet.

Sam haussa les épaules.

— Tu me prends vraiment pour un crétin. Il se trouve que j'aime le contact du papier entre mes mains. Et puis quelques taches d'encre n'ont jamais tué personne, que je sache.

À cinquante-neuf ans, son père était toujours en pleine forme. Au fil des ans, il avait pris quelques rides et ses cheveux s'étaient parsemés de fils d'argent, mais il restait un homme séduisant.

— J'ai appris que tu étais en ville. Je me demandais quand tu allais te décider à rendre une petite visite à tes vieux parents.

— Désolé. En fait, je suis ici pour tenter de régler une affaire.

— C'est ce que j'ai entendu dire, rétorqua Sam, qui posa sa serviette maculée de noir sur le banc, à côté de lui. Il paraît que tu enquêtes sur un bateau volé. La compagnie d'assurances doit trouver ça louche, pour t'envoyer jusqu'ici.

Il n'y avait rien à ajouter. Sam avait déjà été informé par ses anciens collègues. Il devait même savoir quelle macabre découverte il avait faite au cours de sa plongée, puisqu'il y avait eu déposition.

Il balaya la terrasse du regard. Les pales du ventilateur du plafond tournaient au-dessus de leur tête, faisant onduler les fougères en pot de sa mère. Leur vieux chat ronflait sur l'un des fauteuils à bascule où il s'était pelotonné. La porte d'entrée était ouverte, mais la moustiquaire empêchait de voir à l'intérieur.

— Maman est là ? demanda-t-il d'un ton qu'il espérait dégagé.

— Elle dort encore.

Il fronça les sourcils, alarmé.

— Il est tard, pourtant. Tout va bien ?

— Tout va bien. Elle s'est remise à peindre. Tu sais comment elle est. Quand elle peint, elle perd toute notion du temps. Elle en oublie même de manger.

— C'est bien, qu'elle ait recommencé. Peindre a un effet thérapeutique sur elle.

— Parfois, je m'inquiète un peu parce que cela peut virer à l'obsession. Quand elle commence, elle ne sait plus s'arrêter. Ceci dit, elle a l'air heureuse, alors je ne vais pas me plaindre.

Il tapota la place à côté de lui, invitant Wade à venir s'asseoir.

— Tu veux manger un bout ?

— Ça ira. Merci.

— Un café, alors ?

— Pas tout de suite.

Au lieu d'aller s'installer à côté de son père, il s'appuya à la rambarde, dos au canal.

— Tu comptes rester un peu ?

— Encore quelques jours.

— Je voulais dire maintenant. Pour savoir si je dois aller réveiller ta mère.

— Laisse-la dormir. Si je ne la vois pas ce matin, je repasserai.

Son père lui jeta un regard mi-malicieux mi-réprobateur.

— C'est facile pour toi, dit-il. Mais, si elle apprend que tu es passé et qu'elle ne t'a pas vu, elle est capable de m'arracher les yeux.

— En fait, j'espérais te parler en privé.

Sam leva vers lui un regard surpris.

— Au sujet du bateau volé de Brett Fortier ? Je ne pense pas pouvoir t'être d'une grande aide, mais vas-y. Je t'écoute.

— Oh ! allez, papa. Je sais très bien comment fonctionne ton réseau de renseignements. Tu en sais probablement plus que l'inspecteur chargé de l'enquête. Et que moi aussi, sans doute.

Il décida finalement d'aller s'asseoir mais choisit un des sièges qui faisaient face à son père.

— Quelle est la version officieuse ? demanda-t-il.

— Pour autant que je sache, l'enquête n'a pas beaucoup progressé. On pourrait même dire qu'elle piétine. Ils n'ont rien de concret. Aucune empreinte digitale, aucun témoin. Ils savent juste que le bateau a été volé quelques jours à peine après que Brett l'a ramené à la marina. La caméra de sécurité la plus proche ne fonctionnait pas et le gardien se trouvait de l'autre côté de la marina au moment où le vol a eu lieu.

— Tu penses qu'il pourrait s'agir d'un coup monté ?

— Par des gars qui travaillent à la marina, tu veux dire ? C'est toujours possible. Le gardien en question est un ancien flic. Je le connais. C'est un homme honnête. Je ne pense pas qu'il marcherait dans une combine pareille. Mais d'autres employés, pourquoi pas ? De toute évidence, les voleurs connaissaient les rotations des gardiens ; ils savaient quelle caméra neutraliser. Les bateaux de ce prix-là sont équipés de systèmes antivol ultra-sophistiqués. Ceux qui l'ont volé savaient ce qu'ils faisaient.

— Ou ils avaient les clés.

— Tu crois que Brett Fortier aurait orchestré le vol lui-même ?

— Comme tu l'as souligné, je ne serais pas là si la compagnie d'assurances ne le soupçonnait pas.

— Beaucoup de choses autour du vol de ce bateau semblent louches. À commencer par sa taille, qui n'est pas adaptée aux activités du lac. Ce genre de bateau est fait soit pour impressionner, soit pour pouvoir s'enfuir très vite.

— Ou pour dissimuler quelque chose à bord.

— De la drogue ? Cela n'aurait rien de surprenant. Brett a toujours flirté avec l'illégalité. Des rumeurs courent à son sujet. Sur ses fréquentations. Il se pourrait bien qu'il se soit attiré des ennuis. Méfie-toi de lui. Tu n'es peut-être pas le seul à rechercher ce bateau.

L'inquiétude manifeste de son père fit regretter à Wade la véritable raison de sa visite.

— Je commence à avoir l'habitude de ce genre de cas, dit-il.

— Reste prudent quand même. Et, si tu as besoin d'aide, tu sais où me trouver.

— Papa… Il y a autre chose dont je voulais te parler. J'ai plongé à l'extrémité nord du lac, à l'endroit où se trouvait le vieux pont. À défaut du bateau de Brett, j'y ai trouvé une voiture. À en juger par le degré de corrosion de la carrosserie, elle est là depuis un bout de temps. Tu te rappelles si un rapport de police a été établi à ce sujet ?

Il scruta attentivement le visage de son père, cherchant à y lire une quelconque émotion. Mais il ne vit rien sinon, peut-être, dans son regard, quelque chose qui ressemblait à de la nostalgie.

— Non, répondit Sam. Aucun événement de ce genre n'a été signalé. Mais il manquait des glissières de sécurité, par endroits, ce qui rendait ce pont dangereux. Un automobiliste a pu basculer dans l'eau sans que personne s'en aperçoive.

— Ce n'est pas n'importe quelle voiture. Il s'agit d'une Rolls-Royce Wraith.

Sam garda le même visage impénétrable pour demander :

— Tu en es sûr ?

Wade opina.

— Tu dis que tu peux identifier la marque et le modèle sans te tromper ? fit Sam.

— Absolument. Il faut dire que c'est un modèle qui ne court pas les rues.

— C'est curieux.

— Ce n'est pas le terme que j'emploierais, souligna Wade. À ton avis, quelle est la probabilité pour que cette voiture soit au fond de l'eau depuis la disparition d'Eva Dallas McRae ?

— Eva n'a pas disparu. Elle a quitté la ville.

— Même sa fille ne l'a plus jamais revue ni n'a entendu parler d'elle.

— Je reconnais que cette découverte est troublante, mais rien de ce que tu me dis ne me convainc qu'il s'agit de la Rolls d'Eva.

Ce refus de le croire lui rappela la réaction d'Abby au moment où il lui avait appris la nouvelle.

— Depuis, tu as vu quelqu'un conduire une telle voiture à Fairhope ?

— Il pourrait s'agir de quelqu'un de passage, répondit Sam.

— Avoue que ce serait une sacrée coïncidence.

Cette fois, Sam ne chercha pas à fuir le regard de son fils. Au contraire, même, il l'accrocha et le soutint sans ciller.

— Où veux-tu en venir, exactement ? Tu cherches des

réponses comme si tu avais à défendre des intérêts personnels. Ça a quelque chose à voir avec le retour d'Abby Dallas en ville ?

— Il ne s'agit pas d'Abby. Il s'agit d'un meurtre.

— Un meurtre ? Qu'est-ce que tu racontes ?

— Dans cette voiture, papa, il y a les restes d'un squelette menotté au volant.

Sam blêmit d'un coup. Il ouvrit la bouche puis la referma en détournant la tête.

— Un squelette, tu dis ?

— Oui. Je l'ai vu par la vitre. J'ai appelé la police. Ils ont envoyé des plongeurs vérifier.

— Le propre de mon métier consiste à ne pas tirer de conclusions hâtives, déclara Sam, les yeux toujours perdus dans le vide. Tu sais qui est chargé de l'enquête ?

— C'est un certain inspecteur Benson qui a pris ma déclaration. Tu le connais ?

— Oui. Roy Benson. Il est arrivé après que j'ai pris ma retraite, mais je n'en ai entendu dire que du bien. Intelligent. Déterminé. Compétent.

L'émotion qui avait pointé dans la voix de son père avait cédé la place à un ton purement professionnel.

— Je devrais peut-être aller faire un tour par là-bas. Histoire de voir par moi-même de quoi il retourne.

— Pourquoi ? demanda Wade. Tu n'es plus en service actif.

— Pourquoi ?

Sam fronça les sourcils.

— Je dirigeais le poste de police au moment où nous pensions tous qu'Eva avait quitté la ville avec son amant. S'il s'avère qu'elle a bien été assassinée durant cette période, cette affaire me concerne. Peu importe le nombre d'années qui se sont écoulées depuis, je dois à sa famille d'aider à faire éclater la vérité.

— Jusqu'ici, tu n'avais jamais pensé qu'elle avait pu se faire tuer ?

— Pour quelle raison ? Sa fille m'avait apporté le mot qu'elle lui avait laissé. Eva y exprimait clairement sa volonté de recommencer sa vie ailleurs, avec un autre homme.

— À aucun moment tu n'as trouvé ça bizarre ?

Sam afficha ouvertement l'irritation que cette insistance suscitait en lui.

— C'est facile, de me reprocher de ne pas m'être inquiété, répliqua-t-il sèchement. Toi, tu raisonnes avec des éléments nouveaux. Nous, à l'époque, tout ce que nous savions, c'était qu'Eva avait mis de l'ordre dans ses affaires avant d'annoncer qu'elle quittait la ville et qu'elle ne comptait pas revenir de sitôt. Ce qui était son droit le plus strict. La police n'avait pas à intervenir dans ce qui relevait du domaine de la vie privée.

— Et toi ?

Sam exhala un soupir teinté de lassitude.

— J'ai fait quelques recherches. Je suis allé parler à sa famille, à ses associés. Je suis même aller trouver son avocat. Ils m'ont tous dit la même chose : Eva ne leur avait pas semblé stressée ou contrainte, dans les jours qui ont précédé son départ. Elle s'était montrée très claire quant à ses souhaits et très précise quant aux instructions qu'elle a laissées. Tout indiquait qu'elle contrôlait la situation.

— Et cette grosse somme qu'elle a retirée ?

— Une preuve d'intelligence. Eva savait que, si elle ne voulait pas qu'on remonte jusqu'à elle, elle ne devait laisser aucune trace numérique au cours de ses déplacements. Cela signifiait qu'elle ne devait pas utiliser de cartes de crédit, ni faire de retraits ou de virements bancaires jusqu'à ce qu'elle arrive à la destination qu'elle s'était fixée.

— À ton avis, pourquoi a-t-elle tellement insisté sur le fait qu'elle ne voulait pas qu'on la retrouve ? Il y avait peut-être une autre raison pour laquelle elle a retiré autant d'argent. Tu t'es déjà demandé si elle n'était pas mêlée à un trafic quelconque ou victime d'un maître chanteur ? Elle n'aurait alors pas eu d'autre choix que de disparaître.

— Bien sûr, que je me suis posé des questions. Beaucoup de questions. Mais tout allait dans le sens que son mot voulait donner. Son départ était volontaire.

— Et l'homme avec qui elle voulait refaire sa vie ? Il n'y a eu aucune rumeur quant à son identité ?

— Aucune qui me soit parvenue, en tout cas.

— Tu n'as jamais su avec qui elle avait rendez-vous ce soir-là ?

Sam resta silencieux un long moment puis finit par dire :

— Tu me fatigues, avec toutes tes questions. Pourquoi cette vieille affaire est-elle si importante pour toi ?

Wade accrocha le regard de son père.

— Parce que je pense que cet homme, c'était toi, papa.

4

De toute évidence pris au dépourvu, Sam afficha une profonde stupéfaction. L'espace d'un court instant, il resta figé, silencieux, incapable de proférer le moindre son. Puis, très vite, il se ressaisit. Il se pencha en avant et empoigna le bras de Wade. Cette manière de réagir pour le moins brutale fit sursauter Wade, qui dégagea son bras d'un geste brusque.

Les yeux de Sam s'enflammèrent d'une colère à peine contenue.

— Qu'est-ce qui te prend, de porter de telles accusations devant ma porte ? articula-t-il tout bas. Tu as perdu la tête ? Tu imagines si ta mère t'entendait ?

Wade lança un coup d'œil inquiet vers la porte.

— Je n'ai pas perdu la tête, répondit-il en soutenant le regard dur de son père. Et je sais ce que je dis. Je suis au courant de votre liaison. Je vous ai vus ensemble, cet été-là, Eva et toi.

La bouche de Sam se crispa.

— Tu n'as rien vu du tout.

Sur ce, il se leva d'un bond et, sans rien dire, descendit les marches qui menaient au ponton. Wade laissa passer quelques secondes puis alla le rejoindre.

— Papa, je ne suis pas venu pour t'accuser, ni te juger. Je suis venu parce que je pensais que tu devais savoir.

— Ou parce que tu penses que j'ai quelque chose à voir avec cet accident.

— Pas du tout.

Sam se retourna lentement. Il paraissait soudain plus vieux que son âge. Fatigué et abattu.

— Que crois-tu avoir vu, ce soir-là ? demanda-t-il.

Wade hésita un court instant à se lancer dans une discussion qu'il jugeait embarrassante pour eux deux.

— Je vous ai vus sur la terrasse d'une des maisons de location d'Eva. J'avais fini mon travail plus tôt que prévu et j'avais sorti mon bateau pour tester le moteur que j'avais fait réviser.

— C'est tout ?

Sam avait l'air aussi furieux que contrarié.

— Qui te dit que c'était bien moi ? Que tu ne m'as pas pris pour un autre ?

— C'était toi. Sans vouloir entrer dans les détails, votre attitude ne trompait pas. Vous étiez enlacés... Vous vous êtes embrassés. Je suis passé quelques jours plus tard devant cette même maison et j'ai vu ta voiture garée un peu plus loin, dans la rue.

— Quelqu'un était avec toi ?

— Non. J'étais seul les deux fois.

— Tu n'en as jamais parlé à personne ?

— Non. Jamais.

— Même pas à Abby ? Même après la disparition de sa mère ?

— Non, papa. Même pas à ce moment-là.

Sam se tut à nouveau.

Wade s'éloigna de quelques pas de cet homme qui était presque devenu un étranger pour lui. Il avait déjà éprouvé ce sentiment quand il l'avait surpris dans les bras d'une femme qui n'était pas la sienne. À partir de ce jour, rongé par la culpabilité de devoir garder pour lui ce secret trop lourd à porter, il s'était trouvé toutes sortes d'excuses pour déserter autant que possible la maison familiale.

— Maman était au courant de cette liaison ?

— Ce n'était pas une liaison.

— Papa...

— Ce que je veux dire, c'est que ça n'a pas duré longtemps. Nous nous sommes retrouvés quelques fois et puis ça s'est terminé.

Wade ressentit un mélange de soulagement et de ressentiment. Car, si son père ne cherchait plus à nier l'évidence, entendre de sa bouche qu'il avait eu une relation extraconjugale constituait, pour le fils qu'il était, un crève-cœur.

— Comment vous êtes-vous rencontrés ?

Sam se frotta le visage, donnant l'impression qu'il voulait effacer ces souvenirs de sa mémoire.

— C'est vraiment nécessaire ? C'était il y a si longtemps.

— Vu ce que j'ai trouvé au fond du lac, oui, papa, je pense que c'est nécessaire.

— S'il s'avère que c'est bien sa voiture...

Il ferma brièvement les yeux.

— Je ne savais pas, Wade. Il faut que tu me croies.

— Procédons par ordre, tu veux bien ? Raconte-moi comment votre histoire a commencé.

— Qu'est-ce que tu veux que je te dise ? De la manière dont les choses commencent généralement entre un homme faible et une femme malheureuse en ménage.

— Eva était malheureuse ?

— James McRae et elle n'étaient pas faits l'un pour l'autre. C'est du moins ce qu'elle m'a affirmé. Eva était une femme complexe. Voire difficile. Elle pouvait être aussi tendre dans sa vie privée que dure dans sa vie professionnelle.

— Et maman ?

— J'aimais ta mère, à l'époque. Je l'aime encore aujourd'hui. Cela ne changera jamais.

Et pourtant...

Sam eut un geste d'impuissance.

— Je n'ai pas d'excuses, dit-il. Si ce n'est que, cet été-là, ta mère traversait une période particulièrement difficile. Elle pouvait rester prostrée dans sa chambre des jours entiers. De mon côté, j'avais beaucoup de pression dans mon travail et... Eva était Eva.

Même s'il n'excusait pas l'adultère, à l'âge qu'il avait, Wade était à même de le comprendre. Lui-même était loin d'être parfait. Il avait commis des erreurs. S'il avait été franc avec Abby, qui sait s'ils ne couleraient pas des jours heureux ensemble aujourd'hui ? Au lieu de lui parler, il l'avait laissée croire le pire à son sujet. Cela lui avait semblé être la solution la plus facile pour tout le monde.

— Je comprends. C'est humain, de craquer pour une belle femme.

Sam fronça les sourcils.

— Ne prends pas ce ton condescendant avec moi, je te prie.

— J'essaye juste de me montrer ouvert. Admets que ce n'est pas une discussion facile entre un père et son fils.

— On peut arrêter là-dessus, alors. Tu as eu ce que tu voulais, non ?

— Pas vraiment. Je cherche à donner un sens à tout cela. Parle-moi d'elle. Quel genre de femme était-elle avec toi ?

Sam poussa un long soupir. Son regard se perdit dans le vague.

— Elle était solaire malgré un côté sombre indéniable. C'est ce qui faisait son charme. Elle exerçait sur moi un pouvoir hypnotique. Je vivais avec elle des moments euphoriques.

Cette ivresse, je ne l'avais jamais connue. Elle m'avait redonné l'envie d'avoir envie, de vivre d'autres choses.

Wade leva une main, signifiant à son père qu'il en avait assez entendu.

— D'accord, j'ai compris.

— C'est toi qui voulais savoir.

— Quand et comment votre histoire s'est-elle terminée ?

— Un matin, je me suis réveillé et j'ai réalisé que je risquais de perdre tout ce que j'avais. Et pour quoi ? J'avais l'impression d'être quelqu'un d'autre.

Il secoua la tête, comme s'il essayait encore de comprendre.

— Comment a-t-elle pris la nouvelle ? demanda Wade. Elle était furieuse ? Bouleversée ?

Sam éclata d'un rire rauque teinté de sarcasme.

— Ni l'un ni l'autre. Elle a juste répliqué que, de toute façon, notre histoire n'était pas vouée à durer.

— Tu as dû mal le prendre, non ?

— Pas vraiment. En fait, j'étais soulagé.

Wade se demanda si c'était vrai. Si la fierté de son père n'en avait pas pris un coup.

— Tu ne l'as jamais revue ?

— Je l'apercevais en ville, de temps en temps, mais nous ne nous étions jamais reparlé.

— Tu n'as jamais rien dit à maman ? Tu ne pensais pas qu'elle avait le droit de savoir ?

Malgré tous ses efforts pour rester neutre, il avait posé cette dernière question d'un ton où perçait une pointe de reproche.

— Je n'avais pas envie de faire de mal à ta mère pour soulager ma conscience, répliqua Sam vertement. Je te conseille de faire de même.

— Si j'avais dû parler à maman, je l'aurais déjà fait depuis un bon moment.

Wade sentit qu'il avait de plus en plus de mal à contrôler son émotion. Il prit le temps de refouler la bouffée de colère qu'il sentait monter en lui avant de poursuivre.

— Moi non plus, je ne voulais pas la faire souffrir. Crois-moi, ça n'a pas été facile pour moi non plus. Lui cacher un secret qui t'appartenait. Les premiers mois, chaque fois que je la regardais… que je te regardais…

Il s'interrompit, réfléchissant aux limites qu'ils devaient donner à cette discussion. Il était envahi d'un mélange de lassitude, de culpabilité et de désillusion qui lui donnait envie de sauter sur son bateau et de fuir loin de cette histoire sordide.

— Ne crains rien, ajouta-t-il. Je ne dirai rien. Mais elle le découvrira tôt ou tard. Les secrets finissent toujours par éclater au grand jour.

— Oublie tout ça.

La voix de Sam était redevenue égale. Toute sa colère s'était dissipée.

— C'est facile à dire. Je ne suis pas le seul à me poser des questions. Il va y avoir une enquête pour homicide. Tu y as pensé ? Une fois que les flics seront sur l'affaire, qu'ils rechercheront des pistes, il est possible que quelqu'un d'autre, qui savait pour Eva et toi, sorte du bois. Ils viendront alors t'interroger. Ils soupçonneront peut-être qu'Eva et toi aviez prévu de partir ensemble mais que vous vous êtes dégonflés à la dernière minute. Ou qu'Eva est entrée dans une colère noire et qu'elle t'a menacé de tout dire à maman. Une chose en entraînant une autre, la situation aura dégénéré et…

Il laissa sa phrase en suspens.

— Ce n'est pas ce qui s'est passé, affirma Sam d'une voix dénuée d'émotion.

— Regarde les choses en face. C'est ce que penseront les flics. Tu ne crois pas que tu devrais les devancer ?

— Qu'est-ce que tu veux dire ?

— Va les trouver et parle-leur. Tu as beau être à la retraite, ils te considèrent toujours comme l'un d'entre eux. Ils te respectent et sauront rester discrets.

Mais Sam ne l'écoutait pas. Il avait les yeux rivés sur sa femme qui, immobile, les observait depuis la terrasse.

Wade agita la main en direction de sa mère, qui lui répondit par un petit signe du bout des doigts. L'avait-il vraiment vue hésiter, ou cette hésitation était-elle le fruit de son imagination ? Ils étaient suffisamment éloignés pour qu'elle n'ait pas pu entendre la teneur de leur discussion, mais les voix avaient tendance à porter, avec la brise.

— Tu crois qu'elle est là depuis longtemps ? demanda-t-il.

— Elle n'était pas là il y a une minute, répondit Sam. De toute façon, elle n'a pas pu nous entendre. Nous sommes trop loin.

— Espérons-le.

En admettant que Laura n'ait rien entendu, cela ne lui retirait pas le don inné qu'elle avait d'interpréter le langage corporel, ni celui de lire sur les visages comme dans un livre ouvert. Wade s'efforça de chasser le goût amer que l'échange qu'il venait d'avoir avec son père lui avait laissé. À mesure qu'il s'approchait de sa mère, il cherchait à deviner quelle était son humeur. Comme toujours, elle présentait un visage indéchiffrable.

Ce jour-là, elle portait une robe jaune sans manches dont la jupe ample flottait sous l'effet de la brise. De loin, elle avait l'allure d'une jeune femme, grande, mince et bronzée. De près, elle accusait son âge.

Elle attendit que Wade soit en haut des marches pour

s'approcher et le prendre dans ses bras. La vigueur de son étreinte le rassura.

— Je suis si heureuse de te voir. Pourquoi personne ne m'a dit que tu devais venir ?

— Parce que ce n'était pas prévu. Enfin, pas aujourd'hui. Mais comme je travaille sur une enquête compliquée je me suis dit que papa pourrait me donner son avis.

— Tu as l'air fatigué, mon chéri. Ne me dis pas non, les mères voient ce genre de choses. Tu ne prends pas soin de toi.

Il se dégagea doucement de l'étreinte maternelle.

— Je n'ai pas beaucoup dormi la nuit dernière, mais je vais bien. Je t'assure. Parlons plutôt de toi. Tu es magnifique ! C'est une nouvelle robe ?

— Ce vieux chiffon ? Je l'ai depuis toujours.

De ses mains à plat, elle lissa des plis imaginaires.

— J'aime bien cette couleur, ajouta-t-elle. Elle me rend joyeuse.

— Elle te va très bien.

— Si j'avais su que tu venais, je t'aurais préparé un bon repas. Là, je n'ai pas grand-chose.

— De toute façon, je ne peux pas rester, maman.

— Il te l'a dit, rappela Sam. Il est là pour le travail.

— Mais il faut bien que tu te nourrisses, fit Laura.

— Un autre jour, maman. Je te le promets.

Le masque tomba. Elle ne chercha pas à cacher sa déception.

— Tu prendras bien quelques minutes pour boire un café, tout de même ?

Il n'avait pas le cœur à lui refuser ce court moment avec elle.

— D'accord.

Il ne savait dire si cette situation était mieux ou pire que ce à quoi il s'attendait. Son père faisait comme si de rien n'était, et rien dans l'attitude de sa mère n'indiquait qu'elle avait surpris leur discussion. Pourquoi, alors, éprouvait-il ce sentiment de culpabilité qui lui broyait la poitrine comme un rouleau compresseur ?

— Je m'en occupe, déclara Sam. Je vous laisse papoter.

Au lieu de s'asseoir, Laura alla au bout de la terrasse et resta un moment à contempler le paysage.

— C'est agréable, ici, dit Wade. Vous n'entendez pas le bruit des jet-skis.

— C'est vrai. Nous n'avons pas la vue dégagée qu'ont les maisons des collines, mais j'aime ce canal. Au début, quand ton père a proposé de vendre notre maison pour acheter celle-ci, j'ai hésité. Je pensais que je me sentirais trop isolée. Mais maintenant, j'adore. Je ne peux pas imaginer vivre ailleurs.

— Tant mieux. Je suis heureux pour toi. Papa m'a dit que tu t'étais remise à peindre. Tu me montrerais quelques-uns de tes tableaux ?

— La prochaine fois. Promis. C'est le début. Je suis un peu rouillée.

— Quand tu voudras.

Elle tourna légèrement la tête vers lui.

— Tout à l'heure, quand vous étiez sur le quai avec ton père, j'ai remarqué une certaine tension entre vous. Cela faisait longtemps que je ne vous avais pas vus dans un tel état. Ce n'était pas trop grave, au moins ?

— Non, maman. Ce n'était rien. Rien du tout.

— Au risque de me répéter, je te trouve fatigué. Je te connais, Wade. Je le sais, quand quelque chose ne va pas. Tu as l'air anxieux… distrait. Que se passe-t-il ?

Il se tut, cherchant la meilleure réponse à donner.

— Je te l'ai dit, répondit-il finalement. L'affaire sur laquelle j'enquête est compliquée. Elle implique quelqu'un que je connaissais au lycée. Quelqu'un que je n'aimais pas. Du coup, il faut que je veille à ne pas laisser mes sentiments personnels fausser mon objectivité.

— De qui parles-tu ?

— De Brett Fortier. Il s'est fait voler son bateau, il y a deux semaines. Sa compagnie d'assurances m'a engagé pour vérifier qu'il n'y a pas arnaque.

— Cela ne m'étonnerait pas de lui. Il a toujours trempé dans des affaires un peu louches. Plus jeune, c'était déjà un sale gosse.

Wade esquissa un sourire amusé.

— Tu disais la même chose de moi. C'est vrai que je vous ai donné des cheveux blancs avant de me décider à grandir.

En guise de réponse, Laura lui pressa tendrement le bras.

— Tu n'étais pas méchant. Tu avais la tête sur les épaules et, surtout, un grand cœur. À vrai dire, je ne me suis jamais vraiment inquiétée pour toi.

— Et maintenant ?

— Maintenant, tu fais un métier dangereux.

— Pas tant que ça. Moins dangereux que celui de flic, en tout cas.

— Je l'espère. Tu sais, cette idée de retraite anticipée, je ne sais pas si c'était une bonne idée. Je sais que ton père en a fait la demande pour passer plus de temps avec moi. J'ai conscience du sacrifice qu'il a fait. Aussi, je te suis reconnaissante d'être venu le consulter.

Il déglutit avec peine, regrettant que la communication ne soit pas aussi simple avec son père.

— C'est bien normal, et puis j'y vois mon intérêt. Papa était un super flic, et la retraite n'a pas altéré sa capacité de jugement.

Le sourire indulgent qui flottait sur les lèvres de Laura se fit ironique.

— Il n'arrive pas à lâcher complètement. Je dirais même

que son activité de consultant commence à lui prendre de plus en plus de temps. Le département fait appel à lui pour travailler sur des affaires non résolues. Il t'en a parlé ?

— Non. Mais je comprends pourquoi ils ont besoin de lui. Et puis l'avantage, c'est que maintenant il peut prendre tout son temps. Il ne travaille plus sous pression.

En réponse, Laura fronça les sourcils.

— Tu n'es pas d'accord ? Tu trouves qu'il travaille trop ?

— Si cela le rend heureux. Simplement...

Elle se retourna tout à fait pour planter ses yeux dans ceux de Wade.

— Parfois, je me dis que remettre le nez dans ces vieilles affaires ne peut que raviver la souffrance de gens qui ont déjà assez souffert.

— Ces gens attendent peut-être aussi que justice soit faite.

— Même si la vérité fait plus de mal que de bien ?

— Même.

— Je n'en suis pas si certaine. Je pense que, dans certains cas, il n'est pas bon de déterrer le passé.

Elle haussa les épaules, dans un geste traduisant une désinvolture que démentait le voile qui avait assombri son regard.

— Parfois, certains secrets méritent de rester enfouis, conclut-elle.

5

Après le départ de Wade, ce matin-là, Abby s'assit sur l'une des marches de la terrasse et resta un long moment immobile, perdue dans ses pensées. Quatre bonnes heures de route l'attendaient, et pourtant elle rechignait à partir, redoutant le moment où elle devrait annoncer à sa grand-mère la terrible nouvelle. Une nouvelle qu'elle-même n'avait pas encore totalement intégrée. Elle supposa que c'était normal. Peu importait le nombre d'années qui pouvait s'écouler, la mort d'un être cher était difficile à accepter. Mais, quand vous appreniez que cet être cher avait été victime d'un meurtre commis de sang-froid, c'était tout bonnement insoutenable. Il y avait tant d'émotions contradictoires qui se télescopaient en elle ! Incrédulité, culpabilité, peur, colère.

Elle laissa son regard errer au loin. Le bourdonnement de l'activité du lac lui parvenait par vagues, comme l'appel d'un vieux souvenir. Elle ne trouvait pas intrusif le bruit des moteurs et des éclats de rire. Au contraire, il lui donnait l'illusion de ne pas être seule ; d'être connectée à une réalité qui, pour l'heure, n'était plus la sienne.

Ses pensées dérivèrent vers Wade. Wade qui la croyait en danger et s'inquiétait pour elle. En l'espace d'une matinée, c'était toute sa vie qui avait basculé. Au lieu d'être soulagée d'avoir enfin une réponse – aussi cruelle fût-elle – à la disparition de sa mère, elle éprouvait une horreur indicible. Elle aurait aimé avoir le pouvoir de changer les choses. De faire en sorte que tout redevienne comme avant. Malheureusement, sa mère était morte dans d'horribles circonstances, son squelette gisant au fond d'un lac, à plusieurs mètres de profondeur. Depuis dix longues années, elle était partie, emportant avec elle le secret lié à cette mort. De ce constat découlait un nombre incalculable d'interrogations.

Elle avait passé la majeure partie de sa vie d'adulte hantée par l'abandon de sa mère. Un abandon qui avait impacté chaque aspect de sa vie et de ses relations. Elle était devenue méfiante et réservée, réticente à accorder sa confiance. Comment aurait-il pu en être autrement ? Après tant d'années passées à se protéger, comment devait-elle réagir face à cette terrible réalité : sa mère n'avait jamais quitté la ville. Son assassin l'avait menottée au volant de sa voiture avant de la faire basculer dans le lac.

Des images horribles l'assaillirent. Elle avait beau s'exhorter à les chasser, elles revenaient en boucle, chaque fois plus précises, plus vivaces. Elle pouvait ressentir la terreur qu'avait dû vivre sa mère alors que les eaux froides du lac l'engloutissaient, le choc de la trahison et la panique de se savoir piégée. Sans doute avait-elle vécu ses dernières minutes avec l'image de l'homme en qui elle avait confiance, qu'elle avait aimé. Était-ce lui son assassin ?

Les choses avaient mal tourné pour elle. Son rêve de vivre sa passion amoureuse ailleurs mais au grand jour avait fini de la manière la plus tragique qui soit. Cela n'enlevait rien au fait qu'elle avait abandonné sa fille, justifiant sa décision par le fait que cette dernière allait bientôt partir pour l'université et vivre sa propre vie. Comme si l'âge d'Abby faisait que tout allait bien et qu'elle n'avait plus besoin de mère.

Le rêve secret d'Abby de la retrouver un jour et de renouer avec elle une relation apaisée se terminait de manière aussi abrupte que violente. Et c'était Wade Easton qui s'en était fait le messager.

Wade Easton.

Elle inspira puis expira longuement. À quoi bon s'attarder sur cet homme qui n'était somme toute qu'un ex-petit ami ? À quoi bon s'attarder sur leurs retrouvailles ? Elle n'en avait ni le temps ni l'envie. Car une tâche plus urgente et plus difficile l'attendait : aller annoncer à sa grand-mère le décès de sa fille unique. La pauvre allait être dévastée de chagrin.

Il n'était plus temps de traînasser.

Forte de cette détermination, elle se leva d'un bond et alla fourrer à la hâte quelques affaires dans un sac de voyage. Un court instant plus tard, elle fermait le cottage à clé et prenait la direction d'Atlanta. Arrivée sur place, elle prit le temps de passer chez elle pour relever son courrier et arroser ses plantes vertes.

L'après-midi touchait à sa fin. Elle se demanda comment elle allait s'y prendre pour annoncer la nouvelle à sa grand-mère. Elle prenait de l'âge. Il fallait la ménager. Elle aussi allait avoir un choc en apprenant que le silence d'Eva serait désormais éternel. Elle aussi serait prise de remords en se disant que pendant toutes ces années elle s'était accrochée à l'idée que sa fille était un monstre d'égoïsme alors qu'elle pourrissait au fond d'un lac.

C'est donc emplie d'appréhension qu'Abby se rendit à Inman Park, où vivait sa grand-mère. C'était le quartier historique de la ville ; un quartier rempli de demeures cossues ceinturées de haies méticuleusement taillées et de hautes grilles en fer forgé.

Elle appuya sur le bouton de la sonnette puis attendit, le cœur battant. Quelques secondes plus tard, Lilian Jamison jetait un coup d'œil par l'une des fenêtres latérales qui encadraient la porte d'entrée et, visiblement rassurée, ouvrait.

Comme toujours, elle portait une tenue impeccable, pantalon large en lin et tunique crème assortie, brodée de bleu aux manches et à l'encolure. Elle avait rassemblé ses cheveux en une torsade qu'elle avait ramenée sur le côté. Elle portait au majeur droit sa bague préférée, un anneau en or blanc serti de diamants.

— Abigail ?

Elle porta une main à son cœur tout en lançant un coup d'œil inquiet par-dessus l'épaule d'Abby.

— Bonjour, grand-mère. Je ne te dérange pas ? Tu allais sortir ?

— Non, une de mes amies est passée boire un café mais elle est repartie. Quelle belle surprise, ma chérie. Mais tu n'étais pas censée te trouver à Fairhope ?

Elle s'exprimait avec l'accent aristocratique des gens de sa classe sociale. Des intonations un brin traînantes teintées du léger tremblement dû à son âge.

— En fait, j'y étais mais je suis revenue, déclara prudemment Abby.

Lilian arqua un sourcil sceptique.

— Ça a été un voyage éclair, en effet. Tu as changé d'avis ?

— Non. J'y retourne demain. Excuse-moi de ne pas t'avoir prévenue de ma visite. Tu as une minute ? Je peux te parler ?

— Ma chérie, cette maison est la tienne. Tu n'as pas besoin de t'annoncer, voyons. Mais tu es bien mystérieuse.

Tout en parlant, elle s'était écartée sur le côté pour laisser passer Abby, qui, au passage, déposa un baiser affectueux sur sa joue. Elle s'imprégna du parfum familier qui émanait de sa peau et de ses vêtements, fragrance subtile de vanille.

— Je vais tout te dire. Mais allons nous asseoir, d'abord.

Les diamants étincelèrent au doigt de Lilian tandis que sa main volait cette fois jusqu'à son cou.

— Abby, tu me fais peur. Tu es malade ?

— Non, ne t'inquiète pas. Tu n'as aucune raison d'avoir peur. Je vais bien.

Elle suivit Lilian dans le long couloir qui débouchait sur le salon puis s'installa sur le canapé Chesterfield tandis que sa grand-mère prenait place dans le fauteuil qui lui faisait face. Les bras croisés, cachant mal son impatience, elle attendit sans un mot qu'Abby veuille bien lui expliquer la raison de cette visite inopinée.

Les portes-fenêtres entrouvertes laissaient passer des effluves de jasmin qui évoquaient à Abby les soirées insouciantes d'une époque romantique révolue où les couples jouaient à se faire la cour. Elle ferma les yeux et prit une profonde inspiration avant de se lancer dans le récit sordide de ce qu'elle savait. Durant tout ce temps, sa grand-mère resta immobile, les mains croisées sur ses genoux. Seules ses pupilles mobiles indiquaient le degré de détresse dans lequel elle se trouvait plongée.

Abby conclut son récit dans un haussement d'épaules qui visait à exprimer toute son impuissance.

— C'est tout ce que je sais pour l'instant, grand-mère. Je regrette de te l'annoncer avant que l'identification du corps ait été faite, mais je ne voulais surtout pas que tu apprennes la nouvelle par quelqu'un d'autre.

Lilian ne répondit rien. Pâle comme un linge, elle se leva et alla se placer devant la porte-fenêtre, où elle resta un long moment silencieuse.

— Nous ne pouvons donc prendre aucune disposition, finit-elle par dire.

L'aspect pratique de cette remarque interloqua Abby, qui s'était attendue à un débordement soudain d'émotions.

— Non... Je suppose que non.

— Est-il possible que ce ne soit pas elle ?

— Nous ne pourrons en être sûrs que lorsque le médecin légiste nous aura communiqué les résultats des tests ADN. Ce qui risque de prendre un peu de temps. Mais la marque et le modèle de la voiture...

Submergée d'émotion, elle s'interrompit un court instant avant de reprendre :

— Et puis, si maman avait été en vie, un des détectives que tu as engagés aurait forcément retrouvé sa trace, à un moment ou à l'autre.

— Je n'en suis pas si certaine. Eva était une femme pleine de ressources. Et déterminée.

Pour quelle raison n'aurait-elle pas voulu qu'on la retrouve ?

— Nous le saurons bien assez tôt, décréta Abby. Prépare-toi quand même psychologiquement.

— Pour être honnête, cela fait dix ans que je m'attends au pire. Mais, tout de même, maintenant que nous y sommes...

Abby la vit fléchir légèrement. Elle se retint de se précipiter vers elle pour la soutenir. Lilian était une forte femme qui avait un sens très développé de la fierté. Elle viendrait à elle quand elle sentirait le moment venu.

— Tu disais que c'est le fils Easton qui a trouvé la voiture ?

— Wade Easton, oui. Aujourd'hui, il travaille pour des compagnies d'assurances qui le chargent d'enquêter sur des vols suspects. Il cherchait un bateau quand il est tombé sur la Rolls.

— Je me souviens de lui, dit Lilian sans se retourner.

À croire qu'elle ne pouvait se résoudre à croiser son regard. Craignait-elle, si elle le faisait, d'affronter la dure réalité dans les yeux de sa petite-fille ?

— Je l'ai croisé une fois lors d'une visite à Fairhope, ajouta Lilian du même ton détaché. Un jeune homme très bien. Très poli. Et bel homme, comme son père.

— Tu connaissais son père ? fit Abby avec étonnement.

— Pas vraiment. Ton grand-père et moi avons gardé notre maison sur le lac quelques années après que nous avons emménagé à Atlanta. Sam Easton se faisait un devoir d'organiser des rondes quand il savait que la maison était inoccupée.

— Tu savais qu'il avait été nommé chef de la police ? Depuis, il est à la retraite.

— Sam Easton, à la retraite ? C'est fou, ce que le temps passe.

Abby resta silencieuse, ne sachant trop quoi dire ou faire.

— Pour en revenir à Wade, il était l'un des rares sujets sur lesquels vous vous entendiez, maman et toi, finit-elle par dire pour briser ce silence devenu trop pesant. Cela dit, je n'ai jamais compris pourquoi maman le détestait autant.

À ces mots, Lilian se retourna enfin vers elle.

— Ta mère voulait mieux pour toi qu'une vie sans intérêt dans une petite ville comme Fairhope. Elle avait raison. Regarde la femme que tu es devenue. Posée. Confiante. Tu as un bon métier. Eva serait fière de toi.

Abby n'était pas si certaine d'être la femme que décrivait Lilian. Parfois, elle avait l'impression d'avoir laissé la vraie Abigail Dallas derrière elle. Contrairement à sa mère, elle n'était pas une femme d'affaires. Elle n'en avait aucune des qualités. Elle était dénuée de toute intuition ; elle n'aimait pas prendre de risques. Certes, elle s'était fait une belle carrière dans la vente immobilière, mais était-ce vraiment ce qu'elle voulait faire ? En choisissant cette voie, n'avait-elle pas plutôt cherché, inconsciemment, à plaire à sa mère, à l'impressionner ? Peut-être avait-elle ressenti le besoin de faire ses preuves avant de retourner à Fairhope prendre les rênes de l'entreprise maternelle.

Lilian referma les portes-fenêtres et revint s'asseoir, cette fois à côté d'Abby, sur le canapé. Elle prit la main de sa petite-fille dans la sienne, dans un geste plein d'affection et de tendresse.

— J'imagine à quel point ce doit être difficile pour toi, ma chérie.

— C'est vrai. Je t'avoue que je suis encore sous le choc. Nous avons passé toutes ces années à nous interroger, à chercher, à espérer…

— Alors qu'elle était au fond du lac Shutter.

— Oui.

— Tu sais, j'ai toujours voulu croire qu'elle était quelque part, dans le lieu qu'elle s'était choisi, heureuse et en bonne santé. Je ne voulais pas accepter l'idée qu'elle pouvait être morte. Mais, au fond de moi, je savais bien qu'il n'était pas normal qu'elle n'ait jamais cherché à nous contacter ; qu'elle ait laissé derrière elle sa famille et ses affaires sans plus s'en préoccuper. Dieu sait qu'Eva pouvait être insensible et égocentrique et, si je vais au fond de ma pensée, qu'elle n'était pas faite pour être une épouse et une mère. Mais elle t'aimait. À sa façon, mais elle t'aimait. Elle était très fière de la jeune femme que tu devenais.

— Grand-mère… À ton avis, qui la détestait au point de la tuer ?

— Je ne sais pas, ma chérie.

— Tu lui connaissais des ennemis ?

— Non. Mais, en affaires comme dans sa vie privée, ta mère pouvait se montrer intraitable, voire cruelle. Pas mal de monde avait sans doute de bonnes raisons de lui en vouloir. À commencer par son entourage proche.

— Tu veux dire James ?

Lilian opina.

— James est un homme bien, mais il n'était pas fait pour Eva, qui avait trop de caractère. Il cherchait trop à lui plaire. Il lui fallait quelqu'un qui lui tienne tête, qui sache s'opposer à elle.

— Et mon père ? Ils allaient bien ensemble, tous les deux ? Ils s'entendaient bien ? J'étais trop petite quand il est mort pour m'en souvenir.

— Ils étaient si jeunes quand ils se sont mariés ! Personne ne peut savoir s'ils seraient encore ensemble à l'heure qu'il est. Tout ce que je peux te dire, c'est qu'ils étaient très amoureux.

— Et avant James ? Elle n'a eu aucune relation sérieuse ?

— Elle a sans doute eu des opportunités. Ta mère était encore belle et jeune et ne manquait pas d'admirateurs. Mais elle était trop occupée à bâtir son empire. Si elle ne prenait aucun de ses prétendants au sérieux, en revanche, elle adorait être courtisée et sans doute aussi mener tout ce petit monde par le bout du nez.

— Mais alors pourquoi a-t-elle jeté son dévolu sur James, s'il ne lui correspondait pas ?

— Je me suis souvent posé la question.

— Dans le mot qu'elle m'a laissé avant de partir, elle disait qu'elle était très amoureuse d'un autre homme. Qu'elle vivait un amour rare, du genre qu'on ne connaît qu'une fois dans sa vie. Si ses sentiments pour cet homme étaient si forts qu'elle avait projeté de s'enfuir avec lui, comment a-t-elle réussi à garder cette liaison secrète ? Ce n'est pas possible que personne ne les ait surpris ensemble. Toi, tu savais qu'elle voyait quelqu'un ?

— Non, mais quand je l'ai appris je n'ai pas été surprise. James était encore marié quand ils se sont rencontrés. D'après

Eva, leur mariage battait de l'aile. Il n'en reste pas moins que James a quitté sa femme pour elle.

— Ce qui explique en grande partie le ressentiment de Lydia à notre égard. Cela dit, je me suis souvent demandé pourquoi elle n'était pas restée vivre avec sa mère plutôt que de s'installer avec nous.

— J'aurais pu compatir si elle n'avait pas été aussi odieuse.

— Elle avait des raisons de l'être, non ?

— Rien ne justifie que l'on soit en permanence aussi agressif et méprisant, affirma Lilian. Et si, au fond, je ne pense pas James capable d'avoir fait du mal à Eva, je ne dirais pas la même chose de Lydia. Tu te demandais pourquoi elle n'était pas restée avec sa mère ? C'est peut-être que sa mère ne la supportait plus et qu'elle était bien contente de la voir débarrasser le plancher.

— Grand-mère... Tu exagères.

— Pas du tout. Sans compter qu'elle se mêle un peu trop de la vie privée de son père. Je dirais même qu'ils ont une relation malsaine. Du jour où ta mère est partie, elle a pris sa place dans sa maison mais aussi dans ses affaires. Quand on y pense, elle a pratiquement pris tout le contrôle sur la vie d'Eva. Cela donne à réfléchir, non ?

Depuis la visite de Wade, tant de questions se bousculaient dans sa tête. Elle était tiraillée entre l'envie de se fermer à tout cela et celle de retourner à Fairhope pour y mener sa propre enquête.

— Tu ne crois pas sérieusement que Lydia...

— Quelqu'un l'a fait, dit Lilian.

— Je sais bien, mais...

— Certaines personnes sont capables du pire pour toutes sortes de raisons, déclara Lilian. Je te le dis, il y a quelque chose qui ne tourne pas rond chez cette fille. Plus j'y pense, plus je me dis qu'elle a quelque chose à voir dans la mort d'Eva.

Le ton était si glaçant qu'Abby lança un coup d'œil alarmé à sa grand-mère. Tout son être semblait vibrer d'une rage froide qu'elle avait un mal évident à contenir.

— Ne tirons pas de conclusions hâtives, dit-elle dans l'espoir de la calmer un peu. Et arrêtons d'en parler. Nous sommes encore sous le choc.

— Je pense au contraire qu'il faut en parler. Mettre les choses à plat. Nous voulons toutes les deux la même chose : savoir ce qui s'est passé. Il est normal que nous nous livrions à des spéculations, non ?

— D'accord. Tant que ces spéculations ne sortent pas de cette pièce.

— Je n'en soufflerai pas un mot à Lydia, si c'est ce qui t'inquiète. Même si ce n'est pas l'envie qui me manque d'aller la trouver et de lui dire ses quatre vérités en face.

— Pour le moment, laissons faire la police.

— Au fait, suis-je censée être au courant quand ils m'appelleront ?

— Je te laisse le soin d'improviser.

Elle se pencha en avant pour poursuivre sur le ton de la confidence :

— Puisque nous en sommes à jouer aux détectives de salon…

— Oui ?

— Tu es sûre de vouloir en parler ? Je ne voudrais pas te chambouler un peu plus.

— Bien sûr, que je le veux, affirma Lilian, un brin irritée. Je sais que tu veux bien faire, Abigail, mais cesse de me considérer comme une vieille femme fragile qu'il te faut protéger. Et puis je préfère parler franchement que ruminer seule dans ma chambre.

— Tu as raison, moi aussi. Il y a un détail qui me revient sans cesse et qui me turlupine. Pourquoi maman a-t-elle retiré tout cet argent avant de partir ? Elle avait assez sur ses comptes privés pour vivre tranquille jusqu'à la fin de ses jours. Pourquoi avait-elle besoin de ce liquide ? Était-elle victime de chantage ? Avait-elle des ennuis avec des gens peu recommandables ? J'en arrive à me demander si elle avait vraiment un amant ou si elle a inventé ce scénario de toutes pièces pour pouvoir échapper à d'éventuels poursuivants sans nous alarmer. Pour que nous respections sa volonté de ne pas nous lancer à sa recherche.

— Tout est envisageable. En dehors des disputes avec Lydia, elle ne me parlait pas de ses problèmes. Il faut dire que je n'ai jamais été sa confidente.

— Ce n'était pas son genre d'en avoir une. Du plus loin que je m'en souvienne, maman a toujours été distante et réservée. Elle gardait tout pour elle.

— Elle a toujours été comme ça. Même enfant. En grandissant, elle s'est plu à cultiver un air de mystère. Elle ne voulait pas que quiconque sache qui était la véritable Eva. Même pas moi, sa mère.

— Ni moi, sa fille. Mais je sais une chose : nous ne trouverons pas la paix intérieure tant que nous n'aurons pas découvert qui l'a assassinée.

Lilian la couva d'un regard où se mêlaient tendresse et inquiétude.

— Je n'aime pas ça, Abigail. N'est-ce pas toi qui m'as ordonné, il y a quelques minutes, de laisser faire la police ? Tu dois suivre ton propre conseil. Pourquoi ne resterais-tu pas ici le temps de l'enquête ? Ma chérie, je ne supporterais pas qu'il t'arrive quelque chose.

Elle pressa doucement la main de sa grand-mère, dans un geste visant à la réconforter autant qu'à la rassurer.

— Je ne crois pas t'avoir jamais donné de raisons de t'inquiéter pour moi. Je ne ferai rien de risqué ou d'irréfléchi. Je te le promets. Mais il faut que je sois sur place si je veux que les choses avancent. La police a tendance à laisser traîner quand il s'agit d'une affaire ancienne. Je veux être là pour maintenir la pression sur eux.

Lilian exhala un soupir teinté de lassitude.

— Je ne pourrai pas te faire changer d'avis, n'est-ce pas ?

— Non. De toute façon, il faudra que j'y sois au moment où…

… ils remonteront son squelette.

— Au cas où ils auraient besoin d'un échantillon d'ADN, dit-elle à la place.

— Comme tu voudras. Nous reprendrons cette discussion demain matin. Nous y verrons peut-être un peu plus clair, avec du recul.

Elles passèrent le reste de la soirée à aborder d'autres sujets, plus légers : le travail d'Abby, les œuvres de charité de Lilian, son club de jardinage, la circulation en ville qui était devenue un véritable cauchemar. Quand la faim se fit sentir, Abby leur fit livrer à domicile deux menus qu'elles dégustèrent à la grande table de la salle à manger, accompagnés d'une bouteille de bon vin. Leur repas terminé, Lilian alla prendre un bain tandis qu'Abby allait se coucher après avoir débarrassé puis verrouillé toutes les portes de la maison.

Cette nuit-là, elle fit un rêve étrange. Elle nageait sous l'eau, cherchant à se frayer un passage au milieu d'un enchevêtrement de poutres métalliques et de plaques de béton, quand elle aperçut sa mère, assise, jambes croisées, sur le capot de sa Rolls. Elle souriait à sa fille, l'invitant de la main à venir la rejoindre. Mais Abby ne pouvait pas. Elle s'était figée sur place, comme statufiée.

Elle se réveilla en sursaut, le cœur battant la chamade. Où était-elle ? Que faisait-elle dans cette pièce inconnue ? Puis elle se rappela : elle se trouvait dans sa chambre de jeune fille, chez sa grand-mère, à Atlanta.

Retrouver ses repères ne calma pas pour autant les battements frénétiques de son cœur. Elle tremblait d'une peur panique qui ressemblait à de la terreur.

Sa mère avait été assassinée, de la manière la plus horrible qui soit. Il ne s'agissait pas d'un crime passionnel. Sa fin avait été froidement préméditée, planifiée, par quelqu'un qu'elle connaissait, dont elle ne se méfiait pas ; mieux, en qui elle avait confiance.

Wade avait peut-être raison. Son héritage pouvait faire d'elle la deuxième victime.

Plus elle restait éveillée dans la semi-obscurité, plus sa peur grandissait, accrue par un mauvais pressentiment.

Il fallait qu'elle en ait le cœur net. Elle rejeta les couvertures et s'assit au bord du lit, scrutant les moindres recoins de sa chambre. Puis elle s'avança tout doucement vers la porte-fenêtre qui ouvrait sur un large balcon. Postée derrière la vitre, elle balaya du regard le jardin en contrebas. Rien. Aucun bruit alarmant ne lui parvenait ; aucune ombre furtive ne se déplaçait de massif en massif pour ne pas être vue. Pourtant, elle n'arrivait pas à se défaire du sentiment angoissant que quelque chose n'allait pas.

Elle quitta son poste d'observation et descendit au rez-de-chaussée, pieds nus, attentive à ne pas faire craquer les marches sous ses pas. Elle s'apprêtait à franchir le seuil du salon quand elle vit une silhouette devant la porte-fenêtre. Son cœur s'emballa de nouveau, le temps de réaliser que c'était Lilian.

— Grand-mère ? Qu'est-ce que tu fais là ? Il est plus de minuit.

— Chuuut ! lui intima sa grand-mère dans un murmure. Surtout, n'allume pas.

— Qu'est-ce qu'il y a ? demanda Abby en baissant aussitôt la voix.

— Il y a quelqu'un dehors.

Alarmée, Abby traversa la pièce, saisissant au passage le tisonnier en laiton qui était suspendu au serviteur de cheminée.

— J'appelle la police.

— Non, rétorqua Lilian, les yeux toujours rivés sur l'extérieur. Ne bouge pas et regarde.

Abby fit ce que sa grand-mère lui demandait.

— Alors ? Tu la vois ? fit Lilian au bout de quelques secondes.

— Non. Je ne vois rien. Mais, si tu as vraiment vu quelqu'un, il faut appeler la police.

— Surtout pas. Ils vont l'effrayer. Elle reviendra. Je te dis qu'elle reviendra.

Abby fixa sa grand-mère, inquiète. Était-elle somnambule ? Cela expliquerait son comportement étrange.

— De qui parles-tu ? demanda-t-elle, histoire de gagner un peu de temps.

— Mon Eva.

Un frisson la parcourut.

— Grand-mère, Eva n'est pas dans le jardin. Elle ne peut pas y être. Tu te rappelles ?

— Mais je l'ai vue.

— Tu as cru la voir.

Elle marqua une courte pause durant laquelle elle chercha soigneusement les mots qui feraient revenir sa grand-mère sur terre sans la brutaliser.

— On a retrouvé la voiture de maman au fond du lac Shutter, hier matin, souffla-t-elle prudemment.

Lilian se retourna enfin vers elle, ses yeux brillant dans la pénombre.

— La Rolls ?

— Oui.

— Elle adorait cette voiture.

— Oui.

— Elle ne serait jamais partie en la laissant derrière elle.

C'était vrai. Eva aurait pu délaisser sa famille mais pas sa précieuse voiture.

L'inquiétude d'Abby monta d'un cran. De toute évidence, quelque chose ne tournait pas rond chez sa grand-mère. Ses propos semblaient indiquer qu'elle divaguait un peu.

— Grand-mère, que te reste-t-il de la discussion que nous avons eue hier soir, avant le dîner ?

— Malheureusement, je me souviens de tout, ma chérie. De chaque mot. Rassure-toi, je n'ai pas perdu la tête. Je sais bien qu'Eva ne peut pas revenir.

Il y avait une telle détresse dans sa voix qu'Abby posa une main sur son avant-bras, dans un geste plein d'affection.

— Je suis là, grand-mère. Ça va aller.

Elle avait prononcé ces derniers mots avec toute la conviction dont elle était capable, en sachant qu'il leur faudrait vivre encore de nombreuses années avec ce drame en filigrane.

— J'ai rêvé d'elle, expliqua Lilian. Elle me semblait si vivante ! Comme si elle était là, avec moi.

— Moi aussi, j'ai rêvé d'elle, grand-mère.

— Elle m'appelait maman, comme elle le faisait quand elle était petite, raconta Lilian comme pour elle-même. J'avais tellement envie que ce rêve soit réel.

— Je sais.

— C'était une enfant si précoce. Très tôt, elle a fait ce qu'elle a voulu de moi. Je lui pardonnais toujours tout, même quand elle se comportait mal.

Sa voix se brisa sous le coup de l'émotion.

— Tu crois qu'elle essayait de me dire quelque chose ? demanda-t-elle, emplie d'espoir.

— Ce n'était qu'un rêve, grand-mère.

— Tu as raison. Ce n'était qu'un rêve. Mon Eva n'est plus là. Elle est vraiment morte, n'est-ce pas ?

— Je suis désolée...

Lilian se retourna vers la fenêtre tout en resserrant la ceinture de son peignoir.

— Mais alors qui était dans le jardin ?

6

Abby vérifia la porte. Elle était bien fermée à clé. Quant au rôdeur que sa grand-mère avait assuré avoir vu dans le jardin, il devait s'agir d'un buisson ou de branchages que la brise avait fait bouger. Rêver de sa fille avait pu altérer sa perception des choses. Elle avait vu ce qu'elle voulait voir.

Alors qu'Abby s'éloignait de la porte, un bruit de verre brisé l'arrêta net en même temps que l'alarme s'enclenchait.

Les deux femmes restèrent un instant pétrifiées avant de se couvrir les oreilles de leurs mains, dans l'espoir vain d'échapper au hurlement strident de la sirène. Mais, très vite, Abby se ressaisit et prit la situation en main.

— Ne bouge pas de là et appelle le 911, dit-elle en forçant la voix. Je reviens.

— La société de télésurveillance a déjà dû alerter la police.

Abby tint plus fermement le tisonnier qu'elle avait toujours à la main.

— Appelle quand même. Juste pour être sûre.

Lilian la prit par le bras.

— Où vas-tu ?

— S'il te plaît, grand-mère, fais ce que je te dis. Et ne sors pas de cette pièce tant que je ne serai pas revenue.

— Abigail... Fais attention à toi.

Les mots de Lilian résonnaient encore à ses oreilles alors qu'elle arrivait dans l'entrée. Des éclats de verre jonchaient le sol, à l'endroit où l'une des fenêtres latérales avait explosé en mille morceaux. Elle se déplaça avec précaution entre les fragments tranchants, s'attendant à voir à tout instant une main se glisser à l'intérieur pour tenter de déverrouiller la porte. Elle attendit, le cœur battant, prête à abattre son arme de toutes ses forces sur le malfaiteur au moment où il entrerait. Mais plusieurs secondes s'écoulèrent sans que rien de tel ne se produisît.

Un peu de la pression qui l'oppressait se relâchait quand quelque chose attira son regard. Entre les pieds de la console de l'entrée se trouvait un gros caillou enveloppé d'une feuille de papier. Elle se pencha sur le côté et, du bout de son tisonnier, ramena le caillou vers elle.

Sans réfléchir aux conséquences, elle se baissa et le ramassa. Les mains tremblantes, elle déplia le papier et lut les mots qui y avaient été griffonnés en lettres capitales au feutre rouge :

TIENS-TOI À L'ÉCART.

— Qu'est-ce que c'est ?

Elle sursauta au son de la voix de Lilian, qui se tenait à l'entrée du couloir. Discrètement, elle glissa la missive dans la poche de sa veste de pyjama puis exhiba le caillou.

— Quelqu'un a lancé ça par la fenêtre, expliqua-t-elle.

Puis, comme Lilian faisait un pas dans sa direction, elle s'écria :

— Reste où tu es ! Il y a du verre partout.

— Et toi ?

— Il fallait que je vérifie que la porte était fermée. Mais j'ai fait très attention.

— Et cette pierre ? Tu crois que tu as bien fait de la toucher ? Tu as peut-être brouillé les empreintes.

— Je sais, mais je n'ai pas réfléchi.

Elle reposa la pierre où elle l'avait trouvée.

— Abigail...

— Oui ?

— Pourquoi quelqu'un a-t-il fait ça ?

— Je ne sais pas, grand-mère. Tu as prévenu la police ?

— Oui.

Elle alla rejoindre sa grand-mère et enroula un bras autour de son épaule.

— Retourne dans le salon, tu veux bien ? Je vais aller jeter un coup d'œil aux autres pièces pour voir s'il n'y a rien d'anormal.

— Pourquoi ne pas laisser la police faire ça ?

— Je vais juste faire une première inspection en attendant qu'ils arrivent. Je ne serai pas longue. Promis.

Une fois Lilian en sécurité dans le salon, Abby fit le tour de toutes les pièces de la maison. Elle venait juste de terminer quand elle entendit arriver la voiture de patrouille.

Elle passa les minutes suivantes à faire sa déposition aux deux jeunes officiers qui avaient répondu aux appels simultanés de sa grand-mère et du centre de télésurveillance. Sans trop savoir pourquoi, elle s'abstint de mentionner le mot qu'elle avait trouvé. Peut-être pour ne pas inquiéter un peu plus sa grand-mère, déjà bien assez chamboulée par l'annonce de la mort tragique de sa fille. Et puis c'était une chose de penser que sa maison avait été la cible de simples vandales, c'en était une autre de découvrir que cet acte de vandalisme était sans doute lié au meurtre d'Eva.

D'ailleurs, que ferait la police si elle lui remettait ce billet ? Il y avait fort à parier qu'ils l'enregistraient comme pièce à conviction puis le déposeraient dans un casier sécurisé d'où ils ne le ressortiraient jamais. Ne serait-il pas plus judicieux d'emporter ce mot à Fairhope et d'en comparer l'écriture avec celles qui figuraient dans certains dossiers de l'entreprise de sa mère ? Elle n'y connaissait pas grand-chose en graphologie mais, par chance, elle connaissait quelqu'un qui pourrait l'orienter dans la bonne direction.

L'idée de travailler main dans la main avec Wade Easton pour tenter d'élucider le mystère lié au meurtre de sa mère la déconcertait autant qu'elle la stimulait. Sans vouloir revenir à tout prix sur cette histoire ancienne, elle estimait que Wade lui était redevable. S'il résistait, elle saurait se montrer persuasive. Elle aurait les bons arguments.

Après le départ des officiers de police, Abby alla chercher à la cave de quoi sécuriser la fenêtre en attendant de pouvoir faire remplacer la vitre. Elle trouva dans un coin une planche en contreplaqué qui ferait l'affaire. Après qu'elle l'eut fixée sous l'œil vigilant de sa grand-mère, à l'aide de clous et d'une visseuse électrique, les deux femmes retournèrent dans leur chambre. Aussitôt couchée, Abby fut assaillie de doutes et d'interrogations qui l'empêchaient de trouver le sommeil. Devait-elle rester à Atlanta jusqu'à ce que la police retrouve l'assassin de sa mère ou, au contraire, retourner à Fairhope pour mener sa propre enquête ?

Au matin, après quelques courtes heures de sommeil, sa décision était prise. Elle s'occupa de faire remplacer la vitre puis réussit à convaincre Lilian d'aller passer quelques jours chez sa sœur, à Savannah. Elle acheta elle-même le billet d'avion puis la conduisit à l'aéroport.

Satisfaite et soulagée de savoir sa grand-mère en sécurité, elle mit alors le cap sur Fairhope, où elle arriva en milieu d'après-midi. Au lieu de se rendre directement au cottage, elle décida de passer chez sa mère, dans la maison qu'occupaient James et Lydia. Les prendre par surprise, leur poser des questions auxquelles ils ne s'attendaient pas pourrait, en les déstabilisant, s'avérer payant. Qui sait ?

Quelques minutes plus tard, elle se garait sur le trottoir au lieu de s'engager dans l'allée principale. Elle avait besoin d'un peu de temps pour réfléchir à la manière dont elle allait les amener à parler d'Eva sans les alerter. Elle avait un coup d'avance sur eux : elle savait que sa mère avait été assassinée.

Les images affreuses apparurent de nouveau. Sa mère menottée au volant, l'horreur affichée sur son visage au moment où elle avait compris ce qui l'attendait, le plongeon fatal. Sans trop qu'elle s'explique pourquoi, la dernière dispute qui l'avait opposée à sa mère surgit à sa mémoire.

— Je n'ai rien contre ce jeune homme, mais il n'est pas fait pour toi, avait décrété Eva.

— Tu réalises ce que tes paroles ont d'offensant ? avait-elle rétorqué, ivre de colère.

— Tu comprends ce que je veux dire. Wade n'a aucun avenir, ici. Sans compter qu'il n'est pas particulièrement ambitieux.

— Et toi ? Tu n'as pas réussi, *ici,* peut-être ? Nous sommes tous de Fairhope, je te rappelle.

— C'est différent, chérie. Sérieusement, tu te vois vivoter dans ce trou ? Tu finirais par le lui reprocher, un jour ou l'autre. Parce que, crois-moi, tu te lasseras de lui.

— C'est la voix de l'expérience qui parle ?

Sa mère avait quitté la pièce sans rien ajouter.

Quelques jours après cette altercation, Abby avait trouvé le mot sur sa commode.

Elle était toujours perdue dans ses pensées quand une berline gris foncé stationnée sur le trottoir opposé attira son attention. Les vitres teintées ne lui permettaient pas une entière visibilité du conducteur, mais elle aurait juré qu'il la regardait fixement. L'avait-on suivie depuis Atlanta ?

Avant de sortir, elle saisit son smartphone et prit une photo de la voiture et de la plaque minéralogique. Puis elle traversa la rue et s'arrêta sur le trottoir pour tenter d'apercevoir quelque chose du physique de l'homme. Mais, à l'exception de ses cheveux courts et des lunettes de soleil qui dissimulaient son regard, elle n'en vit pas grand-chose. Immobile derrière son volant, il semblait observer la maison ; ou elle ; ou les deux.

Elle essaya de ne plus y penser tandis qu'elle parcourait l'allée principale qui conduisait à la maison. En vain. À mi-chemin, elle lança un coup d'œil furtif par-dessus son épaule. L'homme la suivait toujours des yeux.

Elle songea un instant à retourner dans la rue pour aller le confronter, mais elle y renonça très vite. Si elle voulait accomplir la mission qu'elle s'était fixée, il fallait que la discrétion soit de mise.

Elle prit une profonde inspiration, humant au passage le parfum capiteux du jasmin. Elle ferma les yeux tandis que les souvenirs l'assaillaient de nouveau. Sa mère et elle avaient emménagé dans cette maison alors qu'Abby était âgée de dix ans. Elles avaient vécu à deux jusqu'à ses quinze ans. Jusqu'à ce que, au retour d'un de ses voyages d'affaires, Eva lui annonce qu'elle s'était mariée avec un James McRae et que lui et sa fille de dix-neuf ans, Lydia, allaient venir s'installer avec elles.

James avait emménagé le premier. Abby se souvenait encore de la première impression qu'il lui avait faite. Elle l'avait trouvé beau et séduisant avec son regard clair et son sourire franc. Elle l'avait tout de suite beaucoup aimé. Son père étant mort alors qu'elle n'était qu'un bébé, elle ne nourrissait pas le secret espoir de voir ses parents se remettre ensemble un jour, comme l'espéraient souvent les enfants de parents divorcés. Par voie de conséquence, elle n'en voulait pas à sa mère d'avoir voulu refaire sa vie avec un autre.

Les quelques mois qu'ils avaient passés sous le même toit avaient été des plus agréables. Abby avait apprécié le sens de l'humour de James, ainsi que son caractère calme, qui la reposait de l'énergie parfois frénétique de sa mère. Malheureusement, l'arrivée de Lydia avait rompu ce bel équilibre.

Cette dernière était arrivée bourrée d'une rancœur qui ne s'était jamais démentie. Elle n'aimait ni la maison, ni le quartier, ni sa chambre. Encore moins sa nouvelle famille. Elle ne manquait jamais une occasion de faire savoir à Abby à quel point elle la trouvait exaspérante. Elle avait un caractère si difficile que tout le monde s'était senti soulagé de la voir retourner à l'université, à l'automne. La maison était redevenue paisible, à l'exception des week-ends où Lydia revenait. Abby ne se confrontait jamais à elle. Elle préférait l'éviter.

Tout avait changé après la disparition d'Eva. Lydia avait réintégré la maison à temps complet et avait décidé de prendre les choses en main. Personne n'y avait trouvé à redire. Ou plutôt personne n'avait eu le courage de s'opposer à elle. Abby, abandonnée coup sur coup par sa mère puis par Wade, avait préféré aller vivre et panser ses plaies chez sa grand-mère, laissant toute latitude à Lydia et à son père pour gérer les affaires d'Eva.

Aujourd'hui, Abby n'était plus une adolescente timide et effacée. Elle était une femme au caractère affirmé. Il était temps qu'elle reprenne sa place au sein de cette maison qui avait été la sienne avant d'être celle des McRae.

Forte de cette résolution, elle s'avança vers son beau-père, qui, comme elle venait de le découvrir, était installé dans un des fauteuils rembourrés qui meublaient la terrasse. Les yeux fermés, un livre ouvert sur les genoux, la tête légèrement inclinée sur le côté, il semblait dormir.

Ses traits accusaient la fatigue, une barbe naissante ombrait ses joues, mais il semblait se porter mieux que ne s'y attendait Abby. Il ouvrit les yeux à l'instant même où une latte du plancher craqua sous ses pas.

— Abby ?

— Je suis désolée. Je ne voulais pas te réveiller.

Il se redressa tout en lui faisant signe d'approcher.

— Je ne dormais pas. Je prenais l'air. Cette terrasse est tellement agréable sous le ventilateur. Viens donc t'asseoir.

— Je ne voudrais pas te déranger. Tu as besoin de te reposer.

— Je ne fais que ça, me reposer. D'abord à l'hôpital, maintenant, ici. S'il te plaît, viens t'asseoir. Je suis ravi d'avoir de la compagnie.

Elle essaya de déchiffrer son expression tandis qu'il posait son livre sur le guéridon qui se trouvait à côté de son siège. Il paraissait calme et sincèrement heureux de la voir, signes manifestes qu'il n'était pas au courant de la mort d'Eva.

Ou alors il mérite qu'on lui attribue l'Oscar du meilleur acteur.

Il lui sourit en la voyant s'asseoir en face de lui.

— Je n'ai pas encore eu l'occasion de te remercier pour le joli bouquet que tu m'as fait livrer à l'hôpital. Des freesias. Ce sont mes fleurs préférées.

— Je sais. Un jour, tu m'as confié que tu avais une jardinière de ces fleurs sur le rebord de la fenêtre de ta chambre quand tu étais petit et que tu adorais les regarder.

— Tu t'es souvenue de ça ?

Il semblait vraiment étonné. Elle opina d'un hochement de tête.

— Je voulais venir te voir à l'hôpital, mais on m'a dit que les visites n'étaient pas autorisées.

— C'est exact. Ils étaient très stricts à ce sujet. Mais tu es là, maintenant.

Garder le secret de la découverte du cadavre d'Eva au fond du lac s'avérait plus difficile qu'elle ne l'aurait pensé. James avait été éperdument amoureux de sa femme. Il allait être dévasté.

À moins que ce soit lui le coupable.

Et, si c'était lui, il avait eu dix longues années pour se composer une attitude ; pour se couler dans la peau du mari bafoué, victime de la trop belle Eva.

Elle essaya de l'imaginer regarder sans états d'âme la Rolls sombrer dans le lac, Eva menottée au volant hurlant sa terreur. Se réjouissant intérieurement de son acte diabolique.

— Abby ? Ça va ?

La voix de James la fit sursauter. Elle regarda autour d'elle d'un air inquiet.

— Oui, parvint-elle à articuler d'un ton égal. Lydia n'est pas là ? Je voulais lui parler de certains dossiers qu'elle m'a transférés par mail.

— Elle est à l'intérieur. Tu veux que j'aille la chercher ?

— Rien ne presse. Nous verrons cela plus tard. Mais, dis-moi, tu m'as l'air en forme, pour quelqu'un qui vient de subir une lourde opération.

Un sourire railleur se dessina sur les lèvres de son beau-père.

— Si tu m'avais vu il y a trois jours ! J'avais tout du cadavre ambulant.

— Tu t'es vite rétabli. Tu as bonne mine. D'ailleurs, Lydia m'a dit que les médecins étaient satisfaits de tes progrès.

— Oui. D'après eux, je devrais pouvoir reprendre le travail dans quelques semaines. En attendant, je te remercie d'être venue donner un coup de main à Lydia. Elle ne voudra jamais l'admettre mais elle est débordée. La saison d'été est toujours la plus chargée et je t'avoue que tu nous sauves la vie.

— Je suis heureuse de pouvoir vous aider.

— Que, pour cela, tu mettes de côté ta propre activité me touche beaucoup.

Pourquoi ? Il s'agit encore de l'entreprise de ma mère, que je sache.

— J'avais des jours de congé à récupérer, dit-elle à la place.

Elle offrit son visage aux pales du ventilateur.

— Tu as raison, c'est très agréable, ici.

— Que dirais-tu d'un verre de citronnade ? Il y a un pichet au frais. Difficile de faire mieux par une chaleur pareille, non ?

Il esquissa le geste de se lever mais elle le devança.

— Reste assis. Je m'en occupe. Enfin, si cela ne te dérange pas que j'entre dans la maison.

— Tu plaisantes. C'est chez toi, ici.

— Dans ce cas, c'est parti pour deux citronnades !

Aussitôt à l'intérieur, elle accusa le coup. Le revêtement du sol, la couleur des murs, le mobilier. Tout avait changé. Même les tableaux avaient été remplacés, y compris un portrait d'elle encadré, autrefois accroché en haut de l'escalier. Il ne restait rien des talents de décoratrice de sa mère. Pas une trace. Le choc passé, elle chercha à se convaincre que c'était normal. Abandonnés par Eva, elle-même partie vivre ailleurs, James et sa fille s'étaient senti le droit de procéder à des changements destinés à les faire se sentir chez eux, ici.

Elle fut tentée de monter jeter un coup d'œil dans ce qui fut sa chambre avant de juger que c'était inutile. Elle connaissait d'avance la réponse à la question qu'elle se posait. Cette chambre qu'elle convoitait tant, Lydia avait dû l'occuper à la seconde où Abby était partie pour Atlanta.

Son regard fut soudain attiré par le reflet du soleil sur un cadre posé sur une console. Elle traversa l'entrée et prit la photo entre ses mains. Finalement, il restait quelque chose de sa mère dans cette maison. Elle fixa le visage d'Eva, assaillie de souvenirs liés à leur vie commune. Elles avaient passé ici tant de bons et de mauvais moments. Eva était une femme complexe et secrète qui pouvait aussi, en de rares occasions, se montrer d'une extrême gentillesse.

— Il ne veut pas qu'on touche à cette photo.

Abby regarda Lydia descendre quelques marches puis s'arrêter au beau milieu de l'escalier. Sa tenue décontractée – jean, chemise en coton et sandales en cuir – ne parvenait pas à faire oublier la froideur qui émanait d'elle. Elle aurait pu être très séduisante sans ce regard dur qu'elle promenait en permanence sur les choses et sur les gens.

— J'avoue que je suis étonnée de la voir toujours là, rétorqua Abby.

— Papa est resté sentimental malgré ce qu'elle lui a fait.

Elle prit le parti d'ignorer cette pointe perfide.

— Avoue que ce portrait d'elle est magnifique. Quand j'étais petite, je trouvais que maman ressemblait à une star de cinéma sur cette photo.

Lydia esquissa un sourire mauvais.

— Elle devait le croire, elle aussi. Je n'ai pas besoin de te rappeler à quel point elle se prenait pour le centre du monde. Elle était d'une prétention incroyable.

— Tu en parles comme si elle était morte.

Les mots étaient sortis sans qu'elle puisse les retenir. Elle vit le regard de Lydia se durcir un peu plus.

— Dix ans ont passé, répondit-elle comme si elle n'avait pas entendu. Le temps aura fait son effet sur elle, comme il le fait sur tout le monde.

Elle s'interrompit brièvement pour scruter la photo.

— Je me demande bien pourquoi il insiste tant pour garder ce sanctuaire à sa mémoire. Ce qu'elle lui a fait est tellement impardonnable.

— Nous ne connaissons pas toute l'histoire, rappela Abby. Et puis tu exagères un peu en parlant de sanctuaire.

— Vraiment ? Regarde de plus près. La bougie parfumée était sa préférée et la boîte d'allumettes posée à côté vient du restaurant où papa lui a fait sa demande. Non, vraiment, je ne comprends pas comment il peut encore vouer une telle adoration à cette horrible bonne femme.

Elle affichait un tel mépris, une telle répulsion qu'Abby en fut toute retournée.

— Je te rappelle que cette femme était ma mère, rétorqua-t-elle sèchement.

— « Était » ?

Même si Lydia ne faisait que lui renvoyer la pareille, elle crut bon de se justifier.

— Tu vois ce que je veux dire.

— Je suis surprise que tu la défendes encore, vu qu'elle t'a larguée en même temps que mon père et que, depuis, elle n'a pas jugé nécessaire de se manifester.

Parce qu'elle a été assassinée. Sinon, elle serait revenue vers moi, un jour ou l'autre.

C'était du moins ce qu'elle voulait croire.

— Ma mère est un sujet que nous devrions éviter d'aborder, toi et moi.

— Je ne demande pas mieux. Mais il se trouve que ta venue remue beaucoup de mauvais souvenirs et soulève des questions dont il faut que nous parlions. Si nous devons travailler ensemble pendant les prochaines semaines, autant mettre les choses au clair une bonne fois pour toutes. De belle-sœur à belle-sœur.

— Très bien. Que souhaites-tu mettre au clair, exactement ?

Lydia descendit les marches restantes pour venir la rejoindre.

— D'abord, il faut que tu saches que te faire venir ici n'était pas mon idée, déclara-t-elle.

TIENS-TOI À L'ÉCART.

Une mise en garde dont Lydia pouvait être l'auteure.

— Le contraire m'aurait étonnée, répliqua-t-elle.

— Je n'ai pas l'indulgence de mon père, dit Lydia. Quand tu as choisi d'aller vivre à Atlanta avec ta grand-mère, tu nous as laissé l'entreprise sur les bras. Ça n'a pas été aussi facile que tu peux le penser.

— Lydia, je n'avais que dix-sept ans. À cet âge-là, on a déjà beaucoup de mal à gérer sa propre vie, alors une entreprise... Et puis c'était le choix de ma mère, que James ait sa place dans l'entreprise aussi longtemps qu'il le souhaiterait.

— C'est exact. En accédant au souhait de ta mère, il s'engageait moralement à faire en sorte que tu ne manques de rien, au détriment des autres, de sa vie personnelle. Sans son travail acharné, et le mien, l'entreprise aurait fait faillite.

Une lueur mauvaise passa dans son regard et elle ajouta :

— Tout ce que tu as à faire est d'encaisser un chèque en fin d'année.

— Personne ne vous a forcés à accepter.

Lydia l'entraînait sur un terrain où elle ne voulait pas aller. Abby prit une profonde inspiration et parvint à dire, sur un ton conciliant :

— Je suis parfaitement consciente du travail merveilleux que vous avez accompli. Et je vous en suis très reconnaissante. Le moins que je puisse faire est de venir te donner un coup de main pendant la convalescence de James.

Lydia ne répondit pas tout de suite. Elle prit le temps de passer un doigt soupçonneux sur la console, comme pour vérifier qu'il n'y avait pas de poussière. Une manière détournée de montrer à Abby qu'elle était la maîtresse des lieux ?

— Puisqu'il s'agit de mettre les choses au clair, si tu me donnais la véritable raison de ta venue ?

— Je croyais pourtant te l'avoir dit.

— Nous savons toutes les deux que tu mens. Je sais très bien que tu te sers de la convalescence de papa comme prétexte pour venir t'immiscer dans l'entreprise. Je savais que ce n'était qu'une question de temps. Qu'une fois que les affaires recommenceraient à prospérer tu reviendrais pour récolter le fruit de notre travail.

— Je n'ai pas à m'immiscer, comme tu dis, rétorqua vertement Abby. Je te rappelle que cette maison ainsi que l'entreprise appartiennent encore à ma mère et que j'en suis l'héritière directe. Ceci étant dit, tu devrais savoir, depuis le temps, que je n'ai jamais eu en tête de reprendre les rênes de l'entreprise. Je suis heureuse dans la voie que je me suis choisie.

— Tu serais prête à mettre cela par écrit ?

— Tu as déjà un contrat qui te protège, non ?

— Merci de me rappeler que je ne suis qu'une employée.

Abby leva les yeux au ciel. La mauvaise foi évidente de Lydia commençait à lui porter sur les nerfs.

— Ce n'est pas ce que j'ai voulu dire. Et tu le sais.

— Au contraire. Consciemment ou inconsciemment, c'est exactement ce que tu voulais dire.

Sur ce, elle prit le cadre et le posa à l'envers sur le guéridon.

— Si tu crois que j'ai oublié le nombre de fois où ta mère et toi m'avez fait comprendre, de manière plus ou moins subtile, que je n'étais pas chez moi, ici.

— C'est faux.

— C'est vrai.

Lydia darda alors sur elle un regard si haineux qu'elle en eut froid dans le dos.

— Et toi ? riposta-t-elle. Tu ne manquais jamais une occasion de nous cracher au visage que tu détestais cette maison. Que tu nous détestais, ma mère et moi.

— Comment étais-je censée réagir à vos attaques permanentes ?

J'étais bien obligée de me défendre. Mon père était tellement aveuglé par son amour pour Eva et par son affection pour toi qu'il ne voyait même pas que sa fille unique était traitée comme une invitée indésirable. Vous étiez trois contre moi. Puis Eva est partie et tout a changé pour moi.

Un sourire fielleux se dessina sur ses lèvres.

— Tout d'un coup, c'est toi qui es devenue l'intruse.

7

Quand Abby retourna auprès de James avec leurs deux verres de citronnade, elle était encore ébranlée par la discussion qu'elle venait d'avoir avec Lydia. Néanmoins, elle parvint à garder un air neutre et à offrir à son beau-père un sourire qui se voulait enjoué.

— J'ai entendu des voix, dit-il. Tu as vu Lydia ?

— Oui. Nous avons discuté un moment mais elle est remontée à l'étage. Elle avait des coups de fil à passer.

— Elle a pu répondre aux questions que tu te posais ?

— Plus ou moins.

— Tu peux t'adresser à moi aussi, si tu veux. Je sais que Lydia peut être irritable, parfois, mais elle est un atout précieux pour l'entreprise.

— Je n'en doute pas.

James se pencha en avant pour ajouter, sur le mode de la confidence :

— Je peux t'avouer quelque chose ?

— Bien sûr.

— Tu as toujours ressemblé à ta mère mais quand j'ai ouvert les yeux sur toi, tout à l'heure, j'ai cru la voir.

— J'en suis désolée.

— Ça a été une impression fugace. Et puis prends-le comme un compliment. Ta mère était une très belle femme.

Elle resta silencieuse un court instant.

— Tu parles encore d'elle avec une telle tendresse. Sans la moindre rancœur, le moindre ressentiment. Comment fais-tu ? Tu devrais lui en vouloir un peu quand même, non ?

— Au début, bien sûr, que je lui en ai voulu. Je te mentirais en te disant le contraire. Mais la vie est trop courte pour s'embarrasser de regrets. J'ai fait la paix avec le passé, il y a longtemps déjà.

— Je t'envie. Moi, il m'arrive encore d'être affectée par le fait qu'elle m'ait abandonnée.

Elle prit son verre et en sirota une gorgée.

— Tu n'as jamais envisagé de demander le divorce ? Tu avais de bonnes raisons de le faire, sans compter que tu aurais eu la loi de ton côté. Maman a abandonné le domicile conjugal.

— Longtemps, j'ai espéré qu'elle reviendrait. Qu'elle se lasserait vite de ce type dont elle s'était entichée. Que c'était une tocade passagère. Puis, avec le temps, ça n'a plus été un problème.

— Et toi ? Tu n'as jamais rencontré quelqu'un avec qui refaire ta vie ?

— J'ai tenté l'expérience deux fois, c'est bien assez. Et puis, avec Eva, j'ai placé la barre très haut. Aucune autre femme ne tiendrait la comparaison.

— Excuse-moi. Cette conversation doit te chambouler.

— Non. Cela peut te paraître étrange, mais je suis même heureux de pouvoir parler d'elle avec toi. Tu peux me poser toutes les questions que tu veux, si cela peut te faire du bien.

— Tu savais qu'elle voyait quelqu'un ?

— À ce moment-là, notre couple battait de l'aile. Tous les signaux étaient là, mais je ne voulais pas les voir.

— Tu as su qui était cet homme ?

— J'ai cru le savoir, mais finalement je m'étais trompé.

Elle s'apprêtait à lui demander des précisions juste au moment où Lydia arriva. Écoutait-elle, tapie derrière la porte, ce qu'ils se disaient ?

— C'est l'heure de prendre tes cachets, papa.

— Je rentre dans une minute. Abby et moi avons une discussion intéressante.

Abby se leva.

— Je vais vous laisser. Je reviendrai un autre jour.

— Promis ?

— Promis.

Puis elle ajouta, à l'adresse de Lydia :

— À demain, au bureau.

— Je n'y serai pas. Je dois m'absenter quelques jours.

L'animosité qu'elle avait manifestée tout au long de leur discussion s'était dissipée comme par enchantement.

— Tu te rappelles, papa ? Je t'ai dit que je devais être à Mobile demain matin puis à Moon Bay mardi. J'ai rendez-vous avec le maître d'œuvre qui dirige les travaux de rénovation et je ne peux vraiment pas annuler sans risquer de prendre du retard sur le planning des réservations.

— Pourquoi Abby n'irait-elle pas à ce rendez-vous à ta place ? suggéra James. Tu l'as dit toi-même, nous avons déjà perdu beaucoup de temps. Abby pourrait te soulager un peu.

— Bien sûr, dit Abby. Je serais heureuse de pouvoir vous aider.

— Tu connais la maison ? demanda Lydia, réticente.

— Je n'y suis pas allée depuis des années mais je sais où elle se trouve.

— Lydia va te dire exactement ce qu'il y a à faire, décréta James en se levant.

— Ne te laisse pas entourlouper par le maître d'œuvre, déclara Lydia. Il est bien capable d'essayer de te convaincre qu'il faut faire des travaux supplémentaires. Ne signe aucune proposition, aucun papier.

Elle opina docilement.

— Tu as une liste des travaux qu'il reste à faire à me donner ?

— Tu l'auras demain. Je la laisserai ici avec le trousseau de clés. Ne viens pas trop tôt. Papa a besoin de se reposer.

— Quelle heure te conviendrait, James ?

— Quand tu veux après 9 heures. Lydia, arrête un peu de t'inquiéter. Tu peux faire confiance à Abby.

— D'accord. Mais, surtout, ne signe…

— Aucun papier, fit Abby. Je crois que j'ai compris. À demain, James.

Arrivée au bout de l'allée, elle se retourna. Lydia et James, debout côte à côte, l'observaient depuis la terrasse. Dans la rue, l'homme, toujours installé derrière son volant, la regardait fixement.

Vingt minutes plus tard, elle se garait devant le cottage. En chemin, elle avait appelé Wade pour lui demander de la rejoindre. Une fois à l'intérieur, elle posa son sac dans l'entrée et se rendit sur la terrasse où ils devaient se retrouver. Il n'était pas là. Était-il en retard ou avait-il décidé de lui poser un lapin ?

Agacée et déçue, elle se pencha à la rambarde. Wade était allongé sur le quai, les jambes dans le canal. Il lui vint une image d'eux quand, adolescents amoureux, ils passaient des heures dans l'eau puis se faisaient sécher au soleil, leurs doigts entrelacés.

Elle ne se laissa aller à ces souvenirs qu'un court instant. L'heure n'était pas à la nostalgie. Elle l'appela. Il se redressa puis, après s'être tourné vers elle, lui fit un signe de la main.

Il enfila sa chemise en marchant, sans doute pour lui laisser tout loisir d'admirer les muscles saillants de son torse. Elle détourna la tête.

— Merci d'être venu, dit-elle quand il fut assez près pour l'entendre.

— Tu avais l'air anxieuse au téléphone. Tout va bien ?

— Je n'en suis pas sûre. Un incident s'est produit chez ma grand-mère, hier soir. À vrai dire, je ne sais pas quoi en penser.

— Que s'est-il passé ?

— Je vais te raconter. Mais d'abord allons nous asseoir, si tu veux bien.

Elle l'entraîna vers le coin de la terrasse situé à l'ombre d'un massif de lauriers-roses. De la main, elle l'invita à s'installer dans l'un des fauteuils en rotin qui encadraient une table basse.

— Tu veux boire quelque chose ? Du thé ? De l'eau ? Je dois aussi avoir des canettes de bière au frais.

— Je veux bien un verre d'eau. Il faisait plutôt chaud sur le quai.

Elle retourna à l'intérieur, remplit deux verres au distributeur d'eau fraîche du frigo puis retourna sur la terrasse. Au lieu de vider son verre d'un trait, comme elle aurait pu s'y attendre, Wade le garda entre ses mains.

— Alors ? Que s'est-il passé, hier soir ?

— Quelqu'un a lancé une pierre sur une des fenêtres de l'entrée. Nous avons dû appeler la police.

Une vive inquiétude se peignit soudainement sur le visage de Wade.

— Vous n'avez pas été blessées, au moins ?

— Non. Mais ma grand-mère a été très secouée. Moi aussi, pour tout te dire. Juste avant ça, je m'étais réveillée avec le sentiment étrange que quelque chose allait arriver. Tu sais, un peu comme quand tu rentres chez toi après une longue absence et que tu as l'impression que quelqu'un a pénétré dans les lieux. C'était ce genre de sensation. Rien de tangible ; juste un malaise inexpliqué. Je me suis levée pour aller faire le tour des pièces et j'ai trouvé ma grand-mère devant la porte-fenêtre du salon. Quand je lui ai demandé ce qu'elle faisait là, elle m'a répondu qu'il y avait quelqu'un dans le jardin. Elle m'a affirmé que c'était maman.

Elle attendit une réaction qui ne vint pas.

— Wade, tu as entendu ce que je viens de dire ?

— Oui. Justement, j'y réfléchissais. Serait-il possible que ta grand-mère ait fait une crise de somnambulisme ?

— C'est ce que je me suis demandé, moi aussi. Elle m'a tenu un discours un peu décousu, elle avait un comportement un peu étrange mais, malgré tout, elle semblait lucide. Elle m'a avoué avoir rêvé de maman juste avant de se réveiller. Je pense qu'elle a vu ce qu'elle voulait voir. En revanche, il devait bien y avoir quelqu'un dans le jardin, puisque à peine quelques secondes plus tard la vitre était fracassée.

Il fronça les sourcils mais son ton resta égal.

— Tu crois que la maison était surveillée ?

— Pour quelle raison quelqu'un se serait-il trouvé dans notre jardin en pleine nuit, sinon ?

— Et la police ? Qu'en a-t-elle pensé ?

— Pour eux, c'est l'œuvre de gamins désœuvrés que cela amuse de commettre des actes de vandalisme quand les gens dorment. Exploser des vitres, saccager des boîtes aux lettres... bref, ce genre d'agissements. Ils nous ont posé quelques questions, ont rédigé un rapport puis ont fait le tour de la maison. Ils ont mis la pierre dans un sac à scellés, mais je doute qu'ils y trouvent des empreintes digitales exploitables. Bref, ils ont fait leur boulot mais, à ce stade, ils ne pouvaient pas faire plus.

J'ai réussi à convaincre grand-mère de ne pas rester seule chez elle. À l'heure qu'il est, elle se trouve chez sa sœur, à Savannah.

— Tu as bien fait. Des incidents similaires s'étaient déjà produits dans le quartier ?

— Pas à notre connaissance. Wade... Il faut que je t'avoue quelque chose.

— Quoi ?

— Les officiers de police sont arrivés à cette conclusion parce qu'ils n'avaient pas tous les éléments en main.

— Ce qui veut dire... ?

En guise de réponse, elle lui tendit le billet anonyme qu'elle avait pris soin de glisser dans une poche en plastique.

— Pourquoi ne l'as-tu pas donné à la police ? demanda-t-il après l'avoir lu.

— J'avais mes raisons.

Il leva les yeux au ciel. De toute évidence, ce n'était pas la réponse qu'il attendait.

— Cela m'intéresserait de savoir lesquelles, fit-il en ricanant.

— Ma grand-mère était déjà chamboulée. Je ne voulais pas l'inquiéter davantage. J'ai préféré lui laisser croire la version des policiers. Quant à moi, je n'ai pas réfléchi, et après il était trop tard pour revenir sur ce que j'avais dit.

— Ce mot est un avertissement que tu ne dois pas prendre à la légère. Tu aurais dû en parler à la police.

— Je sais, mais j'ai des circonstances atténuantes. Qu'auraient-ils fait, de toute façon ? La probabilité de trouver quoi que ce soit est assez faible. D'ailleurs, nous pouvons le faire nous-mêmes.

Il fronça les sourcils.

— « Nous » ?

Elle n'avait pas prévu d'aborder le sujet de manière aussi directe. Elle avait plutôt pensé l'amener à un moment opportun où elle aurait fait des suggestions en douceur. Elle eut soudain envie d'un remontant plutôt que de ce verre d'eau froide.

— J'ai pensé à quelque chose, annonça-t-elle prudemment. Mais ce n'est pas le bon moment pour en parler.

— Je crois au contraire qu'il n'y a pas meilleur moment.

— Plus tard, dit-elle.

— Comme tu voudras. J'imagine que je ne t'apprendrai rien en te disant qu'il y a tes empreintes digitales sur cette feuille ?

— J'ai pris mes précautions. Je l'ai attrapée du bout des doigts, juste par un coin, et je l'ai fait glisser directement dans cette poche en plastique. Wade... Si je n'en ai pas parlé à la police, c'est aussi parce que j'ai en tête de comparer cette écriture avec d'autres.

— Pour une décision prise sur un coup de tête, je la trouve plutôt mûrement réfléchie.

Elle n'aurait su dire, à son ton, s'il était irrité ou au contraire épaté. Les deux, peut-être ?

— Je suppose que tu fais allusion à James et Lydia, ajouta-t-il.

Elle opina.

— Autant procéder par élimination. Lydia doit me donner la liste des travaux qu'il reste à faire sur l'une de nos propriétés. Elle sera sans doute écrite de sa main.

Il la considéra un instant sans rien dire.

— Tu parles sérieusement ?

— Oui. Pourquoi ?

— Parce que la police n'a pas encore ouvert l'enquête que, toi, tu es déjà dans les starting-blocks.

— Wade, cette histoire remonte à dix ans. Une fois dissipée l'excitation des premières minutes, le dossier sera classé sans suite.

— Tu n'en sais rien.

Son entêtement fit monter en elle une colère sourde.

— Peut-être que c'est un risque que je ne veux pas courir, rétorqua-t-elle d'un air pincé. Je ne parle pas de faire obstruction, je parle de chercher de mon côté de quoi faire avancer l'enquête avant qu'elle soit classée de nouveau. Tout ce dont j'ai besoin pour l'instant, c'est un expert en graphologie. Tu en connais un ?

— J'en connais un.

— Merci.

Un bref silence s'ensuivit, qu'il rompit le premier.

— Et si tu trouves quelque chose, que feras-tu ?

— J'irai trouver la police, bien sûr. Contrairement à ce que tu sembles croire, je ne suis pas idiote. Je sais bien qu'une analyse graphologique ne constituera pas une preuve irréfutable. Pour en revenir à James et à Lydia, je doute qu'ils soient impliqués. Le premier est en pleine convalescence. Je le vois mal conduire jusqu'à Atlanta pour me menacer. Quant à Lydia…

Elle marqua une courte pause, s'attardant sur cette hypothèse.

— Elle me déteste tellement qu'elle en serait capable. Mais agir comme une vulgaire délinquante n'est pas son style. Elle est bien trop bêcheuse.

Wade reposa son verre à présent vide sur la table basse. Il semblait pensif.

— Imaginons quand même que ce soit l'un ou l'autre. Comment auraient-ils appris que tu étais à Atlanta ? Comment quiconque l'aurait-il su, d'ailleurs ?

— Moi aussi, je me suis posé la question. Tu es le seul à qui j'en ai parlé. Même ma grand-mère l'ignorait. Je ne l'avais pas prévenue de ma visite.

— Je n'ai dit à personne que tu allais à Atlanta, répliqua-t-il, sur la défensive. Mais j'ai parlé à mon père de la découverte de la Rolls au fond du lac. Je sais bien que nous étions convenus de garder ça pour nous, mais j'ai pensé qu'en tant qu'ex-chef de la police il pouvait détenir des informations utiles.

— Il en avait ?

— Non. Mais on ne sait jamais, quelque chose pourrait lui revenir.

Il fixa le regard sur l'eau miroitante. Elle en profita pour scruter son profil. Elle se réhabituait peu à peu à ses traits, qui lui avaient été aussi familiers que les siens. À l'époque, elle l'aimait d'un amour absolu qui frisait l'obsession et qui lui paraissait, aujourd'hui, ridiculement exagéré.

Pourtant, cela n'enlevait rien au fait qu'elle le trouvait toujours aussi séduisant.

Il se retourna brusquement, la surprenant en train de le contempler. Elle lui sut gré de choisir de reprendre le fil de leur discussion, comme si de rien n'était.

— Il est possible que cet avertissement n'ait rien à voir avec la mort de ta mère. Que, contrairement à ce que tu penses, ce soient James et Lydia qui aient voulu t'effrayer pour te tenir éloignée de l'entreprise. L'un ou l'autre, ou les deux, ont pu engager quelqu'un pour te suivre. C'est de cette manière qu'ils auraient appris que tu étais à Atlanta.

Elle repensa à l'homme qui était en faction devant la maison familiale.

— Il y avait un type garé sur le trottoir quand je suis passée voir James, expliqua-t-elle en lui montrant la photo qu'elle avait prise de la voiture.

Il lui prit son smartphone des mains et agrandit l'image.

— On dirait bien l'inspecteur Benson, dit-il. Je lui ai parlé hier. Il était au lac.

— Un flic ? Tu crois qu'il voulait parler à James ?

— C'est possible, mais il est plus probable qu'il surveillait la maison.

— Si c'est le cas, il n'était pas très discret.

Il haussa les épaules.

— C'est voulu. C'est une manière d'affoler les gens qui n'ont pas l'esprit tranquille.

— En ce qui me concerne, ça a marché. Pourtant, j'ai l'esprit tranquille.

— Tu sais s'il était allé leur parler ?

— Je ne crois pas.

— Rien dans leur comportement ne laissait penser qu'ils étaient au courant pour Eva ?

— Non. Je suis certaine qu'ils ne savaient pas. James semblait sincèrement heureux de me voir.

— Ou il a fait semblant de l'être. Et Lydia ?

— Je n'en dirais pas autant. Mais je me serais méfiée si elle m'avait accueillie les bras ouverts. Les investigations vont être plus compliquées que je ne l'aurais cru, finalement. Il y a tant de possibilités, avec si peu d'éléments.

— C'est ce qui me plaît dans mon métier d'enquêteur, dit-il dans un sourire. Il ne serait pas aussi amusant s'il était accessible à tout le monde.

— Amusant ? Vraiment ?

— La plupart du temps, oui.

— Je repense souvent à ce que tu m'as dit : qu'en cas d'homicide c'était souvent sur le conjoint que se portaient d'abord les soupçons. Grand-mère m'a dit la même chose. Mais je ne peux vraiment pas imaginer James dans la peau d'un assassin. Lydia aurait un meilleur mobile. Elle détestait ma mère. D'ailleurs, elle me déteste, moi aussi. Et elle ne s'en est jamais cachée.

— Raison de plus pour rester sur tes gardes. Tu trouves que l'enquête est compliquée, alors imagine un peu quand tu voudras sortir des dossiers du bureau ou quand tu commenceras à poser trop de questions aux mauvaises personnes. Les gens vont s'interroger. S'alarmer, pour certains. Aussi, ne perds jamais de vue que tu recherches un homme capable de tuer de sang-froid.

Cette prise de conscience la fit frissonner tout entière.

— Je sais. C'est pourquoi j'aimerais t'engager pour m'aider à enquêter.

— M'engager ?

Il la regarda si fixement qu'il lui donna l'impression qu'elle avait perdu la raison.

— Waouh ! J'avoue que je ne m'attendais pas à ça, dit-il finalement.

— Wade... Je sais qu'il y a un passif entre nous. Nous ne nous sommes pas quittés en très bons termes, mais cette époque est révolue. Aujourd'hui, la seule chose qui compte pour moi est de traduire l'assassin de ma mère en justice. C'est toi qui as trouvé sa voiture. Tu n'aurais pas envie d'aller jusqu'au bout ?

— Ce n'est pas une bonne idée.

Sa résistance ajoutait de l'humiliation à son embarras, mais elle persista.

— Pourquoi ?

— Je travaille déjà sur une enquête. Mais, même si ce n'était pas le cas, je ne suis pas ce genre d'enquêteur.

— Pourtant, il t'arrive de l'être.

Il haussa un sourcil perplexe.

— Comment le sais-tu ?

— Je suis allée sur ton site web. J'ai même parlé à ton assistante. Elle m'a dit que tu acceptais parfois des missions de détective privé pour des particuliers si l'affaire t'intéressait.

— Elle t'a aussi indiqué mes tarifs ?

Le ton était ironique, mais elle n'était plus à une humiliation près.

— Ce n'est pas le problème. Tu n'es pas obligé de me donner

une réponse tout de suite. Prends le temps de la réflexion. Nous en reparlerons demain.

— Admettons que j'accepte, il nous faudrait établir quelques règles de base. Pas de décisions intempestives, aucune prise de risques, bref, nous ferions les choses à ma façon ou pas du tout. T'en sens-tu capable ?

— Oui, répondit-elle sans hésiter.

— Tu dis cela maintenant, mais ce ne serait peut-être pas aussi facile que tu le crois. Je peux me montrer autoritaire, manquer de tact. C'est moi qui te demande de réfléchir.

— C'est tout réfléchi. C'est toi l'expert. Je promets de t'obéir. Je n'aurai aucun problème pour me soumettre à tes décisions.

Comme elle le voyait se lever pour partir, elle s'empressa d'ajouter :

— Je peux te demander une faveur ?

— Cela dépend.

— Je voudrais voir l'endroit où se trouve la voiture.

Sa demande sembla le déconcerter.

— Pour quelle raison ? Tu ne pourras rien voir à moins de plonger à dix mètres de profondeur.

— Je ne veux pas plonger, j'ai juste *besoin* de voir où sa voiture a sombré, expliqua-t-elle posément. Cela n'a de sens pour personne d'autre que moi, je te l'accorde. Mais ce serait un peu comme aller me recueillir sur sa tombe. Cela peut te paraître macabre mais de toute façon, si tu ne m'y accompagnes pas, j'irai seule.

— Je comprends. Le seul problème, c'est qu'il est tard. Le soleil ne sera pas loin de se coucher quand nous arriverons sur place. Ne serait-il pas préférable d'attendre demain ?

— En repoussant, nous prenons le risque que ce soit trop tard. La voiture aura peut-être été remontée et transférée pour être examinée.

Il marqua un bref temps d'hésitation.

— C'est vraiment ce que tu veux ?

— Oui. Et, contrairement aux apparences, j'ai toute ma raison.

Il esquissa un sourire moqueur.

— Tu as volontairement dissimulé une pièce à conviction et maintenant, pour je ne sais quelle raison, tu t'es mis en tête que nous pourrions enquêter tous les deux sur le meurtre de ta mère. Alors permets-moi d'en douter.

8

Wade attendit qu'Abby ait largué les amarres puis sauté d'un bond léger dans le bateau pour quitter le quai en marche arrière. Ensuite, il fit pivoter l'embarcation en direction du nord, mais ne mit pleins gaz que lorsqu'ils eurent quitté le chenal. Abby était assise à côté de lui, une main agrippée au pare-brise.

Il scruta son profil alors qu'elle regardait droit devant elle, les yeux protégés du soleil couchant par d'immenses lunettes de soleil. Des mèches de cheveux s'étaient détachées de son chignon et voletaient autour de son visage. Il la trouva belle. Adolescente, elle doutait toujours. D'elle, de son pouvoir de séduction, de son intelligence. Elle craignait sans cesse de ne pas être à la hauteur. Elle se comparait constamment à sa mère. Certes, Eva Dallas McRae avait été une très belle femme, mais Abby était Abby. Elle ne ressemblait à personne.

En tournant la tête, elle surprit son regard sur elle. Mais au lieu de détourner les yeux, comme elle-même l'avait fait un peu plus tôt, il soutint son regard sans ciller.

— Comme au bon vieux temps, dit-il en forçant un peu la voix pour se faire entendre.

Elle lui répondit par un sourire. Il sentit, au plus profond de lui-même, que quelque chose venait de changer entre eux.

Il n'était pas sûr que ce soit une bonne chose. Sa mère avait peut-être raison. Il n'était pas toujours bon de vouloir faire revivre le passé.

Il reporta son attention sur le lac. Le week-end touchait à sa fin. Les plaisanciers avaient regagné leur marina, quelques jet-skis sillonnaient encore le lac, désormais plus calme. Plus ils se dirigeaient vers le nord, moins il y avait d'agitation. Quand ils arrivèrent en vue de l'endroit où se trouvaient les décombres du pont, la nuit commençait à tomber. Il réduisit sa vitesse puis coupa le moteur un court instant plus tard.

L'endroit semblait déserté. Aucune brigade fluviale en vue. Pas de bateau de plongée. Pas de patrouille terrestre non plus sur la berge. Un périmètre de sécurité aurait dû être délimité, mais le chef de la police avait dû juger préférable de ne pas attirer l'attention de curieux sur cette zone avant que la Rolls ne soit remontée à la surface.

Les pieds légèrement écartés pour se maintenir en équilibre, il scruta les alentours avec ses jumelles. À environ cinq cents mètres en amont, il repéra quelque chose de métallique qui brillait près de la rive. Sans doute une canette laissée là par quelque promeneur indélicat.

La brise apportait une légère odeur de fumée qui rappelait celle des feux de camp.

— C'est si calme, dit Abby. Où est la police ?

— Pas assez d'effectifs, pas assez de ressources, répondit-il. Nous ne sommes pas à Atlanta, ici. Les services de police des petites villes sont trop dispersés et nous sommes dans la saison la plus chargée.

— C'est tout de même insensé qu'ils aient laissé cette zone sans surveillance.

— C'est peut-être mieux ainsi. Une présence policière

attirerait les curieux. Une affluence de bateaux dans la zone pourrait compromettre l'opération de récupération.

— À ton avis, quand vont-ils la remonter ?

— Cela dépend de la rapidité avec laquelle ils trouveront le matériel adéquat. La voiture repose à dix mètres de profondeur, et la berge n'est pas facile d'accès. C'est une opération délicate à effectuer.

— Eh bien, nous attendrons.

— Nous attendrons, répéta-t-il comme en écho.

Elle retira ses lunettes de soleil et les lança négligemment sur la banquette arrière tout en levant les yeux vers le ciel devenu plus sombre.

— Même les oiseaux se sont tus. Tu as remarqué ?

Il opina en même temps qu'il se frottait la nuque. Il se rappela les raisons qui l'avaient poussé vers ce site. L'endroit idéal pour couler un bateau.

— C'est là-bas ? demanda-t-elle en pointant du doigt les piliers en béton, uniques vestiges du pont, qui se trouvaient de chaque côté du lac.

— La voiture a dû basculer du côté où il n'y avait pas de rails de sécurité. Nous savions tous qu'un drame se produirait un jour.

— Je n'arrête pas d'imaginer ses derniers instants. La panique qu'elle a dû ressentir au moment où la voiture a touché l'eau ; la terreur quand l'eau a commencé à s'infiltrer partout. Je la vois se débattre en hurlant pour tenter de se libérer de ses menottes.

— Abby... Je n'aurais pas dû t'écouter. Je n'aurais jamais dû t'emmener ici.

Elle resserra les bras autour d'elle.

— Tu crois que ces pensées ne m'accompagnent pas partout ? Je vois ces images horribles dès que je ferme les yeux. Je me demande sans cesse qui a pu faire subir une fin aussi cruelle à ma mère. Elle n'était pas un ange, loin de là, mais elle ne méritait pas une mort aussi atroce. Personne ne mérite de finir comme ça.

Il chercha les paroles qui sauraient la réconforter.

— Il est possible qu'elle ait été inconsciente au moment où la voiture a coulé.

— Dans ce cas, pourquoi l'avoir menottée au volant ?

— Pour s'assurer qu'elle ne puisse pas sortir de la voiture et regagner la rive à la nage au cas où elle reprendrait connaissance. Qui sait ce qu'il s'est réellement passé ? Le meurtrier a eu dix ans pour effacer toute trace pouvant conduire à lui. Tu n'auras peut-être jamais les réponses aux questions que tu te poses, Abby.

— Je refuse d'envisager une telle possibilité. Cet homme, ou cette femme, a dû commettre une erreur quelque part. Il suffit d'un indice, d'une piste, d'un témoin pour que le mystère s'éclaircisse un peu.

Il n'était pas aussi optimiste. Ou peut-être qu'inconsciemment il craignait que son père en sache plus sur ce qui s'était passé cette nuit-là qu'il ne l'avait laissé entendre. Peut-être qu'il n'était pas prêt à ce que toute la vérité éclate au grand jour.

— Nous verrons bien, dit-il sobrement.

Abby posa un genou sur le siège et se pencha en avant pour scruter l'eau. Il ne fallait pas être devin pour savoir ce qui lui traversait l'esprit : à dix mètres de profondeur, les restes de sa mère réclamaient justice, et elle se faisait fort de la lui rendre.

Il la laissa à ses sombres pensées pour chausser de nouveau ses jumelles. Il scruta la rive, à l'endroit où il avait vu l'éclair métallique. Rêvait-il ou venait-il d'apercevoir un plongeur en train d'entrer dans l'eau ? Un plongeur que sa combinaison noire aurait rendu invisible pour qui n'avait pas l'œil exercé de Wade.

Il délaissa ses jumelles pour s'élancer à l'arrière du bateau, où se trouvait son équipement de plongée.

— Qu'est-ce que tu fais ? lui demanda Abby d'une voix teintée d'inquiétude.

— Il y a quelque chose qui ne va pas. Je descends jeter un coup d'œil.

— Comment ça, « il y a quelque chose qui ne va pas » ?

— Je veux m'assurer que personne n'est en train de traîner autour de la Rolls.

— Wade, dis-moi ce que tu as vu.

— Je ne suis pas sûr. Il se peut qu'il n'y ait rien, mais j'ai cru voir quelqu'un plonger à environ deux cents mètres en amont.

Elle se retourna pour regarder dans la direction indiquée.

— Je ne vois rien, dit-elle. Il n'y a pas de bateau. Et je n'ai pas entendu de bruit de moteur.

— Il n'a pas forcément eu besoin d'un bateau. Il a pu se garer le long de la route et marcher jusqu'à la rive. Mais, je te l'ai dit, ce n'est peut-être rien.

— Wade, qu'est-ce que tu me caches ?

Il ne voulait pas l'affoler, mais se taire pouvait avoir l'effet inverse.

— Supposons que j'aie bien vu quelqu'un. Supposons que cette personne ait en tête de faire disparaître les ossements. Sans corps, pas d'homicide. Et donc pas d'enquête. La police conclura que la Rolls est bien celle de ta mère, disparue de la circulation de son plein gré il y a dix ans.

Devant son air horrifié, il s'empressa d'ajouter :

— C'est peu probable, mais autant aller s'en assurer.

— Et s'il y a vraiment quelqu'un ? Si tu as vu juste ?

— Je me chargerai de le faire fuir.

— Je n'aime pas ça.

— Ça va aller. Je suis un plongeur expérimenté.

— Ce n'est pas ce qui m'inquiète. Celui qui est là-dessous a peut-être déjà tué une fois. Ne devrions-nous pas appeler la police, plutôt ?

— Le temps qu'ils arrivent, notre plongeur sera parti depuis belle lurette. Non, c'est mieux si je vais vérifier par moi-même tout de suite.

Il pointa du menton des saules pleureurs qui bordaient la berge sur quelques mètres.

— Tu vois ces saules ? Il y a assez de profondeur pour que tu puisses y aller en bateau. Une fois en place, tu n'auras qu'à relever l'hélice. Reste cachée là-bas pendant que je serai sous l'eau.

— Et après ?

— Tu attends. Si tu vois un autre bateau arriver, ou un plongeur, tu ne bouges pas à moins qu'ils t'aient repérée. À ce moment-là, fiche le camp et appelle les flics. Sinon, tu restes planquée jusqu'à ce que je remonte à la surface. Je te ferai de grands signes avec les bras, toujours les mêmes à intervalles réguliers pour que tu saches que c'est moi. C'est bon ?

Elle opina.

— Je pense toujours qu'il vaudrait mieux appeler la police et attendre qu'ils soient là pour intervenir.

— C'est toi qui me dis ça ? Toi qui leur as dissimulé une pièce à conviction ?

Il lui sourit dans l'espoir de la voir se détendre.

— Je vais descendre, jeter un coup d'œil pour m'assurer que tout va bien et je remonte.

Il passa les minutes suivantes à se préparer puis, une fois prêt, il enjamba l'arrière du bateau, enfila ses palmes et ajusta son masque.

— Je serai de retour avant même que tu réalises que je suis parti.

Il se laissa glisser dans l'eau, plaça l'embout de son masque dans sa bouche puis, après avoir levé le pouce dans sa direction pour lui signaler que tout allait bien, s'enfonça dans l'eau. Sans les rayons filtrants du soleil, la visibilité était faible.

Pour la seconde fois, il se faufila entre les poutres métalliques rouillées du pont jusqu'à distinguer les contours de la Rolls. À première vue, tout paraissait en ordre. Pourtant, lui qui ne croyait pas aux fantômes et avait même une nette tendance à trouver une explication rationnelle aux phénomènes paranormaux eut soudain l'étrange sensation d'être observé. Les sens en alerte, il tourna brusquement sur lui-même mais, là encore, il ne releva rien d'anormal. Néanmoins, la sensation persistait. Il n'arrivait pas à se défaire du sentiment qu'on l'épiait.

Toujours sur ses gardes, il s'approcha de la portière et braqua le faisceau de sa lampe torche dans l'habitacle. Le squelette d'Eva Dallas était bien là, flottant à la même place derrière son volant.

Il s'apprêtait à repartir quand quelque chose frôla sa joue. Du coin de l'œil, il vit la flèche fichée dans la portière, à quelques centimètres de là où il se trouvait.

Il pivota si brusquement que sa lampe lui échappa des mains. Il ne prit pas la peine de la récupérer. Il se propulsa à l'arrière de la Rolls et s'accroupit, le cœur battant, attendant une autre attaque, qui, fort heureusement, ne vint pas. Il laissa passer encore plusieurs secondes avant de se décider à s'exposer de nouveau. Il alla récupérer sa lampe et en promena le faisceau autour de lui. Rien. Il consulta sa montre. Vingt minutes s'étaient écoulées mais il avait l'impression que le temps s'était arrêté. Il fallait qu'il remonte. Abby allait s'inquiéter. Peut-être même avait-elle déjà alerté la police.

Un court instant plus tard, il refaisait surface et agitait les bras en direction des saules pleureurs. Il entendit aussitôt le moteur du hors-bord démarrer. Il suffit de quelques minutes à Abby pour venir positionner le bateau à côté de lui. Une fois la manette de vitesse au point mort, elle l'aida à se hisser à bord puis à retirer son équipement.

— Qu'est-ce que tu fichais ? dit-elle sur un ton de reproche. Je commençais à m'inquiéter. Une minute de plus et j'appelais les flics.

Avant de répondre, il prit la peine de s'asseoir sur la banquette et de retirer ses palmes.

— Quelqu'un m'a tiré dessus avec un fusil harpon. Il s'en est fallu de peu que je ne prenne une flèche en pleine tête.

— Quoi ?!

Elle le dévisagea d'un air horrifié puis promena le regard sur lui, cherchant d'éventuelles blessures.

— Ça va ?

— Oui. Celui qui a fait ça n'était pas venu pour pêcher mais pour tuer. Le filin qui relie le fusil à la flèche était sectionné. Il n'avait pas l'intention de la récupérer.

— Comment savait-il que tu allais plonger à cet endroit ?

Il remarqua qu'elle avait posé ses mains tremblantes sur ses genoux. L'avait-elle seulement réalisé ?

— Abby, tu as vu ou entendu quelque chose ? lui demanda-t-il en prenant ses mains dans les siennes. Un bateau, une voiture, n'importe quoi qui aurait attiré ton attention ?

— Non. Mais il faut dire que je ne voyais pas grand-chose derrière ces branches de saule.

Elle regarda autour d'elle d'un air apeuré.

— Tu sais, je n'arrête pas de penser à ce que tu as dit tout à l'heure. Que, s'il n'y avait pas de corps, l'enquête tournerait court. Tu crois que c'est ce qu'est venu faire ce plongeur ? Faire disparaître le squelette de ma mère ?

Il n'eut pas le temps de répondre. Au moment où il ouvrait la bouche, un grondement sourd – semblable à un roulement de tonnerre étouffé – se fit entendre. La surface de l'eau ondula puis un geyser jaillit, à l'endroit où Wade avait repéré le plongeur. L'onde de choc qui suivit secoua le bateau si violemment qu'ils faillirent être projetés par-dessus bord. Abby s'agrippa au bastingage, l'air si terrifié qu'il la serra contre lui.

Quand la surface de l'eau redevint calme et que le bateau s'arrêta de tanguer, elle demanda, l'air hébété :

— Bon sang, c'était quoi ?

Il ne répondit pas tout de suite. Il saisit les jumelles et chercha en amont. Mais il faisait trop sombre, à présent. C'était à peine s'il distinguait ce qui ressemblait à des débris métalliques flottant à la surface de l'eau.

— Une explosion sous-marine, finit-il par répondre en tournant la tête vers elle. Ça va ?

— Quelqu'un aurait fait exploser la voiture ? demanda-t-elle.

— Pas la voiture. Je dirais un bateau, plutôt. Et ce serait celui de Brett Fortier que cela ne m'étonnerait pas.

— Brett ? Mais pourquoi aurait-il fait ça ?

— Parce que lui et ses complices, si complices il y a, ont vu les flics rôder par ici et qu'ils ont pris peur. À mon avis, ils devaient avoir une cargaison précieuse à bord, qu'ils ont planquée quelque part avant de faire sauter le bateau pour effacer toute trace de leur trafic illicite.

Puis, remarquant les traits tirés d'Abby, il ajouta :

— Tu es sûre que ça va ?

— Sûre. Mais toi ? Quelqu'un a tenté de te tuer, tout de même.

— Exact. Mais je suis toujours vivant.

— Il semble que nous ayons affaire à des gens déterminés et dangereux, déclara-t-elle. Que faisons-nous, maintenant ?

— Pour commencer, nous partons d'ici, et vite.

— Nous ne devrions pas aller vérifier s'il y a des blessés ?

Il lui répondit d'un ton plus brusque qu'il ne l'aurait voulu :

— Tu es sérieuse ? Comme tu viens de le dire, nous avons affaire à des individus déterminés et dangereux. S'ils ont des fusils de chasse, ils ont probablement d'autres armes, contrairement à nous, qui ne sommes pas armés. Autant dire que nous sommes des cibles vulnérables.

— Tu as raison. Mais il faut quand même alerter la police. Il faut absolument qu'ils viennent sécuriser cette zone.

Contrairement à ce qu'il venait d'affirmer, il serait bien allé faire un tour du côté des débris. Il y avait sans doute là matière à servir sa propre enquête. Mais il refusait de faire prendre le moindre risque à Abby. Si ses soupçons étaient fondés, la marchandise de contrebande avait dû être transportée à terre avant l'explosion et il se pouvait que ces malfrats n'en aient pas fini.

Il se mit au volant et démarra le moteur.

— Nous les appellerons quand nous aurons mis suffisamment de distance entre ces crapules et nous.

Il lui lança un coup d'œil furtif. Elle se tenait sagement assise à côté de lui, silencieuse. Se frotter au véritable danger lui avait-il donné à réfléchir ? Était-elle toujours aussi décidée à enquêter sur la mort de sa mère ?

Des questions dont ils auraient tout loisir de discuter une fois qu'ils auraient retrouvé la sécurité de son cottage.

Un peu plus tard, Wade amarrait sa vedette le long du quai privé d'Abby.

— Quand j'y pense, dit-elle d'une voix où perçait une

pointe de panique. Tu aurais pu te faire tuer ou, au mieux, être sérieusement blessé. Tout ça par ma faute.

— Qu'est-ce que tu racontes ?

— Je n'aurais jamais dû te demander de m'emmener là-bas. Tu ne voulais pas y aller et je t'ai poussé à le faire. Je n'ai pas voulu t'écouter.

Elle semblait si contrite qu'il eut envie de la prendre dans ses bras et de la garder serrée contre lui pour la rassurer.

— Tout d'abord, sache que personne ne peut me forcer à faire quelque chose que je ne veux pas faire, dit-il à la place dans l'espoir d'atténuer un peu le sentiment de culpabilité qui semblait la ronger. Ensuite, je te rappelle que c'est moi qui ai découvert la voiture de ta mère et c'est encore moi qui suis venu t'annoncer la nouvelle. Alors, si quelqu'un est à blâmer, c'est moi.

— Tu n'es pas à blâmer, Wade. Au contraire, je te suis reconnaissante d'être venu me le dire en personne. Je n'aurais pas aimé l'apprendre de la bouche d'un étranger.

— En plus, j'aurais dû être plus prudent. Je sais que Brett Fortier n'est pas un enfant de chœur. Comme tous les trafiquants quand ils se sentent en danger, lui et ses acolytes sont capables du pire pour sauver leur peau. Tu ne voulais pas que je plonge. Tu vois, moi non plus, je ne t'ai pas écoutée. Alors tu n'es responsable de rien. Sors-toi ça de la tête.

Ils restèrent un moment face à face, immobiles et silencieux. Il aurait voulu prendre son visage entre ses mains, plonger son regard dans le sien et lui promettre que tout irait bien. Mais que valait aux yeux d'Abby la parole d'un homme qui l'avait salement plaquée dix ans plus tôt ? Rien, sans doute.

— Wade ?

— Oui ?

— Que t'a dit la police quand tu l'as appelée, tout à l'heure ? Avec le bruit du moteur, je n'ai pas pu tout entendre.

— Je suis tombé sur l'inspecteur Benson. C'est lui qui a pris ma déposition, hier. Tu te rappelles ? Je t'ai dit que ça devait être lui qui stationnait devant chez toi quand tu es allée rendre visite à ton beau-père. À partir de maintenant, c'est lui qui est chargé des deux affaires. Je dois aller le retrouver sur le site de l'explosion.

— Quand ?

— Maintenant.

Une vive inquiétude se peignit sur ses traits.

— Ce n'est pas trop risqué ? Celui qui a déposé la charge explosive peut encore traîner dans les parages, non ?

— Possible. Mais, au cas où il serait encore là, la présence des policiers devrait le faire décamper vite fait. Dès ce soir, la zone et tout ce qui constitue une pièce à conviction seront sécurisés.

— Tu veux dire les ossements ?

— Et la voiture. Cette aire sous-marine constitue une scène de crime qui doit absolument être protégée des curieux et d'éventuels actes malveillants. Je serais prêt à monter la garde seul, s'il le faut.

— Pas question de te laisser seul. J'irais avec toi.

La faculté qu'elle avait à passer de l'abattement à la détermination la plus farouche l'impressionna.

— Espérons que nous n'aurons pas à en arriver là. En ce qui concerne Benson, il veut que nous passions tous les deux au poste pour faire nos déclarations officielles.

— À quelle heure ?

— Je te donnerai son numéro pour que tu puisses l'appeler et prendre rendez-vous directement avec lui. Il veut nous entendre séparément.

— Pour quelle raison ? Il ne croit tout de même pas que nous avons quelque chose à voir avec cette explosion ?

— Non. C'est le protocole. Tu n'as pas à t'inquiéter.

Elle opina distraitement.

— Que se serait-il passé si tu avais toujours été sous l'eau au moment de l'explosion ? demanda-t-elle.

— Une explosion sous-marine a une plus forte intensité et se ressent sur une plus grande distance, répondit-il sobrement, soucieux de lui éviter des détails sordides. En bref, alors que l'onde de choc semble relativement inoffensive à la surface de l'eau, dessous, elle peut se révéler mortelle.

Elle secoua la tête.

— Je t'avoue que j'ai du mal à digérer les événements de ces dernières heures. En moins de quarante-huit heures, tu as découvert la voiture de ma mère au fond du lac avec, dedans, un squelette qui ne peut être que le sien ; puis il y a eu cette explosion, à quelques centaines de mètres de là. Tu penses que les deux choses peuvent être liées ?

— C'est peu probable. Je pense plutôt à une coïncidence. Mais il est encore trop tôt pour le savoir.

Elle poussa un long soupir teinté de lassitude.

— On pourrait passer la nuit à tenter d'élaborer toutes sortes de scénarios, dit-elle. Mais la police t'attend. Tu ne veux vraiment pas que je t'accompagne ?

La sollicitude dont elle faisait preuve, en dépit de sa grande fatigue, le toucha énormément.

— Non, merci. Tu as besoin de repos. Une dure journée nous attend demain.

— Tu as raison. Je dois affronter Lydia.

Il esquissa un sourire amusé.

— Je vais te raccompagner jusqu'à ta porte.

— Ce n’est pas la peine. Tout va bien. Je suis tout à fait remise de mes émotions.

À voir ses traits tirés, il en doutait. Lui-même était encore sur les nerfs. Le sifflement provoqué par l’explosion commençait tout juste à faiblir, et il ressentait une panique rétroactive à l’idée que, à l’heure qu’il était, son corps déchiqueté pourrait reposer au fond du lac.

— S’il te plaît, Abby. Laisse-moi aller vérifier que tout va bien chez toi. Je ne partirai pas tranquille sans ça.

Il crut qu’elle allait protester, mais non. Elle accepta d’un hochement de tête et le laissa la suivre jusqu’au cottage.

Pendant qu’elle jetait un coup d’œil à l’intérieur, il fouilla le jardin dans ses moindres recoins. Quelques minutes plus tard, ils se rejoignaient sur la terrasse.

— Je n’ai rien relevé d’anormal, dit-il le premier.

— Moi non plus.

Il pointa le cottage du menton.

— Qui a les clés, à part toi ?

— Je suppose que les employés du service d’entretien doivent avoir un double.

— Tu devrais penser à faire changer les serrures.

— Je vois d’ici la tête de Lydia quand je lui annoncerai cette dépense supplémentaire, railla-t-elle. Ceci dit, tu as raison. Mieux vaut prévenir que guérir. Je payerai le serrurier de ma poche si elle fait des histoires.

— Lydia n’a pas besoin de savoir. Je peux m’en occuper, si tu veux. Enfin, si tu me fais assez confiance pour ça.

Pour toute réponse, elle retourna à l’intérieur et en ressortit avec une clé, qu’elle lui tendit.

— Merci, dit-elle. J’ose à peine imaginer ce que tu ferais si tu acceptais ma proposition.

Il referma la main sur la clé.

— Justement. J'accepte.

— Tu es sûr ? Tu ne veux pas y réfléchir plus longtemps ?

— C'est tout réfléchi. C'est oui.

Elle lui adressa un sourire radieux.

— Bien… Par quoi commençons-nous, alors ?

— Nous élaborerons une stratégie demain, une fois que nous aurons fait nos déclarations à la police. Et maintenant il faut vraiment que je file.

— D'accord.

Il s'apprêtait à partir quand elle le retint d'une main posée sur son avant-bras.

— Wade…

— Oui ?

Elle paraissait toujours tendue mais elle le fixait avec une intensité qui fit battre son cœur plus fort.

— Je t'écoute.

— Ce n'est peut-être pas le bon moment, finalement.

— Vas-y, dit-il d'un ton encourageant.

— Eh bien… Je me disais que, puisque nous allons travailler ensemble, il serait bon que nous parlions de la manière dont notre histoire s'est terminée, il y a dix ans. Sinon, cela risque de peser entre nous.

Il s'attendait à avoir cette discussion avec elle, tôt ou tard. Mais certainement pas en ce moment même, alors qu'ils vivaient des événements traumatisants à la chaîne.

— Tu veux vraiment que nous ayons cette discussion maintenant ?

— Non, pas tout de suite. Mais ne tardons pas trop quand même. J'étais sincère quand je t'ai dit que notre relation était de l'histoire ancienne. Dix ans ont passé depuis. Nous sommes devenus des adultes. Nous avons chacun notre vie. Mais, pour être tout à fait honnête, une partie de moi t'en veut encore de m'avoir plaquée sans même me le dire. Je t'avoue que je n'ai rien compris. Un jour, nous étions ensemble, et le lendemain c'était fini ; tu étais avec une autre sans un mot d'explication. Tu l'as dit toi-même hier. La plupart des gens ne changent pas. Je me demande donc dans quelle mesure je peux te faire confiance.

— Pourtant, tu viens de me confier les clés de ta maison.

— C'est parce que je *veux* pouvoir te faire confiance.

— Je t'ai aussi dit qu'il ne faut pas toujours se fier aux apparences.

— Ce qui veut dire… ?

— En clair, que les gens ont supposé des choses qui n'étaient pas vraies. Seulement, je n'ai pas pris la peine de rétablir la vérité. Je les ai laissés croire ce qu'ils voulaient.

— Y compris moi ?

— Surtout toi.

— Pourquoi ?

Il se passa une main sur le visage, cherchant à se donner le temps de lui fournir une réponse satisfaisante mais qui ne serait qu'une partie de la vérité.

— Avec le recul, cela peut paraître idiot. En réalité, je t'ai laissé croire que je sortais avec une autre fille parce que je pensais qu'il serait plus facile pour toi de quitter la ville, de *me* quitter, pour aller vivre chez ta grand-mère à Atlanta, si nous n'étions plus ensemble. J'ai pensé que ce serait mieux pour toi.

Et aussi parce qu'il était persuadé que son père allait quitter sa mère pour s'enfuir avec Eva. Dès l'instant où il avait surpris le couple s'embrassant, il n'avait plus pu regarder Abby en face sans craindre de tout lui déballer. Il détestait devoir se taire mais, à cette époque, il ne pensait qu'à épargner sa mère. Son état de santé s'était terriblement dégradé cet été-là. Elle était dans un tel état de dépression qu'il lui arrivait de ne pas sortir de sa chambre plusieurs jours d'affilée. Il s'inquiétait tous les jours un peu plus pour elle. Il aurait fait n'importe quoi pour lui éviter de souffrir davantage. C'est pourquoi, la mort dans l'âme, il s'était résolu à pousser Abby à quitter la ville en la laissant croire aux ragots qui couraient sur son compte. Il avait jugé cela préférable pour eux deux.

Elle le dévisagea, cherchant sans doute la faille.

— C'est la vérité ?

— Oui.

— Cela n'explique pas pourquoi tu n'es jamais venu me voir à Atlanta. Je n'ai plus jamais entendu parler de toi. C'est comme si je n'avais jamais existé.

— Ta grand-mère ne l'aurait pas permis.

— Une fois que j'ai été majeure, elle ne pouvait plus rien m'interdire.

— À ce moment-là, nous étions tous les deux passés à autre chose. Nous étions dans des écoles différentes, dans des États différents. Nous deux, c'était déjà de l'histoire ancienne.

Elle poussa un long soupir résigné. De toute évidence, il l'avait convaincue.

— Eh bien, je te remercie de ta franchise.

Dix ans plus tard. Dix ans trop tard.

— Wade ?

— Abby, il faut vraiment que j'y aille.

— Je sais.

Mais, au lieu de lui dire au revoir, elle lui prit la main et la pressa doucement.

Leurs regards s'accrochèrent longuement l'un à l'autre, jusqu'à ce qu'il se penche vers elle pour l'embrasser. Un baiser auquel, à sa grande surprise, elle répondit.

Ses lèvres étaient douces et chaudes sous les siennes, comme dans son souvenir.

Puis il s'écarta et, sans un mot, descendit les marches jusqu'au quai, son secret en bandoulière.

9

La nuit était tombée quand Wade contourna les lieux de l'explosion. Les projecteurs de la brigade fluviale balayaient les eaux sombres du lac tandis que les officiers de police restés à terre passaient les bois au peigne fin.

Arrivé à quelques mètres de la rive, il coupa le moteur et laissa le bateau dériver.

Benson l'attendait, les mains dans les poches.

— Décidément, il semblerait que vous ayez le chic pour vous attirer les ennuis, dit-il en guise d'accueil.

— Pure coïncidence.

— Venez, allons un peu à l'écart.

Ils se déplacèrent de quelques mètres sur la gauche puis Wade lui répéta ce qu'il lui avait déjà dit au téléphone un peu plus tôt. Benson ne prenait pas de notes. Il lui posait les questions habituelles, celles qu'un inspecteur de police est censé poser à un témoin en de pareilles circonstances. Wade n'était pas dupe. Il connaissait ce petit jeu. Sous ses airs distraits, Benson enregistrait précisément tout ce qui lui était rapporté, à l'affût de la moindre incohérence. Il en fut pour ses frais. Le récit de Wade ne varia pas d'un mot par rapport à sa déclaration antérieure.

Quand il eut terminé, ils retournèrent au bord du lac, là où flottaient des débris du bateau.

— J'en ai vu depuis que je travaille ici, mais une explosion sous-marine, c'est une grande première, remarqua Benson, un brin narquois. D'habitude, les bateaux explosent à la surface, quand un plaisancier inconscient tire des feux d'artifice trop près du réservoir d'essence.

— Vous avez trouvé quelque chose qui permettrait d'identifier ce bateau ? demanda Wade.

— Les débris qui sont venus s'échouer là ne sont pas très importants. Nous ne sommes même pas sûrs qu'il s'agisse d'un bateau, d'ailleurs.

— Quoi d'autre pourrait laisser des morceaux de fibre de verre dans l'eau ?

Benson resta silencieux un court instant, les yeux fixés sur l'eau.

— Vous devez avoir raison, finit-il par lui concéder. Nous allons récupérer tout ce que nous pouvons, et j'enverrai des plongeurs demain matin pour voir ça de plus près. Et puis nous n'avons pas encore trouvé de corps.

— Je ne crois pas que vous en trouverez. Ceux qui ont déclenché cette charge explosive savaient ce qu'ils faisaient.

— « Ils » ?

Le ton de Benson s'était fait suspicieux. L'homme n'avait tout à coup plus rien du flic aux airs bonhommes à qui Wade avait eu affaire jusque-là mais tout du limier à poigne que lui avait décrit son père.

— Pourquoi ai-je l'impression que vous en savez plus sur cette explosion que vous ne voulez bien le dire ?

— Vous vous trompez, inspecteur, rétorqua Wade d'un ton qu'il parvint à garder égal. Je vous ai dit tout ce que je sais.

— Avouez quand même qu'il y a de quoi s'interroger. C'est

vous qui avez trouvé la Rolls contenant les ossements de Mme Dallas McRae. Vous encore qui vous trouviez sur place au moment de cette explosion. Par ailleurs, reconnaissez que ces deux événements n'ont rien d'habituel. Je dirais même qu'il s'agit d'événements à caractère exceptionnel.

— Je ne peux que vous répéter ce que je vous ai déjà dit. Ce ne sont que de pures coïncidences. Enfin... Pas exactement, dans la mesure où je recherche un bateau volé. J'avais des raisons de croire qu'il avait sombré dans cette zone. Comme je vous l'ai dit hier, c'est à cette occasion que j'ai découvert par hasard la voiture de Mme Dallas.

Benson opina.

— C'est en effet ce que vous avez dit. Mais cela n'explique toujours pas pourquoi vous cherchiez à cet endroit précis.

— Regardez autour de vous, inspecteur. Cette partie du lac est isolée. Presque plus personne ne vient ici depuis la construction du nouveau pont, à l'autre extrémité de Fairhope. Si par malheur votre bateau tombe en panne ici, il vous faudra nager jusqu'au rivage puis faire des kilomètres à pied pour arriver en ville. C'est l'endroit idéal pour y couler un bateau transportant des produits illicites.

— Vous voulez dire de la drogue ?

— Cela vous surprendrait-il ?

— Non. Plus rien ne me surprend. À première vue, on pourrait penser que Fairhope est une petite station balnéaire paisible. Sans histoires. Et pourtant, voyez. Au-delà des apparences, elle pourrait abriter toutes sortes de criminels clandestins qui opèrent depuis des années sans être inquiétés.

Il se pencha pour ramasser dans l'eau un des débris, qu'il se mit à scruter sous toutes ses faces.

— Vous connaissez bien Brett Fortier ? demanda-t-il soudain.

— Bien, c'est beaucoup dire. Nous étions dans le même

lycée mais nous n'étions pas amis. Disons que nous nous ignorions cordialement.

— Pourtant, j'ai entendu dire que vous vous disputiez souvent. Au sujet d'une fille, c'est ça ?

Wade fronça les sourcils. Il ne comprenait pas où Benson voulait en venir.

— Qui vous a dit ça ?

— J'avoue que j'ai mené ma petite enquête sur vous, déclara-t-il sans pour autant dévoiler ses sources. Un privé qui débarque en ville, forcément, ça suscite la curiosité. On veut s'assurer qu'il ne se mêle pas de ce qui ne le regarde pas.

De nouveau, Benson s'interrompit, cette fois pour interpeller un officier à qui il demanda de placer le débris ramassé dans un sachet à scellés.

— Vous avez eu des démêlés avec Fortier, dernièrement ? demanda-t-il, du même ton égal.

— Je ne l'ai jamais revu depuis la fin de nos études secondaires.

— J'ai du mal à le croire. Sa compagnie d'assurances vous a envoyé ici pour enquêter sur ce qu'elle pense être une réclamation frauduleuse. J'aurais pensé que la première chose à faire aurait été d'aller le trouver.

— Je n'en vois pas l'utilité. Je dispose de la plainte recueillie par un officier de police ainsi que de la déclaration de sinistre. Et puis, dans ce genre d'enquêtes, mieux vaut rester discret si on veut obtenir rapidement des résultats.

— Vous ne vouliez pas qu'il prenne peur, c'est ça ?

— Oui.

— Il semble que ce soit raté.

Benson pointa du menton les débris flottants de l'épave.

— De toute façon, avec le va-et-vient des officiers de police de ces deux derniers jours, le secret n'aurait pas été gardé bien longtemps. Dès que le bruit courra en ville, les curieux vont se presser ici.

— C'est sans doute la raison pour laquelle les trafiquants ont fait sauter ce bateau. Ils ont anticipé.

— En parlant de « trafiquants », je suppose que vous faites allusion à Brett Fortier ?

Wade ne chercha pas à nier.

— Oui. J'ignore s'il a agi seul ou avec l'aide de complices, mais ce qui est sûr, c'est qu'il a planqué ce qui se trouvait à bord et qu'il a fait exploser le bateau pour ne laisser aucune trace derrière lui.

— Vous avez une idée de l'endroit où Fortier se trouve ?

— Il est plutôt insaisissable mais, à sa place, j'essaierais de rester dans les parages pour garder un œil sur la suite des événements.

— Il y a beaucoup de logements disponibles à la location en cette saison, fit remarquer Benson. À moins qu'il ne se soit enregistré sous une fausse identité, nous devrions pouvoir le localiser assez vite.

— Il s'est peut-être réfugié chez sa sœur, qui vit en ville. Mais, si c'est le cas, elle ne le balancera pas. Elle l'a toujours surprotégé.

Benson acquiesça en silence tout en se frottant doucement la nuque.

— Vous pensez que l'explosion a un lien avec la voiture que vous avez trouvée ?

— Cela me semble peu probable. La disparition de Mme McRae remonte à plus de dix ans. Je ne vois pas comment les deux affaires pourraient être liées.

— Eh bien, je me pose la question parce que Brett Fortier a travaillé pour elle, un temps.

Wade haussa les épaules.

— Là encore, c'était il y a dix ans. Eva Dallas embauchait pas mal de lycéens pendant la saison d'été. C'était une occasion pour eux de se faire de l'argent de poche.

— Vous la connaissiez bien ?

— Je suis sorti avec sa fille, mais il est vrai qu'elle n'approuvait pas notre relation. À part ça, je ne sais pas grand-chose d'elle.

— Son nom n'a jamais été mêlé à quoi que ce soit d'illégal ? Le bruit court qu'elle a croisé pas mal de gens peu recommandables quand elle s'est lancée dans les affaires.

La même idée lui avait traversé l'esprit, mais l'entendre formulée tout haut par Benson l'ébranla.

— Je ne sais rien de tout cela, répondit-il.

— À l'époque, votre père était à la tête du bureau de police, n'est-ce pas ? Il a occupé ce poste pendant… quoi ? Quinze ou seize ans ? Il n'a jamais été question de blanchiment d'argent ? Il n'en parlait pas à la maison ? On dit que c'est comme cela qu'Eva aurait trouvé de quoi monter son affaire. C'est peu de dire qu'il lui a fallu beaucoup d'argent pour acheter toutes ces propriétés sur le lac.

— Les Dallas sont des gens très fortunés, et ce, depuis plusieurs générations. Elle avait largement les moyens de financer une nouvelle affaire.

— Ce n'est pas qu'une question d'argent. Il arrive que les gens agissent portés par l'excitation et l'adrénaline que procure le fait de basculer du côté obscur des choses. À votre avis, c'était le genre d'Eva Dallas ?

— Je n'avais que dix-sept ans quand elle a quitté la ville. À cet âge-là, on ne cherche pas vraiment à analyser le comportement des uns et des autres.

— C'est vrai. J'imagine que vous aviez d'autres choses en tête.

Il lui adressa alors un sourire qui se voulait sans doute complice.

— Je reconnais que ma théorie est un peu bancale, mais imaginons deux secondes qu'Eva Dallas ait été, d'une manière ou d'une autre, complice d'un trafic de drogue. Cela pourrait expliquer qu'elle ait demandé qu'on ne la recherche pas. Et aussi qu'elle se soit retrouvée au fond du lac, menottée au volant de sa Rolls.

— Je n'en sais rien. Quant à mon père, il pensait comme tout le monde qu'elle s'était enfuie avec son amant, de son plein gré. Il n'avait aucune raison de soupçonner un acte criminel. D'autant plus qu'elle avait laissé un mot écrit de sa main expliquant à sa famille les raisons de son départ.

— Il y a pourtant quelque chose que je ne m'explique pas. Comment un homme comme Sam Easton, avec l'expérience qu'on lui connaissait, a-t-il pu croire à cette histoire sans même se poser de questions ? Eva Dallas menait une vie équilibrée entre sa famille, une entreprise florissante et une vie sociale enrichissante. Et, du jour ou lendemain, elle aurait décidé de tout plaquer pour filer le parfait amour avec un amant dont elle ignorait s'il serait le dernier ? Elle aurait laissé son mari et sa belle-fille diriger ses affaires à sa place sans plus se poser de questions ? Je trouve tout cela très étrange.

— Aujourd'hui, à la lumière de nouveaux éléments, vous pouvez dire qu'Eva a été assassinée. C'est une preuve irréfutable que mon père n'avait pas à cette époque-là.

— C'est exact. Concentrons-nous un instant sur la fille. Celle avec qui vous êtes sorti. Abigail, c'est cela ?

— Oui. Abby.

— Comment s'entendait-elle avec sa mère ? Vous avez dit qu'Eva n'approuvait pas votre relation. Cela a dû causer beaucoup de frictions, surtout si elle a essayé de vous faire rompre.

— Je ne vous ai jamais dit une chose pareille.

— Cela va généralement de pair avec la désapprobation

des parents. Quel était le problème, en fait ? Elle trouvait que le fils d'un flic n'était pas assez bien pour sa fille ?

Il hésita à répondre.

— Cela devait jouer, j'imagine, finit-il par dire. Mais surtout elle trouvait Abby trop jeune pour avoir une relation sérieuse avec un garçon.

— Et vous, qu'en pensiez-vous ? Quelles étaient vos intentions ?

— Nous avions dix-sept ans.

— L'âge où les relations sont aussi passionnées que fragiles.

— Que cherchez-vous à me faire dire, exactement, inspecteur ?

— J'essaie juste d'avoir une vue d'ensemble, expliqua Benson. Dix ans, c'est long. On peut oublier certains détails. Balayer les disputes sous le tapis. Je me demande… Comment était Abby, à cette époque ?

— Que voulez-vous dire ?

— Nous avons établi que vous ne portiez pas Brett Fortier dans votre cœur ; qu'il pouvait vous pousser à bout. Qu'en était-il d'Abby ? Elle était du genre à s'emporter quand elle n'avait pas ce qu'elle voulait ? En d'autres termes, était-elle colérique ?

— Pas du tout. C'était tout le contraire, même.

— Elle était plutôt calme, alors ?

Il voyait bien sur quel terrain voulait l'entraîner Benson. Il lui avait fixé ce rendez-vous pour avoir son avis sur l'explosion mais, en fait, il en venait peu à peu à l'interroger sur le meurtre d'Eva.

— Vous vous trompez de cible si vous pensez qu'Abby a quelque chose à voir avec la mort de sa mère. Elle a été dévastée par cet abandon. J'étais là. Je peux donc en témoigner.

— Je n'en doute pas, mais justement elle avait une très bonne raison de lui en vouloir. D'après ce que j'en sais, le désespoir peut vous pousser à commettre des actes irréparables.

Wade refoula avec peine le juron qui lui montait à la bouche.

— Si Abby était impliquée d'une manière ou d'une autre dans l'assassinat de sa mère, pourquoi serait-elle allée trouver mon père pour lui montrer le mot laissé par Eva ? C'est elle qui l'a alerté ; qui lui a demandé d'ouvrir une enquête.

— C'est une tactique très fréquente, destinée à éloigner les soupçons.

— Si c'est ce que vous croyez, vous faites fausse route, inspecteur.

— Peut-être. Mais il faut dire que l'enquête n'en est qu'à ses débuts, et je ne dois écarter aucune piste. Je ne doute pas que nous trouverons d'autres pièces à conviction ou que de nouveaux témoins se manifesteront. Comme celui qui a rapporté la violente dispute qui a éclaté entre Abby et sa mère quelques jours à peine avant la disparition d'Eva.

— De quelle dispute parlez-vous ?

— Vous n'étiez pas au courant ? D'après ce même témoin, c'était chaud. Bref, le résultat, c'est qu'Eva a menacé Abby de l'envoyer vivre chez sa grand-mère si elle persistait à vous fréquenter. Vous serez d'accord avec moi que cela représente un bon mobile. Surtout si l'on prend en compte le fait que cette mort faisait d'Abby une riche héritière qui n'aurait plus eu à rendre de comptes à personne.

Benson se tut, visiblement satisfait de sa démonstration.

— Qui est ce témoin ? demanda Wade.

— C'était un appel anonyme. En général, nous prenons ce genre de témoignages avec prudence, mais le chef Easton l'a jugé suffisamment important pour le notifier dans le dossier.

— Quel dossier ?

Impuissant, Wade sentait le piège patiemment élaboré par Benson se refermer autour de lui.

— Nous y reviendrons plus tard, l'assura Benson. Pour l'instant, j'ai encore quelques questions à vous poser au sujet d'Abby.

— Vous oubliez quelque chose d'important, inspecteur. Si vous croyez Abby coupable, comment expliquez-vous le mot laissé par sa mère ?

— J'avoue que c'est une énigme, répondit Benson. J'aimerais bien savoir si une analyse graphologique a été établie.

— Je connais Abby, affirma Wade. Elle n'aurait jamais fait de mal à sa mère. C'est inconcevable.

— C'est ce que vous n'arrêtez pas de déclarer, en effet.

Il inclina la tête légèrement de côté sans pour autant quitter Wade des yeux.

— Je trouve que vous la défendez beaucoup, ajouta-t-il. Pourtant, votre histoire remonte à dix ans. Vous étiez redevenus proches ?

— Je l'ai revue pour la première fois hier.

— Quand vous êtes allé lui annoncer que vous aviez retrouvé la Rolls de sa mère au fond du lac avec, dedans, des ossements ?

— Je ne voulais pas qu'elle l'apprenne par quelqu'un d'autre.

— Ou alors vous vouliez vous assurer que vous pouviez encore compter l'un sur l'autre, après tout ce temps.

— C'est ridicule !

Pour la première fois, Wade haussa le ton. Il s'autorisa à laisser voir ce que cette accusation à peine voilée avait d'offensant pour lui.

— Pourquoi aurais-je signalé la voiture si c'était moi qui l'avais fait sombrer là ?

— Je comprends votre frustration, mais j'essaye simplement de faire mon travail du mieux que je peux avec le peu d'éléments dont je dispose. En admettant que vous n'ayez pas été impliqué à l'époque, qui me dit que, en vous revoyant, Abby, rongée par la culpabilité, ne s'est pas confiée à vous ? Au nom de votre histoire ancienne, vous auriez décidé de la protéger.

— Cela ne s'est pas passé comme ça.

Benson haussa les épaules.

— Au fil de l'enquête, d'autres théories vont se développer et la liste des suspects va sans doute s'allonger. Cependant, une seule chose ne changera pas : quelqu'un a tué cette pauvre femme. Il l'a menottée au volant de sa voiture puis l'a fait basculer dans le lac. Une manière horrible de mourir. Ceci dit, nous n'avons pas encore les résultats des tests ADN. S'il s'avère que ces ossements ne sont pas ceux d'Eva Dallas McRae, ce sera une autre paire de manches. J'espérais garder le silence sur cette affaire jusqu'à ce que nous ayons le rapport du médecin légiste, mais, maintenant qu'Abby est au courant, je n'en vois plus l'utilité. Vous en avez parlé à quelqu'un d'autre ?

Wade eut l'impression que Benson connaissait déjà la réponse, ou du moins qu'il la soupçonnait. Aussi, ce n'était pas le moment de faire de la rétention d'informations.

—J'en ai parlé à mon père. Je pensais qu'il aurait peut-être une idée sur ce qui avait pu arriver à Eva. Ce n'était pas le cas. Il a été aussi choqué que moi d'apprendre la nouvelle.

— Vous en êtes bien certain ?

— Évidemment.

— Vous saviez qu'il avait monté un dossier sur Eva ?

— Encore avec ce dossier ! De quoi s'agit-il, à la fin ?

— Il remonte à l'époque où Eva était encore Eva Dallas. J'ai lu certaines des notes prises par votre père. C'est très instructif. Vous pensez qu'il accepterait de m'épauler en tant que consultant sur cette affaire ?

— Je ne sais pas. Vous n'avez qu'à le lui demander.

Benson opina.

— Il pourrait m'être d'une aide précieuse étant donné son histoire. Je dois dire que je suis assez surpris qu'il n'ait jamais mentionné l'intérêt qu'il portait à Eva. Un intérêt qui virait presque à l'obsession. Nous avons tous connu ça, à un moment ou à l'autre de notre carrière. Nous savons au plus profond de nous-mêmes qui est le coupable mais nous n'avons pas les preuves pour l'inculper. Alors on creuse, encore et encore, jusqu'à oublier tout le reste. Jusqu'à s'oublier soi-même.

Ou jusqu'à ce que l'obsession ait une raison personnelle.

— Je ne suis pas surpris qu'il n'en ait pas parlé, dit Wade. Il ne rapportait jamais de travail à la maison. Il ne voulait pas inquiéter ma mère.

— Ou peut-être qu'il pensait que vous iriez directement trouver Abby si vous l'appreniez. Il l'a fait suivre après la disparition d'Eva. Mais je suppose que, cela aussi, vous l'ignoriez. Ou pas. Il est possible que vous aussi vous la soupçonniez et que ce soit la raison pour laquelle vous avez rompu.

S'il avait réussi à se contrôler jusque-là, l'acharnement de Benson à vouloir coller sur le dos d'Abby le meurtre de sa mère commençait à l'agacer sérieusement. Benson était comme un chien à qui on a donné un os à ronger. Impossible de lui faire lâcher prise.

— La raison pour laquelle nous avons rompu ne vous regarde pas, inspecteur, rétorqua-t-il sèchement. Je vous dirai néanmoins que ce n'est pas celle que vous évoquez.

Benson fit peser sur lui un regard froid.

— Vous êtes fils de flic. Je ne vous apprendrai donc rien en vous disant que, depuis que vous avez trouvé une Rolls-Royce Wraith au fond du lac avec à l'intérieur ce qui a de grandes chances d'être le cadavre d'Eva Dallas McRae, désormais, tout ce qui la concerne me regarde. Cela inclut la famille, les amis, les associés, vous. Et évidemment sa fille, Abigail Dallas.

Abby venait juste de sortir de la douche quand on sonna à sa porte. Elle aurait aimé ne pas aller répondre. Faire comme si elle n'était pas là. Malheureusement, les lumières allumées attestaient de sa présence dans la maison. Elle était épuisée. Physiquement et moralement. Elle avait encore en tête l'explosion dont Wade et elle avaient été témoins. Elle frissonnait encore d'effroi à l'idée que cette explosion aurait pu le tuer. Et puis elle avait besoin de prendre du recul pour analyser les émotions contradictoires que le baiser qu'ils avaient échangé avait suscitées en elle. Mais, par-dessus tout, elle avait envie d'être seule. Elle ne se sentait pas la force de se soumettre à une discussion, de quelque ordre qu'elle soit. Elle hésitait encore. Si c'était la police venue la questionner sur les événements des deux derniers jours ? Si c'était Wade, revenu de son rendez-vous avec de nouvelles informations utiles à leur enquête ? Elle enfila son peignoir et se pressa vers la porte d'entrée.

Brie Fortier poussa un tel soupir de soulagement quand Abby lui ouvrit la porte qu'il en semblait exagéré. Elle avait coiffé ses cheveux blonds en une queue-de-cheval qui dégageait son visage aux traits délicats. Elle avait toujours été la plus jolie, songea Abby alors qu'elle s'écartait pour la laisser entrer.

— Dieu merci, tu es là !

Son regard jaugea le peignoir d'Abby avant d'aller balayer le salon qui se profilait au-delà de l'entrée.

— Je ne te dérange pas ? Tu es seule ?

— Oui, répondit docilement Abby.

Elle passa une main dans ses cheveux mouillés, se demandant

ce qui pouvait bien justifier cette visite inopinée à une heure aussi tardive.

Elle pensa aussitôt que Brie était au courant pour la Rolls retrouvée au fond du lac. Comment éviter le sujet sans lui mentir ? Sans confirmer ni infirmer les soupçons de son amie afin de ne pas nuire au travail de la police en cours ? Car, même si elle ne faisait pas confiance aux autorités locales pour mettre la main sur l'assassin de sa mère, elle avait tout intérêt à feindre de coopérer si elle voulait pouvoir mener sa propre enquête en parallèle avec Wade. C'était la deuxième fois de la journée qu'elle devait faire semblant de ne pas savoir. Fatiguée comme elle l'était, en serait-elle capable ? Brie était une brillante avocate. Elle n'était donc pas du genre qu'on dupe facilement. Sans compter qu'Abby n'avait jamais eu de secrets pour elle.

Ses doutes se dissipèrent à l'instant où elle remarqua les traits tendus de son amie.

— Tu as l'air inquiète. Que se passe-t-il ?

— C'est Brett, répondit Brie. Je n'ai toujours pas pu le joindre.

— Tu veux dire que tu ne lui as pas parlé de tout le week-end ? Mais c'est inhabituel chez lui ?

— Non… Pas vraiment… C'est juste que je n'arrive pas à me sortir de la tête les sirènes des voitures de police que nous avons entendues hier. Il n'y a aucun article dans les journaux relatif à un accident qui pourrait s'être produit par là-bas. Alors, forcément, je me demande ce qui a bien pu se passer d'aussi grave pour les mobiliser. Depuis, j'imagine toutes sortes de scénarios catastrophes. Je sais bien que je dramatise, mais…

Nouveau soupir.

— Tu me connais. Je ne peux pas m'en empêcher.

Abby fut touchée par la détresse de son amie. Elle prit le

temps de choisir les mots qui seraient censés la rassurer au mieux.

— S'il était arrivé quelque chose à Brett, la police serait venue te l'annoncer.

— C'est aussi ce que je me dis.

Elle lança un regard inquiet à son amie.

— Tu n'as entendu parler de rien, toi ?

— J'ai été très occupée ce week-end. Je t'avoue que je n'ai pas pris le temps de lire les nouvelles.

— Ce n'est pas comme si c'était la première fois qu'il me laissait sans nouvelles, reconnut Brie. Il lui arrive même de disparaître plusieurs jours d'affilée. Parfois même des semaines entières. Mais je ne sais pas pourquoi, cette fois, j'ai un mauvais pressentiment.

— Je comprends. Quand vous êtes-vous parlé pour la dernière fois ?

Brie fronça les sourcils, cherchant à se rappeler.

— Il est passé à la maison vendredi soir. Je m'en souviens parce que je venais juste de rentrer du bureau. Nous avons discuté un peu, puis il est parti.

— Il t'a dit où il allait ?

— Oui. Il allait prendre un verre en ville avec des copains.

— Tu sais qui sont ces gens ?

— Il est toujours resté très vague là-dessus. Et, avant que tu me poses la question, non, je ne sais pas où il habite. C'est triste, n'est-ce pas ? Je ne sais même plus qui sont ses amis et j'ignore avec qui il travaille. Du coup, je n'ai pas un seul contact à appeler pour prendre de ses nouvelles.

S'il trempait dans des trafics louches comme Wade en avait émis l'hypothèse, alors il n'y avait rien d'étonnant à ce que Brett garde sa vie privée secrète. Sans doute pour sa propre protection mais aussi pour celle de sa sœur. Brett pouvait tout aussi bien être celui qui avait tenté de tuer Wade d'une flèche de harpon que celui qui avait déclenché l'explosion sous-marine. Ou les deux. À ce stade, ce n'étaient que pures spéculations ; mais, même si Abby cherchait à la persuader du contraire, avec le frère qu'elle avait, Brie avait de sérieuses raisons de s'inquiéter.

— Tu ne sais pas s'il a un appartement en bord de mer ? Il y a peut-être invité ses amis pour le week-end.

— C'est possible. Mais cela n'expliquerait pas pourquoi il ne répond pas à mes appels.

— Tu as prévenu la police ?

— Hors de question.

La véhémence de son ton la fit tiquer.

— Pourquoi ?

Brie tempéra sa brusquerie par un haussement d'épaules censé sans doute traduire une certaine désinvolture.

— Parce qu'ils ne me prendraient pas au sérieux. Cela ne fait pas si longtemps que je n'ai pas de nouvelles et, comme je te l'ai dit, cela s'est déjà produit plusieurs fois. Le problème vient de moi. Je n'arrive pas à m'habituer à ces absences, voilà tout.

Abby ne crut pas un mot de cette explication. Il était évident que soit Brie connaissait les agissements de son frère, soit elle les soupçonnait. Dans les deux cas, elle n'avait aucun intérêt à alerter la police.

— Qu'est-ce que je peux faire ? dit-elle, faute de mieux.

— Rien. Il va bien finir par réapparaître. Il revient toujours. Mais ça m'a fait du bien de te parler.

Elle s'interrompit un court instant avant de reprendre :

— Pour être honnête, ce n'est pas la seule raison qui m'a poussée à venir ici.

Un pli soucieux se creusa sur le front d'Abby.

— Il s'est passé autre chose ? demanda-t-elle en s'efforçant de garder un ton neutre.

— En vérité, j'espérais que tu me le dirais.

D'abord inquiet, le ton de Brie était devenu inquisiteur.

— Que veux-tu dire ?

— Hier, tu m'as dit que tu m'appellerais après le départ de Wade et tu ne l'as pas fait. J'ai été sur des charbons ardents tout le week-end, à me demander pourquoi il était venu te voir après toutes ces années.

C'était donc cela qui la turlupinait au point de prendre le volant un dimanche soir à 21 h 30 pour venir la voir. Abby chercha à contenir son impatience en balayant ce reproche d'un geste vague de la main.

— J'ai oublié, dit-elle un brin sèchement. Comme je te l'ai dit, moi aussi, j'ai été très occupée ces deux derniers jours. Et puis j'essaye de me préparer psychologiquement à ma première semaine de travail avec Lydia. Je la connais, elle va scruter mes moindres faits et gestes et ne ratera pas une occasion de me critiquer. Je compte bien ne lui donner aucune chance de le faire.

Brie lui lança un regard dur.

— Je croyais que votre relation était au beau fixe, répliqua-t-elle d'un ton acerbe.

— Elle l'est. Mais faire des efforts supplémentaires ne peut pas nuire. D'autant plus que je me suis penchée sur les livres comptables du trimestre et que j'ai constaté que les revenus locatifs étaient en baisse. J'ai essayé de trouver une raison à cela mais... Bref, je dois t'ennuyer avec mes problèmes.

Elle passa les doigts dans ses cheveux encore humides et demanda d'un ton qui se voulait désinvolte :

— Tu as vraiment fait tout ce chemin pour me parler de Wade Easton ? Tu ne t'inquiétais pas vraiment pour moi. Avoue.

— Je savais bien que Wade ne s'en prendrait pas à toi physiquement, répondit Brie, visiblement mal à l'aise. Mais, quand j'ai vu que tu ne m'appelais pas, je me suis dit qu'il s'était peut-être passé quelque chose dont tu ne voulais pas me parler.

— Comme quoi, par exemple ?

De nouveau, elle eut ce haussement d'épaules qui se voulait désinvolte.

— Je ne sais pas. Rien de défini. C'était plutôt de l'ordre du ressenti. Wade a ravivé tout un tas de mauvais souvenirs. Je ne voudrais pas qu'il essaye de te séduire de nouveau et qu'il te fasse encore souffrir. Enfin, tu es adulte, maintenant. J'imagine que, si cela arrivait, tu aurais le bon sens de le tenir à distance. Et puis rappelle-toi ce que je t'ai dit : « Coureur un jour, coureur toujours. »

Comme elle voyait Abby ouvrir la bouche pour répliquer, elle s'empressa d'ajouter :

— Tu as beau clamer que votre relation est de l'histoire ancienne, qu'il y a bien longtemps que tu es passée à autre chose, j'ai bien vu, moi, quel effet cette rupture avait eu sur toi ; le temps qu'il t'a fallu pour te relever de cette expérience malheureuse.

Abby repensa au baiser que Wade et elle avaient échangé sur la terrasse. Elle ne s'était pas encore donné l'opportunité de réfléchir au fait que c'était elle qui en avait été l'instigatrice ou même de se demander si elle n'avait pas rêvé ; si ce baiser avait été réel. De toute façon, qu'en résulterait-il ? Rien, sinon cette épée de Damoclès que, par sa seule faute, elle sentait déjà peser au-dessus de sa tête.

— Alors ? dit Brie devant son mutisme persistant. J'ai tort ?

— Pour qui me prends-tu, à la fin ? feignit-elle de s'offusquer.

À t'entendre, on pourrait croire que n'importe qui peut me manipuler comme il l'entend.

— Pas n'importe qui. Wade Easton. Il est ta kryptonite. Tu sais, cette roche imaginaire qui a le pouvoir de rendre Superman vulnérable.

— Tu ne crois pas que tu exagères un peu ? grommela-t-elle.

— Tu le sais, mon instinct protecteur hyper développé se déclenche dès qu'il s'agit de ma famille ou de mes amis. Je ne veux surtout pas voir souffrir les gens que j'aime.

Abby réprima un soupir impatient. Elle n'avait pas envie de parler de Wade Easton ou de Brett Fortier ou de qui que ce soit d'autre. Elle voulait juste aller se coucher et passer une bonne nuit de sommeil afin d'être fraîche et dispose pour son rendez-vous avec l'inspecteur Benson le lendemain. De toute évidence, il l'avait déjà dans le collimateur. L'affronter l'esprit clair lui éviterait de se contredire ou de laisser échapper quelque chose qui la trahirait au sujet de l'avertissement qu'elle avait reçu.

— Brie, je suis très touchée que tu t'inquiètes pour moi de cette façon. Mais tu te fais une montagne de rien du tout. Si tu veux vraiment le savoir, Wade et moi sommes devenus de parfaits étrangers l'un pour l'autre.

— Raison de plus pour me dire ce qu'il te voulait. Quelle raison avait-il de venir te voir si tôt un samedi matin ? S'il te plaît, dis-le-moi. Sinon, je ne repartirai pas d'ici tranquille.

Que cherches-tu exactement, Brie ?

Cette question se mit à lui trotter dans la tête. Elle détestait remettre en cause l'intégrité de son amie, mais cette discussion avait de quoi surprendre. Elle la trouvait aussi suspecte que déroutante. Car, si Brie et elle avaient réussi à maintenir le contact depuis les années lycée, la distance géographique avait peu à peu émoussé la complicité d'antan. Elles n'étaient plus assez proches pour que Brie manifeste une inquiétude aussi marquée à son égard. Qu'est-ce qui la préoccupait vraiment ? Quelle véritable raison l'avait poussée à se déplacer en personne jusqu'ici alors qu'elle aurait pu tout simplement lui téléphoner ?

Elles se tenaient toujours dans l'entrée. À la faveur de la lumière du plafonnier, Abby chercha à déchiffrer ce que pouvaient cacher les traits lisses de Brie. Elle y devina une certaine tension. Mais quoi de plus normal que d'être stressée quand votre frère jumeau vous en faisait voir de toutes les couleurs ? Cependant, il y avait autre chose. Brie n'était pas juste inquiète. Elle avait peur. Abby le vit dans la lueur fugace qui passa dans son regard à un moment où, ignorant qu'elle était scrutée, elle baissa la garde.

Abby s'appuya d'une épaule contre la porte et croisa les bras.

— Je peux te poser une question ? lança-t-elle.

Brie fronça les sourcils.

— Quoi ?

— Si tu t'inquiétais tant pour moi, pourquoi ne m'as-tu pas appelée hier ? Pourquoi as-tu attendu la fin du week-end pour te manifester ?

La question ne parut pas la prendre au dépourvu.

— Je sais à quel point tu tiens à ce que ta vie privée le reste. Je ne voulais pas te paraître insistante, voire intrusive. Eh oui, j'ai bien conscience que ma visite impromptue peut te déranger.

Elle afficha un sourire qui parut à Abby faussement contrit puis reprit :

— Je ruminais sur le sort de Brett quand j'ai réalisé tout à coup qu'il fallait que je vienne ici m'assurer que tu allais bien, puisque, toi non plus, tu ne me donnais pas de nouvelles.

— Au moins, tu te rends compte que tu réagis de manière excessive. C'est déjà ça.

— J'ai beau en avoir conscience, cela ne m'empêche pas de me faire des films. C'est ce qui se passe quand on s'attend toujours au pire.

Elle retrouvait chez Brie les mêmes caractéristiques qu'elle avait déjà au lycée : un mélange de pragmatisme, de fatalisme et d'angoisse profonde, le tout couronné d'une bonne dose de confiance en soi.

— Mon médecin m'a prévenue. Si je continue comme ça, je vais finir par avoir un ulcère. Un ulcère ! Tu te rends compte ? À même pas trente ans !

Comme pour illustrer son propos, elle plaqua ses deux mains sur son ventre en même temps qu'elle grimaçait de douleur.

— Aïe…, gémit-elle.

Puis elle ferma les yeux tout en inspirant profondément.

— Brie… Ça va ?

— Il le faudra bien. Je te remercie, Abby. Tu es tellement patiente avec moi. J'ose à peine imaginer ce que tu as dû penser en me voyant débarquer chez toi à une heure aussi tardive pour t'entretenir de sujets qui, en plus, ne me regardent pas.

Abby la fixa, un sourire narquois aux lèvres.

— Tu sais quoi ? Je pense que, tout ça, c'est du vent. Tu as autre chose en tête. Mais comme tu ne sais pas comment aborder le sujet, tu tournes autour du pot en racontant n'importe quoi.

Percée à jour, Brie ne chercha pas à nier.

— Tu ne t'es jamais dit que tu avais raté ta vocation ? Tu aurais pu être flic. Mais tu as raison. Il y a autre chose dont j'aimerais te parler. Je ne sais pas comment tu vas le prendre.

— Dans ce cas, je propose que nous passions au salon.

Brie n'hésita qu'un instant avant de protester mollement.

— Tu es sûre ? Il se fait tard et nous devons travailler demain. Moi, ça ira ; mais toi, tu dois affronter Lydia.

— Arrête un peu avec Lydia. Elle n'est pas aussi mauvaise qu'on le dit.

— C'est vrai. Elle est pire, en fait, lâcha Brie, les deux mains toujours posées sur son ventre.

Une fois qu'elles furent arrivées dans le salon, Brie alla tout droit se poster devant la baie vitrée. Elle resta là, un long moment durant lequel elle sembla se perdre dans les méandres de pensées qui n'appartenaient qu'à elle. Le silence devenait pesant ; pourtant, une sorte d'énergie presque tangible se dégageait d'elle.

Que sais-tu que tu ne me dis pas ?

Elle se mit à frissonner au souvenir des nombreuses discussions qu'elles avaient eues au fil des ans. Brie ne ratait jamais une occasion de descendre Wade en flammes ou de lui rappeler la trahison qu'elle avait subie. Avait-elle été amoureuse de Wade ? Avait-elle éprouvé pour lui des sentiments qu'il ne partageait pas ? Cela pourrait expliquer son comportement pour le moins étrange depuis qu'elle était arrivée et cette insistance presque obsessionnelle à vouloir connaître la raison pour laquelle Wade était venu la voir. Elle avait peut-être vraiment quelque chose sur le cœur dont elle voulait se débarrasser.

— Brie ?

Brie ne se retourna pas. Elle se mit à parler comme pour elle-même.

— J'ai toujours adoré ce cottage. J'avais en tête de l'acheter. J'ai même fait une proposition à Lydia, mais elle m'a dit qu'il fallait ton accord alors j'ai laissé tomber. Je savais que tu n'accepterais jamais.

— Tu voulais acheter mon cottage ? Mais pourquoi ?

— Pour l'emplacement, la vue. C'est un endroit tellement merveilleux ! Je croyais sincèrement que tu ne reviendrais jamais et je me disais que c'était dommage de le réserver à la location.

Elle se retourna enfin.

— Mais il se trouve que tu es revenue.

De toutes les propriétés que sa mère possédait, cette maison était la seule à laquelle Abby tenait. La seule pour laquelle elle ressentait un lien sentimental. Aussi, elle ne savait trop quoi penser de la révélation de Brie. Il y avait des dizaines de maisons qui donnaient sur le lac. Pourquoi vouloir celle-ci en particulier ?

Elle s'exhorta à refouler le malaise que cette étrange confession avait fait naître en elle.

— Viens, dit-elle. Asseyons-nous et raconte-moi ce qui t'arrive ce soir.

Brie alla se percher sur l'un des accoudoirs du canapé et croisa ses longues jambes devant elle au niveau de la cheville.

— C'est une longue histoire.

Abby, qui avait choisi de s'installer sur l'un des fauteuils qui entouraient la table basse, l'encouragea :

— Tu voulais parler. Alors parlons.

— C'est au sujet de Wade.

— Encore ?! Décidément, tu...

— S'il te plaît. Écoute ce que j'ai à te dire. Cela n'a rien à voir avec le fait qu'il soit venu ici, hier. Même si c'est ce qui en a été le catalyseur. Je crois que je n'ai pas su te montrer le degré de mon inquiétude. Je sais que cela ne me regarde pas, mais tu es ma meilleure amie et, à ce titre, il y a des choses que tu dois savoir.

— Quelles choses ?

— Wade est très ambitieux. On pourrait même dire opportuniste.

— Ce n'est pas un crime, que je sache. Certains considèrent même que c'est une qualité.

— Et d'autres, comme moi, que c'est jouer un jeu dangereux. J'ai bien vu comment vous vous regardiez tous les deux, hier. Comme lorsque vous aviez dix-sept ans. Sauf que les enjeux sont plus importants aujourd'hui. Entre les fonds fiduciaires et tous les biens dont tu hériteras un jour, un opportuniste peut considérer que tu es un très bon parti. À mon avis, Wade a une idée assez précise de ce que tu vaux.

Elle en resta bouche bée. Voilà bien une chose à laquelle elle ne s'attendait pas.

— Tu penses vraiment que Wade en a après mon argent ?

— Je pense que cela a toujours été le cas.

— Eh bien, je te remercie. Je suis ravie d'apprendre que je ne peux pas être aimée pour moi-même mais seulement pour ce que je représente.

— Ce n'est pas ce que je veux dire. Il a une véritable attirance pour toi, c'est indéniable. Mais je ne peux pas m'empêcher de me demander pourquoi il s'est précipité ici dès qu'il a su que tu étais de retour à Fairhope.

— Tu te trompes sur lui.

À peine avait-elle refermé la bouche qu'elle s'interrogea. Depuis quand se sentait-elle obligée de prendre la défense de Wade ? C'était un adulte. Il n'avait besoin de personne, et encore moins d'elle, pour se protéger des attaques de Brie. Sans compter qu'il y avait fort à parier qu'il s'amuserait de ces accusations plutôt qu'il ne s'en offenserait.

— Puisque je me trompe, pourquoi restes-tu aussi évasive quant à la raison qui l'a poussé à venir ici ?

— Considère que ton instinct ne t'a pas trompée, rétorqua sèchement Abby. C'est effectivement quelque chose dont je n'ai pas envie de parler.

— C'est juste à *moi* que tu n'as pas envie d'en parler ? Ou alors, souligna-t-elle d'un air pincé, tu ne veux pas en parler parce que cela concerne Brett. Wade voulait te tirer des informations à son sujet.

Brie se pencha en avant pour ajouter d'une voix sourde, presque menaçante :

— Que lui as-tu dit ?

— Je ne lui ai rien dit pour la bonne raison que je ne sais rien.

Elle tentait toujours d'essayer de comprendre le comportement étrange de Brie, qui glissait d'un sujet à l'autre pour toujours en revenir à Wade.

Elle secoua la tête. C'était peut-être elle qui dramatisait, finalement. Mais savoir que sa mère avait été assassinée lui faisait perdre toute objectivité. Pire, lui faisait voir en chacun un assassin potentiel. Fairhope était une petite ville. Il n'était pas déraisonnable de penser que le tueur pouvait être quelqu'un qu'elle et sa mère avaient connu. Mais Brie ? Elles avaient le même âge. Abby avait du mal à imaginer une jeune fille de dix-sept ans avoir la force physique et mentale d'élaborer et de concrétiser un plan aussi machiavélique.

— D'ailleurs, ajouta-t-elle, pourquoi Wade penserait-il que je sais quelque chose sur ton frère ? Je ne suis ici que depuis peu de temps et j'ignorais que Brett s'était fait voler son bateau.

— Toi et moi sommes amies depuis le lycée. Nous étions inséparables jusqu'à ce que tu sortes avec lui. Il a dû penser que je me confierais à toi.

— Mais tu ne l'as pas fait.

— Parce que je n'ai rien à te confier. Tu sais bien que Wade n'a plus supporté Brett quand il a appris que vous étiez sortis ensemble.

— Nous ne sommes pas sortis ensemble, répliqua Abby, qui

avait à cœur de rétablir la vérité. Nous nous sommes retrouvés en ville une fois pour prendre un verre, mais ça s'est arrêté là.

— Une fois ou vingt, peu importe. Wade n'a jamais oublié et surtout jamais pardonné.

— Il n'y avait rien à pardonner. Lui et moi ne sortions pas ensemble à l'époque.

— Dis-le-lui.

Cette fois, ce fut Abby qui se pencha vers Brie pour demander, un ton plus bas :

— Dis-moi la vérité, Brie. Brett s'est attiré des ennuis ?

Le masque tomba aussitôt. Brie s'affola.

— Pourquoi cette question ? Que t'a dit Wade ?

— Rien. Mais je suppose que, lorsqu'une compagnie d'assurances engage un enquêteur pour investiguer sur une histoire de bateau volé, c'est qu'elle soupçonne l'assuré d'essayer de l'escroquer.

— Wade est allé voir les flics ?

— Au sujet du bateau ?

— Qu'est-ce qu'il leur a dit ?

— Brie, tu me fatigues. Tu n'as qu'à le lui demander. Et puis tu n'as pas répondu à ma question.

— Tu sais comment sont les compagnies d'assurances, répondit-elle. Elles se font toujours tirer l'oreille dès qu'il s'agit de sortir de l'argent. En tout cas, si c'est pour prouver la culpabilité de Brett, ils ont fait appel à la bonne personne. Même s'il ne trouve rien contre mon frère, Wade arrivera bien à inventer quelque chose.

— Cela ne lui ressemble pas du tout, déclara Abby, le défendant encore. Il prend son boulot très au sérieux. Et si, comme tu le soutiens, il avait une dent contre Brett au lycée, je doute que ce soit encore le cas aujourd'hui.

Brie l'effleura d'un regard méprisant.

— Eh bien, il n'aura pas fallu longtemps.

— De quoi parles-tu ?

— Dix ans ont passé, et pourtant tu es toujours aussi naïve dès qu'il s'agit de Wade Easton.

— Crois ce que tu veux, ça m'est égal, rétorqua Abby, un brin vexée. En tout cas, tu ne m'as toujours pas clairement dit si Brett avait des ennuis.

Une lueur de colère brilla dans le regard de Brie.

— J'ai bien conscience que Brett n'est pas un ange. Je suis la première à reconnaître qu'il traîne un lourd passif derrière lui. Mais il n'est pour rien dans le vol de son bateau.

— Si c'était vrai, tu n'essayerais pas de me soutirer des informations que, d'ailleurs, je n'ai pas. Je crois, au contraire, que tu es venue ici pour tenter de savoir si Wade avançait dans son enquête ; s'il avait les réponses à toutes les questions qu'il se pose.

Brie s'immobilisa un court instant avant de s'animer de nouveau :

— Quel genre de questions ?

— Pourquoi Brett a-t-il tenu à amarrer cette vedette dans une petite station comme Fairhope ? Cherchait-il à fuir quelqu'un ? À se cacher ? Dans quel trafic est-il impliqué ?

Elle avait lancé ces questions sans réfléchir, comme elles lui venaient. Mais elle comprit à l'air affolé de Brie qu'elle avait fait mouche.

— Ce n'est pas mon amie qui parle, là. C'est Wade Easton.

— Non, c'est bien moi. En fait, tu es venue ici chercher des réponses, toi aussi. Tu aurais dû savoir que ton insistance piquerait ma curiosité.

Brie se leva d'un bond.

— Je n'aurais pas dû venir. Ce n'était pas une bonne idée. Je vois bien que Wade a déjà commencé à te retourner le cerveau.

— Là encore, tu te trompes. Wade ne m'a jamais rien dit de mal sur toi.

— Évidemment. Il n'est pas idiot. Il le fait d'une manière insidieuse dont tu n'as même pas conscience. Il se sert de mon frère pour nous monter l'une contre l'autre.

— C'est toi qui n'arrêtes pas de parler de Brett.

Abby se leva lentement.

— Cette histoire de bateau ne me regarde pas, dit-elle en regardant Brie droit dans les yeux. Aussi, je voudrais savoir pourquoi tu es venue ici ce soir. Qu'est-ce que tu ne me dis pas ?

En guise de réponse, Brie tourna les talons et se dirigea vers la porte d'entrée.

— Tu devrais poser la même question à Wade, lança-t-elle par-dessus son épaule.

— Si tu as quelque chose à dire, vas-y. C'est le moment.

Brie se retourna lentement. Elle darda sur Abby un regard mauvais.

— Tu savais que ta grand-mère l'avait payé pour qu'il te quitte ?

Le cœur d'Abby se mit à cogner fort dans sa poitrine.

— Tu mens.

— Non, je dis la vérité. Wade a pris l'argent et il est sorti avec une autre fille.

— C'est impossible.

— Demande à Wade. Il a toujours eu le goût des secrets bien gardés. Un conseil : avant de retomber dans ses bras, essaie de voir s'il n'y a pas autre chose qu'il ne t'a pas dit.

Sur ces paroles blessantes, elle ouvrit la porte et regagna sa voiture, garée plus bas, dans l'allée.

Abby la suivit des yeux, encore sous le choc de ce qu'elle venait d'apprendre. Car, si une partie d'elle refusait farouchement de croire aux paroles venimeuses de Brie, une autre partie envisageait qu'elle dise la vérité. Depuis toujours, Brie cherchait à protéger son frère. Par tous les moyens. Mais quelque chose venait de changer dans son comportement. Brie était passée de l'avertissement amical lancé sur un mode léger à un autre, plus brutal et plus violent, que l'on n'attend pas de quelqu'un qui se prétend votre amie.

Abby allait refermer la porte quand elle vit Brie freiner puis, une seconde plus tard, une silhouette masculine surgir d'un buisson pour grimper dans sa voiture. Ils restèrent un moment assis dans l'obscurité, puis la portière s'ouvrit de nouveau, faisant s'allumer la lumière du plafonnier. L'homme se tourna vers la maison au moment où il sortit du véhicule.

Abby sursauta en reculant d'un bond.

Quand elle risqua de nouveau un œil dehors, Brett Fortier avait disparu dans la nuit.

10

Abby se tournait et se retournait dans son lit, incapable de trouver le sommeil. L'étrange conversation qu'elle avait eue avec Brie tournait en boucle dans sa tête. Elle ne voulait pas croire à ses accusations mais, qu'elle le veuille ou non, Brie avait touché un point sensible. Que savait-elle de Wade, au juste, après toutes ces années ? Ou de Brie ? Pas grand-chose, à vrai dire. Car, si elles étaient restées en contact après qu'Abby avait quitté Fairhope pour Atlanta, elles n'étaient plus les amies proches qu'elles avaient été par le passé.

Ses pensées se bousculèrent dans sa tête jusqu'à ce qu'elle finisse par s'endormir. Elle se réveilla en sursaut au bout d'un temps qui lui parut très court avec, chevillée au corps, la terrible certitude qu'il y avait quelqu'un dans la maison. Elle se releva à demi et tendit l'oreille, cherchant à percevoir un bruit anormal dans le silence de la nuit devenu assourdissant.

Un léger bruissement lui parvint, suivi d'un souffle d'air. Cela ne pouvait provenir que du climatiseur. Après le départ de Brie, elle avait fermé toutes les fenêtres et verrouillé toutes les portes. Savoir que Brett Fortier pouvait rôder dans les parages l'avait rendue particulièrement vigilante. Elle avait bien pensé à appeler Wade pour l'alerter sur cette présence, mais Brie avait réussi à semer le doute en elle. Elle avait fini par renoncer. Elle y verrait plus clair demain. Pour l'heure, elle était seule. Si intrus il y avait, elle devrait se débrouiller sans l'aide de Wade Easton.

Un bruit de pas feutré dans le couloir la fit se figer. Les battements de son cœur redoublèrent. Elle cherchait frénétiquement du regard de quoi se forger une arme de fortune quand elle réalisa que le bruit avait cessé. La peur lui avait-elle fait imaginer le pire ? Était-elle tout à fait réveillée ? Elle avait lu un article un jour dans un magazine sur ce que les spécialistes appellent les rêves éveillés.

Elle resta encore un long moment parfaitement immobile avant de repousser les couvertures et de s'asseoir au bord du lit, l'oreille toujours aux aguets. Puis, le plus silencieusement possible, elle ouvrit le tiroir de sa table de chevet et en sortit la lourde lampe torche qu'elle savait remisée là. Sa lampe dans une main et dans l'autre son smartphone, elle se leva et traversa sa chambre sur la pointe des pieds. Elle passa la tête par la porte puis, après avoir vérifié qu'il n'y avait personne, s'aventura dans le couloir.

La nuit était brumeuse. Elle ne pouvait pas compter sur le clair de lune pour guider ses pas. Pourtant, elle n'osait pas allumer sa lampe. Pas encore. Pas tant qu'elle ne serait pas certaine qu'elle était seule dans sa maison et qu'elle avait vécu un rêve éveillé.

Elle passa devant la seconde chambre puis devant la salle de bains et arriva enfin dans le salon. Rien ne lui parut anormal. Aucun bruit de pas ne lui parvint. Elle ne distingua aucune ombre tapie dans un angle de la pièce. Pourtant, elle ressentait une présence et comme une multitude d'ondes négatives flottant dans l'air.

Elle resserra les doigts autour du manche de la lampe tandis qu'elle s'avançait prudemment dans la pièce, les sens en alerte.

Puis, de nouveau, elle entendit le bruissement accompagné du souffle d'air.

Elle tourna brusquement la tête en direction du bruit. Le voilage blanc d'une des portes-fenêtres flottait dans le courant d'air tel un fantôme. La porte était-elle ouverte ? Impossible, elle avait tout vérifié avant d'aller se coucher. Cette fois, elle ne rêvait pas. Cela ne pouvait signifier qu'une chose : quelqu'un était entré par effraction dans la maison pendant qu'elle dormait et était reparti par la terrasse. À moins que cette personne soit toujours à l'intérieur. Elle fut saisie d'une peur panique.

La raison lui soufflait de courir se réfugier dans sa chambre et de s'y enfermer à double tour pour composer le 911. Pourtant, ce ne fut pas ce qu'elle fit. La colère gonflait en elle, prenant le pas sur la peur. Il y avait d'abord eu la maison de sa grand-mère, puis maintenant la sienne. Il était temps de mettre un terme à ces manœuvres d'intimidation.

Brandissant son smartphone allumé devant elle, elle dit d'une voix qu'elle voulait assurée :

— J'ai appelé le 911 ! La police va arriver d'un instant à l'autre.

Comme par enchantement, une sirène hurla dans le lointain. Abby remercia le ciel en silence. Elle retint son souffle et attendit, le cœur battant. Aucun bruit suspect ne lui parvint, hormis le bruissement du rideau. Au bout d'un moment qui lui parut une éternité, elle décida qu'il n'y avait personne. Son téléphone et sa torche en mains, elle traversa la terrasse et alla se pencher par-dessus le bastingage. L'escalier qui conduisait au quai était plongé dans l'obscurité. Impossible de voir quoi que ce soit. L'eau du lac en contrebas était sombre, presque menaçante.

C'est alors qu'elle entendit rugir le moteur d'un bateau qui s'éloignait pleins gaz. Alors qu'elle retournait à l'intérieur, elle se rappela une partie de la discussion qu'elle avait eue avec Wade, dans la soirée.

« Qui a les clés, à part toi ? »

« Tu devrais penser à faire changer les serrures. »

« Lydia n'a pas besoin de savoir. Je peux m'en occuper, si tu veux. Enfin, si tu me fais assez confiance pour ça. »

Elle secoua la tête. Elle laissait son imagination l'emporter trop loin. Elle redressa les épaules et articula tout haut des paroles rassurantes tandis qu'elle refermait la porte à clé derrière elle. Puis elle alluma les lumières et fit le tour de toutes les pièces.

Elle trouva le mot, posé bien en évidence sur l'îlot de la cuisine. Elle allait attraper l'enveloppe quand elle suspendit son geste. Les empreintes. Cette fois, elle ne ferait pas la même bêtise.

Elle farfouilla dans le placard qui se trouvait sous l'évier et en sortit des gants de ménage, qu'elle enfila aussitôt. Puis elle sortit le billet et le parcourut rapidement des yeux.

JE T'AURAI PRÉVENUE

Wade changea de position pour soulager la crampe qu'il avait au mollet. Cela faisait des heures que, tapi dans un buisson épais, il surveillait la berge. Il vérifia l'heure sur son smartphone. 1 heure. Bientôt deux jours qu'il avait trouvé la Rolls-Royce d'Eva Dallas McRae au fond du lac et son assassin courait toujours. Il imaginait le fantôme de la mère d'Abby, réclamant justice.

L'inspecteur Benson avait bien déclaré que les dispositions nécessaires avaient été prises pour remonter la berline, mais il était resté vague quant au calendrier. Wade pria pour que, dans quelques heures, les ossements d'Eva soient acheminés à l'institut médico-légal afin d'y être analysés. Peut-être, alors, ces restes parleraient-ils, permettant de faire progresser l'enquête.

Si les résultats s'avéraient positifs, il serait demandé à Abby de se soumettre à des tests ADN. Dans tous les cas, ils sauraient bientôt si la victime était bien Eva Dallas ou s'il s'agissait d'une autre personne. Ce dernier cas ne manquerait pas de compliquer une enquête déjà riche en rebondissements. La question qui se poserait alors serait la même que dix ans plus tôt : où était Eva Dallas McRae ?

Wade avait pris la précaution de cacher son bateau derrière l'écran que formaient les branches ruisselantes d'une rangée de saules pleureurs. L'absence totale de lune le protégeait tout à fait d'éventuels regards indiscrets. Au moment où les patrouilles de police avaient quitté les lieux, il était également parti, mais il avait fait demi-tour un peu plus tard pour revenir. Avant de s'en aller, Benson avait reconnu que la zone devait être surveillée, mais il avait été clair : il n'avait pas assez d'hommes pour garantir une présence policière permanente. Le mieux qu'il pouvait faire était d'envoyer une voiture en patrouille. Or, des malfrats connaissant la région pouvaient aisément éviter une voiture de police ou lui échapper si celle-ci les prenait en chasse. Quant aux plongeurs, ils pouvaient soit cacher leur embarcation, comme Wade l'avait fait, soit entrer dans l'eau depuis la berge. Faire subir à la Rolls le même sort qui avait été réservé au bateau un peu plus tôt était l'assurance qu'il n'y aurait plus aucune preuve de l'assassinat d'Eva.

Il fouilla dans son sac à dos pour en sortir ses lunettes de vision nocturne puis les braqua sur la rangée d'arbres, de l'autre côté du lac. C'était à peine s'il distinguait le sentier qui menait à l'ancienne route. Celle-ci avait été coupée en deux au moment de la démolition du pont, et chaque section était aujourd'hui une impasse désertée. Sauf peut-être par les trafiquants en tous genres qui pouvaient y voir le lieu idéal pour y traiter des affaires louches.

Il commençait à trouver le temps long. Il essaya de tromper l'ennui en focalisant son attention sur les bruits nocturnes environnants. Les chants des cigales, qui semblaient s'en donner à cœur joie, le zonzonnement incessant des moustiques, qui lui tournaient autour et qu'il chassait de temps à autre d'un geste leste de la main. C'est alors qu'un bruit de moteur lui parvint à travers les arbres. Le grondement s'amplifia en même temps que les feux de route balayaient l'espace où se trouvait le pont. Puis plus rien. On coupa le moteur. On éteignit les phares. Un court instant plus tard, il reconnut le bruit d'une portière qui s'ouvrait puis se refermait. Dans le silence qui suivit, Wade ajusta sa position afin d'avoir un meilleur angle de vue. Il chaussa de nouveau ses lunettes et suivit le sentier jusqu'à la rive. Une silhouette immobile semblait regarder l'eau fixement.

Il fourra à la hâte ses lunettes dans son sac à dos puis se glissa hors de sa cachette pour grimper sur le talus, maudissant en silence le craquement que faisaient les broussailles sèches sous chacun de ses pas. Un bruit que, l'espérait-il, la silhouette attribuerait à quelque insecte nocturne. Une silhouette qu'il espérait également sans arme.

Le croissant de lune apparut soudain brièvement derrière un gros nuage. Bénédiction ou malédiction ? Les deux à la fois. Car, si cela allait peut-être lui permettre de mettre un visage sur la personne qui se trouvait là, cela le mettait également en position d'être repéré.

Alertée par le bruit, ou par son instinct, la silhouette se retourna brusquement. Wade se figea. Il aurait juré qu'il venait de croiser le regard de sa mère durant la fraction de seconde qui avait précédé le retour à l'obscurité.

N'osant bouger, il resta immobile, abasourdi. Il ne pouvait pas y croire. Cela ne pouvait pas être elle. D'ailleurs, que serait-elle venue faire ici, seule, en pleine nuit ? Des pensées terribles se bousculèrent dans sa tête. Un défilé d'images aussi insupportables les unes que les autres. Non, ce n'était pas elle. Elle allait bien aujourd'hui, et depuis longtemps. Elle s'était remise à la peinture. Elle avait retrouvé un semblant d'équilibre. Elle ne ferait jamais une chose pareille à un mari qui avait prouvé à quel point il l'aimait et à un fils qui avait dédié une partie de sa jeunesse à la protéger, au détriment de son propre bonheur.

Il secoua la tête, cherchant à rassembler ses esprits et, du même coup, à agir. Aussi silencieusement que possible, il s'approcha jusqu'à pouvoir l'identifier avec certitude. C'était bien elle. Elle se tenait toujours immobile, donnant l'impression qu'elle était à l'affût du moindre bruit suspect. Ou que le choc de leur bref face-à-face l'avait figée là pour toujours.

L'avait-elle réellement vu ? Devait-il s'approcher d'elle pour lui demander si elle allait bien ? Ou préférerait-elle qu'il disparaisse dans les bois et oublie qu'il venait de la surprendre là ?

À mieux la regarder, une évidence lui sauta aux yeux. Elle n'était pas sous le choc. Elle était comme hypnotisée par un point précis du lac.

Elle sait.

Peut-être que Sam lui avait rapporté la découverte que Wade avait faite ; peut-être que, contrairement à ce qu'il avait cru, elle avait tout entendu de la discussion qu'il avait eue avec son père à ce sujet. Sinon, que serait-elle venue faire ici, à une heure pareille ? Juste contempler l'eau ? En admettant que ce soit le cas, pourquoi venir ici, à cet endroit précis du lac ?

Cela ne faisait plus de doutes. Elle savait.

Au sujet de la voiture. Au sujet de la liaison de son mari avec Eva Dallas. Elle savait tout.

Depuis quand ?

Un frisson le parcourut tout entier tandis qu'il s'exhortait à refouler les pensées sombres qui se métamorphosaient en images tout aussi lugubres. Il ne laisserait pas ses questionnements se transformer en soupçons. Sa mère était une belle âme. Elle ne ferait pas de mal à une mouche. Encore moins à un être humain. Elle devait avoir une bonne raison pour s'être rendue de ce côté-ci du lac. Il suffisait qu'il manifeste sa présence et qu'il le lui demande. Pourtant, il ne fit ni l'un ni l'autre. Il se sentait incapable de la confronter. « Certains secrets méritent de rester enfouis. »

Au moment où il releva de nouveau la tête, elle avait disparu. Elle s'était évaporée dans l'obscurité. Accroupi derrière un buisson, il tendit l'oreille aux bruits qui indiqueraient son départ. Mais rien ne lui parvint. Il ne pouvait que supposer qu'elle n'était plus là, puisqu'il avait perdu de vue sa silhouette. Une chape de plomb lui tomba dessus. Il était rongé par une inquiétude que le côté surréaliste de cette scène ne parvenait pas à atténuer. Avait-il vraiment vécu ce qu'il avait vu ou rêvait-il ? S'était-il vraiment retrouvé à se cacher de sa propre mère dans des circonstances aussi étranges qu'alarmantes ?

Il fut presque soulagé quand il entendit de nouveau le bruit d'une portière qu'on ouvrait puis qu'on refermait, très vite suivi du ronflement d'un moteur qu'on venait de mettre en marche. La lumière des phares éclaira la surface du lac avant d'aller se perdre entre les arbres qui bordaient le sentier. Il n'avait donc pas rêvé. Il avait bien vu sa mère, seule, en pleine nuit, sur la berge du lac où la maîtresse de son mari avait trouvé la mort.

Une question se mit à trotter dans sa tête. Devait-il appeler son père pour le mettre au courant ? Ou du moins pour le rassurer s'il s'avérait qu'il savait déjà que sa femme avait quitté la maison.

Il décida qu'il appellerait quand il serait de retour dans son bateau. Il était tellement perdu dans ses pensées qu'il n'entendit pas un bruit furtif derrière lui. Une brindille craqua, mais ses sens et ses réflexes étaient encore émoussés par le choc qu'il venait de vivre.

Il n'eut pas le temps de se retourner. Un coup violent porté à la tête par un objet lourd et contondant le fit vaciller. Il sentit à peine la douleur fulgurante avant de tomber, face contre terre. Puis tout devint noir autour de lui.

Wade battit des cils plusieurs fois avant d'ouvrir les yeux sur une étendue obscure percée d'une lumière intermittente. Il faisait nuit. Il était étendu par terre. Un bourdonnement sourd se faisait entendre à ses oreilles. Il n'avait aucune idée de l'endroit où il se trouvait ni de ce qui s'était passé. L'espace d'un court instant, il dut même fouiller dans sa mémoire pour retrouver son nom. En revanche, il était conscient de deux choses : la douleur aiguë qui lui martelait la tête et le mouvement de balancier régulier qui lui donnait la nausée. Il cligna des yeux, cherchant à se rappeler. Il réalisa soudain que ce qu'il prenait pour le plafond était le ciel et que la lumière intermittente était le croissant de lune enveloppé de nuages vaporeux.

Refoulant la vague nauséeuse qui menaçait de déborder, il tenta de se redresser, mais la douleur lui arracha un cri. Il s'effondra, une main derrière la nuque pour amortir le choc. Il inspira plusieurs fois profondément puis fit une seconde tentative. Cette fois, il parvint à se hisser en position assise. Il tourna lentement la tête à droite et à gauche et ne vit rien d'autre que de l'eau. Son cerveau, bien qu'encore embrumé, l'informa qu'il se trouvait dans un bateau à la dérive au beau milieu d'un lac.

Encore quelques minutes et la mémoire lui revint tout à fait. Du regard, il chercha son sac à dos. Les clés du bateau se trouvaient dedans, avec son téléphone, ses lunettes de vision nocturne et…

Toujours ce fichu bourdonnement. Qu'est-ce que…

Il reconnut soudain la sonnerie étouffée d'un téléphone. Il se laissa guider par le son jusqu'à l'arrière du bateau et souleva le coussin de la banquette où l'appareil semblait se trouver. Il le prit en main et batailla un peu pour prendre l'appel.

— Quitte ce bateau tout de suite ! lui ordonna aussitôt une voix masculine.

— Qu'est-ce que…

— Un engin explosif avec détonateur à distance a été placé sous un des sièges, expliqua la voix. Ne perds pas de temps à essayer de le trouver, tu as moins de deux minutes pour rejoindre la rive.

La nouvelle eut sur lui l'effet d'un électrochoc. Retrouvant d'un coup toutes ses facultés, il plongea sans chercher à en savoir plus et nagea comme un fou droit devant lui, jusqu'à sentir le fond sablonneux sous ses pieds. À ce moment seulement, il se releva et courut jusqu'à la berge, où il s'effondra, le cœur palpitant. Une fraction de seconde plus tard, une gerbe d'étincelles fusait dans le ciel, explosant en une pluie d'étoiles scintillantes qui retombaient mollement dans l'eau.

Ce n'était pas une bombe mais de vulgaires mortiers d'artifice déclenchés par un système de mise à feu à distance.

Quelqu'un s'amusait à ses dépens.

Il ressentit un mélange de soulagement et de contrariété teinté, il devait bien l'admettre, d'une pointe d'humiliation. Il regarda les dernières étincelles grésiller à la surface de l'eau puis retourna à l'endroit où il avait été agressé. Son sac à dos était toujours là où il l'avait laissé tomber. Son smartphone était toujours à l'intérieur. Il l'entendait déjà sonner.

Ce fut la même voix qui s'adressa à lui.

— Tu l'as échappé belle. Cela aurait pu être une vraie bombe.

Il jeta un coup d'œil à l'écran de son portable pour connaître l'identité de l'appelant. « Numéro masqué ». Évidemment. Il regarda tout autour de lui. De toute évidence, quelqu'un l'observait. Peut-être même à l'aide de ses propres lunettes de vision nocturne, que son agresseur lui aurait subtilisées.

— Qui êtes-vous ? demanda-t-il.

À sa grande surprise, son interlocuteur se dévoila.

— Celui à qui tu peux faire perdre deux cent cinquante mille dollars.

— Brett Fortier.

Brett émit un ricanement sardonique.

— Désolé pour le coup sur la tête.

— Je ne suis pas certain de vouloir te pardonner. Qu'est-ce que tu veux ?

— Lâche l'affaire, mon vieux. Tu attires l'attention des flics sur ma personne et ce n'est pas bon pour mes affaires.

— Quel genre d'affaires ?

— Cela ne te concerne pas.

— Je ne suis pas d'accord. Cela me concerne d'autant plus que tu as tenté de me tuer.

— Je t'ai sauvé la vie, au contraire.

— Tu comprendras que j'ai du mal à t'être reconnaissant.

Tout en parlant, Wade continuait de chercher quelque chose, n'importe quoi, qui lui permettrait de localiser Brett Fortier.

— Qu'y avait-il à bord du bateau avant que tu le fasses exploser ? s'aventura-t-il à demander.

— Ce genre de questions ne peut t'apporter que des

ennuis. Ceci dit, en souvenir du bon vieux temps, je veux bien consentir à te laisser un peu de répit si tu acceptes de ne pas faire de vagues. De toute façon, tout cela sera terminé dans quelques jours.

— Que va-t-il se passer ?

— Tire-toi, Wade.

— Tu sais bien que je ne peux pas.

Le ton devint plus cassant.

— Comme tu voudras. Mais je t'aurai prévenu.

11

Abby se leva tôt le lendemain matin, épuisée par le stress, la peur et le manque de sommeil. Elle reçut le texto de Wade au moment où elle prenait un café sur la terrasse. Il voulait savoir quand il pouvait venir changer les serrures. Sécuriser la maison était certes devenu une priorité depuis l'intrusion de la nuit dernière, mais elle hésitait encore. Dans quelle mesure pouvait-elle faire confiance à Wade ? Devait-elle croire Brie ? Le fait que Wade l'ait plaquée de manière aussi brutale semblait malheureusement donner raison à son amie.

Wade lui avait avoué avoir laissé courir la rumeur sur son compte pour faciliter son installation à Atlanta. Elle se demandait si elle n'avait pas accepté cette explication un peu trop facilement. Si, comme l'avait laissé supposer Brie, il lui cachait encore quelque chose, mieux valait qu'elle se montre méfiante. Qu'elle ne prenne pas pour argent comptant tout ce qu'il allait lui raconter. Plus facile à dire qu'à faire. Car, elle devait le reconnaître, Wade occupait pas mal ses pensées ces deux derniers jours. Elle aurait voulu pouvoir mettre sur le compte de la nostalgie de son premier amour l'attirance qu'il suscitait en elle, mais cela aurait été se mentir à elle-même. Wade Easton lui plaisait tout autant que lorsqu'elle l'avait rencontré dix ans auparavant.

Il était encore tôt, mais les rayons du soleil faisaient déjà étinceler la surface lisse du lac, qui, à cette heure de la matinée, avait un effet apaisant sur elle. Elle prit le temps de finir son café, les yeux perdus dans le vague, avant de se décider à appeler Wade.

Il la laissa lui raconter l'intrusion et le deuxième avertissement trouvé dans la cuisine sans l'interrompre une seule fois. Mais, aussitôt qu'elle eut terminé, il lui dit :

— J'arrive.

— Ce n'est pas possible. Je dois aller au bureau, tu te rappelles ? Nous nous verrons plus tard. Je t'apporterai les deux mots. Enfin... Si tu es toujours d'accord pour les soumettre à ton spécialiste.

— Évidemment. De ton côté, fais attention à ne pas te faire prendre au cours de tes recherches. La situation commence à chauffer. Moi aussi, j'ai des choses à te raconter.

Elle resserra la main sur son téléphone, soudain sur le qui-vive.

— Quoi ? Quelles choses ?

— Je t'en parlerai quand nous nous verrons. Envoie-moi un texto pour me dire où et quand. Je me débrouillerai pour me libérer.

— Wade...

— Plus tard. Je te dirai tout. Promis. Abby ?

— Oui ?

— Sois prudente.

Sur ce, il mit fin à l'appel.

Une heure plus tard, elle frappait à la porte de la maison de sa mère. Une fois. Deux fois. James ne lui répondait pas. Devait-elle s'inquiéter et appeler Lydia ?

Puis elle se rappela que, à l'époque où ils vivaient tous là, ils avaient pris l'habitude de laisser un double de la clé caché sur le montant de la porte. Elle chercha à tâtons. Bingo ! Il se pouvait que James soit sorti. Ce serait alors l'occasion rêvée de chercher des notes manuscrites qu'elle pourrait comparer aux avertissements qu'elle avait reçus.

Elle déverrouilla la porte et passa la tête à l'intérieur.

— Il y a quelqu'un ? C'est Abby !

N'obtenant pas de réponse, elle entra et alla se poster en bas de l'escalier.

— James ? Tu es réveillé ? Je viens chercher les documents que Lydia a dû me laisser pour la maison de Moon Bay.

Toujours rien. Elle resta immobile un instant, l'oreille aux aguets.

— Lydia ? James ?

C'est alors qu'elle aperçut l'enveloppe en papier kraft que Lydia avait posée bien en évidence sur le guéridon de l'entrée, à côté du portrait d'Eva. Elle se précipita pour en vérifier le contenu. Malheureusement, elle en fut pour ses frais. L'enveloppe ne contenait que des documents tapés puis imprimés.

Elle en avait commencé la lecture quand elle entendit une latte du plancher craquer à l'étage. Elle tendit l'oreille. Quelqu'un – James, sans doute – marchait dans le couloir et, d'ici quelques secondes, l'apercevrait depuis le palier. Elle l'avait appelé assez fort pour le réveiller s'il dormait encore. Il était possible qu'il ait oublié de mettre l'alarme de son téléphone ou qu'il ait été sous la douche quand elle était entrée. Quoi qu'il en soit, elle n'avait pas envie d'être surprise en train de traîner dans l'entrée. Que penserait-il du fait qu'elle s'était permis d'utiliser le double de la clé sans avoir été invitée à le faire ? Qu'elle s'était introduite dans la maison comme une voleuse ?

Cédant à une impulsion, elle reposa à la hâte l'enveloppe sur le guéridon puis courut se cacher dans le vestiaire étroit, en bas de la cage d'escalier, là où sa mère avait l'habitude de ranger les manteaux, les bottes et les vêtements de pluie. Elle attendit, le cœur battant, les narines titillées par un sachet de lavande qui lui donnait envie d'éternuer.

Une seconde plus tard, elle entendit James dévaler l'escalier en sifflotant. En collant son œil à une fente de la porte, elle le vit s'arrêter dans le hall d'entrée pour regarder son reflet dans le miroir accroché au-dessus du guéridon.

Il ne restait rien de l'homme fatigué de la veille qui se relevait d'une lourde opération du cœur. James paraissait fringant, satisfait de l'image que lui renvoyait le miroir. Il releva le col de sa chemise et se sourit avant d'embrasser le portrait d'Eva.

Abby ne bronchait pas, troublée par l'image que lui renvoyait son beau-père. Car cette vigueur apparente changeait la donne. Elle faisait de James un homme capable d'effectuer le trajet jusqu'à Atlanta pour la menacer et de s'introduire chez elle en pleine nuit pour réitérer ses menaces.

Elle l'observa attentivement. Elle eut l'impression de voir un étranger. Un bel homme paraissant dix ans de moins, bien loin de celui, usé, qui avait siroté une limonade du bout des lèvres moins de vingt-quatre heures plus tôt en sa compagnie.

Il reposa le cadre à sa place puis passa de l'entrée au salon pour disparaître dans la cuisine. Durant tout ce temps, il n'avait cessé de siffloter.

Sans attendre, elle se glissa hors de sa cachette et sortit de la maison en refermant doucement la porte derrière elle. Elle resta quelques secondes sans bouger puis inspira plusieurs fois profondément avant de se décider à presser le bouton de la sonnette.

Lorsque James lui ouvrit, son attitude avait changé du tout au tout. Une ride soucieuse barrait son front, ses épaules s'étaient affaissées, la vitalité qui l'animait moins d'une minute plus tôt avait fait place à une lassitude flagrante.

— Abby ! J'espère que tu n'es pas là depuis trop longtemps ? Il arrive que je n'entende pas la sonnette quand je suis dans la cuisine. Surtout si j'écoute de la musique.

— Non, ne t'inquiète pas. Je viens juste d'arriver, prétendit-elle.

Il ouvrit la porte en grand et s'écarta sur le côté pour lui laisser le passage.

— Entre. Lydia est partie il y a un moment, déjà. J'étais en train de préparer du café. Du déca. Mais je peux t'en faire un vrai, si tu veux.

— C'est très gentil à toi, mais je n'ai pas le temps. Je suis juste passée prendre les documents que Lydia a dû laisser pour moi.

Derrière ses traits neutres, Abby remarqua le frémissement à peine perceptible de sa bouche. Devait-elle y voir le signe d'une nervosité qu'il s'appliquait à dissimuler ?

— Ah oui. Ceux qui concernent la propriété de Moon Bay. Ils doivent être quelque part par là.

Son regard se posa sur l'enveloppe.

— Les voilà. Laisse-moi vérifier. Oui, la clé est bien à l'intérieur.

Il lui tendit l'enveloppe.

— Tu ne veux vraiment pas prendre le temps de boire un café ?

— Non, merci. D'ailleurs, il faut vraiment que j'y aille. J'ai beaucoup de travail qui m'attend. J'ai commencé à lire les rapports financiers que Lydia m'a envoyés. Il me faudra un peu de temps pour me mettre à jour.

— Je comprends. En ce qui concerne le maître d'œuvre, permets-moi de te donner un conseil : consigne tout par écrit et prends des photos. Et, si tu as des questions, n'hésite pas à m'appeler.

— Je n'y manquerai pas.

Elle s'apprêtait à partir quand il lui demanda d'une voix hésitante :

— Abby... Tout va bien ?

Elle réussit à esquisser un sourire.

— Oui. Pourquoi cette question ?

— Je ne sais pas. Tu as l'air préoccupée. C'est Lydia ? Elle a dit quelque chose qui t'a contrariée, hier ?

— Nous n'avons fait que nous parler brièvement.

— J'ai bien conscience qu'elle n'est pas toujours facile. Elle n'a jamais fait d'effort pour se rapprocher de ta mère et je crains bien qu'elle ait reporté tout son ressentiment sur toi.

— Tout cela, c'est du passé. Et comme tu l'as dit très justement hier : « La vie est trop courte pour s'embarrasser de regrets. »

— Tu veux mon avis ?

— Je t'en prie.

— Ne la laisse pas te malmener ou essayer de t'intimider. Elle a l'habitude qu'on fasse les choses à sa façon, mais, si tu la remets à sa place de temps en temps, elle te respectera de lui avoir tenu tête.

— Merci. J'essayerai de m'en souvenir.

Sur ce, elle s'empressa de descendre l'allée jusqu'à la rue. À un moment, elle jeta un coup d'œil par-dessus son épaule pour vérifier si James l'observait, comme il l'avait fait la veille. Mais non. La porte de la maison était refermée et elle ne le vit à aucune des fenêtres. Elle ne s'expliquait toujours pas pourquoi l'avoir surpris en grande forme et d'humeur joyeuse l'avait autant perturbée. C'était pourtant la raison pour laquelle les médecins l'avaient autorisé à quitter l'hôpital peu de temps après son opération. Parce qu'ils avaient jugé qu'il était sur la voie de la guérison. Qu'il se soucie de son apparence était plutôt une bonne chose. Du moins, c'était ainsi qu'elle aurait dû raisonner.

Elle en était là de ses réflexions quand elle s'arrêta net de marcher en voyant qui l'attendait.

Brett Fortier était adossé contre la voiture d'Abby, les bras croisés, dans une posture désinvolte qui ne cadrait pas avec celle d'un poseur de bombe. En dépit des années et des lunettes de soleil qui masquaient son regard, il semblait ne pas avoir beaucoup changé depuis le lycée. Les traits étaient peut-être un peu plus marqués, mais il affichait le même sourire en coin qu'à l'époque, censé vous faire savoir qu'il connaissait tout de vous et de vos petits secrets.

Malgré sa tenue décontractée de vacancier – bermuda, T-shirt ample et tongs –, il ne donnait pas l'impression d'être passé dans le coin par hasard. Elle resta immobile sur le trottoir, pas certaine de vouloir cette confrontation. Pourtant, la curiosité l'emporta. Au lieu de faire demi-tour comme son instinct lui soufflait de le faire, elle se remit en marche et s'approcha de lui.

— J'ai entendu dire que tu étais de retour en ville, dit-il en guise de salut. J'ai eu envie de venir vérifier par moi-même.

— À mon avis, tu le savais déjà, puisque tu étais chez moi hier soir. Et te revoilà. Dois-je m'inquiéter ?

— T'inquiéter ? De moi ?

Il s'esclaffa.

— Je passais par là, j'ai vu ta voiture et j'ai décidé de m'arrêter. Je peux t'assurer que c'est pure coïncidence.

— Bien sûr.

Elle le jaugea d'un œil sarcastique.

— Tu es devenue bien cynique. Mais je dois avouer que cela te va bien.

Il baissa la tête et l'observa par-dessus la monture de ses lunettes, avec aux lèvres son agaçant sourire narquois.

Elle soutint son regard sans ciller.

— Qu'est-ce que tu faisais, à rôder autour de chez moi, hier soir ? demanda-t-elle.

— « Rôder ». Tu exagères. J'attendais ma sœur, tout simplement.

— Comment savais-tu qu'elle était là ? Elle t'a dit qu'elle venait me voir ?

Elle enchaîna sans attendre sa réponse.

— Brie m'a assuré qu'elle ne t'avait pas vu depuis des jours, et pourtant tu l'attendais en bas de mon allée.

Il poussa un long soupir.

— C'est curieux, mais j'ai l'impression de subir un interrogatoire.

— Sans doute parce que ce ne serait pas le premier.

En réponse, il fronça les sourcils de manière exagérée.

— Tu deviens blessante, répliqua-t-il d'un ton offensé qui sonnait faux.

— Je sais que j'ai raison. D'ailleurs, Brie était bizarre, elle aussi. Je ne l'avais jamais vue comme ça. Elle était nerveuse, tendue, voire par moments agressive. Mais ce comportement prend tout son sens si l'on imagine que c'est toi qui l'as envoyée à la pêche aux informations.

— Tu sais aussi bien que moi que personne ne peut obliger Brie à faire ce qu'elle ne veut pas faire. D'ailleurs, pourquoi aurait-elle eu besoin d'une bonne raison pour venir te voir ? Vous êtes toujours amies, non ?

— En effet. Mais c'est à toi qu'ira sa loyauté.

Brett se redressa en même temps que ses traits se durcissaient.

— Tout comme la tienne ira toujours à Wade Easton, rétorqua-t-il.

— Pourquoi es-tu ici, Brett ? Qu'est-ce que tu veux ?

Il haussa les épaules, dans un mouvement qu'elle trouva faussement désinvolte.

— Tu ne sembles pas vouloir me croire, mais j'avais juste envie de te voir. Nous étions amis, nous aussi, à l'époque, non ? Après... Je veux bien admettre que cela m'intéresserait de savoir ce que mijote Wade.

Malgré la colère qui bouillonnait en elle, elle parvint à lui offrir un visage et un ton neutres.

— Qu'est-ce qui te fait penser que je sais quelque chose ?

— Je me suis laissé dire que Wade et toi passiez pas mal de temps ensemble, ces derniers temps.

— Qui t'a dit ça ?

— Cela n'a rien de secret, n'est-ce pas ? dit-il en guise de réponse.

Si elle s'était écoutée, elle lui aurait lancé à la figure que la relation qu'elle entretenait avec Wade ne le regardait pas. Elle l'aurait l'envoyé promener sans prendre de gants. Mais elle avait tout intérêt à se contrôler. Tout comme elle, Brett était un enfant du pays. Il avait su piloter un bateau avant même de savoir conduire une voiture. Peut-être avait-il été témoin de quelque chose quand sa mère avait été assassinée. Une rencontre fortuite ou une discussion qui, à l'époque, lui avait paru insignifiante mais qui, sous un éclairage nouveau, pouvait prendre une signification particulière.

— Je ne peux pas parler au nom de Wade, déclara-t-elle d'un ton lisse, mais voici ce que je crois. Tu as coulé ton propre bateau parce que tu as caché dedans quelque chose que tu as ramené du Golfe. Quand je dis « quelque chose », je pense à de la drogue ou d'autres produits illicites que tu aurais volés. Mais un événement imprévu t'a obligé à cacher cette marchandise ailleurs. Ensuite, tu as fait exploser ton bateau afin de ne laisser aucune trace derrière toi. Que penses-tu de mon hypothèse ?

— Je dirais que tu ne manques pas d'imagination, répliqua-t-il, un sourire narquois aux lèvres. Mais cela ne m'étonne pas. Tu as toujours vécu dans un monde imaginaire, bien loin de la réalité.

— Par le passé, sans doute. Mais j'ai changé. Je suis ancrée dans le monde réel depuis longtemps, maintenant. Je vois les choses et les gens tels qu'ils sont.

— Même Wade Easton ?

— Peu importe Wade Easton. Réponds plutôt à ma question.

— « Ne rien infirmer, ne rien confirmer. » Telle est ma devise.

— Dans ce cas, la discussion est close.

Elle lui fit le signe de s'écarter de sa voiture.

— Si tu permets...

Avec une mauvaise grâce évidente, il libéra l'accès à sa portière.

— Pourquoi cette hostilité à mon égard ? demanda-t-il. Tu n'étais pas comme ça, avant. C'est l'influence de Wade ou tu n'es vraiment plus la même ?

Elle se planta devant lui et le regarda droit dans les yeux.

— Tu veux savoir pourquoi je suis hostile ? Tu aurais pu tuer quelqu'un en faisant exploser ce bateau, la nuit dernière. Il se trouve que, à peine quelques minutes plus tôt, Wade était dans l'eau. Compte tenu de votre histoire et des circonstances actuelles, tu comprendras que je m'interroge. Wade n'était-il pas ta cible tout autant que ton bateau ?

— Tu as changé mais pas tant que cela, finalement. Tu es toujours aussi naïve. Parce que crois bien que si j'avais voulu tuer Wade...

Il laissa sa phrase en suspens tandis qu'il retirait ses lunettes de soleil et les glissait dans une des poches de son bermuda. Ses yeux étaient du même bleu métallique que ceux de sa sœur. Fascinant mais inquiétant.

— Dis-lui d'être prudent. Il se peut qu'il n'ait pas autant de chance, la prochaine fois.

— C'est une menace ?

— Je dirais un conseil d'ami, plutôt. Pour votre bien à tous les deux, il serait mieux qu'il fasse profil bas pendant quelques jours. Je renonce à réclamer le remboursement de mon bateau à ma compagnie d'assurances s'il renonce à son enquête. De toute façon, il ne peut plus rien prouver. Pousse-le à partir avant qu'un malheur ne se produise.

— Il ne voudra jamais.

— Il partira si tu le lui demandes.

— Comment peux-tu en être si sûr ?

— Tu ignores encore le pouvoir que tu as sur lui ?

— C'est m'accorder trop de crédit.

Brett lança des regards furtifs autour de lui.

— Tu serais peut-être plus encline à me croire si tu savais ce que je sais.

— Permets-moi d'en douter.

Les yeux de Brett se mirent à briller d'une lueur étrange, presque effrayante.

— Je sais ce qu'on a trouvé au fond du lac.

Le cœur d'Abby se mit à cogner dans sa poitrine.

— De quoi parles-tu ?

— Tu le sais très bien. Mais, si tu veux que je te rafraîchisse la mémoire, allons-y. Les officiers de police qui grouillaient autour du lac, samedi matin, à l'endroit où se trouvait l'ancien pont… En plus des patrouilles terrestres, il y avait aussi des plongeurs et une vedette de la brigade fluviale. Tout ce petit monde n'était pas là par hasard. Rien de tel pour attiser la curiosité des badauds, qui ont pu chercher à s'informer.

— Je suppose que tu faisais partie de ces « badauds » ?

Alors même qu'elle luttait pour ne pas tomber dans le panneau, elle s'entendit demander :

— Que crois-tu savoir, exactement ?

— Il y a dix ans, ta mère avait prévu de s'enfuir avec son amant, répondit-il. Sous certaines conditions, je pourrais te dévoiler le nom de cet homme.

Cette fois, elle eut beau faire, elle ne parvint pas à dissimuler sa stupéfaction. Mais pouvait-elle vraiment se fier à Brett ?

Il insista :

— Alors ? Nous sommes d'accord ?

— Comment veux-tu que j'accepte ce marché alors que je ne pourrai pas te donner ce que tu attends de moi ? parvint-elle à articuler. Contrairement à ce que tu sembles penser, je n'ai plus aucune influence sur Wade. Si tant est que j'en aie eu un jour, ce dont je doute. En revanche, je crois pouvoir affirmer que, si je lui demande de laisser tomber son enquête, il voudra, au contraire, creuser encore plus.

— Dans ce cas, nous n'avons plus rien à nous dire.

Il tourna les talons, s'apprêtant à partir.

— Attends. Tu ne peux pas lâcher une bombe pareille et me planter là. Si tu as des informations sur ma mère, tu dois me les donner.

— Même si elles nous ramènent à Wade Easton ? Il n'est pas l'homme que tu crois, Abby.

— Tu lis dans mes pensées, maintenant ?

— Tu veux vraiment savoir ce qui s'est passé il y a dix ans ? dit-il en l'épinglant d'un regard pénétrant.

— Nous sommes d'accord que nous parlons de la disparition de ma mère et pas de Wade Easton.

— Si je te disais que les deux sont liés ?

Elle feignit d'ignorer l'onde de panique qui menaçait de la submerger.

— Je dirais que tu mens.

— Pourtant, non. Je dis bien la vérité. Même si tu refuses de l'admettre, une partie de toi le sait. Wade n'a pas toujours joué franc jeu avec toi.

Il se pencha à son oreille pour ajouter sur le ton de la confidence :

— Il a ses petits secrets, lui aussi.

Faisait-il allusion à ce que Brie lui avait déjà dit ? Ou s'agissait-il d'autre chose ?

— Quels secrets ?

Brett fixa une des fenêtres de la maison.

— Ce n'est pas le bon endroit pour en discuter. Nous sommes restés à découvert déjà trop longtemps.

— De quoi as-tu peur ?

— Je n'ai pas peur. Je veux parler de ton beau-père. Il ne t'a pas lâchée des yeux depuis que tu as quitté la maison.

Elle se retourna et leva les yeux en direction de la fenêtre depuis laquelle, en effet, James les regardait fixement. Un frisson la parcourut tout entière. Entre le comportement étrange de James et celui, non moins inquiétant, de Brett, qui venait de lui révéler à demi-mot qu'il était bien l'auteur de l'explosion qui avait fait sauter son bateau et failli tuer Wade, elle ne savait plus qui croire ni à qui se fier. Pourtant, malgré les craintes que suscitaient tous ces agissements étranges, elle n'avait pas l'intention de renoncer.

— Où veux-tu aller ? demanda-t-elle.

— Je connais un coin tranquille pas loin d'ici, répondit-il. Mais nous pouvons aller ailleurs, si tu veux.

— Il y a un petit café qui surplombe le lac sur Front Street.

Un établissement pas très fréquenté mais où elle serait en sécurité.

Brett esquissa un sourire ironique. De toute évidence, il avait lu dans ses pensées.

— Ma voiture ou la tienne ?

— Chacun la sienne.

Il lui adressa un clin d'œil qui se voulait sans doute compréhensif.

— Je te suis.

Il lui ouvrit la portière et attendit qu'elle soit installée avant de rejoindre son véhicule, un SUV noir haut de gamme, aux vitres teintées qui ne laissaient pas voir grand-chose de l'habitacle. Un véhicule qui en imposait. À l'instant même où elle tourna la clé de contact, elle douta.

Tu vas vraiment aller te fourrer dans la gueule du loup ?

Qu'allait penser James en les voyant partir ensemble ? Que dirait Wade s'il savait ?

Elle chassa ces interrogations pour décréter que la décision n'appartenait qu'à elle.

Elle lança un dernier regard en direction de la fenêtre. James avait quitté son poste d'observation.

Abby traversa la ville, un œil rivé sur son rétroviseur. Brett la suivait toujours, presque de trop près pour ne pas l'inquiéter. Plus d'une fois, l'idée la traversa qu'elle faisait n'importe quoi et qu'elle ferait mieux de le semer. Elle se rassurait alors en se disant que, s'il avait voulu s'en prendre à elle, il l'aurait fait la nuit dernière. Il avait une idée derrière la tête, c'était certain. Mais elle ne risquait rien à écouter ce qu'il avait à lui dire. Au moins, elle serait fixée. Elle pourrait déterminer s'il savait vraiment quelque chose sur sa mère et sur Wade ou s'il cherchait à la balader.

L'Oleander Café se trouvait coincé entre deux des nombreux magasins et restaurants qui jalonnaient une rue à sens unique bordant un parc boisé qui descendait en pente douce vers le lac. À quelques centaines de mètres se trouvait le nouveau pont, une horreur faite de poutres et de câbles métalliques. La circulation y était dense à cette heure de la journée.

Elle trouva rapidement une place de stationnement, contrairement à Brett, qui dut faire plusieurs fois le tour pour trouver une place. Elle ne l'attendit pas. Elle entra, commanda deux cafés noirs et alla s'installer à une table à l'ombre, où Brett la rejoignit peu de temps après.

— Bel endroit, dit-il. C'est surprenant, que ta mère ne l'ait pas acheté pour y faire bâtir des maisons à louer.

Comme elle ne répondait pas, il croisa les bras et se pencha vers elle.

— Tu pourrais y penser, si toutefois tu parviens à reprendre le contrôle de ton entreprise à la diabolique Lydia.

— Il se trouve qu'elle gère très bien la société et que je n'ai pas l'intention de me réinstaller à Fairhope. Je ne suis là que pour lui donner un coup de main, le temps que James soit tout à fait remis de son opération. Mais je suppose que, cela aussi, tu le sais déjà.

— Tu vis toujours à Atlanta ?

— Pourquoi cette question ?

— Pour rien. Ou plutôt pour essayer de rattraper le temps perdu. Il fut un temps où nous étions très proches, tous les deux.

— Je crois que nous n'avons pas la même perception de la réalité.

— Nous nous entendions plutôt bien jusqu'à ce que Wade s'en mêle.

— Lequel de nous deux vit dans un monde imaginaire, maintenant ? fit-elle avec ironie. Parce que ce dont je me souviens, moi, c'est que tu avais le chic pour te fourrer dans des situations pour le moins délicates. Des situations dont ta sœur t'a sorti plus d'une fois, d'ailleurs. Dis-le-moi si je me trompe, mais j'ai la nette impression que c'est toujours le cas.

— Je pourrais te surprendre.

— J'en doute. Mais pourrions-nous revenir à tes mystérieuses révélations concernant Wade et la disparition de ma mère ?

Brett prit le temps de siroter une gorgée de café avant de répondre :

— Tu savais que j'ai travaillé pour ta mère ?

Elle acquiesça d'un hochement de tête.

— J'en ai un vague souvenir, en effet. Elle employait pas mal d'étudiants pendant les vacances scolaires. Quel genre de boulot faisais-tu ?

— J'étais polyvalent. J'ai commencé par un temps partiel puis, peu à peu, j'ai travaillé jusqu'à douze heures par jour. Je faisais tout, depuis le classement de dossiers jusqu'au transport de clients en bateau.

— Quel genre de clients ?

— Des investisseurs, des acheteurs potentiels, de riches locataires. À l'époque, ta mère possédait pas mal de biens dont elle voulait se débarrasser. La rumeur courait sur un projet de copropriété subventionné par de gros bonnets de la finance. J'ai commencé à m'intéresser de près à ces hommes d'affaires en me disant que je pourrais me constituer un réseau relationnel qui pourrait m'être utile pour mon avenir. Mais de fil en aiguille... si tu vois ce que je veux dire.

— Pas vraiment, non.

— Eh bien, je côtoyais de près non seulement les associés de ta mère mais également ta mère elle-même. Je savais où elle allait, avec qui elle passait du temps.

— En d'autres termes, tu l'espionnais.

— Si tu veux. En tout cas, c'est comme ça que j'ai découvert qu'elle avait un amant. Un jour, je les ai surpris ensemble. Et je suis prêt à parier qu'elle avait rendez-vous avec lui sur le pont, la nuit où elle a soi-disant quitté la ville.

Les battements de cœur d'Abby redoublèrent d'intensité. Brett allait-il lui révéler un élément important qui constituerait le début d'une piste sérieuse ?

— Qui était-ce ? demanda-t-elle avec impatience. Donne-moi le nom de cet homme.

Brett laissa planer le mystère encore un peu.

— Tu es certaine de vouloir savoir ? Tu risques d'avoir un choc.

— Tu vas cracher le morceau, oui ou non ?

— Sam Easton, lança-t-il, visiblement satisfait de son petit effet. Le père de ton petit ami.

Abby se sentit blêmir.

— Je ne te crois pas.

— C'est ton problème. Moi, je ne fais que relater une vérité.

— Comment peux-tu en être sûr ?

— Je te l'ai dit. Je les ai vus ensemble.

— Où ?

— Ils se retrouvaient plusieurs fois par semaine dans l'une ou l'autre des maisons en location de ta mère.

Elle resta silencieuse un instant, le temps de rassembler ses esprits.

— Quelqu'un d'autre était au courant ?

— À part Wade, tu veux dire ?

— Qu'est-ce qui te fait penser qu'il savait ?

— J'ai toujours eu un don pour percer les gens à jour. Il m'a suffi de laisser échapper quelques indices puis d'observer sa réaction. Crois-moi, son visage en disait long sur ce qu'il savait.

— S'il savait, il me l'aurait dit, affirma-t-elle sans grande conviction.

— Allons, Abby. Tu sais très bien pourquoi il s'est tu. Parler aurait été reconnaître que son père pouvait être impliqué dans la disparition de ta mère.

— C'est impossible.

Elle avait prononcé ces mots dans un souffle, refusant d'admettre qu'il avait raison.

Brett afficha un air faussement compatissant.

— Pauvre Abby. Pendant toutes ces années, Wade Easton a protégé sa famille au détriment de la tienne.

12

Wade retourna au lac en milieu d'après-midi. L'inspecteur Benson l'avait informé un peu plus tôt que l'opération de récupération allait commencer. Avec un peu de chance, elle serait bouclée en moins de deux heures et l'enquête pourrait enfin démarrer sérieusement.

En chemin, il essaya de joindre Abby mais, comme elle ne répondait pas, il lui laissa un message sur sa boîte vocale et un autre par SMS. Il détestait lui annoncer la nouvelle de manière aussi impersonnelle. Il avait hésité, se demandant même s'il faisait bien de lui en parler. La voiture de sa mère sortie des eaux, se balançant au bout d'une grue, était un spectacle qu'elle n'oublierait pas de sitôt. S'il avait pu lui épargner un souvenir aussi traumatisant, il l'aurait fait. Mais il lui avait déjà caché trop de choses.

Quand il arriva sur place, les plongeurs attendaient dans la vedette tandis qu'une patrouille s'agitait sur la berge. Le grutier grimpa dans sa cabine puis, après quelques ratés, plongea la flèche dans l'eau. Dans un ensemble parfait, les hommes-grenouilles s'immergèrent pour aller fixer les crochets autour de l'épave afin qu'elle soit remontée à la surface.

L'inspecteur Benson se tenait immobile au bord de l'eau, les yeux rivés sur l'engin, semblant ne pas perdre une miette de l'opération. Wade ne chercha pas à détourner son attention. Il resta posté en haut du talus. De là, il restait discret tout en ayant une vue d'ensemble de la scène.

C'est alors qu'il aperçut une silhouette familière qui se tenait un peu à l'écart de l'agitation générale. Il sursauta, médusé. Il attendit quelques secondes puis alla rejoindre son père.

Sam était si profondément plongé dans sa contemplation qu'il sursauta violemment quand Wade lui toucha l'épaule.

— Excuse-moi, je ne voulais pas te faire peur.

— Eh bien, c'est raté, bougonna son père.

— Je pensais que tu m'avais entendu arriver.

— Là encore, tu te trompes.

Sur ce, il porta de nouveau toute son attention sur l'opération en cours.

Évidemment. Quelles pensées sinistres pouvaient traverser l'esprit de son père, en ce moment même ? La femme avec qui il avait eu une liaison avait été assassinée, ses ossements, retrouvés après plus de dix ans passés au fond de ce lac. Il y avait là de quoi cogiter.

Selon son père, cette relation n'était pas vouée à durer. Et pourtant il était là, visiblement chamboulé.

Des cris interrompirent brusquement le fil de ses pensées.

— Qu'y a-t-il ?

— Un câble a rompu. Cela va entraîner un retard.

— Combien de temps, d'après toi ?

Sam haussa les épaules.

— Qu'est-ce que j'en sais ? Quelques minutes, quelques heures, quelques jours. Cela dépend s'ils peuvent réparer sur place ou pas.

— Je n'aime pas l'idée que cette voiture puisse passer encore une nuit sous l'eau.

Sam lui lança un regard en coin.

— Tu crains que quelqu'un cherche à faire disparaître des preuves ?

— C'est une éventualité à ne pas écarter. Papa… qu'est-ce que tu es venu faire ici ? Et, d'abord, comment as-tu su que cette opération aurait lieu aujourd'hui, à cette heure-là ?

— Roy Benson m'a appelé pour me le dire. Il a pensé que je voudrais venir.

— Pour quelle raison ?

La question parut l'agacer.

— Je te l'ai déjà dit, répondit-il avec brusquerie. La voiture a sombré dans ce lac alors que j'étais chef de la police. Je me sens d'autant plus responsable que ce n'était finalement pas un accident.

— Tu es sûr qu'il n'y a pas une autre raison ?

Sam ne répondit pas. Sa bouche se crispa sous l'effet d'une colère contenue.

— Alors ? dit-il d'une voix pressante.

Face à son insistance, Sam se résigna à parler.

— Je ne vais pas te laisser me pousser à dire des choses que nous pourrions tous les deux regretter par la suite. Tu as un problème avec ce qui s'est passé. Je comprends. Malheureusement, je ne peux ni revenir en arrière ni changer ce qui a été fait. Et je ne compte pas m'en excuser. À toi de voir la tournure que tu veux donner à cette discussion et où tu veux qu'elle nous conduise.

La colère de Wade retomba d'un coup. Vouloir pousser son père dans ses retranchements était une satisfaction mesquine.

— Je suis désolé, papa. J'ai dépassé les bornes.

Sam poussa un soupir empreint de lassitude.

— Tu ne me dois aucune excuse. Je vous ai négligés, ta mère et toi. Tu as le droit de m'en vouloir. Mais pour le moment j'aimerais parler de ce qui s'est passé ici, hier soir. Benson m'a rapporté que quelqu'un avait fait exploser un bateau qui se trouvait sous l'eau. Je suppose que c'est la raison pour laquelle tu t'inquiètes pour la Rolls. Mais moi, ce qui m'inquiète, c'est ce qui pourrait t'arriver ; parce que Benson ne m'a pas caché que tu étais dans l'eau peu de temps avant l'explosion. Tu pourrais être mort à l'heure qu'il est. Ou, au mieux, grièvement blessé.

— Comme tu peux le voir, je ne suis ni l'un ni l'autre, lança-t-il d'un ton léger qui se voulait rassurant.

Sam lui opposa un visage réprobateur.

— Tu n'as pas l'air de prendre ça au sérieux. Je t'avais pourtant prévenu que les personnes impliquées dans ce genre de trafics n'étaient pas des enfants de chœur.

— C'est vrai. Et je t'ai répondu que je saurais me défendre. D'ailleurs, je crois pouvoir dire sans trop me tromper que c'est Brett Fortier qui a fait sauter son bateau.

— C'est censé me rassurer ? Ce type est dangereux. Il n'hésiterait pas à tuer pour sauver sa peau.

— J'en suis conscient. Surtout s'il y a des sommes astronomiques en jeu.

Sam resta silencieux un court instant avant de dire :

— Benson m'a dit aussi qu'Abby Dallas était avec toi la nuit dernière. Vous avez remis ça, tous les deux ?

— Que veux-tu dire, exactement ?

— Tu sais très bien ce que je veux dire. Votre relation était beaucoup trop sérieuse pour des jeunes de votre âge. Les adolescents sont soumis à un déchaînement d'hormones qui leur fait faire n'importe quoi.

— Apparemment, les adultes aussi.

Sam choisit de ne pas relever l'allusion.

— Je suppose que tu as déjà cherché à déterminer à qui la mort d'Eva profiterait le plus. Sérieusement, je veux dire.

Wade n'aimait pas la tournure que prenait cette discussion.

— Où veux-tu en venir, papa ? demanda-t-il plus sèchement qu'il n'aurait voulu.

— Abby est la seule héritière de sa mère.

— Qu'en sais-tu ? Eva t'avait fait des confidences à ce sujet ? Je te rappelle qu'elle avait aussi un mari et une belle-fille.

— Je le sais parce qu'elle me l'a dit.

Il aurait voulu croire que son père le testait ; qu'il ne faisait que spéculer pour tenter de connaître une vérité qu'il pensait ignorer. Mais il sentait bien que non. Il prit sur lui pour ne pas laisser exploser la colère qui le gagnait.

— Tu n'es pas en train de suggérer qu'Abby a quelque chose à voir avec le meurtre de sa mère ?

— Si tu y réfléchis bien, ce n'est pas si farfelu.

— Si, justement. Comment veux-tu qu'une jeune fille de dix-sept ans ait eu la force physique et mentale d'attirer sa mère dans sa voiture, de la menotter au volant puis de faire basculer la voiture dans le lac ? Et surtout pourquoi aurait-elle attendu dix ans que quelqu'un trouve l'épave pour faire prévaloir son héritage, puisque, selon toi, ce serait le mobile ?

— Sauf que celui qui a trouvé l'épave n'est pas n'importe qui. C'est toi.

Il fixa sur son père un regard incrédule. Il avait certainement mal compris.

— Tu veux dire que je serais son complice ?

— Non. Bien sûr que non. Mais c'est bien toi qui m'as accusé hier de manquer d'objectivité. Tu devrais te remettre en question, toi aussi. Que crois-tu que fasse l'inspecteur Benson au moment où nous parlons, sinon dresser une liste des suspects ? Maintenant, c'est moi qui vais te donner un conseil, fiston : prends garde à ne pas te le mettre à dos.

Sam s'interrompit un court instant avant d'ajouter :

— Tu viens de le dire, n'importe qui peut devenir dangereux aussitôt qu'il y a de fortes sommes d'argent en jeu.

— Tu ne peux pas te tromper plus au sujet d'Abby. En ce qui concerne Benson, toi aussi, méfie-toi de lui. J'ai cru comprendre qu'il se posait pas mal de questions sur la manière que tu as eue de gérer la disparition d'Eva.

Sam fronça les sourcils.

— Je ne vois pas pourquoi. À l'époque, nous n'avions aucune raison de soupçonner un acte criminel. Comment aurions-nous pu ? Tout le monde supposait qu'elle avait quitté la ville de son plein gré.

— Benson pense que tu as gobé cette histoire un peu trop facilement.

— Il a dit ça ?

Il crut percevoir une note d'inquiétude dans la voix de son père.

— Oui. Il a dit aussi que tu avais constitué tout un dossier sur Eva. Un dossier dont tu n'as parlé à personne. Pourtant, tu m'as bien dit que tu ne la soupçonnais pas d'avoir trempé dans des histoires louches.

— Je n'ai jamais rien trouvé de concret sur quoi m'appuyer. Juste quelques rumeurs qui ressortaient régulièrement. C'était mon travail de les vérifier. Pour autant que je sache, Eva était droite en affaires. Elle ne se laissait pas corrompre.

— Tu avais prévu de t'enfuir avec elle ? De quitter maman ?

Un nouveau cri leur parvint, qui provenait de la vedette, cette fois. Sam observait l'agitation qui régnait autour du bateau sans répondre.

— Papa ?

— J'aimais ta mère, répondit Sam sans tourner la tête. Je n'avais aucunement l'intention de la quitter pour une autre femme.

Wade approuva d'un hochement de tête.

— Pour en revenir à Benson, tu avais raison. Il est comme un chien à qui on a donné un os à ronger. Il ne veut pas le lâcher. Plus il creusera, plus maman aura de chances de connaître ta relation avec Eva. Si tant est qu'elle ne sache pas déjà.

— Elle ne sait rien.

— Comment peux-tu en être aussi certain ? Tu ne t'attendais pas à ce que je sache, moi non plus. Et pourtant…

— Je te dis qu'elle ne sait rien, répéta son père plus fermement.

— Alors tu peux me dire pourquoi je l'ai surprise ici la nuit dernière, à cet endroit précis ? Elle avait les yeux fixés sur l'emplacement même où la Rolls a basculé dans le lac.

— Qu'est-ce que tu racontes ? Elle n'a pas quitté la maison, hier soir.

— Il a bien fallu qu'elle sorte, puisqu'elle était ici.

Le ton de son père se fit tranchant.

— J'ignore qui tu crois avoir vu, mais ce n'était pas ta mère. Elle a passé la nuit dans son atelier.

— Papa, c'était bien elle.

— Wade, laisse tomber, tu m'entends ? Laisse tomber !

Le ton péremptoire de son père l'ébranla. Lui cachait-il quelque chose ? Cherchait-il à protéger quelqu'un ?

C'est alors qu'une silhouette attira son attention. Une silhouette qui se tenait exactement à l'endroit où il avait vu sa mère, la veille. Était-ce elle qui était revenue ?

Il tourna franchement la tête. Ce n'était pas sa mère. C'était Abby.

Leurs regards s'accrochèrent un long moment, puis Abby tourna les talons et s'éloigna. Le temps qu'il grimpe le talus, elle avait disparu.

13

Wade était assis sur l'une des marches qui menaient au quai quand Abby arriva chez elle, en fin d'après-midi. Les bras croisés sur ses genoux repliés, il regardait un voilier voguer à peu de distance de là. Elle resta un long moment à l'observer à son insu, hantée par les révélations que lui avaient faites Brie puis son frère. Elle se refusait à le croire capable d'avoir accepté de l'argent de sa grand-mère pour rompre avec elle. Encore plus de lui cacher des informations sur la mort de sa mère. Pourtant, elle ne pouvait pas écarter ces possibilités. Elle ne le connaissait plus vraiment. Si tant est qu'elle l'ait connu un jour, se disait-elle alors qu'elle s'était décidée à aller le rejoindre.

Il se retourna au bruit de ses pas.

— Ah… te voilà.

— J'espère que je ne t'ai pas trop fait attendre. À vrai dire, je n'ai pas vu le temps filer. Il y avait tellement de choses à rattraper au bureau. Des tonnes de dossiers à voir.

— Pas de problème. Moi non plus, je n'ai pas vu le temps passer. Il faut dire que je ne me lasse pas de cette vue.

Il se poussa sur le côté, lui ménageant une place près de lui.

— Tiens, dit-il en lui tendant un trousseau de clés.

— Merci. C'est gentil de t'en être occupé aussi vite. Je dormirai plus tranquille cette nuit.

— Moi aussi.

Elle joua un instant à faire s'entrechoquer les clés, l'air de rien.

— Ils ont pu sortir la voiture, finalement ?

— Oui. Et elle a été transférée en lieu sûr. *Tout* est en lieu sûr.

Elle comprit que les ossements devaient être à l'institut médico-légal pour analyse. Elle eut un bref hochement de tête tandis qu'elle ramenait ses genoux à sa poitrine.

— Excuse-moi d'être partie de matière aussi brusque, mais cette opération s'est avérée plus difficile à supporter que je ne l'aurais cru.

— Tu n'as pas à t'excuser de quoi que ce soit. C'est moi qui te dois des excuses.

— Pourquoi ?

— Il y a quelque chose que je dois te dire à propos du dernier été que nous avons passé ensemble.

Sa voix était devenue grave, teintée de ce qu'elle devina être du remords.

— J'aurais dû te le dire depuis longtemps, ajouta-t-il. Maintenant, je ne sais même pas par quoi commencer.

— Je crois que je sais ce que tu vas me dire. Ma mère a eu une liaison avec ton père. Tu étais au courant mais tu me l'as caché.

Il la fixa avec étonnement.

— Depuis combien de temps le sais-tu ?

— Ce matin. C'est Brett Fortier qui me l'a dit.

Son visage se rembrunit.

— Tu as vu Brett ?

— Il est venu m'attendre devant chez ma mère. Il voulait me proposer un marché.

La voix de Wade se fit cynique.

— J'ai hâte d'entendre ça.

— Il me dirait ce qu'il savait sur la disparition de ma mère si je te persuadais de stopper ton enquête et de quitter Fairhope.

— Au moins, il est cohérent, grommela-t-il. Il m'a dit la même chose hier soir.

— Tu as vu Brett hier soir ? Où ça ?

— À l'endroit des ruines du vieux pont.

Il se tut pour répondre aux passagers du voilier qui agitaient la main pour les saluer.

— Une fois Benson reparti, je suis resté dans le secteur pour surveiller le coin.

— Pourquoi ne m'as-tu pas dit que tu comptais rester ? Je serais allée avec toi.

— Ce n'était pas la peine que nous soyons deux à monter la garde.

— Je ne suis pas d'accord. Je te rappelle que nous sommes censés enquêter ensemble. Donc tu as vu Brett ?

— En fait, ça ne s'est pas passé comme ça.

Il frotta doucement sa nuque encore douloureuse.

— Il a provoqué notre rencontre de manière… disons un peu particulière.

— Comment cela ?

— J'y reviendrai plus tard. En fait, il voulait que je lâche l'enquête. Il a ajouté que tout serait terminé d'ici peu.

— Que voulait-il dire par là ?

— Je suppose que cela avait quelque chose à voir avec ce qu'il était venu récupérer dans le bateau.

— De la drogue ?

— Probablement. Il y a de fortes chances pour qu'il ait trouvé un acheteur. Cet argent lui permettra de disparaître sans attendre un éventuel règlement de sa compagnie d'assurances.

— Tu crois qu'il a essayé de doubler quelqu'un et qu'il cherche à fuir ?

— En tout cas, je n'en serais pas surpris.

— Cela expliquerait pourquoi il se fait aussi discret en ville. Quand nous nous sommes parlé, il a clairement exprimé qu'il était une cible.

— Raison de plus pour te tenir éloignée de lui. Un homme traqué est un homme dangereux. Toute personne qui se met en travers de son chemin est considérée comme une menace. Il a fait sauter son bateau. Nous savons tous les deux de quoi il est capable, désormais.

— J'en ai bien conscience, mais je n'ai pas cherché à le voir. C'est lui qui est venu à moi. Ceci dit, je ne le regrette pas.

Elle marqua une courte pause puis reprit :

— Il m'a dit que tu m'avais caché la liaison de nos parents pour protéger ta famille. C'est vrai ?

— Il t'a monté la tête. Cela ne m'étonne pas. Il a toujours été doué pour ça.

— Tu n'as pas répondu à ma question.

À sa grande déception, il continua à éluder.

— C'est pour cette raison que tu es repartie sans me parler, tout à l'heure ? Parce que me voir avec mon père t'a paru confirmer ce dont Brett m'a accusé ?

Elle songea à nier mais renonça. À quoi bon ?

— J'admets qu'il a semé le doute dans mon esprit. Cependant, cela ne rend pas moins vrai ce qu'il a dit. Tu m'as caché que ton père et ma mère avaient une liaison. Même après que je t'ai demandé d'enquêter avec moi sur le meurtre de ma mère, tu as continué à te taire. Alors, oui, je peux me demander si tu n'as pas accepté juste pour avoir le contrôle de la situation.

— Brett est très convaincant, déclara-t-il. C'est ce qui fait de lui un super escroc, d'ailleurs. Néanmoins, il ne faut pas prendre tout ce qu'il dit pour argent comptant. Si je ne t'ai rien dit, ce n'était pas pour protéger ma famille mais seulement ma mère.

— Pourquoi ?

— Cet été-là, son médecin lui a diagnostiqué une dépression profonde. Elle était sous traitement, malheureusement, ça ne l'a pas beaucoup aidée. Certains jours, elle était tellement mal qu'elle passait ses journées au lit, dans le noir. Elle avait perdu le goût de vivre, elle dépérissait de jour en jour. Mon père et moi nous sentions impuissants à l'aider. Souvent, je rentrais à la maison la boule au ventre. J'avais peur de ce que j'allais trouver en ouvrant la porte.

Abby sentit sa gorge se nouer d'émotion.

— Oh ! Wade… Je suis désolée. Je l'ignorais totalement.

— Quand j'ai surpris nos parents ensemble, un jour, je n'ai pensé qu'à ma mère ; au mal que cela lui ferait si jamais elle l'apprenait. Elle était déjà si mal ! Plusieurs fois, j'ai pensé à t'en parler, mais je craignais, en le faisant, que cela ne remonte jusqu'à elle, d'une manière ou d'une autre. Personne ne devait savoir.

— Je ne t'aurais pas trahi, Wade.

Un sourire triste se dessina sur ses lèvres.

— Pas volontairement. Mais tu aurais pu laisser échapper quelque chose sans même t'en rendre compte. Pour le bien de ma mère, je ne pouvais pas prendre ce risque. Puis Eva est partie. Je me suis dit qu'il serait alors plus facile de faire comme si rien de tout cela n'avait existé. Sauf que je me demandais tous les jours si mon père n'allait pas craquer. S'il n'allait pas faire ses valises pour aller la rejoindre, en me laissant seul avec ma mère.

— C'était un lourd fardeau pour un jeune homme de dix-sept ans, dit-elle d'une voix douce.

— Avec le recul, j'ai réalisé que j'avais agi de manière égoïste. Je m'inquiétais pour ma mère mais aussi pour moi. Je n'avais pas la maturité nécessaire pour prendre en compte tous les aspects de la situation. À mes yeux, la seule façon d'aider ma mère était de me taire.

— Ça n'avait rien d'égoïste, Wade. Tu n'as cherché qu'à protéger ta mère, et en cela ta conduite a été exemplaire. Je dirais même noble.

— J'avais peur, surtout. Et, à cause de ça, je t'ai fait souffrir. Quand Brie a fait courir la rumeur que je sortais avec une autre fille, je n'ai pas démenti. D'une certaine façon, cela m'arrangeait que tu me détestes.

Elle le regarda fixement un long moment sans rien dire.

— Comment sais-tu que c'est Brie qui a lancé cette rumeur ?

— C'est un ami qui me l'a dit. Je n'ai pas mis sa parole en doute parce que, en y réfléchissant, je trouvais que cela tenait la route. Ce n'était un secret pour personne que Brie ne me portait pas dans son cœur. Son rêve était que tu sortes avec son frère.

Elle repensa à la discussion qu'elle avait eue avec Brie la veille au soir.

— Je crois surtout qu'elle était amoureuse de toi.

Il eut l'air interloqué.

— Elle ne me l'a jamais laissé voir, en tout cas.

— Il faut croire qu'elle cachait bien son jeu. Cela expliquerait pourquoi elle m'a dit que ma grand-mère t'avait payé pour que tu rompes avec moi.

— Elle t'a menti.

— Je le sais. Mais quand Brett m'a dit la même chose, hier, reconnais que j'avais des raisons de douter de toi. Je comprends, maintenant. Ils ont tout fait pour te discréditer à mes yeux et ils ont failli réussir. Je te dois des excuses.

Dans un geste infiniment tendre qui la fit frissonner de désir, il coinça derrière son oreille une mèche de cheveux qui lui chatouillait la joue.

— Tu ne me dois rien, Abby. Et surtout pas d'excuses. Si j'avais joué franc jeu avec toi, ils n'auraient pas cherché à nous manipuler. Je regrette de t'avoir menti, de t'avoir fait souffrir. J'aimerais pouvoir revenir en arrière et changer les choses mais, malheureusement, c'est impossible. Ce qui est fait est fait. Nous ne pouvons pas revenir dessus.

Elle acquiesça en silence.

— Comment crois-tu que Brett a appris pour mon père et ta mère ? demanda-t-il.

— Il me l'a dit. Il travaillait pour maman cet été-là. Il la voyait souvent, et il s'est demandé s'il pouvait tirer avantage des relations privilégiées qu'elle entretenait avec les gros bonnets de la finance avec qui elle était en contact. Il en est arrivé à l'espionner, et c'est comme cela qu'il a appris qu'elle avait une liaison avec ton père.

— Il n'en a parlé à personne ? demanda-t-il, sceptique.

Elle haussa les épaules.

— Je suppose que non.

— Cela ne lui ressemble pas. Il aurait pu essayer d'en tirer profit. Qui nous dit qu'il n'a pas fait chanter ta mère ? Cela expliquerait la grosse somme d'argent liquide qu'elle a retirée avant de partir. Et cela expliquerait aussi pourquoi il essaye de faire porter le chapeau à mon père.

— Et Brie ?

— Il savait qu'il pouvait compter sur elle pour le couvrir.

— Quand je pense que, tout ce temps, elle se prétendait mon amie. La pilule est difficile à avaler.

— À ce stade, nous ne pouvons rien affirmer. Nous ne faisons que supposer.

— Je sais. Mais nous savons tous les deux qu'il y a de fortes chances que les choses se soient passées ainsi.

Dans le bref silence qui s'ensuivit, elle sentit quelque chose changer entre eux. Comme une espèce de vibration à la fois troublante et réconfortante qui les reliait l'un à l'autre de manière invisible. Elle se leva la première et, lui prenant la main, elle l'entraîna à l'intérieur de la maison. Aussitôt la porte refermée derrière eux, il l'embrassa.

— Tu ne crois pas que nous faisons une bêtise ? murmura-t-elle contre sa bouche.

— Le temps nous le dira, mais je ne crois pas, non.

Sans un mot, elle le conduisit alors dans sa chambre et l'invita à s'asseoir avec elle au bord du lit.

— Tu as l'air nerveuse.

— Je le suis.

Il lui prit la main et mêla ses doigts aux siens.

— C'est normal. La journée a été longue et difficile. Tu as entendu et vécu des choses affreuses. Mais, ici, tu es en sécurité ; il n'y a que toi et moi.

Elle s'allongea sur le lit, bientôt imitée par Wade.

— Tu sais ce que je trouve étrange ?

— Dis-moi.

— Pendant toutes ces années, j'ai cru que ma mère m'avait abandonnée. Cela a eu une incidence sur les choix que j'ai faits, sur ma vie entière, en fait. Encore aujourd'hui, j'en subis les conséquences. J'ai du mal à accorder ma confiance à quelqu'un, j'ai très peu d'amis, je suis méfiante. Je devrais être soulagée d'apprendre que c'est à cause de ce drame qu'elle n'a pas cherché à me voir. En réalité, je lui en veux quand même d'avoir fait le choix de me quitter.

— Je comprends. Mais, si elle n'avait pas été assassinée, elle aurait pu changer d'avis. Qui te dit qu'elle ne serait pas revenue très vite ? Qu'elle n'aurait pas réalisé qu'elle ne pouvait pas se passer de toi ?

— Je ne le saurai jamais.

Au moment où elle se tourna vers lui, il lui ouvrit ses bras.

— Wade, il n'y a rien d'autre que tu ne m'as pas dit, n'est-ce pas ? demanda-t-elle en se lovant contre lui avec bonheur.

— Si, il y a autre chose.

Son cœur se mit à cogner fort dans sa poitrine. Elle s'exhorta à faire taire ses craintes.

— Vas-y. Je t'écoute.

— Je crois que je suis toujours amoureux de toi.

Abby resta longtemps sans voix. Si longtemps que le silence entre eux en devenait pesant.

— Je ne m'attendais pas à ça, finit-elle par dire.

— Pour être franc, moi non plus. Je ne peux pas te dire que j'ai attendu ce moment toute ma vie.

— Je te remercie, rétorqua-t-elle d'un ton faussement offensé.

Il lui sourit.

— Ce que je veux dire, c'est que j'ai eu une vie riche et bien remplie. J'ai parcouru le monde, j'ai eu mon lot d'aventures. Bref, j'ai été heureux. Mais à la seconde où je t'ai vue, samedi matin, j'ai été projeté dix ans en arrière, avec le lot d'émotions et de sentiments de l'époque, intacts.

— J'ai ressenti la même chose. Exactement. Moi aussi, j'étais bien dans ma vie. Te revoir après toutes ces années a rompu ce bel équilibre. Je pensais sincèrement que tu ne m'intéressais plus ; que j'étais passée à autre chose. Et puis non. Depuis que tu as fait irruption dans ma vie, je n'ai cessé de penser à toi. Je ne sais pas si c'est de l'amour, mais je ressens quelque chose de très fort.

Elle se redressa et, sans un mot, commença à se déshabiller.

Lorsqu'il ne lui resta plus que ses sous-vêtements, il tendit la main vers elle et dégrafa son soutien-gorge, dévoilant ses seins tendus de désir.

Ils retombèrent ensemble sur le lit, leurs bouches scellées l'une à l'autre, leurs corps imbriqués se mouvant au même rythme jusqu'à surfer ensemble sur les vagues d'un plaisir qui les laissa, bien plus tard, épuisés et heureux.

14

Lorsque Abby se réveilla, le lendemain matin, l'arôme délicieux du café frais lui chatouillait les narines. Elle enfila son peignoir et se rendit dans la cuisine. Wade était installé sur la terrasse avec pour seul vêtement son boxer-short. Elle se remplit une tasse, prit l'enveloppe qui se trouvait dans son sac à main et sortit le rejoindre.

Il leva les yeux vers elle en lui adressant un sourire qui lui fit battre le cœur.

— Bonjour. Le café n'est pas trop fort ?

— C'est comme ça que je l'aime.

Il rangea le téléphone qu'il avait à la main et mit ses coudes sur la table.

— Tu as bien dormi ?

— Comme un bébé.

Elle lui lança un regard coquin par-dessus sa tasse avant d'ajouter :

— Enfin, quand tu ne m'en empêchais pas.

Il se renfonça dans son fauteuil et croisa les mains derrière la tête, adoptant une posture désinvolte.

— C'est curieux, parce que j'ai le souvenir que c'était toi qui ne voulais pas que je dorme.

— Nous n'allons pas ergoter sur des détails aussi insignifiants, répondit-elle en riant.

Elle prit une gorgée de son café et grimaça.

— En effet, il est serré.

— Je t'avais prévenue. Qu'y a-t-il dans cette enveloppe ?

Elle la lui tendit.

— Les échantillons d'écriture que j'ai trouvés au bureau. Surtout des signatures, mais aussi quelques notes internes manuscrites.

Il sortit les documents et les parcourut rapidement.

— Personne ne t'a vue les prendre ?

— Personne, du moins je l'espère. Combien de temps faudra-t-il à ton spécialiste pour établir un rapport ?

— Je ne sais pas, mais il va vouloir les originaux, ce qui veut dire que je vais les lui envoyer par voie postale. Ne t'attends pas à recevoir des résultats avant trois jours.

Il étala les documents sur la table et examina attentivement les signatures.

— Alors ? Qu'est-ce que tu en penses ?

— Je ne suis pas expert en la matière, aussi, prends ce que je vais te dire avec des pincettes. Mais je crois voir certaines similitudes entre la signature de Lydia et l'écriture des mots que tu as reçus.

— Montre-moi.

Sa tasse dans la main, elle alla se poster derrière lui et regarda par-dessus son épaule.

— Regarde bien. La boucle des « a » est formée de la même façon sur ces documents et sur les avertissements.

— Tu as raison.

— Ne nous emballons pas. Attendons le rapport de notre graphologue.

Sur ce, il rassembla les documents et les replaça dans l'enveloppe.

— Autre chose à l'ordre du jour ? demanda-t-il sur le mode de la plaisanterie.

— Non. Je vais passer voir James. L'inspecteur Benson a dû le mettre au courant pour maman. Il ne doit pas être bien.

— Sois prudente. Rappelle-toi que, tant que l'assassin court toujours, tout le monde est suspect.

Elle repensa au comportement étrange de son beau-père, la veille, et au malaise qu'elle en avait ressenti.

— Mais d'abord je dois passer à Moon Bay. J'ai rendez-vous avec le maître d'œuvre chargé du suivi des travaux de rénovation dans l'une de nos propriétés.

— À Moon Bay, dis-tu ?

Il semblait inquiet.

— Oui. Ce n'est pas très loin d'ici. Juste à quelques kilomètres au Nord.

— C'est un coin assez peu fréquenté, si j'ai bonne mémoire.

— Plus aujourd'hui. D'ailleurs, il n'y a pratiquement plus aucun endroit du lac qui ne soit bâti, de nos jours.

— Moon Bay…, répéta-t-il pensivement, comme pour lui-même.

— Quoi ?

— Vu les circonstances, ce n'est pas une bonne idée de te retrouver là-bas, seule avec un étranger. Donne-moi l'adresse exacte. Le temps de passer quelques coups de fil et je te rejoins là-bas.

Elle s'exécuta docilement.

— Il y a autre chose, n'est-ce pas ? Ce nom a semblé te rappeler quelque chose.

— J'y suis déjà allé.

Elle n'eut pas à attendre d'explication. Elle venait de comprendre.

— C'est là que tu les as vus ensemble ?

— Ce n'est peut-être pas la même maison. Le parc locatif de ta mère est très étendu.

Elle acquiesça sans grande conviction.

Abby avait beau faire, des images du couple adultère qu'avaient formé sa mère et Sam Easton tournaient en boucle dans sa tête.

Elle avait fait en sorte d'être en avance sur l'heure du rendez-vous afin de faire le tour de la propriété avant l'arrivée du maître de chantier. Elle envoya un message à Wade pour lui signaler qu'elle était sur place, puis elle entra dans la maison. Elle passa de l'entrée au salon, dont l'immense baie vitrée offrait une vue imprenable sur le lac.

Elle se dirigeait vers la terrasse quand elle se figea sur place, horrifiée. Brett Fortier gisait au sol dans une mare de sang.

Affolée, le cœur battant à tout rompre, elle plongea une main tremblante dans son sac et en sortit son portable pour appeler les secours. Depuis quand Brett était-il là ? Qui l'avait tué ? Le trafiquant qu'il avait voulu doubler ? La pensée lui vint que le meurtrier se trouvait peut-être encore dans la maison.

— Pose ce téléphone, lui ordonna une voix familière derrière elle.

Elle se retourna lentement et se retrouva face à James, qui braquait sur elle le canon d'une arme à feu.

— Pose ton téléphone par terre et éloigne-toi du corps.

Ses traits étaient durs ; sa voix, métallique.

— James… Qu'est-ce que tu as fait ?

— Fais ce que je te dis ! Tout de suite !

Elle se baissa et posa son smartphone à terre, comme il lui commandait de le faire.

— James… Pourquoi ? dit-elle en se relevant.

— Quelle question ! Pour me protéger, tiens !

Il lança au corps un regard sans pitié.

— C'était un trafiquant de drogue. Pense un peu au nombre de vies qu'il a ruinées. À ta place, je ne perdrais pas mon temps à le pleurer.

— C'était un être humain ! s'écria-t-elle, l'esprit bouillonnant, cherchant fébrilement à rassembler les pièces du puzzle. Et puis en quoi le tuer pouvait te protéger ? Te protéger de quoi ?

— Tu n'as pas compris ? Toi aussi, tu dois disparaître. La police en conclura que tu as assisté à une transaction de drogue qui a mal tourné. Tu te trouvais au mauvais endroit au mauvais moment.

Il lui restait encore une chance de s'en sortir : Wade. En attendant, il fallait gagner du temps. Faire parler James pour le retenir le plus longtemps possible et repousser le moment où il appuierait sur la gâchette.

Elle s'exhorta à se calmer et lança :

— Wade Easton ne te laissera pas t'en tirer à si bon compte. Il alertera la police. Il saura, lui, que je n'ai pas été la victime collatérale d'un règlement de comptes. Il y passera sa vie entière s'il le faut mais il te fera payer ces crimes, avec ou sans l'aide de la police.

Une lueur mauvaise passa dans le regard de son beau-père.

— Quand les flics apprendront que Sam Easton et son fils leur ont menti sur une affaire importante pendant des années, je doute qu'ils aient foi en leur crédibilité.

Il émit un ricanement sinistre qui la fit frissonner de peur.

— Tu ne savais pas que j'étais au courant ?

— Au courant de quoi ? demanda-t-elle pour gagner encore un peu de temps.

— Tu n'as jamais su mentir, toi. Pas comme ta mère. Il faut dire qu'elle ne prenait même pas la peine de cacher qu'elle était amoureuse. Elle ne m'a rien épargné. Les coups de fil en cachette en pleine nuit ; la nouvelle coiffure ; les sous-vêtements sexy qui ne m'étaient pas destinés ; les arrivées de plus en plus tardives à la maison sous prétexte qu'elle avait des dossiers en retard au bureau. Dire que j'ai quitté ma première femme pour cette… cette traînée.

— Je comprends que tu sois amer, James. Mais tu ne peux pas m'en vouloir, à moi, de ce qui s'est passé dans ton couple.

— Je ne t'en veux pas. Tu le sais, j'ai toujours eu beaucoup d'affection pour toi.

— Qu'est-ce que tu veux, alors ? De l'argent ? L'entreprise ? Tu n'es pas obligé de me tuer. On peut trouver un arrangement.

— Un arrangement qui prendra fin aussitôt que tu auras franchi cette porte ? Laisse-moi rire ! J'ai consacré ma vie à cette entreprise, à *votre* entreprise. Tout ça pour quoi ? Pour que tu me prennes ce qui devrait me revenir de droit ?

— Cela n'a jamais été mon intention. Je ne veux pas de cette entreprise. Je n'en ai jamais voulu.

— Peut-être maintenant. Mais tu finiras bien par vouloir la récupérer. De grands projets sont en cours. Des projets auxquels Eva n'aurait jamais songé et qui vont rapporter des sommes colossales. Même toi, tu ne pourrais y résister.

Elle changea imperceptiblement de position, de manière à pouvoir s'enfuir si l'occasion se présentait.

— Qu'est-ce que Brett a à voir avec tout ça ?

— Quand j'ai appris que son bateau avait été volé, j'ai tout de suite flairé qu'il s'était mis dans de sales draps. Une histoire de drogue, bien sûr. Je me suis arrangé pour le croiser et lui mettre un marché en main. Je le laissais se terrer dans l'une ou l'autre des maisons vacantes quand il avait besoin de se faire discret.

— En échange de quoi ?

— En plus du trafic de drogue, Brett s'adonnait au chantage.

Elle serra les poings le long de son corps.

— Que savait-il sur toi ?

— Tu ne devines pas ?

— Il t'a vu sur le pont la nuit où ma mère a été assassinée, répondit-elle d'une voix blanche.

— Tu commences à comprendre, maintenant ?

Le cynisme affiché de son beau-père fit monter en elle une vague de colère qui la submergea.

— Tu es un monstre. Cela ne te suffisait pas de la tuer. Il fallait qu'elle souffre, pour être punie ; pour que tu te venges.

— Elle le méritait bien, non ?

— Personne ne mérite une mort pareille. Et, pendant toutes ces années, tu as laissé croire à tout le monde qu'elle s'était enfuie avec un autre homme.

— Tu veux la vérité ? Ta mère était une garce sans cœur qui t'aurait abandonnée sans un regard en arrière si Sam Easton ne s'était pas acheté une conscience au dernier moment. La vérité, c'est qu'il s'est dégonflé à la dernière minute.

— Comment le sais-tu ?

— Je l'ai entendue lui parler au téléphone. Elle l'a supplié de la rejoindre sur le pont, comme ils l'avaient prévu. Ça a dû la tuer de mendier l'amour de cet amant qui la rejetait. Il faut dire qu'elle n'avait pas l'habitude. En général, c'était plutôt elle qui menait la danse.

Un sourire sardonique se dessina sur ses lèvres.

— Alors tu y es allé à la place de Sam, devina-t-elle. Et Brett a vu ce que tu as fait.

— Nous sommes parvenus à un accord qui a tenu pas mal de temps. Puis il a commencé à demander plus. Toujours plus. Il fallait bien que je mette un terme à ce chantage qui n'en finirait jamais, je l'avais bien compris. Mon hospitalisation est tombée à pic, si je puis dire. Ces quelques jours de répit m'ont permis d'élaborer un plan.

— Malheureusement, ton plan ne prévoyait pas qu'on retrouve la voiture de maman au fond du lac.

— Curieuse concordance d'événements, en effet. Mais cela ne change rien à la suite du programme. Une fois que je t'aurai éliminée, j'hériterai de tout.

— Et Lydia ?

— Quoi, Lydia ?

— Elle savait ? Elle t'a aidé ?

— Lydia est une fille merveilleuse mais qui peut parfois manquer de finesse et de psychologie. Pourquoi penses-tu que je l'aie tenue éloignée de Fairhope pendant deux jours ? Quand elle reviendra, tout sera fini.

— Elle n'est peut-être pas aussi naïve que tu le crois. Elle a essayé de me mettre en garde.

L'idée de sa fille capable de le trahir le fit s'esclaffer.

— Ne sois pas ridicule. Elle ne se doute de rien.

— Elle cache peut-être bien son jeu. Qui te dit qu'elle n'a pas la même chose que toi en tête ? Qu'elle ne cherche pas à...

— Tais-toi ! Et, si je te vois faire un pas de plus vers la terrasse, je tire.

— Eh bien, vas-y ! lança-t-elle. Qu'est-ce que tu attends ? C'est peut-être plus dur que tu ne le pensais.

— De quoi parles-tu ?

— Me tuer de sang-froid. Tu ne peux pas t'y résoudre. Je me trompe ?

La tension entre eux était à son comble quand son téléphone se mit à sonner.

— C'est Wade, affirma-t-elle. Il devait me retrouver ici. S'il entend des coups de feu, tu ne pourras pas lui échapper.

La panique se lut sur son visage. Il balaya les lieux d'un regard fébrile.

— Tu mens.

— Non. Il ne voulait pas que je vienne seule à ce rendez-vous. Il va arriver d'une minute à l'autre si ce n'est déjà fait.

— J'espère pour toi que ce n'est pas vrai.

Son arme toujours braquée sur elle, il fit un pas en arrière et jeta un coup d'œil furtif à l'extérieur. C'était l'occasion qu'attendait Abby. Elle n'en aurait peut-être pas d'autre. Elle s'élança vers la baie vitrée et courut sur la terrasse. Elle entendit le coup de feu alors qu'elle dégringolait les marches qui menaient au quai. Elle se mit à crier en agitant les bras en direction d'un hors-bord qui passait. Les passagers lui firent un signe de la main, pensant qu'elle les saluait. L'embarcation était déjà loin quand James sauta sur le quai. N'écoutant que son instinct, elle plongea et resta en apnée sous l'eau jusqu'à ce que le manque d'air la fasse remonter à la surface. Alors que, cachée entre deux bateaux, elle tentait de reprendre sa respiration, elle vit Wade sortir en trombe et dévaler l'escalier. James tira au moment où Wade le percutait de plein fouet. L'élan les fit basculer tous les deux dans l'eau.

Abby se hissa sur le quai et chercha fébrilement Wade des yeux. Elle ignorait si la balle tirée par James l'avait touché. Elle attendit, le cœur battant. Au bout d'un temps qui lui parut une éternité, elle vit une tête émerger. Malheureusement, c'était James, qui, visiblement, n'allait pas fort. Puis, très vite, ce fut au tour de Wade d'apparaître. Des larmes de joie et de soulagement lui montèrent aux yeux. Elle l'aida à hisser James sur la plate-forme.

— Appelle les secours. Je crois bien qu'il fait une nouvelle crise cardiaque.

Mais elle restait sans bouger, des images de sa mère s'entrechoquant avec celles de James étendu à terre et de Brett, baignant dans son sang.

— Abby ?

— Oui... J'y vais.

— Les médecins ont dit qu'il allait s'en sortir, annonça Wade, quelques heures plus tard, alors qu'il venait s'asseoir à côté d'elle, sur la terrasse du cottage.

Elle posa sa main sur sa cuisse, heureuse de le retrouver. Sa vie avait radicalement changé en peu de temps, et elle ne savait pas comment appréhender ces changements, ni quelle suite leur donner.

— Si cela peut te consoler, il y a de grandes chances pour qu'il finisse sa vie derrière les barreaux.

— Et Lydia ?

— Elle prétend qu'elle ne savait rien mais elle devait bien se douter de quelque chose. La preuve, elle a admis être l'auteure des lettres de menaces qu'elle t'a envoyées.

Elle secoua la tête, incrédule.

— De tous les gens que je connais, je n'aurais jamais imaginé que ma belle-sœur serait celle qui aurait essayé de me sauver.

— Au moins, maintenant, tu sais ce qui est arrivé à ta mère. Tu vas pouvoir faire ton deuil.

Elle acquiesça d'un hochement de tête.

— Il faut que j'aille voir ma grand-mère pour lui annoncer la nouvelle.

— Quand penses-tu partir ?

— Demain, dans la matinée. Wade… Je peux te poser une question ?

— Tout ce que tu voudras.

— Tu crois que ton père avait vraiment l'intention de s'enfuir avec ma mère ?

— Je pense que, comme l'a dit James, il l'avait envisagé mais il aura renoncé à la dernière minute.

— L'affaire va être étalée au grand jour pendant le procès. Tu y as pensé ?

— Oui. Je ne pourrai pas protéger ma mère indéfiniment, de toute façon. Et puis je pense qu'elle sait. Elle l'a probablement toujours su.

— Wade, et nous deux ? demanda-t-elle dans un souffle.

— Tu viens de le dire. Tu repars à Atlanta.

— Je serai de retour dans quelques jours. Je vais avoir pas mal de choses à régler. Je risque même d'en avoir pour des mois. Et toi ? Tu comptes repartir ?

Elle attendit, le cœur battant. Tout à coup, elle ne supportait pas l'idée de ne plus le voir.

— Pas dans l'immédiat, répondit-il. Je pense que je vais rester dans les parages un bout de temps, moi aussi.

— Pour ta mère ?

— Pour elle et pour de nombreuses autres raisons. Comme cette vue, unique, ajouta-t-il dans un sourire taquin.

Il lui prit la main et la porta à ses lèvres.

— C'est le bon moment, Abby.

— J'ai tellement rêvé de te l'entendre dire.

— Il m'aura fallu du temps.

Ils échangèrent un baiser porteur de promesses infinies. Puis, enlacés, ils se perdirent ensemble dans la contemplation du coucher de soleil, dont les couleurs flamboyantes embrasaient le lac.